La ciudadana

books4pocket

Maria Rosa Cutrufelli

La ciudadana

Traducción de María Antonia Menini Pagès

EDICIONES URANO

Argentina - Chile - Colombia - España
Estados Unidos - México - Uruguay - Venezuela

Título original: *La donna che visse per un sogno*

Aribau, 142, pral. – 08036 Barcelona
www.edicionesurano.com
www.books4pocket.com

1ª edición en books4pocket octubre 2009

Diseño de la colección: Opalworks
Imagen y diseño de portada: Opalworks

Impreso por Novoprint, S.A.
Energía 53
Sant Andreu de la Barca (Barcelona)

Fotocomposición: books4pocket

ISBN: 978-84-92516-89-6
Depósito legal: B-29.542-2009

Impreso en España – *Printed in Spain*

Para Bianca Pomeranzi, compañera de muchas aventuras

«La mujer tiene el derecho de subir al patíbulo;
debe tener igualmente el derecho de subir a la tribuna.»

OLYMPE DE GOUGES
«Declaración de los derechos de la mujer y de la ciudadana»,
artículo 10, París, 14 de septiembre de 1791

«Olympe subió al patíbulo, pero las mujeres no obtuvieron
ningún otro derecho durante la Revolución.»

ALISA DEL RE, enero de 1989

Julio de 1793

Hyacinthe

...Y de esta manera, me convertí en un búho. Yo, Marie Anne Hyacinthe Mabille, nacida en París, paraíso de las mujeres, purgatorio de los hombres e infierno de los caballos, tal como se decia antes de la Revolución.

Nací en París y allí crecí, entre los gritos de los buhoneros y las ruedas de las carrozas y los vehículos de todas clases, cabriolés, *wiskis*, diligencias, carretas, charabanes, berlinas, berlingotas, carretillas, furgones, victorias, faetones, fiacres que atascan las calles a todas horas del día y de la noche. El lugar más ruidoso de todo el universo. Pero después el oficio de Pierre, que es el oficio de la guerra, me llevó a orillas del Loira, a respirar aquel nocturno olor de olvido que se oculta en las piedras de todas las ciudades con río menos en París.

Tours.

Aquí es donde vivo desde hace más de un año.

En una ciudad donde las aguas lo invaden todo, embarcaderos moribundos bajo crecidas que se estancan, barcazas abandonadas en orillas cenagosas y, sobre todo, silencios que se prolongan hasta el extremo de hacerme confundir la aurora con el ocaso. Y heme aquí transformada en un búho insomne de grandes ojos y alborotados mechones de cabello sobre la frente.

Es mi secreto y yo lo oculto con sumo cuidado. Ungüentos de color blanco para disimular el cansancio de la tez, aguas vivificantes para los ojos, bálsamos milagrosos capaces de engañar a cualquiera. Incluso a Pierre, que muy de tarde en tarde, una noche cada quince, puede que cada veinte, consigue dormir en nuestro lecho de cortinas con flecos, cómodo y doblemente inútil.

¿Para qué sirve, me digo yo, este lecho suntuoso, el único lujo de nuestra vida en común, si cada noche, en cuanto apago la luz del tocador, se enciende en mi cabeza la punta de otra llama? Un fragmento de luz cada vez más amarillo y obstinado que ni siquiera una gota de opio hoy y dos mañana tendrán la fuerza de apagar.

¿Y de qué sirven estas cortinas de seda y damasco que bajan por los cuatro costados para hacer más dulce la intimidad si a Pierre, la mayor parte del tiempo, no lo espera más que un improvisado jergón en algún campamento militar, allá abajo en La Rochelle, a lo largo de las costas de un mar que dicen muy verde y muy frío?

Yo jamás lo he visto. Tengo diecinueve años y dos hijos, pero hasta hace poco más de un año sólo conocía París y la verdad es que no pensaba tener que conocer otra cosa. Por otra parte, es bien sabido que quien nace en París es francés por partida doble... Pero el mar sí me gustaría verlo.

Mi padre me lo había prometido, pero lo aplazas un día, lo aplazas otro... Son sus negocios los que le impiden moverse y lo mantienen clavado a las paredes que levanta de la nada y transforma en casas donde aloja en régimen de pensión a oficiales y estudiantes. Él construye el mundo, lo refrena, lo organiza. No necesita moverse para ir a descubrirlo.

En las cocinas y en las escaleras de estas casas fue donde yo también aprendí a distinguir a un auvernés de un saboyano e incluso a imitar la cadencia del habla de Toulouse. Tengo buen oído tanto para las lenguas como para la música.

Especialmente para la música. Antes de la Revolución, cuando todavía era posible escuchar en las iglesias algún fragmento bien escogido, tomaba a mamá del brazo e iba a escucharlo. Y si soñaba con emprender un viaje, era tan sólo para tener ocasión de deleitarme con las obras de los compositores vieneses o de los maestros prusianos. Pero los pasaportes, los equipajes, las diligencias eran en el fondo unos esfuerzos superfluos para mí, que tenía todo el mundo al alcance de la mano. Todo el mundo subía y bajaba por las escaleras de las casas de mi padre para que yo no experimentara la necesidad de ir a buscarlo a otro lugar.

A Pierre también lo encontré en este ir y venir el día en que la Asamblea Nacional votó la sustitución de la bandera blanca de la flor de lis por la enseña tricolor.

Se hospedaba en una habitación del segundo piso, la de la alfombra azul. Al cederme el paso en la escalera, su manga rozó la mía. El uniforme de cabo, compañía de la sección del Luxemburgo, le envolvía maravillosamente las pantorrillas y, en aquel momento, no se me ocurrió pensar que el uniforme del soldado es, bien mirado, como la cofia de la criada, algo que cubre un destino de estrictas obediencias.

Cabo, subteniente, lugarteniente de infantería, capitán, jefe de batallón... Y, de repente, general de división en el ejército de la costa.

Su carrera ha sido rápida, un *crescendo* que nos ha arrojado a la velocidad de un relámpago hasta el mismo centro de una nueva vida. De pequeño cabo de escasos medios y escasas responsabilidades a general de división: un milagro. Pero el milagro ocurrió gracias a su madre y Pierre debería recordarlo en cualquier circunstancia, incluso ahora que todo se ha complicado, que los méritos de una época que acaba de terminar corren el riesgo de convertirse en peligrosos deméritos y los antiguos ministros de la Guerra, amigos y admiradores de Olympe, de esa madre suya amada por muchos y odiada por la mayoría, se encuentran detenidos o expatriados en Inglaterra.

Por lo que a mí respecta, al principio estaba lógicamente orgullosa de su éxito y, sin embargo, atemorizada por algo, que tal vez era la rapidez de aquel cambio y quizá un malestar más profundo. Porque, a la misma velocidad con la que Pierre cambiaba de grado, cambiaba también París y cambiaban Francia y la Revolución y la guerra que, de lejana que era, se estaba volviendo cada vez más cercana y se cernía sobre todos nosotros.

Pierre Aubry, general de división en el ejército de la costa. Yo fui quien lloró y rezó para que me llevara consigo. Dejarlo era una pena demasiado grande, habría enfermado de dolor. Y él también habría muerto de tristeza sin su Hyacinthe.

Jean-Hélie sólo tenía cuatro meses y, durante todo el trayecto de París a Tours, Pierre le cantó arias de ópera italianas para distraerlo y complacerme a mí, y lo cogía en brazos cuando las ruedas se hundían en los surcos salpicando piedras a su alrededor mientras los ejes de la carroza temblaban.

El niño trataba de esconderse aplastando la nariz contra el tejido del uniforme. Yo lo miraba y después volvía los ojos hacia mi joven general, con su gesto todavía vacilante de padre primerizo, y no sabía si alegrarme o si prestar la debida atención a una inquietud que me hacía mover constantemente las manos para alisar una arruga de mi vestido.

Durante aquel primer viaje perdí la capacidad de entregarme al sueño y ya jamás la he podido recuperar.

Cómo habría podido...

Todo un invierno sola esperando el regreso de Pierre de los campos de batalla, y el niño pequeño y el otro que crecía en mi vientre, y sin poder preguntar a mi madre ni a nadie las mil cosas que habría deseado preguntar, porque parir en una ciudad que no conoces es muy agotador y hasta la humedad que rezuman las paredes tiene el sabor de las lágrimas.

Ahora ya no lloro. Pero cada noche, cuando me siento a contemplar a través de la ventana la oscuridad que avanza a lo largo del río, pienso con asombro en lo fácil que era vivir en la casa de mi padre, en mi habitación con la tapicería de color azul y el pequeño escritorio de madera de abeto. Un rincón entero estaba ocupado por el clavicémbalo en el que esbozaba a escondidas unos temas que me hacían bajar los ojos y arder las orejas. Pienso, pues sí, pienso en el sol de París, que se ponía entre los edificios del final de la calle mientras yo acariciaba despacio las teclas, cantando en voz baja: *No, no, el dios que induce a amar...*

La mujer del capitán Guillebon tiene unas mejillas aceitunadas sobre las cuales extiende un colorete más encendido, creo yo, que el que antaño utilizaban las damas de la corte.

A pesar de las noticias que nos llegan desde los confines de Francia y aquellas, mucho más inquietantes para nosotros, que se reciben desde las campiñas circundantes o incluso desde las calles de la ciudad, las jornadas en Tours pueden ser horriblemente largas y aburridas; y otro tanto cabe decir de las visitas desde el momento en que una compañía sólo es agradable cuando se elige y yo, por supuesto, jamás habría elegido a la señora de Guillebon. Días demasiado solitarios y, al mismo tiempo, demasiado llenos de conversaciones inútiles. Porque ya se sabe que entre la personas bien nacidas el hecho de no hablar resulta intolerable.

—Qué suerte, querida. Una carita deliciosa, verdaderamente agradable, a mí tampoco me disgustaría tenerla en casa

—suelta en tono quejumbroso la señora de Guillebon, echando un vistazo a mi preciosa criadita a través del monóculo ajustado al abanico.

—Qué suerte —repite, finalizando su examen y dándose aire con una perezosa muñeca.

No lo discuto, estoy de acuerdo. Mi suerte se llama Pauline, que tiene unas sienes delicadas bajo los bordados almidonados de la cofia, pero unos brazos muy fuertes, y sabe hacer una cama y no he tenido que penar demasiado para enseñarle buenas maneras. Mi preciosa Pauline ha aprendido enseguida cómo se sirve en una casa y ya se mueve como si tuviera a su espalda una larga experiencia, un servicio de años. Nadie diría que hasta hace unos meses, antes de que se cerraran todas las sederías y las fábricas, ella también torcía seda en un taller del barrio del mercado. Hoy no se encuentra ninguno abierto en el radio de no sé cuántas leguas y la situación se agrava cada día que pasa, porque las sederías están cerradas, pero un pan en la ciudad costaba hasta veinte céntimos antes de que obligaran a los panaderos a venderlo a mitad de precio.

Torcía seda. Y, sin embargo, es distinta de las mujeres que vienen a llamar a la puerta pidiendo trabajo con el cuello amarillo y la cara estúpida de gallinas enfermas. Pauline posee una gracia espontánea que las señoras aprecian mucho, por lo visto.

Sobre todo la mujer del capitán que viene de Santo Domingo y tiene una criadita negra a quien ella misma bautizó hace muchos años con el nombre de Félicité.

En las islas, cuenta mientras toma en golosos sorbos el chocolate que cada mañana le ofrezco para agradecerle sus visitas, porque también hay que dar las gracias, allí en el Caribe se lleva una vida muy agotadora. Esclavos a los que controlar.

Esclavos a los que mandar. Esclavos. Negros. Seres naturales para quienes la existencia se reduce a instinto y vicio.

—No os podéis ni siquiera imaginar, querida, los problemas, las responsabilidades...

Es difícil impartir órdenes a hombres y mujeres, unas mujeres ante todo ignorantes e incapaces de atender a cualquier principio moral.

—Es una carga que nos impone la civilización, amiga mía. Tenemos que encargarnos de sus almas y de su educación. La patria nos los ha encomendado.

Aunque precisamente en la madre patria la responsabilidad se duplique y el agotamiento también, se queja la señora, sobre todo en una ciudad como Tours, donde la negra Félicité no se atreve a salir sola, ni siquiera para ir a comprar un manojito de perejil en el mercado. Basta con que asome la nariz por la puerta para que inmediatamente se acerque una cuadrilla de mococos que la miran boquiabiertos de asombro y con los ojos en blanco y, mientras se conformen con eso, nada malo hay en ello. Por esta zona no se ve mucha gente de su raza, no es como en París, donde impera la moda de los criados negros ya desde los tiempos de Jean Amilcar, el pequeño senegalés traído como regalo a la reina por un viajero extranjero. En resumen, que miren todo lo que quieran, una mirada no hace daño. Pero hay quien no se conforma con eso y arroja piedras.

—... Y entonces, adiós a mi monita —juega con graciosos melindres la señora de Guillebon, haciéndole cosquillas con el abanico en el brazo desnudo a la criada Félicité, de pie detrás de su sillón. Ésta se escabulle agitando las manos mientras la negra piel se le eriza y estremece y de la garganta le brota en sacudidas una cascada de guturales risitas de pájaro.

No, no es una mona. En todo caso, un alegre lorito. Eso es la criadita negra Félicité con su turbante rojo y oro, su pañuelo al cuello de los mismos colores y su inmenso delantal blanco.

Yo, en cambio, ay de mí, no soy más que un búho.

Cuando cae la oscuridad quisiera por lo menos desplegar las alas y batirlas, revoloteando de calle en calle como el Búho de París, el filósofo salvaje, el escritor loco que cada noche graba el calendario de su vida en los arcos de los puentes.

Pierre lo conoce. Lo vio por primera vez en la tienda de la viuda Duchesne en rue Saint-Jacques, oculto bajo un enorme y sucio manto que le llegaba hasta media pierna.

Rétif, se llama. Rétif de La Bretonne. Para él, para el gran Búho solitario, el día es turbio y la noche transparente.

Para mí, en cambio, pequeño búho doméstico, la noche es una piedra con los cantos astillados por mis uñas. Yo la escruto desde mi lecho desierto o desde el balconcito del fondo del pasillo. Y me sigue pareciendo opaca.

Olympe

Ya hemos llegado. Bajan el estribo. Un hililo de aire penetra para remover el cerrado calor del carruaje, inmóvil en la estación de postas.

Justine, que lo ha pasado mal durante el viaje, baja la primera, entre el crujido de los pliegues de su anticuada falda cortada en un tafetán más rígido que sus rodillas. Después, colocando por delante un bastón de sencilla empuñadura de madera, desciende el anciano que hemos recogido por el camino. No nos ha dirigido la mirada ni una sola vez. Ha pasado todo el rato en su rincón, agarrado con ambas manos al bastón, farfullando saliva al ritmo de las ruedas. Es el único pasajero, aparte nosotras. No son tiempos buenos para viajar. Escasas las diligencias, escasos los viandantes.

Pero he llegado. El suspiro que me dilata el pecho es, sin embargo, más de queja que de satisfacción. Sin haberlo intentado en serio, con parsimonia, aventuro algún movimiento que me ayude a ser consciente de la llegada, enderezo la espalda, me aparto un mechón de cabello de las sienes, descorro el terciopelo marrón de la cortinilla que me impide ver.

Y aparece el pueblo, con su castillo arriba y un mojón romano abajo. Un pueblo como tantos otros, que se extiende junto a la orilla derecha del Loira. Intacto. No veo puertas desclavadas ni tejados quemados. El humo que se eleva de las casas es de color blanco: el buen color estriado que surge del hogar doméstico.

La guerra está al otro lado del Loira, en la orilla izquierda. Allí donde el humo marca el horizonte con el negro trazo de un carboncillo.

¿Guerra? Así la llaman. Y, sin embargo, los enemigos no lucen el alto sombrero de los prusianos ni el manto de la marina de los ingleses. Aquí el enemigo se levanta del campo que está cultivando, suelo francés, y ataca con el espetón y la azada a los soldados venidos de París, mejor dicho, a los «culos azules»... Ése, me dicen, es el término que se utiliza. Después regresa al campo, campesino antes y campesino después. Pero los generales la llaman guerra y mi hijo, que también es un general, la llama de la misma manera.

Al lado de la estación de postas, el rótulo de una posada promete sidra de barril. Rumor de cubos golpeados contra el suelo. Zapatones claveteados que se acercan, se alejan, vuelven a acercarse. Arreos que se retiran, riendas que se desenganchan. Resoplidos de caballos. Relinchos. Ruidos de final de viaje.

Delante de la portezuela abierta del carruaje, el postillón, enjuto, oscuro, bigotudo, espera a que yo me decida a bajar.

Que espere. Tiene un aire tan paciente que entran ganas de aprovecharse. Si fuera parisino... Ya se sabe cómo son los cocheros de París, peleones, impacientes, tramposos, más de uno he llevado yo a la presencia del juez de paz... Un cochero parisino ya me habría sacado sin miramientos. En cambio, este hombre de bigotes empolvados que apestan como la cola de sus caballos sabe esperar. Lanza amorosas miradas de soslayo al vaso de sidra que campea en el rótulo de la posada, pero calla. Pues entonces, que espere.

Estoy cansada. No a causa del viaje. Cinco legua desde Tours, más o menos, no son gran cosa, a pesar del pedregoso firme del camino y las muchas horas transcurridas bailando sobre un asiento tapizado de paño y sin relleno. Pero no es el cansancio físico lo que me debilita, aquel dolor que no es dolor y que me baja desde la nuca a los riñones, los músculos de los muslos, se acumula en los tendones, quema en las plantas de los pies y te hace sentir viva, dolorida pero viva en todas y cada una de las partes del cuerpo.

El cansancio que ahora experimento es otra cosa completamente distinta. Más que cansancio, es una molestia. Una incomodidad que no nace del cuerpo sino de la mente, de un titubeo del corazón.

Una mosca se pasea por la manga de mi vestido, otra zumba muy despacio por el interior de los pliegues de la cortina. El suspiro encerrado en el pecho sale finalmente al exterior mientras abro el medallón que llevo entre los fruncidos del talle junto con el reloj, un gesto que nace de manera espontánea varias veces al día.

El retrato es parecido. Frente de pensador, nariz aguileña, boca seductora. Pierre, mi hijo. Ojos grises como los de mi madre, cabello castaño como el mío. Y una ardiente manera de hablar. Semejante a la mía, sólo que un poco más perentoria.

—Procurad conteneros —ése ha sido su saludo cuando nos hemos reencontrado en Tours.

Llevaba más de un año sin verlo, desde el momento de su traslado, y llevaba meses sin recibir cartas de su puño y letra... Después me entero de que ha resultado herido. Está grave, lo han sacado a rastras de debajo de su caballo, vivo de milagro, me cuenta un amigo del Ministerio de la Guerra, y yo me doy maña e imploro la concesión de un pasaporte que me permita salir de París e ir corriendo a verlo con mis propios ojos y tocarlo con mis propias manos.

A mi llegada, encuentro tan sólo a Hyacinthe y los niños. Él no está. Lo espero. Y, cuando finalmente regresa a casa:

—Procurad conteneros...

Me tendría que contener, según mi hijo. Contenerse. Qué palabra tan juiciosa, qué expresión tan prudente. Absolutamente inapropiada para mi vida, es cierto. Y también, me temo, para las extravagancias de una Revolución nacida para derribar a los tiranos y que después se los vuelve a crear por su cuenta.

No es así, hijo mío, quisiera decirle, no es olvidando el respeto que me es debido como me convencerás de que sea prudente. Y me gustaría estrechar sus hombros, rozar con los dedos aquella cicatriz sobre la ceja izquierda que antes no estaba. En vez de eso, me agarroto y una rabia amarga me brota del pecho y de los labios:

—Contenerse... ¿Qué significa eso?

—Significa que tenéis que dejar de hacerlo.

—¿Dejar de hacer qué?

—De llamarlo como lo llamáis.

Es triste que no tenga ni siquiera la fuerza, ya no digo el valor, de pronunciar aquel nombre.

—¿Y cómo lo he de llamar?

—De la manera que sabéis.

—¿Mosquito ambicioso? —replico con una áspera carcajada que se me pega al paladar.— Y demagogo. No lo olvides, Pierre: demagogo. ¿Qué otro calificativo merece un Robespierre? ¿Un hombre que busca el favor del pueblo para convertirse en el amo de Francia? Tal vez apóstol de la anarquía y de las matanzas, sí, éste es el epíteto que más le cuadra.

Se ha puesto muy pálido mi hijo. Se ha echado hacia atrás de golpe, como para sustraerse al mismo sonido de mis palabras, y ha abandonado enfurecido la estancia. Pero antes he visto moverse claramente sus labios mudos, formulando dos sílabas:

—Loca...

Al palidecer, las ligeras marcas de la viruela en sus mejillas se intensifican y, en un lodazal de terror, yo me siento arrastrada hacia atrás en el tiempo hasta su lecho de niño enfermo, con los ojos que se abren en un rostro desencajado, hinchado, cubierto de manchas oscuras, unos ojos que de repente me miran. Prometo cualquier cosa cuando ya me encuentro en el interior de aquel lodazal. Y esta vez también he prometido: «muy bien, me contendré». Un sacrificio que está integrado por muchos, por muchísimos sacrificios: abandonar París, retirarme al campo, comprar una casa...

Estoy aquí para eso. En un pueblo que la guerra todavía no ha tocado, en la orilla derecha del Loira, bajo un sol desvaído a causa del gran bochorno. He venido a mantener mi promesa. A comprar la casa de la finca Figuier con sus cuatro hectáreas de bosque, los campos de trigo, las viñas, la prensa, los barriles para el vino nuevo, las vacas, el toro, la terraza que da al río y el jardín y las higueras y aquel pequeño pabellón cubierto de lúpulo con las hojas en forma de corazón para la hora del café o del chocolate. El lugar ideal para mi gata y mis perros. Un retiro perfecto que sin duda el gran padre Rousseau me habría envidiado: casa cómoda, campos cultivados.

Cualidades que cuestan muy caras, diez mil quinientos francos para ser más exactos, casi todo lo que tengo. Una inversión... ¿Pero por qué tendría yo que empeñar mi peculio en una casa de campo que el ciudadano Louis-François Blanchet, panadero, se ha ganado comerciando con asignados* y que ahora quiere revender en moneda contante y sonante?

Porque no tengo alternativas: la respuesta es sencilla y Pierre se equivoca, no estoy tan loca como para no buscar un refugio que me aparte de la violencia que ha entrado incluso en el aula sagrada de la Convención, ocupando las tribunas del público y los escaños de los legisladores. Una violencia homicida que destruirá, es fácil preverlo, todo lo que queda del espíritu del ochenta y nueve.

—Ciudadana —me apremia finalmente la voz del postillón.

... Y ahora yo tendría que bajar del carruaje, entrar en el pueblo, preguntar por la tienda de Louis-François Blanchet, negociar el precio de la finca...

No, todavía no. No bajaré. Que espere.

El hombre se vuelve hacia la posada y después hacia mí, otra vez hacia la posada, se hurga entre los bigotes, masculla palabras incomprensibles. Al final, se encoge de hombros y se encamina a grandes zancadas hacia su vaso de sidra, haciendo restallar en el aire el extremo de la fusta.

En el carruaje hace calor, el aire permanece inmóvil y yo lo agito con el pequeño abanico rematado con flecos que llevo prendido al vestido de viaje. Levanto una vez más un borde de la cortina y sigo con la mirada el negro humo que avanza desde la orilla izquierda del Loira, invade el cielo y, en cuestión de un segundo, se apresura a mezclarse con el humo blanco de la orilla derecha.

La guerra vuela.

---

* Papel moneda cuyo valor estaba garantizado por los bienes confiscados durante la Revolución.

¿Por qué debería estar más segura en esta campiña que no conozco y que no me conoce que en París?

—¿Qué os ocurre? ¿Estáis bien? —Es Justine, inclinada hacia el interior del carruaje.— ¿Qué tenéis? Babichette...

Su áspero olor familiar se abre camino entre los olores de perrera del vehículo, de paja enmohecida, de orines secos.

Babichette, un cariñoso diminutivo que sólo a ella le permito, que sólo ella utiliza desde que éramos pequeñas y yo jugaba en el patio de rue Fraiche, en Montauban, el mismo patio donde los varones de mi familia, generaciones de carniceros, degollaban a las bestias una vez a la semana. Yo jugaba y ella vigilaba mis juegos. Yo dos años, ella ocho. Yo niña, ella ya criada, hija de criados.

Sus ojos me buscan en la penumbra, me escrutan. Le sonrío y asiento con la cabeza, y estoy lista, sólo un momento.

Tranquilizada, endereza la espalda y se recompone. De memoria, con rápidos movimientos carentes de suavidad, se arregla la cofia sobre la nuca y sobre la frente dividida por una severa arruga vertical.

¡Ah, Justine! No conoce el arte de gustar mi vieja Justine. No sabe sonreír ni llorar. Una criatura intangible. Pero este carácter intangible es precisamente el que disuade a los acreedores. Ahora ya más numerosos en la antesala de nuestra casa parisina que los hombres gentiles que en otros tiempos esperaban a que yo me despertara para leerme una poesía o comentar el último espectáculo de la Comédie Française. Basta con que ella se presente, con su arruga vertical que se prolonga en el rígido corte de su vestido, para que la antesala se quede desierta, ¡bendita Justine! Pero más tarde, a veces, mientras me ayuda a ajustarme el corsé y a calzarme las botas porque me tengo que ir corriendo a escuchar un discurso de mi compatriota Vergniaud, o de Sébastien, y tengo miedo de no encontrar sitio ni siquiera en las tribunas reservadas a los amigos de los diputados, «menuda ganancia —la oigo mascullar—, ¿qué hemos ganado nosotros con esta Revolución?» A Justine, que como yo y mejor que yo se ha acomodado a los hábitos de París, los cambios no le gustan. Le provocan desconfianza en todos los ámbitos de la vida. Tanto si son vestidos como si son gobiernos, la verdad es que no ve ninguna ventaja en el hecho de cambiarlos.

Percibo de nuevo su olor que se acerca, el crujido de las faldas.

—¿Y bien?

En sus ojos, menudos como moras secas, asoma una punta de preocupada dulzura.

—Es necesario, ya lo sabéis. Permanecer en París sería un suicidio.

—Lo sé, lo sé...

Lo sé muy bien. Siempre he pagado un precio muy alto por poder decir las cosas que había que decir. Bajo el antiguo régimen y ahora bajo el nuevo. Se han burlado de mí, me han temido, se han opuesto a mí. Cartas anónimas, agresiones en la parte de atrás de la casa, escuadras de castigo: no son ninguna novedad. Pero la Revolución ha creado sus propias locuras enteramente originales y hasta la advertencia de un amigo hoy es más temible que el bastón de un exaltado. Sobre todo si el amigo responde al nombre de Sébastien Mercier, diputado de la Seine-et-Oise, Sébastien, que me suplica:

—No lo hagáis. Si los defendéis, os acusáis a vos misma.

Pero mi querido, mi queridísimo amigo, precisamente por eso. ¿puedo callar?

* * *

Ocurrió en junio, cuando la Convención votó a favor de la detención de Vergniaud, de Brissot y de los restantes diputados de la Gironda.

El recuerdo me llena la cabeza de minúsculos y desgarradores resplandores.

Los hombres que habían sido los primeros en denunciar al rey y en defender la República son detenidos bajo acusaciones ridículas que suenan a excusa y todo el mundo los da por condenados, ya muertos y acabados. Su caída es la caída de la legalidad. Ha ganado el partido de la sangre. ¿Puedo callar?

Escribo un recurso y el nueve de junio, una semana después de la votación, me presento en la Convención con mi texto. El presidente me concede la autorización. Un ujier toma la hoja y empieza a leer con los ojos clavados en las líneas y la espalda encorvada como si en los huesos le hubiera quedado grabada la costumbre de la reverencia. ¡Y menuda voz! Descuidada, sin alma. Me ataca los nervios. Mi texto no merece esta voz. ¡Si pudiera leerlo yo! Yo soy quien lo ha escrito. Yo conozco el tono adecuado, sé cómo tienen que salir del cuerpo las palabras y transformarse en sentimiento, sé cómo pueden conmover e invitar a la reflexión. Yo lo leería con la cabeza bien alta, deteniéndome en los puntos en los que es útil detenerse, de pie delante de los hombres de la Montaña*. Ah, sí, los miraría muy bien, uno a uno. ¡Si pudiera! Pero soy una mujer y no puedo.

El ujier lee: *yo, que he preparado la Revolución con mis escritos...* La Asamblea calla, alguien hojea unos papeles que

* Nombre con que se designaban los escaños más elevados de la Convención donde se sentaban los diputados de la izquierda por Robespierre y Danton. *(N. de la T.)*

sostiene sobre las rodillas, otro se distrae observando la sala y sonriendo al vacío... *Yo os digo: ¿tenéis necesidad de víctimas?, heme aquí, me ofrezco la primera.* Un diputado levanta la cabeza, la tribuna a mi espalda empieza a meter ruido. *Pero si la Asamblea de los representantes conserva todavía su pureza...* Y se desencadena la tempestad.

—¡Ya basta! Esto es un ultraje. ¡Que se vuelva al orden del día! —truenan levantándose de un salto los hombres de la Asamblea.

—¡Al orden del día! —responden a gritos los hombres de la tribuna.

Sébastien ha permitido que me fuera, que abandonara la sala de la Convención acompañada tan sólo por los gritos y los insultos y después me ha alcanzado cuando ya estaba lejos, camino de casa, donde nadie nos podía ver. Un lívido surco le excavaba el rostro entre las mejillas y la nariz. Me ha apoyado una mano en el brazo. Tened cuidado, amiga mía. Aquí ya no se trata de expresar una opinión, ahora se trata de la vida o de la muerte.

Entramos. Todo está a oscuras en la tienda de Louis-François Blanchet. Un espacio sin ventanas, techo alto, vigas de madera que parecen sostener el peso de una bóveda nocturna. Bajamos tres peldaños siguiendo el gorgoteo, a cada paso más decidido, de un agua que hierve en el interior de un caldero de cobre. Una vaharada de calor nos acoge y nos empapa de sudor. Al fondo, muy al fondo, el reverbero del horno y la espalda desnuda de un mozo manchada por el rojo y brutal resplandor del fuego.

Las mismas manchas arden en el rostro del ciudadano Louis-François Blanchet, pañuelo al cuello, doble mentón, doble barriga. Muslos inmensos que se restriegan el uno contra el otro. Me sale al encuentro con dificultosos pasitos y a cada paso inspira el aire y lo exhala con una especie de ronquido a través de los labios entreabiertos. El esfuerzo de su respiración se me contagia. Se me cierra la garganta, trago con dificultad. Y, sin embargo, hay algo de prepotente en su manera de aspirar el aire, de enjugarse el sudor con un asqueroso pañuelo, adivino una especie de voracidad en el gesto involuntario de la mano que desciende como una caricia para sujetarse la doble barriga. Creo comprenderlo. No voy a obtener nada del ciudadano Blanchet, no conseguiré negociar con él, nadie jamás lo debe de haber conseguido.

Justine levanta el mentón y me hace una señal de entendimiento. Su narizota se estremece. Ahora yo también lo percibo. No es el olor al que a estas alturas todos, ricos y pobres, nos hemos acostumbrado, aquel olor al que seguimos asociando la palabra pan aunque no sea pan, sino una mezcla de salvado y harinas de cebada, o de patatas, o de cualquiera sabe qué otra cosa. No, del horno de Louis-François Blanchet hoy no surge el áspero soplo del pan de la Revolución, sino un olor olvidado. De pan hecho con harina de trigo, con la corteza dorada que cruje entre los dientes. Pan auténtico, en cualquier caso. Pan en forma de espiral, pan redondo, pan de barra, pan amasado con mantequilla, pan tostado, pan con café, pan de corte... O puede que incluso, sí, justo el aroma del exquisito pan de París, flor de harina mezclada con levadura de cerveza. Pálido, delicado como un caballero entre palurdos, dice Sébastien, que de eso sabe mucho, tras haber conocido el exilio en Suiza, tras haber sufrido en Saboya o en el Palatinado. Cuando lo elaboran los criados el pan es detestable; el bueno, a juicio de mi amigo, sólo se come en las tahonas de París. O, mejor dicho, se comía. Porque, tanto el bueno como el malo, querido ciudadano Blanchet, digo adelantándome con decisión y sintiéndome de repente alegre, liviana y hambrienta, muy hambrienta, el pan en París ya no se come.

Hyacinthe

...Al principio, sólo al principio. Es natural, por otra parte, que al principio estuviera un poco cohibida. Por varios motivos. Por de pronto, no sabía cómo dirigirme a ella, con qué nombre o apelativo, porque, en rigor, no es ni siquiera mi suegra. Estamos todos acostumbrados a la exactitud de las genealogías, a la clasificación de las descendencias y las ramificaciones, a la sistematización minuciosa de cada nueva relación dentro del gran nexo de la familia, una costumbre de siglos. Es lógico que experimentara una cierta turbación terminológica, por decirlo de alguna manera.

A fin de cuentas, ¿qué es ella para mí?

Si Pierre no es mi marido sino mi compañero —mi esposo ante el amor, pues el amor es el único vínculo que nosotros reconocemos, el amor, no el matrimonio que corrompe los sentimientos y mata cualquier confianza—, entonces, si Pierre no es mi marido, ¿qué es ella?

Experimentaba también una turbación de otra clase y eso, a decir verdad, todavía no lo he superado: un asombro, casi un temor por el hecho de saberla tan famosa, con todas las cosas que ha hecho en la vida, aparte de las muchas que normalmente hacen las mujeres, es decir, su condición de escritora de dramas, y novelas, y recursos, y carteles, y obras filosóficas, y proyectos patrióticos, y su manera de hablar en público... Es más elocuente que un diputado de la Convención, a pesar de que su voz conserva aquel curioso acento meridional un poco cansado y como arrastrando las palabras comparado con la rápida manera de hablar que tenemos nosotros, los parisinos. Y después el valor. Un valor físico que le permite enfrentarse a los hombres sin temor.

¡La de historias que se cuentan sobre ella!

Hace un año, por ejemplo, cuatro bravucones la esperan debajo de su casa. Hombres de Felipe de Orleans. Ella lo había acusado de traición, él quería darle una lección. Estos sujetos la agarran por el pelo y se burlan de ella, gritándoles a los viandantes: «veinticuatro perras... Por veinticuatro perras la cabeza de la De Gouges, ¿quién la quiere?» Y ella: «amigos míos, yo ofrezco treinta y exijo la preferencia».

En resumen, demasiadas cosas como para que yo no me sienta infinitamente pequeña en presencia de esta mujer. Y no sólo en sentido figurado. ¡Olympe es tan alta! Además, tiene una manera de estirar el cuello que es como si lamentara no haber podido contemplar el mundo desde una atalaya todavía más elevada. Pero, ahora que la conozco de cerca, sé distinguir sus impaciencias de sus temores, porque también ella, sí, también Olympe de Gouges, a veces tiene miedo, yo lo he comprendido y eso lo cambia todo. Mi sentimiento. Mi manera de escucharla. El significado, a fin de cuentas, de nuestras distancias.

A Tours llegó en medio del silencio de una tarde agotadora, llena de demasiado sol y de molestos mosquitos. Este año el verano es muy caluroso y también las noches en una ciudad construida entre las aguas de unos ríos que, a pesar de la sequía, siguen convergiendo, divergiendo y mezclándose con lentos remolinos de lodo, las noches son terriblemente sofocantes y me hacen sufrir. Su llegada ha sido un soplo de aire, me ha aliviado.

Hela aquí, pues, por sorpresa, con su sombrerito azul cubierto de polvo y los ojos enrojecidos por tres días de viaje. Pero bueno, no ha sido cansado, protesta sonriendo de pie en el vestíbulo mientras Justine asiente con la cabeza a su espalda sin demasiada convicción. Es más, dice, viajar es fácil en este tórrido verano que, sin embargo, seca las calles y hace que las ruedas se deslicen tan suavemente por la calzada que ni siquiera es necesario sujetarse a las correas de cuero. Calles secas pero desiertas: en tres días, desde su vehículo sólo había entrevisto berlinas militares, las que transportan a los oficiales arriba y abajo desde París.

Por un instante, he imaginado que ya había recibido mi carta y me he sorprendido. Hace dos meses que el servicio postal prácticamente ya no funciona y, cuando funciona, es muy lento, a pesar de que muchos postillones que todavía no han cambiado de trabajo van muy rápido, obligados como están a duplicar los trayectos y los servicios. Sin embargo, en los departamentos las noticias se reciben con unos intervalos tan largos que es un verdadero suplicio.

Como es natural, no, no había recibido la carta, pero sabía que Pierre había resultado herido. A veces tengo la impresión de que está mejor informada ella que el ministro de la Guerra. Se lo había advertido un amigo, a la vuelta de una misión en la costa. Le había dicho que Pierre había caído víctima de un bayonetazo y que había permanecido un día y una noche entera debajo del cadáver de su caballo. «Ahora está en el hospital», y ella no lo había pensado dos veces: con el primer carruaje que salía, había venido a verlo.

—Está bien— me apresuro a tranquilizarla, tomando su mano entre las mías.

Y añado que ahora ya hace tiempo que lo han dado de alta en el hospital y es más, por desgracia, se encuentra de viaje precisamente con destino a París, seguramente en el interior de una de aquellas berlinas militares con las que ella se ha cruzado por el camino.

En busca de su gran ocasión, explico, de nuestra gran ocasión, si de veras Tallien —éste ha sido quien lo ha convocado— respalda su ascenso a general de brigada.

En lugar de la complacida sorpresa que me esperaba, al oír el nombre de Tallien observo que su sonrisa se desvanece. Siento que su muñeca se tensa y que sus dedos me aprietan con repentina fuerza.

Entre tanto, Justine ha desaparecido con el equipaje, siguiendo a Pauline. Ella y yo nos quedamos solas por primera vez desde que nos conocemos.

Será por el revuelo de su llegada, será por eso por lo que se apodera de mí una angustia, una timidez que, en lugar de hacerme callar, me obliga a hablar, a soltar las palabras una tras otra como si las arrojara a un precipicio. Hablo, hablo y no paro de hablar, digo que la situación es delicada, que el ministro de la Guerra ha repartido a sus comisarios jacobinos por todas partes, que los generales están condenados a vivir y a combatir en medio de los agentes del Gobierno y que éstos no se conforman con espiar, sino que pretenden ejercer un mando que no les corresponde y que los oficiales tienen que actuar con mucha cautela entre todas estas intrigas más peligrosas que una emboscada en los pantanos del Marais o del Poitou. Pero quizá no es malo que haya alguien que vigile y elija a los hombres adecuados. Adecuados para la Revolución. Pierre afirma que no es necesario que los generales sean expertos, basta con que sean lealmente republicanos. Por eso le han prometido el grado que su genio militar merece y que, sin embargo, se le podría negar debido a su juventud. En la Convención hay hombres que saben reconocer la lealtad.

—¿Qué hombres?

—Los hombres de la Montaña.

Con aquel repentino movimiento que yo conozco tan bien, porque Pierre lo ha heredado tal cual, ella retira la mano, sustrayéndola a mi apretón de una manera tan brusca que me araña la palma con las uñas.

—Imposible. ¿La Montaña ha prometido un ascenso al hijo de una moderada, de una amiga de la Gironda? —Sus ojos me rechazan como si hubiera dicho una inconveniencia y después se quedan absortos y me borran, persiguiendo un pensamiento— Y si lo han hecho, ¿con qué objeto? ¿Qué es lo que quieren?

Pues no sé. Me quedo allí, perpleja en su presencia, sin más palabras en la tarde repleta de mosquitos nacidos de capas de bochorno. No lo sé. Y me siento necia y culpable de toda la inexperiencia que hace que el mundo se me escape de los dedos y se me vuelva abstracto y lejano. Ya puedo yo discutir y leer novelas y libros de filosofía. He comprendido que, si me falta la experiencia, siempre haré un papel de necia. Y me vuelve a la mente aquel primer viaje que hice en pleno invierno cuando, contemplando los campos desnudos, yo, que jamás había salido de la ciudad y no sabía nada de cosechas y de estaciones, exclamé: «Dios mío, qué desgracia, no habrá trigo este año».

Y ahora ella me pregunta qué quieren los hombres de la Montaña. ¿Qué quieren? Pues la verdad es que no lo sé. Y me noto un nudo en la garganta y me avergüenzo, porque tengo ganas de llorar como una niña.

Pero ella se da cuenta y enseguida se ablanda y cambia de tono.

—Vamos —la mano tendida con la palma hacia arriba, en un gesto conmovedor—. Me muero de deseo de ver al pequeño.

En el cuarto de los niños huele a leche y jabón. Jean-Hélie ríe feliz y se levanta tambaleándose sobre sus piernecitas para correr a nuestro encuentro y caer a revolcarse entre nuestras faldas. Se está volviendo un hombrecito muy fuerte desde que le quité las bridas. ¡Quiero que mi hijo camine libre! Olympe lo levanta y, de puntillas, se acerca a la cuna sosteniéndolo en sus brazos. El pequeño duerme apretando los puños. Ha nacido en Tours y nadie lo conoce todavía, ni siquiera mi madre. Olympe se inclina y el muy pillín abre los puños, baja las manitas y la mira. Ojos grises, susurra ella satisfecha. Los suyos son castaños, pero de un bonito castaño dorado.

Así se iniciaron nuestras jornadas juntas. Mis jornadas y las de Olympe.

—Sois demasiado débil, tenéis que caminar —ha decidido, tras haberme pasado revista con una mueca crítica. No habían transcurrido ni siquiera dos horas desde su llegada—. Caminar es bueno para el cuerpo y el espíritu, dispersa todos aquellos antipáticos vapores femeninos.

Y ha añadido con una hermosa sonrisa en los labios:

—La cabeza no madura a la sombra.

En menos que canta un gallo, su propuesta se convierte en una costumbre.

Todas las mañanas, antes de que el sol nos deje sin aliento, henos aquí paseando bajo las frondas de los tilos plantados en el siglo pasado, por la alameda que pasa por ser la más bella de Francia, más bella, a decir de las gentes del lugar, que los bulevares parisinos.

La señora de Guillebon quisiera hacernos compañía de vez en cuando, pero, por suerte, se cansa y ya desiste de su intento al llegar al tercer puesto de venta de bebidas frescas que jalonan el paseo a la orilla del río.

Al principio, yo también me cansaba de tanto caminar, Olympe no, porque está acostumbrada. Incluso, cuando vivía en Auteuil, tenía por costumbre ir a pie a París hasta llegar a la barrera de la aduana. Allí se sentaba a descansar en los peldaños, se cambiaba las botas por un par de zapatitos sin tacón y tomaba de inmediato un coche de punto para visitar a su viejo impresor, Couret, un hombre desagradecido que antes se había enriquecido con su dinero y ahora se ha convertido en el más encarnizado de sus acreedores.

Bueno, pues habíamos adquirido la costumbre de pasear. Y, caminando la una al lado de la otra, ella me hablaba de Robespierre, de su aire de perro bastardo, siempre empolvado, siempre tan bien cepillado con su triste atuendo de color verde, de su pálido rostro que despierta la compasión de las mujeres, de su talento de seductor de almas femeninas, de cómo, en los jacobinos o bien en la Asamblea, se sirve de dos pares de gafas, uno para leer y otro para escudriñar las tribunas llenas a rebosar de mujeres mientras éstas se ruborizan pensando «es a mí a quien está mirando».

Al regreso de nuestro paseo matutino, entre el cansancio y el calor que subía desde la calle, yo entraba en una especie de somnolencia nebulosa. ¡Oh, sí, pensaba finalmente! Si pudiera tumbarme ahora mismo en la cama, conseguiría dormir un poco. Pero es la hora de dar el pecho al niño y el sueño desaparece. Y después está Jean-Hélie, que se pone pesado, y Pauline, que pide el visto bueno para el almuerzo, y Justine, que entra con el agua para el pediluvio de Olympe. Deposita en el suelo la jofaina de plata y farfulla en tono de reproche:

vuestra agua. No puede ser muy sano, en su opinión, eso de lavarse tanto, ya se sabe que el agua diluye la fuerza de la sangre y debilita la piel. Pero la piel de Olympe es muy tersa y su cuerpo ligero, mientras que Justine está más seca que un jansenista en tiempo de Pascua.

Pierre se pasa una mano impaciente por el cabello que un peluquero de París le ha cortado muy corto... Demasiado, a mi juicio. Él también sufre por el calor. En el interior del leve surco en forma de media luna de las ventanas de la nariz y de más abajo, a lo largo de la curva del labio, le tiembla un hilo de sudor.

—No te atormentes— le digo, tratando de infundir en mi voz un sosiego capaz de serenarlo.

Ha regresado furioso y sin el ascenso. Preocupado por él, por nosotros, por la situación de su madre. En nuestro lecho, con las cortinas recogidas en la parte de arriba para captar hasta el más mínimo soplo de aire, Pierre se desespera cada noche.

Olympe está combatiendo una batalla suicida. Sus llamamientos recorren París. *La tiranía avanza a pasos agigantados...* Y firma debajo de esta frase. O a pie de página en la carta que ha enviado directamente a casa de los jacobinos de la Comuna y de la Convención y que no es una carta, sino un testamento. Su testamento político.

Dejo mi honradez a los hombres, que les hace mucha falta, mi alma a las mujeres y mi genio creador a los autores dramáticos, a quienes sin duda les será muy útil, recita Pierre en tono forzado.

No puedo por menos que echarme a reír. ¿Cómo no reconocer en estas palabras todo el histrionismo meridional de su madre? Y Pierre también, tras vacilar un instante, rompe a reír y me estrecha en sus brazos.

—Está loca— me susurra al oído, empujando hacia atrás la cofia para buscarme el cabello.

Bajo la camisa desabrochada, su pecho es cálido y el corazón le palpita a flor de piel.

—No, no temas nada. Hemos ido al notario.

Hay incredulidad en el rápido movimiento de la barbilla que se aleja del refugio de mis cabellos.

Pero no me estoy inventando una historia para tranquilizarlo. Es cierto, Olympe ha querido que la acompañara al notario antes de emprender el viaje. Hemos esperado no sé cuánto rato en un sucio estudio, sentadas en unos incómodos sillones de bambú con el anuncio amarillo de un embargo cerniéndose por encima de nuestros gorros de terciopelo mientras dos escribientes seguían rascando con sus plumas hojas y más hojas de papel timbrado. Ha sido en aquel momento cuando, en el inquieto juego de sus dedos alrededor de la cadenita del reloj, he percibido en ella el impulso del temor. ¿Era el temor de decidir? ¿O un temor que venía de más lejos y la asaltaba a traición?

Fuera lo que fuera, mi presencia no le servía de ayuda. Me daba cuenta y lo lamentaba. Por suerte, allí estaba también el hermano del notario, cura pero buen republicano, uno de aquellos que habían prestado inmediatamente juramento a la Constitución. Él será quien la ayude con los campesinos. Se han puesto a hablar de las derrotas del oeste, del último número del *Moniteur*, llegado con un correo especial... En resumen, al final todo se ha resuelto de la mejor manera y se ha alcanzado un acuerdo. La casa de la finca Figuier ya es suya.

—Ha prometido retirarse al campo —insisto—. Tenemos que creerla.

Pierre guarda silencio. Pero su cuerpo en tensión poco a poco se relaja, su abrazo se afloja.

—Pues entonces, ¿por qué ha regresado a París?— murmura al cabo de un rato, ya perdido en el sueño.

Duerme. Una respiración tranquila. Libero lentamente mis piernas de las suyas y recupero mi parte de la cama.

Busco con los pies un borde de la sábana todavía fresco.

La noche será muy larga.

Incorporada y apoyada sobre el codo, lo contemplo a la suave luz de la vela nocturna. De vez en cuando mueve la mano que descansa sobre la almohada y suelta un resuello, un pequeño resuello de impaciencia que le hace vibrar las pestañas como si, de repente, se le hubiera colado a la fuerza una imagen por debajo de los párpados, algo que lo irrita incluso en sueños. Contengo la respiración y con la punta del índice le rozo la comisura de los labios, la cicatriz que le corta la ceja. Protesta con un gemido y sigue durmiendo. Sonrío a pesar de que me siento triste.

Y él duerme. Y yo lo miro. Ya no sé si estoy sudando a causa del calor de la noche estival o de la consabida llamita que se ha encendido puntualmente y que arde en el interior de mi cabeza.

Me levanto. Descalza, recorro todo el pasillo. Delante de la habitación de los niños me detengo a escuchar.

Una quietud que me enternece.

Entreabro la puerta. La respiración regular de Pauline, la apenas perceptible de Jean-Hélie, un borboteo de Anacharsis, mi pequeño Anacharsis, todo suspiros de satisfacción y de la leche que ha mamado...

Un pequeño ser pacífico.

Pierre está muy orgulloso de él y de mis pechos finalmente hinchados de leche. Es justo que así sea. ¿Qué hay más hermoso que una madre que se prende una vez más los hijos a las entrañas, que los alimenta con su propio cuerpo y con su propio espíritu? Recuerdo nuestro primer encuentro en los jardines de las Tullerías. Recuerdo cómo ya en aquella ocasión me preguntó si yo no sería, por casualidad, una de aquellas mujeres que se niegan a amamantar a sus pequeños. Unas mujeres egoístas, dijo, que consideran su obligación natural poco menos que una esclavitud. A decir verdad, yo jamás había pensado en ello.

—Haré lo que ha hecho mi madre.

De buenas a primeras, no se me ocurrió ninguna otra respuesta.

Después nació Jean-Hélie y mi leche resultó escasa, insuficiente para el desarrollo de un niño. ¡Cuánto lloré! Estaba aterrorizada ante la idea de que Pierre se disgustara por la avaricia de mi pecho. ¿Comprendería que lo mío no era egoísmo? ¿Que yo no podía hacer nada si mi cuerpo era sordo? Ah, mi cuerpo obtuso, necio, áspero, que se negaba a escuchar los preceptos de la nueva filosofía y no se dejaba convencer de que la Revolución tenía que empezar precisamente desde allí, desde mi pezón.

Y, entre tanto, Jean-Hélie seguía siendo sólo piel y huesos, muy largo y peludo. Lloraba día y noche y me despertaba... Porque entonces yo dormía, pues sí, dormía.

Abro la ventana que da al balcón del final del pasillo. Me quito la cofia y meneo la cabeza para sacudirme el cabello. El aire huele a moho. También mis manos y las puntas del cabello huelen a moho. Unos vapores se elevan desde las aguas mientras yo permanezco aquí, apoyada en la barandilla, olfateándome las puntas de los cabellos y escuchando el río. Abajo el diseño de los puentes presenta la fragilidad de las cosas improvisadas, las murallas de la ciudad parecen diques y los diques están muy lejos, castillos cerrados que rezuman el lamento de las olas.

En mis noches sin sueño he descubierto que cada río, como cada hombre, tiene su propia voz.

La del Loira es melancólica. El Sena, por el contrario, anda siempre muy atareado y tiene una voz recia, llena de conversaciones y ruidos discordantes.

La voz del Tarn, en cambio, no acierto a imaginarla.

¿La recuerdas? Se lo pregunté una vez a Pierre. La voz del río que mató a tu padre... Pero él entonces era un niño de pecho, ni siquiera tres meses, no puede recordar la voz que tenía el río aquel día.

La inundación se extendió hasta el mismo corazón de Montauban, destruyendo centenares de casas y de hombres.

Pierre no lo recuerda, no, es lógico, pero a veces sueña. Calles famosas, incendios en las plazas y un terrible olor a azufre.

Este sueño es todo lo que le queda de su padre, porque un año después Olympe cambió el Tarn por el Sena, cortando las mismas raíces del recuerdo.

Tenía diecinueve años. Exactamente la edad que yo tengo ahora.

Françoise-Modeste

El funeral ha sido precioso, una auténtica fiesta, todo París se ha conmovido, hasta mi hermana Suzanne, que normalmente sólo se conmueve cuando le salen bien los tirabuzones, hasta ella ha llorado, y yo más que nadie.

La ceremonia estaba prevista para las seis y yo no he hecho más que contar las horas y los minutos, de los nervios que tenía no he comido nada en todo el día, pero, en compensación, no sé cuántas jarras de agua mezclada con un poco de regaliz me he bebido, pues la ansiedad me secaba la garganta, y he echado mano de toda mi reserva de astucias en un intento de esquivar a mi padre. Temía que cambiara de idea y nos prohibiera participar en la fiesta. No habría sido justo. ¿Quién lo ha ayudado a fijar los carteles con el anuncio de las honras fúnebres, quién le ha alargado la brocha, quién le ha dicho «más a la derecha, no, un pulgar más a la izquierda» mientras él permanecía encaramado a la escalera de mano? Yo, yo y nadie más que yo.

Mi padre ocupa un cargo importante, un cargo de cartelero municipal. Eso significa que hoy tiene un gran deber que cumplir: vigilar para que la Revolución no sea mancillada en los muros de París. Es un centinela de la patria, eso es lo que es mi padre.

A decir verdad, en su oficio siempre ha sido muy meticuloso. Incluso antes de la Revolución, cuando el hecho de fijar carteles no era una tarea cívica de tanta importancia.

Conozco bien su manera de trabajar. Ahora ya ocurre muy raras veces, pero, cuando era más pequeña, lo acompañaba todos los días, o casi: era su ayudante. Él se echaba a los hombros la escalera de mano y la bruza y yo llevaba el delantal y, en bandolera, el recipiente del engrudo. Con la nariz levantada, me lo quedaba mirando mientras él subía, agarrándose con ambas manos a causa de la rodilla izquierda que, con el paso del tiempo, se le ha quedado anquilosada. Aplicaba el cartel al engrudo, bajaba y retrocedía unos cuantos pasos para echar un vistazo a su obra.

—¿Cómo ha quedado? ¿Recto o torcido?

No le interesaba por aquel entonces lo que los carteles llevaban impreso y que después leerían los parisinos... Y, por otra parte, él lee muy mal y ve todavía peor. Le importaba mucho la simetría, la precisión. Por lo demás, tanto si se trataba de una nueva comedia adornada con los nombres de los actores, tal como se acostumbra a hacer desde hace algún tiempo, como si era un perro extraviado o una boda, mi padre era la personificación de la indiferencia. Pero la calidad del engrudo y de las brochas, en eso sí ponía especial empeño, y también en la exactitud de los cálculos que hay que hacer para no equivocarse en las medidas. ¡Ay como se equivocara! En caso de que ocurriera tal cosa, se situaba delante de aquel pobre cartel que colgaba de manera tan inarmónica por encima de la cabeza de los viandantes como si se tratara de un enemigo de carne y hueso, y lo desafiaba silbando con los labios apretados. Un silbido concentrado, doloroso.

A mi padre le gusta su trabajo, de eso se trata. Y creo que por el mismo motivo por el que también me gusta a mí. En esta ciudad, que es la más grande del mundo, en este espacio desmesurado en el que todo y todos corren el riesgo de extraviarse, el trabajo de mi padre es el engrudo que une, que junta lo grande con lo pequeño, que da un lugar y un tiempo a cada cosa. También a la aventura. ¿Quién sabría, de no ser por él, qué día y a qué hora los veleros de carga zarparán rumbo a las Indias?

Están los periódicos, es cierto. Pero hay que comprarlos. Los carteles, en cambio, son para todos, tanto para el *ci-devant* que sigue sintiéndose un aristócrata como para la carbonera del barrio de Saint-Antoine.

Por eso mi padre nunca dejó de salir con la escalera de mano y el delantal, ni siquiera cuando el mal de los huesos lo obligaba a doblarse por la mitad y habría podido quedarse en casa con los brazos cruzados delante de la ventana, porque su hermano Gustave, que tenía una barca y andaba metido en ciertos negocios con los ingleses antes de que éstos se convirtieran en nuestros enemigos, bueno, el tío Gustave había muerto y descubrimos que sus actividades habían sido muy rentables y, por consiguiente, ahora mi padre también habría podido disfrutar de ellas. Pero él dijo: la Revolución necesita gente que fije carteles... Aparte del hecho de que, teniendo dos hijas, el dinero nunca es demasiado, ¿tendría que comportarme como un señor prrecisamente ahora que me gano tan bien la vida? Entre los boletines de la Convención y las proclamas de los diputados, el trabajo se ha duplicado. Y por eso renquea y se encarama, se encarama y renquea, pero no se detiene. Y la indiferencia ahora no se la puede permitir. La responsabilidad es muy grande.

Pero yo también tengo mis responsabilidades. Por eso estaba tan empeñada en asistir al funeral. Es un deber de todos, *de todos*, ¿está claro?, rendir homenaje a los héroes de la República, aunque mi padre dice que Robespierre ha puesto en guardia a los jacobinos contra las honras fúnebres que, acentuando la vanagloria, dispersan las energías del pueblo cuando sería mejor actuar de manera más provechosa en favor de la patria.

La advertencia es sabia, digna de un auténtico republicano como Robespierre, pero, ¿se podría tal vez faltar al funeral de Marat?

En resumen, oigo que dan las seis y nosotras estamos todavía en casa. Ya no resisto la impaciencia, a través de la ventana penetra un sordo y constante retumbo, es la muchedumbre que se está congregando y, como nos sigamos entreteniendo, me temo que no veré nada. Ya me ocurrió en la iglesia de los Franciscanos, donde habían expuesto el cadáver. La gente estaba tan apretada que no conseguí abrirme paso. Desde lejos, desde muy lejos, vislumbré a las jovencitas que arrojaban flores sobre el lecho fúnebre, todas vestidas de blanco —¡cuánto habría deseado ser una de ellas!— mientras el presidente de una sección pronunciaba discursos.

...*¡Ciudadanas, cubrid de flores el pálido cuerpo de Marat! Marat fue nuestro amigo, fue el amigo del pueblo, por el pueblo vivió, por el pueblo ha muerto. Ciudadanas, arrojad flores sobre el pálido cuerpo del amigo del pueblo...*

No lo vi en los Franciscanos y hoy por lo menos quisiera poder ver a ese hombre misterioso que vivió escondido en los sótanos de un convento, según cuenta mi padre, para salir de allí como un ser creado por las propias necesidades de la Revolución.

—¡Pero qué es lo que quieres ver!— resopla Suzanne.

A ella no le interesan los cortejos cívicos. Se pasa todo el santo día en casa trajinando con las espinacas y el cebollino para preparar las sopas y las tartaletas que después vende a las vendedoras ambulantes de Les Halles, o bien sentada en la silla remendando bordados por cuenta de la modista que vive en el piso de arriba, y con eso tiene bastante.

—Yo no soy como tú —protesto—. Yo soy una patriota y quiero ver al Amigo del Pueblo antes de que lo entierren. Ah, sí —añado inspirada—, quiero verlo y tocar la sábana que lo envuelve y tocar su pecho desnudo con la herida de la que mana sangre...

—Pero qué sangre, si lleva cuatro días muerto...— se atreve a decir entre risas mi hermana mayor.

—*Casi* cuatro— puntualizo.

—Y, aunque estuviera vivo, con aquella piel de pescado putrefacto...

A mí no me impresiona, yo soy una verdadera «romana». ¿Acaso se habrían impresionado Clelia, Porcia y Lucrecia? ¡Ah, qué historias tan bonitas he aprendido en los siete meses que asistí a la escuela de la ciudadana Fournier! Después de haber leído las hazañas de las heroínas antiguas, la sangre de un mártir no me puede asustar.

Al final, ha ocurrido que esta vez tampoco lo he podido ver. El cortejo ya estaba muy lejos cuando hemos salido de casa. Pero, aun así, ha sido magnífico.

Todo era grandioso y patriótico. Desfilaba el pueblo reunido bajo las banderas de las distintas secciones, desfilaban los miembros de la Convención, de la Comuna y de la Administración departamental, desfilaban los electores y las asociaciones populares. Hasta el desconcierto tenía un no sé qué de imponente. Hombres y mujeres emergían de la oscuridad de las calles, pasaban a través de un resplandor de antorchas y volvían a ser engullidos por las sombras para volver a salir entre los destellos de las llamas. Por encima de ellos, recortándose contra el negro cielo, se elevaban las siluetas de las casas.

El reloj de la ciudad da la medianoche cuando llegamos finalmente al jardín de los Franciscanos. Redoblan los tambores y el cadáver de Marat se deposita bajo los sauces. Una ligera brisa agita las hojas que reflejan y multiplican la trémula luz de las antorchas. Se hace el silencio. El silencio impresionante de las multitudes. El presidente de la Convención levanta el brazo. La libertad no puede morir, grita, y la muerte de Marat tiene que servir para consolidarla.

Todos lloran a mi alrededor. Tal vez la culpa es del ayuno, del calor, del gentío, o de la emoción de encontrarme entre tantas personas famosas, de noche, y los que vuelven de la guerra, y el cortejo que no termina nunca, y aquellos discursos que tampoco se terminan nunca, pero, de repente, noto que me suben los vapores a la cabeza y me desmayo.

Creo soñar cuando abro los ojos y lo veo. Nada menos que él, Nicolas Danzel, inspector de policía. Cierro nuevamente los ojos y los vuelvo a abrir, y él sigue allí. Ciudadana, me llama con una voz que es puro aguardiente destilado, gota a gota, sobre un terrón de azúcar. Ciudadana, invoca, apuntando con sus ojos oscuros a mi sien, donde la escarapela tricolor recoge las cintas que me sujetan el cabello. Y yo me acerco la mano al pecho para calmar el corazón que empuja y quiere salir bajo el impulso de un inmenso amor patriótico.

El caso es que jamás de los jamases me habría podido imaginar oírme llamar «ciudadana» por la voz de Nicolas Danzel.

Cuando lo miraba mientras pasaba bajo nuestras ventanas con sus elegantes andares, calzado con zapatos de hebilla de plata, no me atrevía ni siquiera a esperar que algún día me dirigiera la palabra. Pero por aquel entonces yo era pequeña. Después crecí y él cambió de casa y se convirtió en un héroe. Forma parte del Comité Central Revolucionario y él ha sido quien ha liberado a Marino, otro gran héroe, el que ha tenido el valor de denunciar a la Comuna el complot de Vergniaud, Brissot, Pétion y los demás girondinos, todos traidores, lo sabemos, todos agentes de Inglaterra y de Prusia.

Mi padre respeta mucho a este Marino, iba siempre a escucharlo cuando pronunciaba un discurso en la sección. Cabe imaginar cómo se quedó cuando lo detuvieron por orden de la Convención, acusado de tramas secretas contra aquellos mismos girondinos que él había denunciado por traidores. Y después detuvieron a Dobsen, que es juez del Tribunal Revolucionario. Y también a Hébert, a la salud de la libertad de prensa. ¡Había que oír al día siguiente a los vendedores callejeros del *Père Duchesne*! En las secciones se ha armado un alboroto, lucha la Montaña contra la Gironda, mi padre corre, a pesar de su pierna mala, de una sección a otra para decidir el resultado de la lucha aunque sea a silletazos, en caso necesario.

Y Nicolas Danzel delante de todos. En primera fila. Presente dondequiera que el momento lo exija.

Al final, el decreto acerca de la libertad de los detenidos se somete a votación en la Convención. Mi padre está muy alterado, no para de moverse, el temor es grande. Pero el decreto se aprueba, cuando ya es noche cerrada, pero se aprueba, la victoria es nuestra: ¡París ha vencido! La Comuna ordena que se ilumine toda la ciudad y organiza una procesión cívica de antorchas. Mi madre, a aquellas alturas, ya está cansada, no le apatece moverse, gracias al cielo, y mi padre se tiene que conformar conmigo, que estoy lista de inmediato. Así participo yo también del triunfo de Hébert, de Marino y de Nicolas.

Quisiera decírselo ahora, mientras se inclina para cerciorarse de que no me haya lastimado, pero su aliento me cosquillea en las mejillas y yo me quedo sin habla, por mucho que me esfuerce no consigo encontrar ni un hilillo de voz. Lo miro, tan de cerca, y empiezo a jadear. Nicolas Danzel. El libertador.

Nicolas, nada menos que él, ha esperado a que me recuperara del todo, ha comprado en un tenderete iluminado por velas de sebo una limonada para mí y otra para Suzanne y nos ha acompañado a casa.

Todos los que regresaban del funeral lo reconocían y nos saludaban con el respeto debido a las personas de alto rango. Él correspondía a los saludos y reanudaba la conversación con mi hermana, preguntándole si había estado en la iglesia de los Franciscanos y cuál era el discurso que más le había gustado. Y la muy hipócrita contestaba. Una conversación absurda. Habría querido interrumpirla para explicarle al muy ingenuo de Nicolas cuál era exactamente la situación y decirle que Suzanne, de estas historias, no quiere saber nada y no entiende nada. Yo soy la patriota, la «romana» de la familia. Pero, en cuanto abría la boca, ella me obligaba a callar:

—Vamos, no te fatigues.

Era cierto que me sentía todavía muy débil y la presencia de Nicolas me agotaba más, si cabe. ¡Era tan amable! Y Suzanne lo aprovechaba para hacerse la graciosa. Ella que, entre otras cosas, ya tiene veinticuatro años. Aunque también es verdad que este peinado tan llamativo con el cabello entretejido con encaje la favorece mucho y la edad casi no se le nota.

Ya habíamos llegado a casa. Mi hermana seguía asintiendo a cada palabra de Nicolas y yo no sabía qué inventarme para llamar de nuevo su atención.

Por suerte, me di cuenta de que me habían robado el pañuelo, el más bonito que tengo, el azul con rayitas rojas y las letras FM bordadas en blanco, y él me prometió informarse, pues durante estos grandes cortejos se suele detener a muchos ladrones que aún llevan encima los objetos robados, por lo que me pidió que se lo describiera detalladamente para que, en caso de que lo encontrara, me lo pudiera devolver. Cuento sinceramente con ello.

Justine

—¿Pero cómo ha ocurrido?— pregunta Renée, que es pelirroja y, por consiguiente, más entrometida que una raposa, mientras yo desanudo sobre la mesa de la cocina el fardo de las prendas lavadas y planchadas que me acaba de entregar, las examino, las cuento, tantas camisas de tela de la India, tantos pares de sábanas, tantas fundas, tantas pañoletas.

—Cómo ha ocurrido...

Me encojo de hombros: una caída, una simple caída sin importancia, y mi pobre Babichette se ha roto una rodilla. Culpa de este tiempo tan loco que hemos encontrado en París. Primero un cielo despejado sin una sola nube y después truenos por todas partes y un aguacero nunca visto, otra vez un cielo como recién lustrado y después viento y temporales el uno detrás del otro sin parar. ¿Temporales digo? ¡Más bien huracanes! Un desbarajuste que ha trastornado las calles, piedras, barro, pozos negros que escupen sus porquerías, canales de desagüe que se desbordan, nada más fácil que resbalar.

—¿Iba a pie?— se sorprende Renée.

Ya está, ahora ella también mete cuchara. El portero, el aprendiz del peluquero, todos preguntándome: «pero cómo, ¿iba a pie?» Sostengo a contraluz el peto de encaje: la mancha de vino tinto ha desaparecido, ni siquiera una sombra. Trabaja bien Renée, lástima que sea una jacobina furibunda que ha bautizado a su último hijo como «La Montaña», un nombre que aplastaría a un adulto y ya no digamos a un niño de pocos meses.

—Iba a pie— confirmo, soltando el peto.

Menuda novedad, pienso. Ella siempre va a pie. En aquel caso concreto, se dirigía a despedir a su hermana Jeanne, que se traslada al campo. Se comprende, todos los que pueden abandonan París. Nosotras, en cambio... Nosotras hemos comprado una casa muy bonita en medio de unas viñas, que tiene de todo, grande, agradable, hemos soltado sin rechistar todo lo que nos ha pedido el muy bribón del panadero, hemos hecho este buen negocio... ¿para qué? Para regresar a la ciudad a morirnos de calor, de miedo y de deudas. Entre tanto, la señora Jeanne, que es la más lista de todas, cierra su casa y se va, olvidándose de las deudas y de los acreedores. Porque en eso ella tampoco se queda corta... Un vicio de la familia. El perfumista, la modista, el boticario, ya una vez mandaron sellar su apartamento.

Pero hay maneras y maneras de endeudarse.

Ay, si yo hablara. Pero estas cosas no se le cuentan a alguien como Renée que, encima, ¡es una jacobina furibunda! ¡Porque yo me conozco a unos cuantos listillos que se han enriquecido con la Revolución! Empezando por los tenderos que esconden la carne y la harina para venderlas después bajo mano a un precio exorbitante. Y, mientras estos valientes patriotas matan de hambre a los franceses, mi Babichette se empobrece por culpa del pueblo. Yo las cuentas las sé hacer mejor que ella. En cinco años se habrá gastado cuarenta mil francos entre impuestos voluntarios, aportaciones para la guerra y festejos cívicos. ¡Y un cuerno perfumes y sombreros! Un patrimonio malgastado por la Revolución. Y ahora nos toca comprar a crédito hasta el cascabillo para los canarios mientras la señora Jeanne se va al campo y adiós a todos, incluso a su hermana.

Y no es que sea mala, la señora Jeanne. Allí mismo se puso a llorar y se desesperó al verla en semejante estado. Por su culpa, por si fuera poco, porque había salido por ella, para despedirse de ella antes de que se fuera. Llamó enseguida a su marido, que puso manos a la obra, le limpió la herida, se la desinfectó y le vendó la pierna. Un médico muy escrupuloso, con un toque de amabilidad que casi no se nota. Una vez me curó también a mí...

Pero, al terminar el vendaje, ella se secó las lágrimas, él bajó a buscar un carruaje, ayudó a la cuñada a subir al vehículo y adiós muy buenas, a partir de aquel momento, si te he visto no me acuerdo.

—O sea que iba a pie...— insiste Renée, restregándose las manos en el delantal, con sus ávidos ojos preparados para beberse toda la historia desde el principio hasta el final.

¿Pero es que yo tendría que explicarte a ti, a una lavandera, por qué mi Babichette prefiere ir a pie aunque sea una señora?

—Cuando llueve —la corto— no se encuentran carruajes.

Es más, farfullo, desde que han empezado a requisar caballos, ya nunca se encuentran. A cualquier hora y haga el tiempo que haga.

—Los buenos caballos los necesitan nuestros soldados. Para ir al teatro, basta un jamelgo— replica Renée, ofendida.

No me gusta su tono de voz, que inmediatamente se vuelve más agudo, como si se encontrara en la plaza de un mercado. Pero es su manera de comportarse, no hay que tomárselo a mal. En la sección le han enseñado a levantar la voz incluso en los casos en que no debería... Una fanática.

Pero muy trabajadora.

Siempre atareada, desgreñada, con el delantal por lo menos tres dedos más largo que la falda, siempre de través de tanto como corre. ¡Trabaja a jornal y por eso tiene que galopar! No hay mañana que no la vea con la cofia ladeada por el viento, corriendo por la orilla del Sena para llevar los hornillos y las planchas por cuenta de la ciudadana Charton, que es la dueña, a la barca-lavadero anclada cerca de la sección de los Inválidos. Y, sin embargo, con todo el esfuerzo y el tiempo que necesita para reunir cuatro perras, ha sido la primera en prenderse la escarapela al pecho.

El montón de ropa limpia que espera sobre la mesa a que lo guarden en su sitio, desprende el mismo olor sutil que sus brazos, a jabón y ceniza.

—¿Cuánto es?— le pregunto.

Y Renée da comienzo a la consabida ceremonia. Nunca dice: tanto por esto, tanto por esto otro y tanto para mí. Empieza a quejarse de que no hay jabón y de que, cuando se encuentra, no cuesta menos de un franco la libra.

Pero esta vez no es sincera. ¿Cree que yo no sé nada del bonito negocio del miércoles pasado? Los barcos cargados de jabón estaban llegando a la ciudad por el Sena y las lavanderas se lanzaron al abordaje y arramblaron con todo.

Al final, se me escapa de la boca:

—¿Pero no os aprovisionasteis el miércoles?

Y Renée en tono muy seco:

—Yo no robo el jabón del pueblo.

Pero la ciudadana Charton sí estaba allí. Y las demás también estaban y el alcalde se vio obligado a intervenir. Dijo lo siguiente: «si cuando llegan mercancías y productos alimenticios los parisinos van a saquearlos, ya nadie enviará más. París no tendrá nada para alimentar, vestir y mantener a sus setecientos mil habitantes. ¿Y qué harán entonces estas setecientas mil personas? Se devorarán entre sí. ¿Eso es lo que queremos?»

Advierto con satisfacción el relámpago de temor que atraviesa la mirada de Renée. Ella se da cuenta y baja los párpados mientras anuda las esquinas del fardo de la ropa sucia que se tiene que llevar. Cuando gira la muñeca, en la parte interior, donde su clara piel de pelirroja se vuelve muy fina, veo una quemadura bordeada por gotitas de sangre reciente.

—Pues sí —repito—, nos devoraremos los unos a los otros.

Ella aprieta en silencio un último nudo. Y yo me quedó allí en silencio, contemplando aquella mancha roja en su fina piel.

Renée se ha ido con su pequeño fardo y yo me pongo a preparar la pasta de salvado para los perros.

El general *Alejandro* me espolea con alentadores golpes de hocico contra mi falda, como diciéndome «anda, date prisa». Pobre general, no le habría podido caer encima un nombre menos adecuado. Es un perro contemplativo. Lento, con aquel corpachón que se obstina en permanecer delante de la ventana. Las patas delanteras sobre el alféizar, las posteriores hundidas en los pliegues del trasero, se pasa horas sin moverse. Todo lo contrario que *Montesquieu*, que siempre tiembla de excitación, nunca se está quieto, da vueltas alrededor de la mesa, dos vueltas, tres vueltas y le tiemblan las orejas, aquellas orejas suyas colgantes de *cocker spaniel*, y, junto con las orejas, le tiembla la cola, le tiembla la lengua, un espectáculo nunca visto. Incluso dentro de sus cabezotas, según dice Olympe, hay un alma a la espera de ocupar su lugar en un cuerpo humano y por eso hay que respetar a los animales y cuidarlos con mucho esmero.

Yo no sé de dónde saca ciertas ideas.

Cuando vivíamos en Montauban, los animales que más habitualmente se veían, si no recuerdo mal, eran los cuartos de buey o los corderos desollados y colgados de los ganchos de nuestra calle, que era la de los carniceros.

Desollados y colgados, mi querido general. Pero tú no te asustes, no eran más que corderos y bueyes.

La verdad es que a mí los cadáveres puestos en fila me daban un poco de miedo. Y también a Olympe... Que entonces no se llamaba Olympe, no, para nada.

Ésta es una larga historia, mi precioso animal, grande, voluminoso y hambriento. Una historia larga y antigua, no sé hasta qué extremo te puede interesar. Pero nuestra ama está contenta cuando le hablo al alma escondida que hay detrás de tu hocico de dogo; por eso, presta atención a lo que te digo.

Marie Gouge es su verdadero nombre, el de pila. E hizo bien en cambiarlo, ¿sabes tú cuántas Maries hay en París? En cambio, Olympe... Y, además, era el segundo nombre de su madre, un deber sacrosanto que lo eligiera para sí.

Pero por aquel entonces, en Montauban, se llamaba Marie y sólo tenía dos años cuando Pierre Gouze murió en mitad de aquella calle que todos los viernes hervía con la sangre de los animales.

Murió en el acto, pobrecillo. Del disgusto, murmuraban las viejas, por haberse enterado de quién era el amante de su mujer y el verdadero padre, el padre natural de mi Babichette. Porque Pierre Gouze era un buen carnicero, pero ella, ¡ah, ella es hija de un gran señor! Jean-Jacques Le Franc de Pompignan. Marqués. Un *ci-devant* marqués, tal como se dice ahora. En cualquier caso, un gran señor y un gran literato. Que se llevaba a pasear a caballo a mi Babichette por las orillas del Tarn en primavera, en medio de una explosión de flores de tomillo y ajedrea. Quién habría esperado que terminaran de aquella manera, el gran señor por una parte, la madre y la hija por otra sin una sola palabra o un gesto más. Y, además, el porqué no se sabe. La familia de él, el orgullo de ella... Mientras el pobre Pierre Gouze...

¡En fin! Viejas historias. ¿A quién le interesa a estas alturas el pobre Pierre Gouze? Yo casi no me acuerdo de él, siempre estaba fuera, recorriendo las ferias del Lemosín o del Berry para comprar las bestias del matadero. Dicen las malas lenguas que estaba de acuerdo con el señor marqués y que se iba a propósito cada vez más lejos para dejarle la mujer a su disposición. Pero eso es una calumnia. De otro modo, ¿habría muerto de congoja?

La verdad es que, aunque fuera un carnicero, tenía un alma caritativa. Le dio el apellido a mi Babichette... Pese a estar muy claro que no era suya. Porque, después de un año de ausencia... Pues sí, un año. Doce meses, mi querido general. Llevaba ausente todo este tiempo y, a la vuelta, va y se encuentra con una hija recién nacida. La bella Anne-Olympe corría el riesgo de terminar como las adúlteras, ahogada en la jaula que se sumerge en las aguas del Tarn desde el Puente Viejo. La jaula baja poquito a poco, se detiene, vuelve a sumergirse y la desventurada allí dentro, agarrada a los barrotes...

Qué quieres, éstas son las costumbres de los hombres, general. Tranquilo, tu comida ya está casi lista. Ya sé que no llega ni a la mitad del cuenco y que tú te la terminarás de dos lengüetazos. Pero las carnicerías están vacías, mételo en la cabeza, no estamos en tiempos de Pierre Gouze...

Pero volviendo a aquel pobrecillo y a su alma caritativa, hay que decir también que la familia de Anne-Olympe tenía su importancia en la ciudad y no habría estado muy contenta de ver ahogarse a una Mouisset en la infamia de una jaula. Ya se sabe cómo iban las cosas en aquella época y cómo siguen yendo ahora, delante de las mismas narices de los jacobinos. ¿El pueblo le corta la cabeza al rey? Seguirá siendo el pueblo, con el aguachirle de la sopa que le borbotea allí abajo, en la tripa.

En casa de los Mouisset, en cambio, se comía bien y se trabajaba a gusto. Era una familia que sabía cómo tratar a la servidumbre. En resumen, eran ricos. En aquella época eran propietarios de una fábrica de paños. El padre de Anne-Olympe era abogado en la Bolsa de la ciudad, muy fiel a los Pompignan, y la propia Anne-Olympe era hermana de leche del hermano del señor marqués, un arzobispo de fina inteligencia. Por algo en el ochenta y nueve lo nombraron diputado y hasta ministro. Un digno tío para mi Babichette, si hubiera querido reconocerla.

Pero ningún miembro de los Pompignan, empezando por el señor marqués, quiso hacerlo jamás y eso a nosotras nos ha sentado muy mal. Una vieja historia... Pero a nosotras jamás nos ha gustado y sigue sin gustarnos en absoluto, ¿verdad, general?

Olympe

Es por culpa de la pierna. Con la pierna que se tiene que curar y la rodilla que tiene que recuperar la flexibilidad, me es imposible abandonar París. Irme o quedarme no depende de mí, y eso es un alivio. No tengo necesidad de elegir, no hay prisa, me veo obligada a esperar.

En la espera, almuerzo con Sébastien, voy a los baños que hay delante del Pont Royal con un bastón de regatón de acero y por la noche al teatro. Las cosas de siempre, las que tienen el poder de domesticar el tiempo. Costumbres. Que, sin embargo, ya no lo son si el teatro adonde iré esta noche podría cerrar mañana, si el periódico que en este momento estoy leyendo podría ser censurado e ilegalizado pasado mañana, si el gabinete literario de mi amiga Dupas podría ser destruido e incendiado dentro de unos días. Las costumbres han desaparecido, ya no hay puntos de apoyo: vivo días en suspenso.

Como todo el mundo, por otra parte.

Nada consigue devolvernos la cotidianidad en este París herido en el corazón por el puñal de una mujer. La cabeza de Charlotte Corday ha caído, pero la venganza no le es suficiente a una ciudad que se ha vuelto muy cruel, y teme no saber ya distinguir a los amigos de los enemigos, y se siente acosada por sus propios habitantes. No es, para nada, extraño que en semejante lugar las costumbres de toda una vida —de «mi» vida— corran el riesgo de convertirse en extravagancias, simples caprichos de una mujer excéntrica e imprudente.

Hasta hoy he apreciado mi imprudencia. Es más, la he cultivado con pasión.

Y mi rodilla me lo recuerda en todo momento.

¿Qué hacía que no hubiera hecho otras mil veces? Caminaba. Apurando el paso, es cierto, porque mi hermana me espera y porque no me gusta cruzar las Tullerías desde que, por detrás de los árboles, se distinguen los secos brazos de la guillotina.

Una ráfaga de viento y, de repente, se pone a llover. No hay carrozas, nada, ni siquiera un viejo fiacre. La lluvia arrecia, se convierte en un temporal. Un trueno rompe el cielo y, junto con el cielo, algo de mí que permanecía en suspenso allí arriba: una arrogancia, una seguridad que se quiebra bajo el mazo de los truenos, se despedaza y vuelve a caer en forma de relucientes gotas puntiagudas que me agujerean los ojos. Las ráfagas de agua me aturden mientras una voz se insinúa en mi cabeza y me dice en susurros que las señoras no van solas a pie por la calle. Como mucho, cuando hace buen tiempo, pasean por los jardines, que en París, tal como es bien sabido, están para eso. Y entonces yo, yo, que me encuentro bajo la lluvia, sola como una vendedora de Les Halles o una mujerzuela del Palais Royal que se levanta la falda sobre la pantorrilla en cuanto ve aparecer la sombra de un hombre, me siento en falta. Como para darle la razón a este nuevo sentimiento mío, un carruaje asoma por una calle lateral: es la salvación, trato de conseguir que se detenga, pero el cochero, en lugar de aminorar la marcha, voltea la fusta que silba y restalla, el caballo efectúa una reparada a un lado, la lanza del vehículo me roza y yo pierdo el equilibrio.

Y heme aquí, chorreando por el cuerpo y por el alma. Sin embargo, aún me quedan unos momentos de firmeza en los que la realidad recupera su peso y vuelve a ocupar el lugar que le corresponde. Los momentos de la escritura.

Por otra parte, éste es el motivo de mi regreso: terminar *Las tres urnas*, imprimirlas y fijar el mayor número de copias posible. Tras lo cual, ya no tendré más aportaciones que hacer a la causa de la paz. Me podré retirar al campo, tal como desea mi hijo. Cuando termine mi obra y se me cure la pierna, cumpliré mi promesa y me iré. Dejaré mi estudio de los pisos de arriba, arduamente arrancado a la avaricia y la desconfianza del propietario de la casa, el escritorio, el chifonier chino comprado al chamarilero de rue Saint-Jacques y el sillón de alto respaldo, muy cómodo para leer. Lo he prometido. Lo abandonaré todo, incluso esta ventana que se abre a un lejano laberinto de líneas oscuras: los tejados de París.

—Escribid.

«*Al señor Juge, notario de Tours: me he tomado la libertad, señor, de enviaros unos baúles con mis efectos personales. Estoy segura de que tendréis la bondad de custodiarlos hasta mi llegada, que es inminente...*

—¿Qué ocurre, Claude? ¿Por qué os habéis detenido? ¿Ya estáis cansado?

Es lento, Dios mío, hay que ver lo lento que es este muchacho. Cierro el abanico y lo vuelvo a abrir con dos bruscos golpes que le hacen cerrar fuertemente los ojos a *Madame de Sévigné*, la gata enroscada sobre su almohadón de terciopelo verde y franjas doradas. La paciencia es una virtud inútil, que no aprecio y de la cual estoy muy poco dotada, tal como a estas alturas Claude ya debería saber.

En efecto, baja los hombros y, con una expresión de repentino sufrimiento, se hunde en su levita color barro. Viste de una manera muy curiosa, como si hubiera juntado prendas heredadas de distintas personas, una chaqueta asfixiante, un chaleco con botones de acero al estilo inglés, unos botines de caña baja. Pero es apuesto. Con el cabello de corte redondo y un breve flequillo, ofrece el aspecto de un héroe romano, uno de aquellos jovencitos antiguos pintados por David. El lóbulo derecho, traspasado por un aro, se le ruboriza con facilidad. Un apuesto muchacho de manos lentas. Lo he contratado porque no tenía otra alternativa. Todos los secretarios con una cierta experiencia ya están trabajando por cuenta de los diputados y no aceptan otros compromisos. Pero no me arrepiento, en el fondo no es una mala adquisición. Claude no es rápido, pero tiene una bonita caligrafía muy regular, con las letras inclinadas justo lo necesario, y sabe cortar la pluma de la maravillosa manera en que la cortan los más consumados escribanos, maestros en el arte de la escritura, aunque no en el de escribir.

—¿Os vais, señora?

Sus ojos negros se clavan oblicuamente en mí de abajo a arriba y entonces lo comprendo de golpe. O sea que es eso lo que le ha hecho reducir la velocidad de la mano y agujerear la hoja. Mi partida. Lo estudio con más detenimiento.

—¿Cuántos años tenéis, Claude?

Levanta la cabeza, sorprendido pero encantado por mi interés. Ahora su mirada es directa y se hunde en la mía. La inquietud ha cedido el lugar a un ingenuo júbilo que no se disimula.

—Veinte, señora.

La edad de Hyacinthe, pienso, o poco más. La misma edad y, en los ojos, la misma distraída dulzura. Son extraños estos muchachos crecidos en la Revolución. Tendrían que ser más templados que nosotros. Y, sin embargo... Almas tiernas que cultivan la conmoción en lugar del entusiasmo. Lo veo también en los libros que leen. Hyacinthe prefiere llorar por la honestidad de una joven desventurada que emocionarse con los amores libertinos del caballero de Faublas.

Lanzo un suspiro.

—Tenemos que darnos prisa, Claude. Tenemos que cerrar la carta y reanudar la escritura de *Las tres urnas*. No es una novela lo que estoy escribiendo, los tiempos son graves.

Palabras planas, dichas con una voz no menos plana. Pero, evidentemente, no es ésta la respuesta que él esperaba, pues la decepción lo hace ruborizarse. Se le ruboriza la frente bajo el flequillo, se le ruboriza el cuello y el lóbulo de la oreja que él toca y atormenta, tirando del pendiente con las puntas de los dedos... Los dedos, sí, son auténticamente perfectos. Se conservan pálidos, con un ligero toque de color en el dibujo de las uñas. A su espalda un viento cálido agita las cortinas, penetra en la estancia y arranca de sus vestidos un enterrado perfume de tinta mientras del chifonier chino se escapa un olor a madera de sándalo.

Algo en el aire o en el sonido de nuestras voces molesta a *Madame de Sévigné*, que se sacude, eriza el pelo y mueve las orejas reclamando mi atención. Bien hecho, es verdad, me estoy dejando distraer y eso no está nada bien. Alargo la mano para tranquilizarla, pero el gesto me desequilibra y me provoca una punzada en la pierna. Aprieto los dientes para reprimir el dolor.

—¿Os duele, señora?

Hay algo más que una simple solicitud en esta voz que me resbala por encima, se entretiene y explora. Ay, muchacho mío.

—¿La pierna os duele?

Procuro relajarme con la cabeza apoyada en el respaldo y las manos en el regazo. No, explico con la misma dulzura con que se lo explicaría a Hyacinthe, no, no es el dolor, lo que me exaspera es tener que estar quieta cuando trabajo. No estoy acostumbrada a tanta parquedad de gestos. A mí me gusta dictar paseando arriba y abajo y acompañando el movimiento de los pensamientos con el del cuerpo. Y, en cambio, tengo que permanecer sentada con la pierna descansando sobre el reposapiés delante del sillón para no forzar la rodilla más de lo necesario.

—¿El doctor Reynard está todavía en París? ¿Es él quien os atiende?

Esta vez soy yo quien se sorprende.

—¿Conocéis a mi cuñado?

—Soy uno de sus alumnos. —El rostro del muchacho es un triunfo de orgullo, cortado de inmediato por una rectificación—, O, mejor dicho, lo era —puntualiza—. Hasta el año pasado —los hombros, en la chaqueta demasiado gruesa, vuelven a bajar y la voz se afina—. Mi padre murió sin previo aviso, por así decirlo, y yo tuve que interrumpir mis estudios de medicina.

—¿Por qué no me lo dijisteis cuando os presentasteis?

Su discreción me asombra. ¿Por qué razón habrá ocultado una referencia que sin duda le habría sido beneficiosa? ¿Por vergüenza? ¿Por altivez? Lo observo. Tan joven, tan inexperto. En su cuello todavía se está diluyendo el rubor de unos momentos atrás.

—No me habéis reconocido.

Es un grito de acusación, más que una explicación. ¿Pero por qué habría tenido yo que reconocer a un alumno de mi cuñado?

—Mi padre...¿No os acordáis? Cada jueves acudía puntualmente a los encuentros de rue Fossoyeurs y yo lo acompañaba —sonríe de repente—. Claro que sólo tenía ocho años.

Pero sus ojos me seguían sin apartarse ni un solo instante de mí. Fieles. Densos. Brillantes. Conseguían que me sintiera violenta. Sí, ahora lo recuerdo. Ha pasado demasiado tiempo, ¿cómo podría reconocer en este joven al niño que acudía a casa de mi cuñado cogido de la mano de su padre?

Una casa que a mí se me antojaba la única digna de tal nombre en toda la ciudad, la única que me ofrecía cobijo cuando era todavía una forastera en París y no conocía a nadie excepto a Jacques, mi amado Jacques, el elegante parisino que me había convencido de que dejara Montauban. Rue Fossoyeurs era eso para mí por aquel entonces: un lugar intermedio, un poco Montauban y un poco París. Un lugar donde podía encontrar a médicos y filósofos, poetas y hermanos albañiles, pero donde también podía hablar occitano, más aún, concretamente el occitano que se habla en el Quercy. Y donde lo habría podido seguir hablando si Jeanne y su marido no hubieran huido al campo. París los asusta más de lo que me asusta a mí.

—Mi padre —ahora Claude ríe sin disimulo— cada vez se sorprendía: «pero es que no te aburres...» Pero a mí, en cambio, me encantaba vuestra voz. Y soñaba, nos os riáis, os lo ruego, soñaba con convertirme en vuestro secretario.

La verdad es que como secretario no vales gran cosa, tendría que decirle. Tu pluma se despunta con excesiva facilidad tratando de seguir mis palabras. Pero sus jóvenes pies, en el interior de estos feos botines sin tacón, se mueven inquietos bajo el escritorio y me capturan con su ansiosa danza. El niño se ha convertido en hombre, un hombre que se gana la vida con su trabajo.

—Muy bien, Claude. Si éste era tu sueño... —le digo familiarmente, tratándolo de tú antes de darme cuenta, como si todavía estuviéramos en rue Fossoyeurs y él hubiera permanecido anclado en la edad de los embrujos—. ¿Estás listo? Escribe.

«Espero, señor, que tengáis también la bondad de velar por mis intereses con el aparcero, pues no sé si llegaré a tiempo para estar en Tours para la cosecha».

Françoise-Modeste

Había dejado de llover y el aire se había vuelto pesado, casi no bajaba por la garganta. Este año es como si hubiéramos tenido dos veranos, uno detrás de otro. El seco empezó mucho antes de su hora y, de repente, de su corazón reseco surgió otro, todo relámpagos, truenos y diluvios: el gemelo contrario.

Así que había dejado de llover y yo esperaba poder salir de casa. Pero mamá me lo prohibió debido a la falsa alarma que ayer dio la campana tocando a rebato. Y, para que no siguiera pensando en ello, me puso en la mano una aguja, hilo y una servilleta para bordar, rogándome que, por una vez, me portara como todas las niñas de mi edad, que no tienen mercurio en la planta de los pies. Y entre tanto contemplaba mis pequeñas pantuflas nuevas, regalo de Suzanne, con los mismos ojos de quien contempla una máquina alada, un pequeño globo que un surtidor de fuego puede elevar al cielo de un momento a otro ... Vimos uno de verdad hace unos días, meciéndose sobre los tejados para desaparecer después poco a poco por detrás del horizonte. ¡Cuánto envidié su liviana libertad!

Pero yo sé de qué tiene miedo mi madre.

Tiene miedo de que el mercurio que tengo en la planta de los pies me lleve a lugares donde no conviene ir, donde un disparo de fusil puede producirse por accidente. Ya ocurrió justo a nuestro lado, al final de rue Huchette, nada más doblar la esquina. Un disparo y cayó al suelo una mujer con la tripa gorda de muchos meses, una desconocida, nadie sabe de dónde venía, tal vez de una sección lejana o quizá acababa de llegar a París, es un misterio. Suzanne jura que era sólo una mendiga, de aquellas que duermen en el interior de las barcas. Pero a mí me dio mucha pena. Morir en mitad de la calle... Sin que nadie se acuerde de ti, ¡ni siquiera el hombre que te ha hinchado la barriga!

Así que mamá me ha prohibido salir y yo me he tenido que conformar con el alféizar de la ventana. No me desagrada el alféizar. Con un ojo controlo lo que ocurre dentro de casa y con el otro a la gente que camina fuera, ocupada en sus propios asuntos. Las mujeres se asoman a las puertas con la esperanza de ver pasar la insurrección y los hombres se detienen a reír con ellas, y y yo escucho y muevo distraídamente la aguja a no más de una puntada por minuto.

Una puntada y una mirada, una mirada y una puntada...

Acababan de dar las once cuando veo aparecer a pie por la parte del puente Saint-Michel a una señora alta, altísima, con una mata de anchos bucles semiocultos por un sombrerito azul. Cojea ligeramente de la pierna izquierda, como mi padre. Le da el brazo un hombre mucho más joven que ella y tan alto como ella, que camina hablando atropelladamente, como si quisiera convencerla de algo. Con la mano libre sujeta un paquete que sin duda contiene unas hojas salidas de una imprenta, las reconozco nada más verlas.

Ambos se detienen delante de nuestra puerta, llaman, entran.

Mi padre se muestra extremadamente solícito, señora por aquí y señor por allá, con la solicitud un tanto empalagosa de cuando olfatea un negocio. Ofrece una silla y pregunta en qué puede servir. Y la mujer le contesta con un marcado acento, cargando las consonantes como mi amiga Martine, que viene del sur. Habla moviendo la cabeza y los hombros, ladeando el cuello, enlazando cuestiones con los dedos. Conozco aquella vibración del cuerpo, la energía reprimida que empuja el pie más allá de la orla de la falda. Juraría que a esta señora del sombrerito azul y de gestos inquietos también le corre por la sangre un pequeño torrente de mercurio. Lástima la cojera, humillante, una tortura para alguien que vive en la impaciencia. Inclino la cabeza sobre el bordado para ocultar mis sentimientos.

Os traigo un cartel, anuncia la señora señalando el paquete, habría que fijar unos cuantos centenares de copias. ¿Quién lo ha escrito? Yo, asegura ella con desparpajo. Mi padre no dice ni que sí ni que no: como valeroso y prudente patriota que es, antes de pronunciarse le pide que tenga la bondad de leerle el texto. El joven, que hasta este momento no ha abierto la boca, se anima, saca una hoja, carraspea y, con toda naturalidad, se dispone a leer. Pero la señora, muy rápida, le arrebata la hoja de la mano; es más, se la arranca con un hostil gesto de reproche. Él se ruboriza y ella empieza a leer.

Lo hace con emoción y, a medida que va leyendo, se enciende en sus palabras una peligrosa incandescencia. Porque no se trata de uno de los anuncios habituales, el perro perdido, el alquiler de una casa, las bondades de una nueva agua balsámica... No, nada tan trivial.

En nombre de la patria en peligro, lee la señora, propongo que en todos los departamentos de Francia se coloquen, sobre la mesa del presidente de la Asamblea, tres urnas. En la primera figurará escrito «Gobierno Republicano», en la segunda, «Gobierno Federal», en la tercera, «Gobierno Monárquico». Siempre en nombre de la patria en peligro, el presidente proclamará la elección libre e individual de uno de estos tres ordenamientos. Corresponderá a los franceses, dueños de sus propias elecciones, pronunciarse en escrutinio secreto acerca de la forma de gobierno que a cada cual le parezca mejor y más conforme con las costumbres del lugar. Ganará la mayoría.

—Ciudadana —la interrumpe mi padre, enarcando las cejas—, ¿queréis decir tal vez que la patria no tiene que ser una e indivisible?

—Digo que elegir la forma de gobierno por medio de las urnas es mejor que elegirla a través de las armas.

Mi madre, que normalmente no se entromete, pero que esta vez ha seguido la lectura con grandes gestos de aprobación, junta las manos y exclama:

—¡Ah, señora, qué bonito sería! ¡Y qué idea tan extraordinaria! Si de esta manera se pudiera erradicar la guerra...¡qué ocurrencia tan genial!

Mi padre no aprecia su intervención, aprieta los labios, menea la cabeza, entorna los ojos con expresión de reproche, pero ella no se da cuenta y, llena de entusiasmo, dice «muy bien, ya puede dejar aquí el paquete».

En cuanto los dos se van, es inevitable, mi padre levanta inmediatamente la voz, pero mi madre le responde levantándola todavía más. Transcurre un buen rato antes de que ambos empiecen a discutir como personas normales, intercambiándose opiniones en lugar de gritos inconexos. Al final:

—Françoise —me llaman—, ven aquí, lee esta hoja, pero despacio y con cuidado, que se pueda comprender mejor.

Y, mientras yo leo, él hace señas de que no, de que jamás de los jamases fijará aquella cosa —cosa de anarquistas— en los muros de la Ciudad Santa. Ata nuevamente el paquete con su cordelito, lo coloca en el rincón donde guarda los trabajos que pueden esperar, mira fuera, a ver si llueve: es hora de ir a la sección.

* * *

Y ahora viene la parte más bonita de la jornada.

Acababa de subir un momento al piso de arriba, donde vive mi amiga Martine, y, cuando vuelvo, ¿a quién me encuentro de pie en el centro de la habitación tratando de alisarse las solapas de la chaqueta? A Nicolas. Austero, espléndido en su uniforme de inspector de la policía. Nicolas, con una lista de los pañuelos encontrados en poder de cuatro ladrones detenidos durante el funeral de Marat.

Con una voz amable, pero al mismo tiempo revestida de autoridad, se dirige a mi madre y le pide permiso para mostrarme la lista.

La hojeo con una mano que me tiembla levemente.

Nada menos que diecinueve pañuelos: uno blanco con ribete rojo, uno a cuadros, otro de algodón de la India y hasta uno azul con rayitas rojas que podría ser el mío si tuviera marcadas mis iniciales, que no las tiene. Ninguno puede ser el mío, la misma descripción que yo había facilitado lo descarta, abro la boca para señalarlo, pero la vuelvo a cerrar de golpe. La evidencia la tengo delante en todo su esplendor: Nicolas sabe muy bien que mi pañuelo no figura en aquella lista. Es todo una excusa.

Casi no me da tiempo a pensarlo cuando experimento un intenso calor en los pómulos, que me arden casi tanto como la punta de la nariz. Entonces empiezo a pasar lista, siguiendo con un trémulo dedo línea por línea: no, éste no, este otro tampoco, y avanzo muy despacito y me detengo para charlar un poco con él.

Es una vergüenza, dice Nicolas, que haya quien tenga el valor de robar en semejantes circunstancias, cuando todo el pueblo debería estar unido por sentimientos patrióticos, sobre todo ahora que la Revolución está en peligro y todos los hombres deberían combatir para defenderla.

Y también las mujeres, me apresuro a añadir.

Él me sonríe con tierna complacencia.

—Claro, también las mujeres. Ellas también tienen que combatir, pero no con las armas.

¿Por qué no? La madre de mi amiga Martine, que además es la modista que le da trabajo a Suzanne, dice que nosotras también tenemos el derecho de defender nuestra vida y nuestra libertad, nosotras también tenemos sangre que verter al servicio de la patria.

La sonrisa de Nicolas se acentúa.

—Cantineras, lavanderas... Dejad que sean ellas las que se mezclen con los soldados. Vosotras tenéis otra misión.

Cuál, quiero saber yo. ¿Cuál es la misión que nos corresponde?

Suzanne ha llevado a la mesa una jarra de chocolate y ahora llena las tazas de cerámica de las grandes ocasiones, sacadas del aparador y desempolvadas a toda prisa.

Los hombres vigilan en las fronteras, explica Nicolas, recibiendo una taza de manos de Suzanne, pero mirándome a mí, las mujeres, en cambio, tienen que vigilar en todas las ciudades, en todas las calles, en todas las casas, tienen que perseguir a los contrarrevolucionarios y denunciarlos sin vacilar. Porque el silencio, que es una virtud bajo la tiranía, se convierte en un crimen bajo el imperio de la libertad.

Me vuelve a la mente la señora de las tres urnas. ¿Una anarquista y una contrarrevolucionaria? Sin la menor duda. Mi padre lo ha comprendido a la primera mirada, ¡sólo mi madre podía dejarse engañar por sus bellas palabras!

Suzanne añade más chocolate a la jarra. Al inclinarse, el lazo de su vestido roza como por casualidad la mano de Nicolas. Un escándalo. Por suerte, él no parece reparar en ello. Hoy no está tan seductora mi querida hermanita, con el vestido viejo y el bolsillo del delantal hinchado por los carretes de hilo.

Antes de despedirse, Nicolas le pide permiso a mi madre para regresar en caso de que encuentre algo más. Ella le da las gracias y se lo concede. No es una patriota entusiasta, eso no, pero cuando está de buen humor, sabe ser comprensiva.

Sin él, la estancia se me antoja demasiado vacía y demasiado llena al mismo tiempo. Llena de una ausencia, por así decirlo. Repaso en mi fuero interno sus gestos, sus palabras, la expresión, los más leves sobresaltos. No consigo estarme quieta, las cosas se me escapan de las manos, retomo mi bordado, pero enredo las madejas, rompo una aguja, me pincho y la sangre mancha el hilo. Hasta que mamá, exasperada, me envía a reunirme con mi padre en la sección. Salgo volando. Entro y, en cuanto veo al comisario, comprendo de golpe cuál es mi misión. Me abro paso, me acerco:

—Ciudadano comisario...

El silencio es un crimen...

Pienso con orgullo en el momento en que Nicolas se entere de que yo también he cumplido con mi deber de centinela de la patria.

Fue entonces cuando mentí. Una mentira pequeña, pequeñísima, pero irritante precisamente por su pequeñez. Se me escapó de la boca. En resumen, declaré ante el comisario de la sección que tenía dieciocho años. Para conferir más fuerza a mi denuncia. Si hubiera dicho catorce, ¿me habría escuchado con la misma atención? Aunque, en realidad, pensándolo bien, no hay gran diferencia... Podría tener perfectamente dieciocho años y, de hecho, él me creyó y mi padre, que estaba presente, se echó a reír y no me descubrió.

En casa, en cambio, mamá se enfadó mucho. Pero al final, después de muchas discusiones, ella también tuvo que reconocer que era justo que las cosas hubieran ocurrido tal como habían ocurrido y, cuando esta mañana se presentó la señora por segunda vez, su actitud había cambiado y ya no la defendió.

Pero una mentira, aunque se diga con buen fin, mancha la boca de quien la pronuncia.

Es por eso por lo que experimento una molesta sensación de incomodidad cuando veo regresar a la vehemente señora de elevada estatura con su palabra fácil y su sombrerito azul. Esta vez la acompaña un anciano, un tal Costard, su editor, al parecer. Se presenta y quiere saber por qué no se ve por ahí ninguno de sus carteles. Mi padre no se anda con preámbulos, saca el paquete y se lo arroja delante: el tiempo es muy malo y él no puede correr el riesgo de que le caiga la lluvia encima para fijar sus papeles, eso es cierto. La señora se vuelve hacia mi madre en un inquisitivo gesto de muda petición. Pero ella le sostiene con firmeza la mirada. Ayer, dice, el texto sonaba distinto a cómo suena hoy.

La señora, que ha interpretado correctamente la grosería del uno y la reticencia de la otra, en este momento se enardece, defiende su escrito... Si pensara que podría perjudicar a la cosa pública, lo convertiría en un auto de fe... No puedo evitar admirar su ardor expresivo y eso me hace sentir todavía más incómoda. ¿Y si me hubiera equivocado? ¿Y si no fuera la anarquista que dice mi padre?

Al final, se rinde. De acuerdo, promete, presentaré una copia ante el Comité de Salud Pública y esperaré sus disposiciones. Se despide y regresa a la calle. Obedeciendo a un impulso, decido seguirla.

No es difícil, camina despacio con una cojera más acentuada de lo que yo recordaba y no le sirve de ayuda apoyarse en el anciano, que es mucho más bajo que ella. Caminan de esta manera —ella alta y encorvada, él bajito, tieso, casi de puntillas para conseguir darle el brazo—, recorren toda la rue Huchette y, al llegar al final, giran a la derecha hacia el puente Saint-Michel. A la entrada se detienen a hablar con un vendedor callejero de periódicos, el viejo le entrega el paquete, ella le indica el camino, a una y otra parte del río.

Un gesto que la traiciona.

¡Mentía al decir que esperaría la opinión del Comité de Salud Pública! Quiere fijar sus carteles a toda costa. Es una mentirosa. ¡Ella sí que es una mentirosa y no yo, con mi mentira pequeñita, irrelevante y sin la menor trascendencia en comparación con la suya!

Y yo que...

¡Me daba lástima! Puede que la admirara un poco, no quiero negarlo. Pero ahora ya tengo las pruebas, es una anarquista. Hice bien, sí, muy bien en denunciarla.

El alivio me hace sentir más ligera que el aire cuando corro al encuentro del comisario, que está justo cruzando el puente en dirección contraria, en compañía de los guardias.

Olympe

Me encontraba a la altura del Palacio de Justicia, no muy lejos de casa, cuando la patrulla me ha cortado el paso. Dos guardias han pronunciado mi nombre, se han echado la bandolera al hombro y han cumplido con su deber, notificándome la orden de detención.

Más tarde o más temprano tenía que ocurrir. Pero, aun así, he tenido la sensación de haber sido pillada por sorpresa.

Ya estamos, pensé estrechando con más fuerza el brazo de Costard.

El viento, ya desde hacía unas cuantas horas, había cambiado de dirección, llevándose las nubes y la lluvia. Había salido el sol. Quemaba en el cenit de la mañana y la gente caminaba buscando la sombra y aminorando el paso para no perderse el espectáculo de una señora detenida en plena calle. Entre los sombreros oscuros y las chaquetas de los viandantes, ha sido un instante, pero me ha parecido entrever los rizos pelirrojos de nuestra lavandera, libres y alborotados por las ráfagas de viento que de vez en cuando hinchaban los chales. Un mocoso descalzo ha salido corriendo del callejón que conduce a la orilla del río, se ha inclinado para recoger una cosa alargada y blanquecina del canal de desagüe y me la ha arrojado encima con toda la violenta rabia infantil propia de los golfillos callejeros. La cosa me ha rozado el brazo y ha caído a mi espalda. He experimentado un escalofrío entre las paletillas. Y el impulso de abrir el paraguas, que hasta aquel momento había utilizado para ayudarme a caminar, y de cubrirme el rostro con él. No es necesario ser culpables para sentir vergüenza. Entre tanto, los espectadores se habían convertido en una muchedumbre que nos empujaba por todas partes. El comandante de la patrulla ha exigido a gritos que nos abrieran paso y nos ha escoltado hasta el ayuntamiento.

Es aquí donde seremos interrogados.

Yo tendré que responder a unas acusaciones que todavía no conozco, pero que me imagino muy bien, mientras que Costard y el vendedor de periódicos, que se llama Trottier, serán oídos en calidad de testigos. Pero para el interrogatorio, nos advierten, tendremos que esperar a Baudrais. La firma que figura en mi orden de detención es la suya. Será él quien decida ponerme en libertad o confirmar el encarcelamiento.

Esperamos.

La sala del ayuntamiento está llena de hombres y de mujeres que se encuentran en la misma situación: en estado de arresto, pero sin una acusación oficial. Todos esperan, como yo, el interrogatorio que los hará libres o los llevará a otros interrogatorios, otros jueces, otros tribunales. Somos muchos. Cien, puede que doscientos. Un grupo variado, señores y señoras de rango, gente del pueblo: es la justicia republicana, que no hace distinciones. A mi derecha, una aristocrática *ci-devant* con peluca apoya la espalda desnuda a la pared, extenuada por la espera. Unos pocos pasos más allá, una rubita con una pañoleta remendada y unas medias de gruesa lana en el interior de unos zuecos. Pupilas inmensas, enormemente abiertas a causa de una locura especial. La locura que vi una vez en una mujer recién salida del hospital de la Salpetrière.

La sala es demasiado pequeña para todos estos prisioneros. Todos hablan en voz alta, porque las palabras se pierden en medio del estruendo. Los murmullos son muy fuertes, la confusión intensifica el malestar. Falta el aire. La señora de la peluca resbala desmayada y se hunde en el interior del aro de la falda. Los guardias fuman a la entrada, de espaldas a nosotros.

Pasan las horas y no hay un banco, un lugar donde sentarse. Costard se preocupa por mí, pide que me busquen una silla o, por lo menos, un taburete, pero nada, yo también tengo que esperar mi turno de pie, a pesar de que la pierna ya me está empezando a doler.

El dolor. Lo noto trepar desde la rodilla a la columna vertebral hasta llegar a la nuca. Intento mitigarlo desplazando el peso del cuerpo al lado derecho. Pero el dolor sigue subiendo. Busca un vado. El punto de menor resistencia. Quiere apoderarse de mí.

¿Durante cuánto tiempo conseguiré mantenerle cerrada la puerta de la mente?

Baudrais se presenta hacia las cuatro de la tarde. Lo acompaña Marino: el mártir fallido, la víctima de la Gironda.

Lo examino con curiosidad. Tendrá unos treinta años como mucho. Rasgos agradables, cabellos recogidos en una coleta negra. Desde que lo detuvieron en primavera y después lo pusieron en libertad los *sans-culottes* de la Comuna, se ha convertido en un héroe nacional. Un personaje importante. Rebosante de odio, según dicen, contra todos los que no forman parte de su bando.

El comisario Marino, que antaño pintaba porcelanas. Sus dedos han dejado de trazar delicados dibujos para firmar acusaciones, listas de sospechosos, órdenes de comparecencia, actas de condenas.

El comisario Marino, que ahora ha decidido asistir a mi interrogatorio.

—¿Con qué derecho?— cuchichea Costard a mi lado.

La primera en ser interrogada es una muchachita. Jovencísima. Un rostro agraciado, no especialmente bello, de *grisette* cualquiera, pero iluminado por unos ojos rebosantes de inteligencia.

Ya la había observado por la calle, una figurita con un cierto aire familiar que se deslizaba entre las tiendas y las casas del puente Saint-Michel y se introducía entre los guardias que se acercaban por el otro lado para bloquearme el paso y detenerme. Después, con gran desparpajo, se había adelantado para clavar en mí una limpia y consciente mirada. ¿Qué está haciendo aquí una muchacha tan joven en medio de una patrulla de la guardia nacional?, me había preguntado yo. Ahora lo sé. Y la reconozco antes incluso de oír su nombre.

Creía que me había denunciado su padre, pero ha sido esta muchachita de piel tan fresca como el ramillete de flores que lleva prendido a la pañoleta. ¿Por qué? ¿Qué puede saber ella de federalismo, de Montaña y de Gironda, de guerra civil? Comprendo el odio de Marino, ¿pero el suyo?

Nada más triste para mí que la severidad de esta mujercita, casi una niña, que me señala con el dedo. Me acusa de mentir, de querer sustraer al examen del Comité de Salud Pública mis carteles, los mismos que su padre se ha negado a fijar. Responde a Baudrais, pero sus ojos, su voz, todo su grácil cuerpo se proyectan hacia Marino, se estremece de admiración por él. La sinceridad de su mirada me quita las fuerzas y me quitaría también la palabra si me correspondiera hablar a mí.

Pero después de ella le toca hablar al vendedor de periódicos.

Trottier es un vendedor callejero constantemente en busca de trabajo, no sabe leer, no ha hecho nada que pueda incriminarlo... Además, ni siquiera ha tenido tiempo. Lo dejan en libertad.

Le toca el turno a Costard. Se acerca a la mesa de los comisarios con paso muy lento. El grisáceo tono de cansancio de su rostro me provoca punzadas de remordimiento. Lo siento por él. Lamento con toda el alma haberlo implicado en este asunto tan desagradable. ¡Ya ha pasado por tantas cosas a causa de sus ideas! Obligado a emigrar a Alemania, a ocultarse durante años... Mi buen Costard, amigo del gran maestro, de aquel alma solitaria de Rousseau. Pero se defiende muy bien: su misión, explica con gran serenidad, era muy limitada y consistía en entregar personalmente y en mi lugar el cartel al presidente del Comité de Salud Pública y al presidente de la Convención, a quien, por lo demás, el propio cartel está dedicado. Baudrais le replica que no aparece por ninguna parte el nombre del impresor, tal como exige la ley, pero no se ensaña con él y lo deja ir.

Me toca el turno a mí.

El dolor de la pierna se ha ramificado por todo el cuerpo, ya no es dolor, sino una transparente lucidez, plantada en el cerebro con la aguda limpieza de un cristal.

El secretario transcribe mis datos personales. Baudrais me interroga. Tono cortés. Preguntas de rigor.

—¿Reconocéis ser la autora de *Las tres urnas*?

Podría negarlo. El texto no está firmado. Pero, si no lo hice, fue por insistencia de Claude, para calmar los temores de mi joven secretario, no por otra cosa.

—Si estáis decidida a hacerlo público, por lo menos no lo firméis, os lo ruego.

Aquellos ojos suplicantes... Cedí. No firmé. Pero renegar de él, porque ahora se trata de eso, es muy distinto. ¿Por qué razón tendría que renegar de un escrito del que me enorgullezco?

Sí —reconozco—, soy la autora de *Las tres urnas*.

Baudrais sigue adelante con su tono cortés. Quiere saber con quién me trato, quiénes son mis amistades, las relaciones, los amigos.

Mis amigos... No son gente cualquiera. Puedo presumir de ellos. Que se llamen Mercier o Cubières, que es secretario de la Comuna, o Thilly, que es el juez de paz del Pont Neuf. O Vergniaud. Sí, Vergniaud, diputado de la Gironda y compatriota, que ha dejado su casa y su ciudad para servir a la patria. Somos amigos desde hace quince años y no renunciaré a llamarlo amigo sólo porque una camarilla de facciosos haya conseguido encerrarlo en una cárcel.

Es en este momento cuando Marino nos interrumpe a gritos:

—Vos no amáis a los jacobinos y los jacobinos tienen el derecho de no amaros a vos.

—Señor —replico—, yo amo a los buenos ciudadanos, no a los intrigantes.

—Os llevaré a la presencia del Tribunal Revolucionario.

—Es allí donde os espero.

Y él ordena:

—Llevad a la señora a confinamiento y que nadie le pueda hablar.

Dicen que la calma es el distintivo de la inocencia. En tal caso, mis piernas, que tiemblan en su afán de caminar, son culpables, es culpable mi mente, que no acepta el vacío de la segregación.

Seis palmos de longitud, cuatro de anchura. Éstas son las medidas de la celda en la que llevo ocho días encerrada. No sola. En esta celda que comprime hasta la respiración, yo vivo con un gendarme que, por orden del comisario Marino, no me deja nunca, ni de día ni de noche. Una indecencia sin precedentes, una humillación a la que nadie había pensado jamás someter a una mujer, ni siquiera en los calabozos de la Bastilla.

Ocho días.

Desde hace ocho días soy la detenida de la celda número diez, segundo piso del edificio municipal. En ocho días, Gautier, el director de la prisión, me ha permitido escribir un solo billete, que yo he dirigido a Cubières en la esperanza, hasta ahora vana, de que por lo menos él me pueda servir de ayuda. Y eso es todo.

Confinada. Pero con el aliento de un guardia siempre en la nuca.

Si he de ser sincera, los guardias que se han sucedido a lo largo de la semana son honrados y respetuosos y no es de ellos de quien me puedo quejar. Se sienten tan incómodos como yo en nuestra forzada intimidad. Ellos también sufren en esta celda, donde el aire es como un fuego. Pero tienen órdenes muy precisas. No deben dirigirme la palabra. Y tampoco mirarme a los ojos. Nunca. Yo soy el enemigo y hay una Medusa que enrosca sus serpientes en el interior de la mirada de cada enemigo.

—¿De qué tiene miedo el ciudadano Gautier? —he acabado por preguntarle al guardia de la mañana—. ¿De que os transforme en estatuas de piedra? Podría ser una ventaja con el calor que hace.

Él ha esbozado una sonrisa, pero ha vuelto la cabeza hacia el otro lado. Sin embargo, al día siguiente se ha desabrochado la chaqueta del uniforme y, a través de los poblados bigotes, le ha salido un ronco resoplido:

—El termómetro... —ha gargajeado, procurando pronunciar cuidadosamente las palabras—... El termómetro ha alcanzado los treinta y siete grados.

Dicho lo cual, ha cerrado la boca como si temiera haber ido demasiado lejos, pero desde entonces, de vez en cuando, se abandona a un amago de conversación.

—Desde el cincuenta y tres no hacía en París un calor semejante, cuarenta años...

Cierra los párpados mientras el sudor le resbala desde la raíz del cabello y desde la punta de la nariz.

No he tenido tanta suerte con sus compañeros de los siguientes turnos. Cortezas duras. Impenetrables. Aunque ellos también me tienen ciertas consideraciones y se vuelven cuando tienen que volverse para concederme, por lo menos, una impresión de discreción. Pero son hombres. Consumen diez tomas de rapé en una hora, escupen por los rincones y de noche la respiración se les vuelve pesada. Sus uniformes apestan y apesta sin duda mi camisa, la misma que llevo desde hace ocho días. Por desgracia, me detuvieron por la calle y, por consiguiente, no pude llevarme ni siquiera un pañuelo o un peine. Y, cuando se presentó Justine con las mudas, Gautier la mandó retirarse.

Por eso me apesta la ropa y yo también apesto, pues no puedo lavarme. Gautier no lo permite.

Y el calor sigue en aumento. Vibra incluso en la celda, como la cuerda de un violín mudo.

Hasta el dolor vibra y pulsa en mi pierna, allí donde se ha formado un absceso. Tengo miedo de que se acabe infectando la herida. Pero no puedo limpiarla ni cambiar las vendas. He pedido un médico y me lo han negado. He pedido por lo menos una muda de ropa interior y de nuevo me ha sido negada.

Desde anteayer estoy sufriendo ataques de fiebre alta. Tiemblo a pesar del calor, sudo y veinte veces seguidas la camisa empapada de sudor se me seca encima. Pero no me la puedo cambiar. No tengo prendas limpias, ni agua para lavarme, ni mensajes de amigos: no tengo nada. No estoy acostumbrada a esta nada que inmoviliza el cuerpo y, borrando el movimiento, borra el pensamiento. No tengo pensamientos. No tengo nada. Aparte de la lástima de los guardias y la compasión de la cocinera, que cada mañana y cada noche se presenta chancleteando para llenarme la escudilla. Una mujerona con unas manazas siempre levantadas, se diría, que para zurrar a friegaplatos y mocosos, pero que hoy, en cambio, junto con la sopa, me ha traído con gran secreto, desafiando las iras del director, una de sus camisas de paño crudo.

—No es muy elegante— se ha disculpado.

La tela olía a limpio. ¡Dios mío, qué perfume!. Como para dejarme aturdida. No me atrevía a tocarla. Casi me parecía una profanación.

La camisa sigue allí todavía, extendida sobre la cama. La cocinera se ha retirado hace un rato y yo ni siquiera le he dado las gracias. Es esta limpieza, que me deslumbra y me confunde.

Espero y espero, espero no sé cuánto antes de volverle la espalda al guardia y desnudarme, arrancando trozo a trozo el vestido sucio que se me ha pegado a la piel. Me lo arranco del pecho, de la espalda y del alma. Me quedan en la mano unos largos jirones que enrollo muy apretados en un pequeño fardo. Un breve titubeo y, listo, lo introduzco en una grieta. Empujo con fuerza en la resquebrajadura de la pared. Es por aquí por donde a determinada hora salen en fila los escarabajos para tomar un poco el aire.

Marion

La verdad es que esta noche el agua del Sena no me apetece, mi querida Toinette, después de haberme pasado todo el día removiendo ollas. Me pagan para eso y no me quejo, pero después de todo un día con dolor de cabeza para dar de comer a cincuenta detenidos con una cantidad de comida que a duras penas sería suficiente para veinte, creo que tengo derecho a una jarra de vino.

Pésima jornada, verdaderamente pésima.

El trabajo es el que es, nunca me ha pesado más de lo debido. ¡Pero mira que ser maltratada por un acto de caridad! Y, encima, por quién. Por aquel cuentista del director. Claro, él es el que manda... ¡El ciudadano Gautier! Y, como es el que manda, me llama y me dice:

—Ciudadana, aquí no se toman iniciativas por cuenta propia.

Sólo por haberle dado una camisa limpia —una camisa mía, no de su mujer, que conste— a la detenida de la celda número diez. Que, por otra parte, ni siquiera me ha dado las gracias. Pero temblaba de fiebre, estaba empapada de sudor. ¿Un patriota no se puede permitir un gesto de compasión?

Es una mujer enferma, le he dicho a Gautier.

Y él:

—Una dama chupapensiones.

¡Pero ella presume de haber rechazado las pensión!, un ofrecimiento de María Antonieta, parece ser, cuando aún no era la viuda Capeto y repartía dinero y condecoraciones a su antojo.

—¿Y eso qué más da? —insiste Gautier— ¡Es una dama!

—Es sólo la detenida de la celda número diez —le señalo— ¿A quién le importa que se llame De Gouges? Que se llame como le dé la gana, no es más que la detenida de la celda número diez.

Y él:

—Aquí no se toman iniciativas...

Me he mordido la lengua para no contestarle lo que se merecía. Sólo faltaría que encima perdiera el trabajo, aparte de la camisa. Prácticamente nueva. Me la regalé yo misma y no me arrepiento. Es más, incluso brindo por ella. Echa, echa vino, Toinette. Y, si no te molesta, me quedo aquí sentada a tu lado en el banco, total, ahora tienes pocos clientes y tu hijo bien les puede servir cuatro vasos de *rogomme* a aquellos jugadores de ajedrez del rincón de allí abajo.

Se ha hecho todo un mocetón el pilluelo, ¡quién sabe lo que pensará su padre cuando vuelva y se lo encuentre convertido en todo un hombre, listo para enrolarse él también! Que Dios nos salve, tienes razón, es demasiado triste ver marcharse al hijo después del marido. ¿Cuándo se fue Joseph? ¿A finales de marzo? Un mal momento, sólo se recibían noticias de derrotas y desastres... Pero aún está vivo tu Joseph, que el cielo te lo conserve. Yo, en cambio, perdí a mi Jean-Baptiste tan querido, pues sí, jamás se permitió no digo ya una bofetada, sino que ni siquiera insistía en imponerme ciertas exigencias, tú ya me entiendes.

Lo perdí una mañana de hace cuatro años.

—Salgo un momento— me anuncia.

Y yo:

—Acabas de regresar del trabajo, ¿para qué vas a salir?

—El tabaco para la pipa.

¿Qué le iba a decir? Era el único vicio que tenía, pobre hombre.

Era el catorce de julio del ochenta y nueve, ¿recuerdas aquel catorce de julio? Tiendas cerradas, patrullas por las calles. Lo vi alejarse en dirección al barrio de Saint-Antoine. Desde entonces, nada, esfumado, desaparecido.

Y pensar que siempre me decía: «ya verás, esposa mía, que más tarde o más temprano estos pulmones me van a jugar una mala pasada». No tuvieron tiempo, sus pobres pulmones. Cada vez que volvía del trabajo tenía una cara, una cara.... Y escupía sangre y jadeaba como un perro. Pero siempre puntual, de las diez de la noche hasta el amanecer, no se perdía una noche de trabajo. Se pasó toda la vida trabajando de noche como un negro. A mí no me disgustaba, prefería tenerlo en casa de día, él roncaba en la cama mientras yo cocinaba para el huésped de la planta baja, me hacía compañía.

No, Toinette, no lo pasábamos mal, en el fondo.

Al principio, después de la boda, él transportaba los desechos de las casquerías desde las tiendas a las barcas que zarpaban a las siete de la mañana para depositar su carga en la isla del Cisne. De vez en cuando bajaba a algún pozo negro recién vaciado para rascar las paredes con pala y azadón. «La limpieza es una virtud», decía. Era un filósofo el pobre Jean-Baptiste. «Recuérdalo, mujer. La limpieza es el signo del orden y de la armonía pública». Después entró a trabajar en la Compañía de la Ventilación, cuando ampliaron la fosa de Montfaucon. Un lugar para demonios y satanases. «Qué escenas, esposa mía, qué escenas...» Inmensas calderas oscuras, hirvientes: marmitas infernales. Y vapores y llamas de color morado que se elevaban hasta no sé cuántos palmos de altura. Pero de aquellas calderas del infierno salía el polvo que fertilizaba los campos. Tres años de purificación eran necesarios, aunque los campesinos, ya sabes, decía Jean-Baptiste, tienen la cabeza muy dura los campesinos, y van a robarlo antes de tiempo.

Fue entonces cuando empezaron, con la fosa de Montfaucon, los problemas de mi pobre marido, los pulmones y las manchas que le salían en las manos y en los brazos y que tanto lo hacían sufrir. Limpiaba la ciudad y se ensuciaba él. Aunque yo en la ropa lo tenía como los chorros del oro, me puedes creer, él se mataba para quitarse de encima todos los olores e incluso se limpiaba por dentro con agua de toronjil. No hay orden sin limpieza, decía. Y añadía: «estaremos mejor cuando barramos las inmundicias del mundo... Alguien tendrá que hacerlo, digo yo».

Ésa era la limpieza que le gustaba a mi Jean-Baptiste.

No, no es la misma que la de aquellos patriotas que van por ahí con sus botas relucientes proclamando: «¿los sapos del Marais levantan la cabeza?, tanto mejor, será más fácil cortársela». Nadie podrá convencerme jamás de que se trata de la misma clase de limpieza.

Era el catorce de julio del ochenta y nueve, ya te lo he dicho...

¿Qué ocurrió? Ocurrió que el día en que Jean-Baptiste desapareció, yo tenía mucho que hacer. Me habían mandado rellenar una docena de pollos. Pero llega la hora del almuerzo y me doy cuenta de que la cama está todavía vacía. ¿Cómo es posible? Me asomo. Veo que por la calle desfilan patrullas de paisanos y grupos de exaltados a la caza de armas, oigo que las campanas tocan a rebato... Me estallaba la cabeza de la preocupación que tenía. No sabía dónde buscarlo. Empecé a preguntar a los amigos y conocidos que pasaban por debajo de la ventana. Uno me dice que lo ha visto entrar en el patio de la

Bastilla mientras se disparaban los primeros cañonazos. Están empezando a barrer un poco de porquería, me dijo. Paciencia, Marion, tienes que tener un poco de paciencia. Y me pasé esperando pacientemente todo el día, toda la noche y todo el día siguiente. Al final, fui al comisario a denunciar su desaparición.

Lléname otra jarra, por favor.

Pues sí, Toinette. Nada de agua del Sena esta noche. No hace pasar la sed y tampoco los recuerdos.

En algunas tabernas te sirven un vino áspero que envenena los recuerdos. El tuyo, en cambio, los disuelve con dulzura. Me gusta. Claro que no tiene la excelencia de los vinos que se permite beber el ciudadano Gautier, él es el director de la prisión municipal y sólo bebe Meursault o Chablis. Pero tu tinto baja suave por la garganta y yo me lo bebo muy a gusto. Es honrado. Y tu aguardiente también es honrado. Envejecido como Dios manda dentro de las barricas que le corresponden, hechas con corteza de roble de grano grueso, del Limosín. Un buen aguardiente.

Como el que me tragué para darme valor la noche en que decidí denunciar la desaparición del pobre Jean-Baptiste.

Tienes que saber, querida Toinette, que aquella noche había cola para ver al comisario. Gente de calidad, por lo menos en apariencia. Un mercader de carruajes, el propietario de una empresa, el dueño de una sastrería y un tal Giquaire, director de una fábrica de chocolate. Mientras esperaba mi turno hicimos amistad y el ciudadano Giquaire, un hombre muy guapo, con un sombrero de fieltro negro, me explicó que procedían todos de la Force, donde estaban detenidos por deudas, y que la víspera un grupo de reclusos se había amotinado, había forzado las puertas y los habían obligado también a ellos a salir bajo amenaza de muerte. Pero ni él ni sus compañeros se querían aprovechar de la Revolución y estaban allí para declarar ante las fuerzas de la policía y ponerse a sus órdenes. O sea, que no se habían escapado y no tenían intención de figurar como evadidos. Yo no sabía si desearle que regresara a la Force o bien que disfrutara de su obligada libertad, pero entre tanto había llegado mi turno y el ujier me hizo pasar. Le expliqué al comisario que el pobre Jean-Baptiste había desaparecido, firmé mi declaración con una cruz y regresé a casa.

Dime tú, ¿qué otra cosa podía hacer? Mandé a los niños a casa de mi madre en Provenza y yo seguí buscando. No me resignaba, ¿sabes? Al cabo de ocho meses me advirtieron de que, entre todos los cadáveres llevados a la Basse-Geole el catorce de julio de 1789, sólo uno no había sido reconocido jamás. La descripción del cuerpo y de la ropa correspondía: había encontrado a Jean Baptiste.

El comisario, el mismo amable joven a quien había presentado la denuncia, me volvió a pedir que firmara una hoja con la cruz. Y eso fue todo.

Y yo me digo: a fin de cuentas, murió como un héroe, como vencedor de la Bastilla, y eso me consuela un poco. Además, me aseguraron que tenía derecho a la pensión, aunque hasta ahora no he recibido ni un céntimo. Hay una comisión especial nombrada por la Asamblea que ya ha expedido más de novecientos certificados para premiar a los vencedores de la Bastilla. Y sus viudas tienen derecho a la pensión. Yo también tengo derecho a ella. Soy viuda de un héroe, mi querida Toinette.

Tú, en cambio, eres la mujer de un patriota, que el cielo te lo conserve mucho tiempo. Un auténtico patriota que se ofreció voluntario para defender la Francia republicana, a diferencia de tantos hombres gentiles que yo me sé, que se casaron a toda prisa para librarse del reclutamiento.

Mira a Gautier, por ejemplo, el ciudadano Gautier, que se ha casado con su criada y ahora dirige toda suerte de negocios en la prisión municipal. No estoy ciega. Trabajando en las cocinas me doy cuenta. Y este hombre ha tenido el valor de llamarme y decirme delante de todo el mundo con su bocaza gruñona: «ciudadana, aquí no se toman iniciativas por cuenta propia». ¡Muy bien! Él, que se ha agenciado una esposa de conveniencia para no ir al frente, él se atreve a decirme eso a mí, que no recibo ni cinco céntimos de la Comuna, a pesar de tener derecho a ello.

No, esta noche la verdad es que no me apetece el agua del Sena. Y tampoco me apetece subir hasta mi habitación del último piso y sentarme junto a la ventana, tal como suelo hacer para remendar las medias aprovechando la luz del crepúsculo... Porque las velas cuestan dinero e, incluso pagándolas, si alguien las encuentra es un valiente.

No me interpretes mal, mi querida Toinette, la habitación es suficientemente cómoda, y no lo digo porque tú seas mi patrona. Pero el caso es que, desde que envié a los niños lejos de aquí, me siento muy sola allí arriba, dándole vueltas al pasado y al presente, a Jean-Baptiste, a Gautier y a la detenida de la celda número diez. Por eso esta noche prefiero quedarme aquí entre el humo y la gente y el olor de ron y de anisete. En compañía de tu vino. Que es dulce en los labios y, sobre todo, honrado con el estómago. ¡El vino recio, por el amor de Dios! Algo sé yo de eso, soy cocinera y sé muy bien que mueren más a causa del vino malo que de la guerra. A lo mejor, habría que cambiar de género, la cerveza es más sana, dicen. Pero a mí no me gusta. ¡La cerveza! La cerveza, querida mía, se la dejo de buen grado a los ingleses, que son enemigos tanto de la República como del buen vino.

Justine

¿Qué le ha dado? Estaba durmiendo tan tranquilo hasta hace un momento y, de pronto, abre los ojos legañosos, levanta la cabezota... Un gruñido de excitación le rasca la garganta.

¿Qué te ocurre, general? ¿Es la hora de la sopa?

Sobre la chimenea el reloj extiende inútilmente sus manecillas, clavadas como los brazos de un muerto en la cruz, en la misma posición que ayer. Olvidé recargar el balancín.

Me olvido a menudo, desde que empecé a pasear arriba y abajo por esta casa sin mi Babichette. Todos nos hemos vuelto muy raros desde que ella no está. El general *Alejandro* se pasa las horas con el hocico pegado a la puerta que da a la escalera, con los músculos en tensión y las patas temblando de indignación. El loro finge dormir ocultando el pico bajo el ala, una bola de plumas y de incomodidad. Hasta *Rousseau* y *Ninon,* los dos pajarillos cantores que la propia Olympe había adiestrado con el organillo, ya no cantan, sino que se intercambian quejumbrosas confidencias entre sí. Y yo me olvido de contar el tiempo.

Bueno, pues, ¿qué es lo que ocurre, general?

Pero, entre tanto, ha estallado una alteración colectiva.

Ladridos, aullidos, silbidos, chillidos y ruidos. *Montesquieu,* con las trémulas orejas, corre alrededor de la mesa, fuera de sí. En la percha, el loro ha desenterrado el pico y está erizando las plumas, mientras que *Rousseau* y *Ninon* han interrumpido sus pequeñas conversaciones y se columpian frenéticamente en la jaula.

Desdeñosa como una reina, solemne entre tanta locura, *Madame de Sévigné* se desliza hacia la antesala en un digno silencio. Y, siguiendo sus pausados andares, al final yo oigo también que alguien está llamando a la puerta.

A callar, tranquilos, ahora mismo voy a abrir.

Cinco guardias, todos a su alrededor, y ella que les saca una buena cabeza. Tan pálida, tan tremendamente pálida... Una palidez que destaca más, si cabe, a causa de su elevada estatura.

—Habéis adelgazado bastante— murmuro, santiguándome a escondidas y a toda prisa detrás de la puerta semientornada.

El vestido le cuelga encima como si no fuera suyo y el pañuelo del cuello está manchado y arrugado, Dios bendito... En un estado horrible, ¡una cosa nunca vista! El cabello, en cambio, está en buenas condiciones y conserva su ondulación natural, esta ventaja nadie se la puede quitar.

Uno de los hombres me empuja a un lado con una injustificada brutalidad y abre la puerta de par en par. Lo conozco, aunque luzca el uniforme de subteniente de la Guardia Nacional, sigue siendo nuestro sombrerero. Pues no, me arreglo la cofia y me dispongo a recibirlos con donaire, no, ni hablar, no se pueden recibir órdenes de tu sombrerero, tal como dice la señorita Candeille, que no se ha portado bien con Olympe, mejor dicho, que se ha portado mal, pero que muy mal, le estropeó la comedia con aquella interpretación tan desganada, pero Julie Candeille es una actriz y sabe manejar a los hombres.

A este otro también lo conozco, este que entra en primer lugar. Es el comisario de nuestra sección, un anciano de cabello canoso que no se avergüenza de andar por ahí paseando con una mano sobre el pecho y la otra en la cintura, delante de las vendedoras de Les Halles, sopesándolas ávidamente una a una como un jovenzuelo que jamás hubiera levantado una falda. ¡Ya ves tú qué caballeros bajo estos sombreros de galones dorados! Pero ya basta. Ya han entrado todos y Olympe también se adelanta renqueando, ¡ah, su rodilla! Corro a su encuentro para sostenerla, pero los guardias me empujan y me impiden tocarla. A duras penas nos permiten hablar.

Les suplico: «¡no veis que necesita mis servicios!» Después también le dirijo mis súplicas a ella: «¡pero en qué estado os encontráis!, es necesario que vaya al ayuntamiento con vos, ¿por qué no puedo estar en vuestra celda? Pediré permiso... ¿Ya no dejan entrar a las camareras?»

Sonríe mi Babichette.

—¿Y los perros? ¿Y el loro? ¿Y *Madame de Sévigné*? Eres más útil aquí.

Una lástima su sonrisa.

Los guardias han empezado a revolverlo todo y nosotras sólo podemos mirar mientras ellos registran una habitación tras otra. Quisiera saber qué es lo que buscan, qué creen poder encontrar en esta casa, la casa de una señora. Lo único que van a conseguir será ensuciarlo y desordenarlo todo y después yo tardaré un buen rato en encontrar las cosas y volver a colocarlas en su sitio, donde tienen que estar. Pero ya lo entiendo. Buscan papeles, libros. Y los buscan aquí. No saben nada del último piso, evidentemente: el estudio está a salvo.

En medio de todo este desbarajuste, el general *Alejandro*, por lo menos, es feliz. Menea la cola con entusiasmo y trata de subirse a la falda de Olympe. ¡General!, lo regaña ella. Y él se acurruca, babeándole amorosamente los escarpines cubiertos de polvo. De su blando corpachón brota el aullido patético de un cachorro. Olympe se inclina y le rasca la cabeza, una caricia distraída, su mente está en otro lugar. Una sensación de peligro me oprime el pecho. Conozco aquella oscura beligerancia de sus ojos. Y, en efecto, no me equivoco, pues ella se levanta de golpe en toda su estatura y dice: «es inútil que busquéis los papeles en casa, están en mi estudio del último piso, ¿os parece que vayamos?»

Todos nos quedamos asombrados, yo la primera, y después también el comisario, que deja de empujar con la punta de la bota las prendas de vestir arrojadas al suelo por sus hombres y se vuelve a mirarla.

—Vamos.

En fila, uno detrás de otro, suben los peldaños que se estrechan en los pisos superiores, y yo detrás.

Sufro cuando sus manos empiezan a hojear sin la menor consideración, a maltratar los libros, y ella sufre más que yo, naturalmente. Una mueca de dolor le tuerce los labios más pálidos que su rostro, ¡Dios mío!

Los guardias lo arrojan todo al aire y el comisario selecciona, aparta algunas cartas, elige periódicos, ordena los papeles elegidos en dos montones distintos, se pone las gafas para echar un vistazo a las obras reunidas en un volumen. Ahora está leyendo las «notas patrióticas», las reconozco por el frontispicio con aquel dibujo del señor Desrais que tanto me gusta. En una sola hoja consigue reunir cien figuras —damas, *sans-culottes*, niños, guardias, animales— y con un trazo muy fino, con gran precisión: el cierre de una pulsera, la cola enhiesta de un gallo y el fuego de innumerables antorchas allá lejos al fondo, casi como un incendio... El incendio de la Revolución, supongo. Que en los grabados del señor Desrais posee la ligereza de una fantasía.

Sí, son sin duda las «notas patrióticas». ¿Será posible que este hombre, un comisario, jamás las haya leído? Y ni siquiera hace falta saber leer... En todo París se ha hablado de las propuestas de mi Babichette: los talleres estatales para los que no tienen trabajo, el reparto de las tierras no cultivadas entre los campesinos, el saneamiento de los hospitales. ¿Con qué dinero?, le preguntaban. Y ella: «con los impuestos sobre los artículos de lujo, sobre los caballos y los coches, sobre los edificios y, ¿por qué no? sobre los sombreros y los vestidos de las señoras». Estábamos en el ochenta y ocho... Bueno, hizo tantas propuestas que ni que fuera un ministro.

Fue un escándalo. Una señora que se permitía hacer sugerencias... ¿Es posible que el comisario no sepa nada acerca de ello?

Ha cerrado el libro. Se ha quitado las gafas y se frota la nariz con expresión perpleja. Creo sinceramente que no se imaginaba semejante fervor patriótico. Y eso no es nada. Habría tenido que oír sus alocuciones en el café Procope o en el gabinete de la señora Depas entre todos aquellos grandes literatos, cuando decía: «¡tres gobiernos en tres años y no llegaremos al final de la legislatura!, ¿qué pensará Europa de esta Revolución de la que tanto nos enorgullecemos?» La Revolución. No piensa en otra cosa, mi Babichette. ¿De qué la pueden acusar?

El comisario ha perdido su arrogancia e incluso los andares altaneros con los que se pavonea por Les Halles. Es sólo un anciano que arrastra los pies y se sienta junto al escritorio para redactar el acta. Apoyada en el chifonier chino, Olympe lo mira fijamente, con el rostro más pálido, si cabe, que antes, de ser ello posible.

—No es necesario sellar la casa. Habéis visto, está todo aquí, en mi estudio.

Bendita sea. Es por eso por lo que los ha atraído aquí arriba, no lo había pensado. Mi corazón empieza a latir desordenadamente. Si pusieran sellos en la casa, ¿significaría tal vez que me tendría que ir? ¿Y adónde podría ir yo, pobre criada sin ama?

Sin apenas levantar la frente del acta, el comisario declara:

—Aquí no hay nada que requiera ningún sello.

Mi corazón recupera los latidos normales. Le gustarán las faldas de las vendedoras de bacalao, pero es un hombre justo, hay que reconocerlo.

Fuera ya se ha hecho de noche. El comisario se introduce las gafas en el bolsillo y vuelve a llamar a los guardias.

—Hasta pronto— me susurra Olympe.

Por un instante estamos cerca, muy cerca. De su cuerpo emana un olor que no reconozco. Salado. Pero en el fondo de sus ojos apagados por el cansancio sorprendo un latido de alivio. Un suspiro ancho, amplio, me sube entonces desde el pecho a la cabeza. Si no han encontrado nada, ni una carta ni un libro que se pueda utilizar contra ella, se verán obligados a ponerla en libertad.

El pequeño pelotón se aleja a pie en medio de la oscuridad. Un soplo de viento agita las hojas de los árboles y refresca la piel. Me asomo a la ventana para seguir hasta donde puedo a mi Babichette. Me da la impresión de que camina más ligera, con un paso más suelto. Pero, en la oscuridad, ya no se distingue más que el centelleo de los galones dorados de los sombreros de los guardias. Por la calle no se ve ni un alma.

Una neblina sutil retiene las llamas de las farolas, pero la luna amarilla y redonda se ha soltado y corre libremente hacia lo alto.

Hasta pronto, susurro yo también.

Agosto de 1793

Hyacinthe

...Y al final, la detuvieron, ¿qué otra cosa se podía esperar? La mano húmeda de Jean-Hélie busca la mía mientras el carruaje se balancea sobre las piedras del camino y yo pienso a cada vuelta de las ruedas: ¡París! París se está acercando y no he terminado todavía de pensarlo cuando me noto en la boca el amargor de aquella inútil pregunta que golpea y vuelve a golpear con obsesiva insistencia.

¿Qué otra cosa se podía esperar?

La han detenido y la han confinado en una celda del ayuntamiento durante más de una semana, antes de trasladarla a la Abbaye, un lugar tan odioso, si fuera posible, como la Bastilla en tiempos de la monarquía. E, inmediatamente después de la detención —no puede ser una coincidencia—, a Pierre lo suspenden en sus funciones, lo cual significa que ya no tenemos dinero ni casa, puesto que la vivienda está destinada a los militares en servicio. Así que no ha habido más remedio, hemos tenido que apretujarnos todos en una berlina del ejército y tomar de nuevo el camino de París.

París... Mil y mil veces he llenado el vacío de mis noches con la fiesta de nuestro regreso. Ahora la fiesta ha quedado a nuestra espalda, se ha perdido en aquel soplo de neblina que al amanecer, antes de la partida, he visto flotar sobre las aguas de Tours.

No, no hay alegría en mi regreso, sino angustia y pesadumbre. Todo me desalienta. La pobreza del equipaje, los incómodos escarpines que a medida que pasan las horas me van comprimiendo cada vez más los tobillos, el cansancio de Jean-Hélie, el llanto de Anacharsis y Pierre, sobre todo Pierre, que se esfuerza en aparentar alegría en presencia de los oficiales que viajan con nosotros. Dos oficialitos de nada, con una licencia trimestral, que conocen sus discrepancias con la administración de Indre-et-Loire, pero no mucho más.

Ésta ha sido, por otra parte, la razón aducida en el procedimiento con el que lo han suspendido del cargo: discrepancias con la administración. O, mejor dicho, con el administrador en persona, porque Pierre tiene el mismo carácter impulsivo de su madre, él tampoco sabe contenerse ante una ofensa, presunta o real, se indigna y se altera más de lo que exigirían las circunstancias.

El carruaje se ha detenido para el cambio de los caballos y los oficiales ofrecen su cuello empapado de sudor al viento que entra y juega con las borlas de sus charreteras.

La parada es corta. El viaje se reanuda.

Jean-Hélie abandona la cabeza sobre mi regazo.

A través de la muselina me llega el calor de sus mejillas y Pierre se quita los guantes, humedece un lienzo con el agua de su frasco de cuero de bolsillo y le refresca las sienes con la torpe cautela de los hombres que no están acostumbrados y jamás se acostumbrarán a los gestos del cuidado físico. Unas gotas de agua resbalan sobre mi regazo y sus manos desnudas las apartan, deteniéndose un instante sobre mi falda.

Con él me fui y con él regreso. Pero de una manera, de una manera...

Hay una cierta verdad en el motivo de su suspensión, no se puede negar: en efecto, una mañana cualquiera, por una razón cualquiera a la cual ni él ni yo atribuimos en su momento la debida importancia, discutió con el administrador.

Pero después, a menos de dos días de distancia, en el *Echo de la liberté*, aparece una denuncia anónima: «Tenemos en Tours como general al hijo de Olympe de Gouges, antiguo servidor de Versalles».

Eso no, es una calumnia, no lo puedo aceptar de ninguna manera. Pierre jamás ha servido en Versalles. A menos que se le quiera acusar de haber prestado servicio hace muchos años, antes de que nos conociéramos, en el cuerpo de ingenieros de Felipe de Orleans. El empleo le costó a su madre, a pesar de que por aquel entonces era muy amiga del duque, nada menos que mil quinientos francos. ¿Pero qué tiene de malo un empleo conseguido legalmente y que Pierre no dudó en abandonar para defender Francia y la Revolución?

En resumen, primero la discusión y después la denuncia anónima y, finalmente, el correo que nos entrega la carta de Olympe con la noticia de su detención y un pliego. Dentro, una copia de *Las tres urnas*.

Te la envío para que te tranquilices, para hacerte comprender la inconsistencia de la acusación...

Pero bastaba la carta para ponernos al corriente y hacernos comprender la esencia de las acusaciones, ¿por qué añadirle también *Las tres urnas*? Un gesto imprudente que nos podría comprometer y dar comienzo a una cadena infinita de sospechas. Y, de sospecha en sospecha, Pierre podría llegar incluso a ser acusado de complicidad. Yo lo comprendo, ¿cómo es posible que ella no lo comprenda?

Por mucho que me repita: la intención es buena... *Te la envío para que te tranquilices...* No se puede malinterpretar, es el gesto espontáneo de una madre. Por mucho que unas cuantas líneas más abajo escriba con su caligrafía áspera, larga, puntiaguda:

«*...nada me hará traicionar mi conciencia, ni siquiera el amor que siento por ti...*»

Un resentimiento imprevisto se enciende en lo más hondo de mi estómago, arde con furia y no quiere ceder.

¿Qué mujer es ésta, me pregunto yo mientras el carruaje corre hacia París y Pierre vuelve a bromear con los dos oficiales y los niños lloran por turnos, qué clase de madre es esta que afirma no poder traicionar su conciencia ni siquiera por amor a un hijo?

Un polvo seco entra por arriba y por abajo a través de todas las resquebrajaduras, como si el sol de este verano nuevamente tórrido después de los grandes temporales de finales de julio, hubiera hecho pedazos todo el mundo de allí afuera.

¿Estamos en París?

Miro hacia arriba y hacia abajo, pero sólo veo los grandes remolinos de polvo que me han penetrado hasta lo más hondo del alma. Con dificultad, enfoco las figuras que poco a poco van adquiriendo forma de una en una en el patio de la estación de postas: los descargadores que se pasan los equipajes, una señora que baja de la silla de mano y deja al descubierto el pie para subir al carruaje que está a punto de salir, un jovenzuelo que levanta con los brazos arqueados una jaula protegida por un lienzo de color verde. Mido la sombra de las casas y sigo sin convencerme. ¿Es mi ciudad? ¿Estoy en París?

Y helos aquí delante de mí. Mi madre y mi padre.

Mi madre no consigue reprimir el llanto en cuanto ve a los niños, Anacharsis, al que no conoce, y Jean-Hélie, que ahora ya está empezando a pelearse con las palabras. De su manera de soplarse la nariz, fragorosa y expansiva, en un pañolón ya listo entre las manos de hinchados nudillos, deduzco que ha venido en son de paz: por lo menos durante unos cuantos días no presentará batalla. El pequeño la mira fijamente con expresión desconcertada hasta que, de repente, se decide y golpea el aire con sus alegres bracitos y la saluda dejando al descubierto las rosadas encías, en la más cautivadora de sus sonrisas. Como si él también supiera lo difícil que le resulta a mi madre rendirse a la idea de que jamás tendré un marido y ni siquiera lo indispensable, a su juicio, para llevar una vida civilizada. ¿Cómo se puede vivir como personas civilizadas sin un carruaje, un portero y un mayordomo?

En el rígido abrazo de mi padre percibo, por el contrario, un reproche que no se deja amansar, aunque haya renunciado a traducirse en palabras. Dos años lejos... Para recuperarme con el mismo sobresalto y el ánimo dividido en presencia de su fruncido entrecejo.

Y, sin embargo, mi padre jamás se había opuesto a nuestra unión. No puso reparos cuando decidí unirme a Pierre: seguimos nuestra inclinación y ello merecía su consentimiento. Papá es un hombre que cree en la fuerza del sentimiento y en los derechos naturales del amor, siempre y cuando, por supuesto, estos derechos sean sancionados con el matrimonio.

La cuestión es siempre la misma: el matrimonio.

Recuerdo que entonces me mandó llamar a su presencia y me obligó a permanecer de pie.

Fue un largo sermón.

—El matrimonio es un deber para con la familia y la sociedad. Todos lo asumen al nacer y no se pueden sustraer a él.

Lo dejé hablar. Después: «el matrimonio, cosa propia del *ancien régime*, es un prejuicio de otra época, padre mío». Con los ojos mirando al suelo. Con acento respetuoso pero firme. «Si prestamos atención a los prejuicios, padre mío ¿cómo podrá la naturaleza recuperar todos sus derechos?» Y él, levantando la mano para imponerme silencio:

—¡No hagas que me arrepienta de haberte enseñado a leer!

Me habría podido imponer su voluntad. En vez de eso, al final me despidió con un suspiro de resignación. Cuando después lo pensé, la facilidad de la conquista me pareció más un castigo que una victoria.

Y, después de casi dos años de ausencia, regreso a París, bajo de la berlina y allí está mi padre, con la misma peluca que se levanta en dos espesos rollos por encima de las orejas y a estas alturas ya le queda un poco ancha y le confiere un aire de anciano que me parte el corazón.

Mi madre que solloza contra el pañuelo, mi padre con la peluca que le baila sobre la cabeza, el equipaje, el agotamiento, el fingido desparpajo de Pierre, la idea de Olympe encerrada en la Abbaye...

Experimento una sensación de malestar, como si, en lugar de llegar, me estuviera marchando.

Y después, para colmo, la casa nueva.

No puedes reanudar el hilo de la vida con naturalidad desde el momento en que lo interrumpiste antes de irte, me digo siguiendo a los mozos que, mientras suben, van golpeando las cajas contra la pared de la escalera. El revoque se agrieta y ellos suben dejando a su espalda una fina estela de polvo blanco.

Pero yo conozco muy bien este sabor de leche cortada que me llena la boca, sé de qué se trata. Es el sabor de la decepción y me lo tengo que tragar antes de darle las gracias a mi padre con todo el entusiasmo que se merece y de coincidir con él en que efectivamente es una suerte que uno de sus inquilinos se haya ido y haya dejado libre, todo para nosotros, este apartamento que se asoma a la orilla del Sena. Grande, amueblado, en un edificio de sobria elegancia: un digno alojamiento para Pierre, para los niños y, naturalmente, también para mí.

Pero yo me había imaginado otra cosa. Mi imaginación había seguido un camino suyo muy especial y, paso a paso, me había devuelto a mi habitación de jovencita, con la tapicería azul y el clavicémbalo en un rincón. Una fantasía de contornos imprecisos, más que nada una especie de cantinela consoladora y tranquilizadora que yo me había estado cantado en silencio durante el camino de regreso.

Ni siquiera me había rozado la idea de que, en cuestión de muy poco tiempo, tendría que calcular mis pasos en el espacio desconocido de una nueva casa.

Esta vez me acostumbraré enseguida, pienso abriendo la puerta y corriendo a las ventanas con el chiquillo colgado del cuello, ¡estoy en París!

Pero sigo pensando: casa nueva, esfuerzo nuevo.

—¿Te gusta?— me pregunta ansiosa mi madre.

Sillones inmensos, pequeñas chimeneas en todas las habitaciones.

¡Si por lo menos hubiera podido llevar conmigo a Pauline! Mis oídos se habían acostumbrado al rumor de sus zuecos, que pasaban velozmente de una habitación a otra y me recordaban mis responsabilidades de mujer adulta. Sí, me la habría llevado de muy buen grado. Y Pauline, ¡cómo se habría alegrado Pauline de venir a París! Para la ocasión guardaba una cofia especial, muy coquetuela, a la que había añadido unas cintas azules que yo le había regalado.

Pero Pierre se mostró inflexible.

—Reflexiona un poco, querida... —trataba de convencerme y, entre tanto, jugaba con mis dedos, los entrelazaba con los suyos, los acariciaba con una persuasiva lentitud—. Sé que le tienes cariño y ella a ti. Y también me gusta mucho ver cómo te obedece. Serena. Tranquila. Pero piensa un poco. Es demasiado agraciada para que vaya a París, imagínate qué dolor tan grande si tuviera...¡Con su ingenuidad! No, París es un peligro para las jóvenes. Sería una preocupación tanto para mí como para ti. No nos daría más que disgustos. Eres demasiado razonable como para no comprenderlo.

En efecto, preocupaciones teníamos y tenemos más que de sobra, sin necesidad de añadirles otras nuevas.

Cada mañana Justine me trae las últimas noticias.

Se presenta con aire decidido, con los perros sujetos por las correas y la frente dividida por aquel corte en cuyo interior se hunden todas sus emociones. Pero es la nariz lo que la traiciona. Su narizota que tiembla, se ruboriza o palidece.

Viene de la Abbaye, donde ha entregado al vigilante la cestita del almuerzo para Olympe.

—¡En fin! Esperemos que llegue a su tripa... Que no se pierda por el camino...

El estado ofrece a los reclusos una ración de alubias y una libra y media de pan al día, quien quiera una comida más abundante y variada se la tiene que pagar, lo mismo que la cama, las sillas, las velas, en resumen, todo.

—Menos las paredes, ésas son gratuitas— refunfuña Justine.

La sombra que se oculta en el interior de la arruga grabada en su frente me preocupa.

Los rincones de esta casa también están llenos de sombras. He intentado expulsarlas desplazando los muebles de sitio y comprando alguna chuchería al chamarilero, cosas baratas, porque el dinero escasea ahora que Pierre corre el riesgo de no tener una carrera y quizá ni tan sólo un destino si no lo reincorporan al suyo, y yo no les quiero pedir nada a mi madre y a mi padre, que ya nos dan más de lo que yo quisiera.

Pero estaba contenta, a pesar de todo, mientras hurgaba en las tiendas de los chamarileros, eligiendo algún jarroncito, un espejito, un candelabro. Pequeños y deliciosos objetos sin pretensiones, descubiertos por mí.

Dejé de hacerlo cuando Justine me explicó que, cuanto más baratos son, más fácil es que hayan sido birlados en las casas de los detenidos.

La noche empieza cuando la vendedora de rosolí y aguardiente enciende su candil bajo la techumbre adosada al edificio de enfrente y se pone a cantar: «la vida, la vida, a cinco céntimos el vasito», y los *sans-culottes* de regreso de las secciones hacen un alto para recuperar el resuello y fortalecer su entusiasmo con el agua que les abrasa al bajar por la garganta.

Después ya no pasa nadie más.

La doble luz de un carruaje que se aleja, el resplandor de una hoguera a orillas del Sena. Encuentro siempre una luz cuando cedo a la impaciencia y al deseo de levantarme, aunque la péndola ya haya dado la medianoche. Es el momento del silencio más absoluto.

Pero París es como es, tiene un sueño muy agitado.

La péndola acaba precisamente de dar la una, en sincronía con el reloj de la iglesia, cuando, de pronto, al silencio le sucede un inmenso y confuso estruendo que aumenta de calle en calle: ya han empezado otra vez las inspecciones domiciliarias.

Anoche llamaron a todas las casas del callejón de al lado. Una patrulla de sesenta voluntarios, todos con la pica y el gorro de color rojo, entraba por un lado y salía por el otro en busca de exiliados que hubieran regresado clandestinamente. Las picas relucían rompiendo la oscuridad y los hombres se movían rápidamente entre las siluetas de las casas como si fueran bestias infernales despertadas por la luna. A través de la ventana abierta yo oía la voz del comisario que interrogaba, el llanto de un niño, la carcajada de una mujer, los gritos de los centinelas que mandaban iluminar las ventanas.

Pierre, vestido de punta en blanco, dormía tumbado en un sofá, a la espera de nuestro turno. Pero la inspeción terminó antes de llegar a nosotros.

Y regresó el silencio.

Pierre sudaba y se agitaba sin despertarse. Yo contemplaba las ventanas todavía iluminadas. Las casas, en la oscura calle nuevamente en calma, ofrecían el aspecto de unos inmensos catafalcos punteados por miles y miles de fuegos y cada uno de aquellos fuegos hacía vibrar la punta de la solitaria llama que la noche enciende en el interior de mi cabeza.

Es París, es mi ciudad, me seguía repitiendo. Pero este pensamiento hacía que la soledad pareciera todavía más definitiva. Entonces me acerqué a Pierre y traté de sacudirlo. Él se levantó de un salto.

—¿Están en la puerta?

Parpadeaba como Jean-Hélie cuando no quiere que lo venza el sueño.

—Ya se han ido —contesté en un culpable susurro—. Duerme.

Él se dejó caer de nuevo sobre el sillón, con la barbilla sobre el pecho y la cabeza balanceándose como si estuviera rota. El aceite de la lámpara ya casi se había agotado, la luz languidecía y, cuando se apagó del todo, yo me quedé sola en vela.

Olympe

Estoy preparada. Llevo alrededor del cuello una pañoleta inmaculada y recién planchada y unas medias nuevas en los pies y me he lavado en el barreño que Louise, la mujer del vigilante, me llena de agua limpia todas las mañanas.

La ciudadana Louise. De busto exuberante y cabello pajizo. Viene de un pueblo de la Baja Bretaña y, a pesar de que lleva diez años en París con un marido nacido en el barrio de Saint-Marcel, habla el francés peor que un indio de Bengala. Pero yo tengo la impresión de que se trata, por lo menos en parte, de una astucia. O un pretexto. Excelente para interpretar a su conveniencia las órdenes del comisario. En este caso, prodigándose generosamente conmigo. Por otra parte, no existen órdenes escritas por lo que a mí respecta: me han sacado y me han trasladado a la Abbaye por una simple cuestión administrativa. Puesto que no hay órdenes escritas, sino tan sólo disposiciones verbales, cualquier interpretación es válida y por eso Louise no tiene el menor reparo y cada mañana viene a echarme agua limpia en el barreño.

Hoy ha entrado, me ha mirado de arriba abajo y, con un gesto de complicidad, se ha sacado una pastilla de jabón de entre los pliegues del chal. Puesto que no sabía cómo pagárselo, le he regalado un tarro de confitura, una rubia mermelada de naranja que Justine ha añadido al habitual cestito del almuerzo.

Y, de esta manera, estoy limpia gracias a la ciudadana Louise.

Y lista para el interrogatorio. El primero delante del Tribunal Revolucionario.

Es el seis de agosto, pleno verano, pero tengo las manos frías.

La sala también está fría.

El calor se ha quedado fuera de esta inmensa sala revestida de mármoles y ocupada tan sólo por los bustos de Bruto y de Marat. Ellos serán mi público. Ojos blancos en el interior de unas órbitas de piedra. Las tribunas están desiertas: la audiencia se celebrará a puerta cerrada.

¿Buena señal? ¿Mala señal? No lo sé valorar.

El público quiere espectáculo, me digo juntando las manos para calentármelas y para detener un estremecimiento interior. Pero el espectáculo limita el espacio de la justicia. Puede que esta sala vacía sea una buena señal: se me quiere juzgar apartando a un lado cualquier prevención. Si así fuera, entonces... Entonces el veredicto no se da por sentado. No se ha escrito de antemano.

Pero el público se conmueve cuando reconoce la inocencia. Si la inocencia es evidente, el público exige un juicio imparcial, lo cual hace más difícil un veredicto predeterminado. Puede que la ausencia de público sea una mala señal.

Ocupo mi lugar delante del estrado del presidente. Al caminar, me doy cuenta de que arrastro la pierna derecha. El dolor de la rodilla se ha despertado, pero no sabría decir cuándo, antes no estaba y ahora sí.

Un rayo de luz cae desde arriba y palpita sobre el sombrero adornado con plumas del juez, reverbera sobre la corbata blanca que mira de soslayo desde el vestido negro y, por un instante, borra sus facciones, que aparecen de nuevo como desvaídas, un rasgo detrás de otro.

Lo reconozco: es Ardouin. Un juez moderado, en caso de que semejante definición tenga sentido para alguien que acepta semejante tarea en el Tribunal Revolucionario.

En cualquier caso, no es con él con quien me las tendré que ver.

Fouquier-Tinville está allí, sentado junto a la mesa del ministerio público. Argo, lo llamaba Sébastien, mi amigo perdido, por sus ojos asomados a flor de cabeza, por sus móviles orejas: la viva imagen de la inquisición policial. Un hombre que vendió su cargo de procurador del tribunal del Châtelet para pagar las deudas y que hoy ha descubierto su verdadero talento: el frío y pedante celo del Gran Acusador. Pero si es del todo cierto, tal como dicen algunos, que cada rasgo de la fisionomía revela un secreto del alma, éste permite adivinar unos secretos muy sórdidos detrás de la máscara: tabernas, por lo que dicen, y vino peleón al término de cada jornada.

Ardouin apoya las manos sobre la mesa y extiende los dedos como si quisiera ganar espacio. Empieza el interrogatorio.

—¿Sois vos la autora del cartel llamado *Las tres urnas*?

—Sí, soy yo.

—Por consiguiente, ¿reconocéis ser su autora?

—Lo reconozco.

Las mismas preguntas rituales que Baudrais me había dirigido el mismo día de mi detención en el ayuntamiento.

—Pues entonces, ¿por qué no figura vuestra firma en el texto?

Un impulso burlón me serpea bajo la lengua. Sin reprimirlo, respondo:

—Por modestia.

La modestia, este bozal impuesto a los sueños de las mujeres...

Arduin experimenta un arrebato de impaciencia, pero el Gran Acusador permanece imperturbable, no percibe la ironía, probablemente no la sabe distinguir en una voz femenina.

Él es ahora el encargado de resumir las acusaciones:

—Señora, el día veinte de julio, a las siete de la tarde, la ciudadana Meunier presentó una denuncia contra vos por fijación clandestina de un cartel contrarrevolucionario.

—El cartel no se fijó —le recuerdo—. Y la ciudadana Meunier se equivocó al anticipar el juicio del Comité de Salud Pública. Sólo al Comité le corresponde establecer qué es o no es contrarrevolucionario.

—No es ése el problema —me interrumpe con impaciencia—. Hace un año, el veinticinco de septiembre de 1792, los representantes del pueblo proclamaron la República una e indivisible. ¿Lo sabéis?

—Lo sé.

—Cualquier propuesta que no tenga en cuentra la unidad e indivisibilidad de la patria es contraria a la ley.

—No es mi propuesta la que atenta contra la República una e indivisible.

La pierna me vuelve a pulsar y a lanzarme señales de advertencia, pero yo trato de ignorarla y de mantener la voz alta y clara. Es la lucha de los partidos en el seno de la Convención, explico, la que siembra la sospecha y la discordia en los departamentos. Mientras escribía *Las tres urnas*, Burdeos, Lyón, Marsella, Toulouse y Calvados hablaban de marchar sobre París.

Al llegar a aquel punto, me pregunté: ¿qué ocurriría si los departamentos tomaran realmente las armas para defender la autonomía de sus diputados? La guerra civil, ésa sí, marcaría el final de la República una e indivisible.

Con un breve gesto de la mano, Fouquier-Tinville aparta a un lado y anula mis razones.

—Es el recurso a las urnas —replica— el que podría provocar una explosión.

Mientras habla, inclina el cuerpo hacia adelante. Por lo demás, se muestra comedido en los movimientos y controlado en la voz. Sólo las orejas se mueven de vez en cuando de manera descoordinada, casi como si quisieran asentir cada una por su cuenta.

Ahora me está mirando fijamente con las pobladas cejas enarcadas y un leve centelleo de burla en los ojos saltones.

—¡Qué imaginación, señora! Vos sostenéis que unos hombres que no piensan de la misma manera se pueden reunir en un solo lugar para introducir su voto en una urna. ¿Cómo es posible que creáis que ello pueda ocurrir de manera pacífica? ¿No os parece una idea peligrosa?

—Las urnas son la alternativa a la rebelión armada.

—Las urnas sancionan la diferencia de opiniones. Es vuestra declaración, señora, la que podría provocar el estallido de una guerra civil.

En su forma de razonar y de enunciar las acusaciones percibo una distancia inalcanzable. Su fría pasión de funcionario modelo me causa más temor que el odio o que la rabia expresada a gritos por Marino.

Estoy segura: no me soltará.

Rosalie

Tras haberme inscrito en el libro de los prisioneros de la cancillería, el guardia registra el poco equipaje que me han permitido reunir y, mientras revuelve y explora, he aquí que sus manos tropiezan con mis cubiertos. ¡Ah!, exclama, mirándome. Y los requisa. Los preciosos cubiertos de plata que mi madre se había traído de Palermo y me había dejado en herencia. A cambio, recibo una tarjeta con un número.

—Si salís de aquí —dice el guardia, y dice *si* y no *cuando*— los podréis recuperar.

Tras lo cual, me entrega a un funcionario de prisiones.

Cruzamos una sala llena de humo, de hombres, de confusión, subimos por una escalera incómoda y sucia, después atravesamos un pasillo desierto hasta llegar a la puerta de una celda cerrada por una enorme cerradura. El funcionario abre la puerta con sus propias llaves, de tamaño proporcionado al de la cerradura, y yo entro.

Mi compañera de prisión se encuentra de pie delante de la doble reja de la ventana. Me da la espalda y no hace el menor ademán de moverse. Los dedos agarrados a la reja, una fuerte tensión que le dobla el torso hacia el exterior. Toda su elevada figura está concentrada en algo de allí afuera que a mí, desde este ángulo visual, no me es dado vislumbrar.

Saludo con una voz vacilante a mi pesar, pero ella sigue sin moverse, como si ni siquiera me hubiera oído entrar, cosa por otra parte imposible, dado el ruido muy poco discreto de las llaves en estas cerraduras. Permanezco junto a la puerta sin saber qué hacer, sintiéndome una intrusa importuna y descarada, como ciertas burguesas de tres al cuarto que no saben respetar las normas de la buena educación, aunque vayan por ahí con el pecho bien cubierto.

Un sol inmenso entra con prepotencia a través de la ventana sin cortinas, alcanza de lleno aquella figura de espesa melena recogida hacia arriba en una masa de ensortijados bucles, rasga la estancia en la que a duras penas caben dos camitas de campaña, dos sillas y una mesita. Encima de la mesa veo unos libros bien apilados, papel, lo necesario para escribir y, en una esquina, un poco apartados sobre un mantel blanco, una cuchara muy fea y un tenedor de cárcel con las puntas limadas para evitar cualquier tentación, supongo, y entonces acude a mi mente un pensamiento que percibo como un hallazgo. Los cubiertos de mi madre, pobre de mí...

Encima de una de las dos camas, la más próxima a la ventana, se observan unas vendas cuidadosamente dobladas y un chal cuyos colores brillan bajo el sol. Una aguja grande para el cabello, clavada en una grieta de la pared, hace las veces de percha. La escualidez del conjunto queda suavizada por una especie de meticuloso cuidado, un respeto por el orden que es mucho más que un respeto: un despliegue de fuerza. De vitalidad. Algo que rivaliza con la violencia de esta luz de agosto que penetra con todo su estraordinario poder.

Puesto que no he recibido respuesta a mi saludo, avanzo unos pasos y deposito el equipaje encima de la cama libre. Dudo un poco, me armo de valor y me acerco a la ventana. La esquina de la mesa actúa de barrera, pero, inclinándome hacia un lado, veo yo también lo que mi desconocida compañera está contemplando con tanta intensidad.

Alguien en el patio, en la pared de enfrente, ha trazado el lema más popular de París: Libertad, Fraternidad, Igualdad o Muerte. Pero las lluvias lo han borrado y las letras no son más que unos exangües fantasmas alargados, recortados en la claridad de la pared.

—Lástima— suspira la desconocida, volviendo el perfil hacia mí.

—¿Señora?

—Ha desaparecido. ¡Una palabra tan bonita de ver! Igualdad. Tan dulce al oído... Sobre todo, al oído de una mujer, ¿no os parece también a vos?

Unos mechones oscuros le bajan por la mejilla y dejan al descubierto la línea del cuello. Todavía no distingo la expresión del rostro, pero percibo en su tono un interés compasivo cuando finalmente murmura:

—Lamento tener que daros la bienvenida a la Abbaye.

No la he reconocido de inmediato, es más, sólo en el momento en que se ha presentado y ha pronunciado su nombre: Olympe de Gouges. Y yo he pensado: ¡el destino!

Entre todas las posibles compañeras de prisión, es muy curioso que a mí me haya tocado precisamente ella, una mujer que, sin saberlo, ya se cruzó en mi camino en otra circunstancia muy significativa de mi vida. He tardado un poco en reconocerla, pero, por otra parte, es comprensible, la había visto sólo una vez y desde lejos.

Ahora, en cambio, sólo nos separa una pequeña cama de campaña. Si alargo la mano casi puedo tocarla en esta celda invadida por el sol y por las moscas.

Una reclusa. Con el cabello recogido sobre las sienes y sin ningún adorno. Muy distinta de la dama de amplia falda y florido sombrero que, en un palco de la Comédie Française, recién rebautizada Teatro de la Nación, golpeaba impaciente la barandilla con el abanico. Las grandes varillas despedían fulgores de nácar mientras ella esperaba a que la sala se calmara y los actores reanudaran la representación del drama firmado por ella.

Destino, suerte, fatalidad... ¿Qué importa?

Sí, yo también estaba allí aquella noche y distaba mucho de imaginar que nos volveríamos a ver, y en semejante lugar, por si fuera poco.

Ella golpeaba la barandilla de su palco con el abanico y yo permanecía sentada abajo porque, desde que la Comédie Française había dejado las Tullerías para trasladarse al más moderno edificio del barrio de Saint-Germain y los actores habían decidido, entre otras novedades, duplicar los precios de la platea pero dejar sentar al público, las mujeres también se admiten en la sala y pueden intercambiar con los vecinos los mismos corteses comentarios que se pueden intercambiar en los palcos.

O sea que yo también estaba allí aquel lejano veintiocho de diciembre del ochenta y nueve y permanecía precisamente sentada en la sala y jugaba con el anteojo, enfocándola a ella de vez en cuando, pero de pasada, como por casualidad. No me parecía educado ponerme a espiarla, aunque ésa fuera la intención, compartida por otra parte por toda la platea: una curiosidad inevitable, después de las polémicas desatadas por el anuncio de la representación.

La obra ya era incendiaria en su título: *La esclavitud de los negros*, y recuerdo que muchos diarios habían deplorado el hecho de que una dama que jamás había salido de París y cuyas lecturas se suponían limitadas a alguna que otra novelita inglesa, se permitiera llevar a la escena una rapsodia sobre el Congo. Aquella misma mañana, en *Les Actes des Apôtres*, un periodista cuyo nombre no recuerdo había escrito: «¡Y he aquí que suben a escena los negros en el Teatro de la Nación! Yo no voy jamás a los espectáculos, pero éste, a fe mía, que no me lo perderé».

Era un lunes, día no demasiado propicio para la escena, ¿quién acude al teatro el lunes?, y, además, llovía a cántaros. Pese a ello, más de mil personas se apretujaban en los palcos y en la sala y todas ellas discutían, gritaban, se reían, silbaban y aplaudían. Todo el partido de los colonos se había movilizado para reventar la obra. Habían regalado entradas y habían pagado a agitadores; en resumen, habían organizado una auténtica intriga, muy fácil de montar incluso en el ochenta y nueve, cuando todavía triunfaba el espíritu de la libertad y se había abolido la censura, que hoy vuelve a tener muchos adeptos.

O sea que fuera llovía y en el interior del teatro reinaba un humor de lo más desagradable. Sí, lo recuerdo muy bien. Recuerdo todos los detalles de aquella noche y de aquel espectáculo, hasta el más insignificante, pues fue precisamente en aquella ocasión cuando conocí a Antoine-Léon.

El destino... ¿Tengo que creer en el destino? Mi madre, que era actriz, creía en él.

Sea como fuere, tanto si fue el azar como si fue el destino, ¿quién se me sienta en la silla de al lado aquella noche? Un joven de ancho rostro y piel bruñida, el color típico de los franceses nacidos en las islas. Y, cuando todos se levantaron y se pusieron a gritar para interrumpir el espectáculo o para insultar a los que querían interrumpirlo, él permaneció sentado. Por eso le pareció natural, según me reveló después, dirigirse a mí, la única persona que, como él, no se había alterado ni gritado.

¿Creen de veras, dijo, que una comedia en París es capaz de provocar una insurrección en las Antillas? ¿De veras los colonos, el poderoso partido de los colonos, tiene miedo de una obra teatral que, encima, ha sido escrita por una mujer?

—Tienen miedo —traté de explicarle— de que la libertad concedida a los negros deje desiertos los campos de algodón.

En Francia la excesiva libertad concedida a los campesinos ha dejado desiertos los campos, empujando a los aldeanos como una ola gigante contra los baluartes de las ciudades. ¿No podría ocurrir lo mismo en las colonias?

—Pero ¿dónde podrían ir los negros?— preguntó él, tan estupefacto que hasta se olvidó de presentarse.

Bien o mal, a pesar de las constantes interrupciones, los actores consiguieron llevar a buen término el espectáculo... Que no sabría decir si me convenció o no.

De entrada, Zamor, el protagonista, no sólo era negro, sino que, por si fuera poco, era también asesino. Había matado al blanco que cortejaba a su amada, es cierto, ¡pero asesino y negro! Aunque en el último momento se hubiera transformado en indio debido a las protestas de los actores que se negaban a actuar con la cara untada de negro humo, en la intención de la autora seguía siendo negro y asesino. Jamás se había visto en el teatro a un protagonista de esta clase. Más que valor, se necesitaba temeridad para semejante ocurrencia.

Volví a enfocar con el anteojo el palco de la autora, pero ya no había nadie.

Será el destino, tal como decía mi madre...

El caso es que el espectáculo ya había terminado, pero el destino, aquel veintiocho de diciembre del ochenta y nueve, aún seguía actuando.

Me encaminé hacia la salida del teatro y, una vez en la calle, mientras mi criado trataba infructuosamente de parar un fiacre en medio de aquel gentío indescriptible, ¿a quien veo milagrosamente a mi lado? A mi vecino de asiento en la sala. Que esta vez se presenta de una manera de lo más correcta y se ofrece a acompañarme en su cabriolé.

Durante el trayecto, en el estrecho asiento del pequeño carruaje, que avanzaba muy despacio, Antoine-Léon me empezó a hablar de sí mismo con una franqueza fuera de lo común. Me contó que había nacido en Santo Domingo y era hijo de un propietario de plantaciones de algodón. Era rico pero seguía trabajando, y la Revolución, que mide a los hombres por su trabajo, le había abierto los ojos. Es bueno, dijo, que todos se tengan que ganar la vida. Y eso a mí, que me gano la vida desde siempre, a pesar de ser una mujer, me gustó.

El trabajo de mi nuevo amigo consistía en escribir artículos para *El correo de las Islas*; en resumen, era periodista. Y al teatro no iba, tuvo empeño en puntualizar, para admirar a las actrices, tal como solían hacer todos los hombres de su edad, sino a conseguir temas para su periódico. Me incliné, fingiendo buscar un pañuelo, para disimular una sonrisa.

Su franqueza lindaba con la ingenuidad. Pero, cuando le pregunté cuál era el propósito de su viaje a París, me pareció que se echaba un poco hacia atrás un tanto cohibido, como si dudara. Al final, me confesó que había venido para buscar esposa. Su mayor deseo era casarse con una francesa auténtica, nacida en la madre patria.

Al oír su respuesta, me brotó inmediatatamente del corazón una pregunta: yo, que era hija de madre italiana, ¿me podía aplicar el título de «francesa auténtica»?

Fue una pregunta espontánea y desinteresada porque, si he de ser sincera, no sé si Antoine-León me gustó a primera vista.

Sé con toda certeza que su pronunciación, aquella curiosa manera suya de hablar, me sedujo. Era algo que tenía que ver con mi trabajo, con el hecho de que desde hace muchos años enseño francés a los actores del Théâtre Italien, una tarea que me ha merecido los elogios del señor Goldoni: yo también tengo mi pequeña fama.

Aunque no empecé por amor al éxito. Eso por supuesto que no.

Empecé al morir mi madre, cuando me encontré con un bonito servicio de cubiertos de plata y poco más. Por otra parte, no se puede decir que ella no me hubiera avisado: *el que canta y el que danza poco avanza*, ésa era su letanía.

Qué se le iba a hacer, muy pronto aprendí a arreglármelas por mi cuenta. Por lo demás, tengo una especial propensión a este tipo de trabajo. Tal vez para compensar las carencias de mi madre, que era actriz, una célebre actriz, por cierto, italiana, que jamás consiguió aprender el francés. La verdad es que todos los actores italianos, y no sólo mi madre, cuando actúan en francés te ponen la piel de gallina. Por eso acuden a mí y yo les enseño a moverse entre las palabras extranjeras, a adaptarse a un cuerpo habitado por otros sonidos: cosas que sólo se pueden adquirir en mi escuela. ¿Dónde si no se puede aprender el arte de la palabra múltiple? Ninguna universidad se dignaría jamás enseñar una asignatura tan vil como una lengua extranjera. He aquí la utilidad de mi trabajo.

Así que aquella noche, en el cabriolé, que circulaba muy despacio mientras yo escuchaba a Antoine-Léon hablándome de sí mismo, descubrí que su acento me abría un nuevo mundo de posibilidades sonoras: me conquistó.

El destino. Sí, el destino. Puesto que, si su pronunciación no me hubiera seducido y finalmente yo no me hubiera casado con él, los guardias no habrían llamado a mi puerta y no me habrían detenido bajo la acusación de conspiración contra el pueblo francés.

En la Abbaye el espacio se reduce, las celdas no bastan y los recién llegados se amontonan en yacijas por todos los rincones, hasta encima de la cloaca. Ahora ya debemos de ser más de trescientos y cada día entran por decenas.

Puedo considerarme afortunada por el hecho de compartir la celda con una sola persona. Y no con una cualquiera, sino con una mujer que siente el mismo amor por las palabras y la misma afición al teatro, que es el lugar donde la escritura se convierte en voz y el cuerpo no es simplemente un cuerpo. Eso es, por lo menos, lo que decía mi madre.

La celda es estrecha y no es fácil compartirla, pero nosotras hemos cerrado un pacto para eliminar la suciedad y el desorden que atraen las enfermedades.

Ser fieles a nuestro pacto constituye un duro ejercicio.

Gestos elementales que se transforman en esfuerzos agotadores: barrer sin escoba, peinarse sin un espejo, inventar un biombo detrás del cual esconder el orinal... Es una batalla. Pero mi compañera la combate con toda la obstinación de su carácter.

—Estamos vivas —dice—. Y no pueden impedirnos vivir de la mejor manera posible hasta el último instante.

Este «mejor» implica orden y limpieza.

Nuestas pobres pertenencias están colocadas con todo el amoroso cuidado de un Robinson Crusoe cuando ya no espera ver asomar una vela por el horizonte. Y, a cambio de un poco de tabaco y algún tarro de mermelada, Louise, la mujer del vigilante, no deja que nos falte el agua limpia en el barreño y tampoco un sorbo de aguardiente para enjuagar los dientes y conservarlos sanos.

Vivimos «lo mejor» que podemos en esta celda que nos convierte en compañeras.

Y, aunque me sienta asediada por el pestazo de la cárcel, las emanaciones de las celdas hacinadas y el hedor de la cloaca, por lo menos no me pongo enferma de desesperación como los recién llegados que día y noche pasan por delante de nuestra celda.

¡Cuántos pasan! Y cuántos han pasado. También Charlotte Corday pasó por aquí antes de que la navaja nacional cortara aquella rubia cabeza suya de virgen normanda, pero, por lo menos, ella tenía un motivo, bueno o malo, eso ya es otra cosa, para morir. ¿Pero yo? Jamás he conspirado, jamás me ha interesado la contrarrevolución. No tengo ninguna razón para buscar la muerte. Yo estoy viva y quiero vivir. Tengo derecho a ello: un año de matrimonio es demasiado poco.

Un solo año de matrimonio efectivo y disfrutado, ni más ni menos. De abril a abril. Después él regresó a Santo Domingo para defender el algodón de su padre. Tuvo que hacerlo porque, a fin de cuentas, no se vive con unos cuantos artículos para *El Correo de las Islas*.

Él se fue y yo me quedé.

¿Cómo le puedo explicar este absurdo, esta desconsideración, a mi compañera que me mira y guarda silencio?

Había adquirido un compromiso con los actores de la Comédie Italienne y me sentía obligada a cumplirlo: un compromiso es un compromiso, por eso me quedé.

Mi compañera asiente con la cabeza.

Por el compromiso adquirido y... Pues sí, también por el temor a marearme: la travesía del océano no es precisamente como una excursión en barca por el Sena. Pero habíamos decidido que yo me reuniría con él de allí a muy poco, en el fondo no se trataba más que de un aplazamiento corto, cortísimo, justo el tiempo de acostumbrarme a la idea.

Entre tanto, la situación en Santo Domingo empeoraba semana a semana. Ya podía el gobierno francés enviar comisarios con poderes dictatoriales: negros, criollos, *grands blancs* y *petits blancs* se seguían matando unos a otros con sistemático esmero. «Sin contar con el hecho de que por el este estamos en guerra con los españoles —escribía Antoine-Léon— y, al oeste y en las costas meridionales, con los ingleses. Peor que en Francia.» Pero yo había decidido ir de todos modos, aunque me diera cuenta de que habría sido algo así como caer de Escila a Caribdis, tal como solía decir mi madre, la italiana.

Al principio, manteníamos una correspondencia regular. Él me escribía todos los días y yo guardaba sus cartas en una vieja caja de cigarros que le había pertenecido. Cuando la abría, desde aquella lejana fragancia me salía al encuentro un bisbiseo de dulces confidencias susurradas a mi oído. Echaba de menos su voz o, mejor dicho, su acento de pátina extranjera. Pero un día, por miedo a que alguien las pudiera leer con intención malévola, saqué las cartas y las acerqué una a una a la llama de una vela. Las quemé, Dios me perdone. Una clarividencia que, ay de mí, ha resultado totalmente insuficiente, por desgracia.

Entre tanto, las cartas se iban espaciando cada vez más. El correo con destino a las islas era cada vez más lento, parecía muy lejana la época en que mil cien navíos efectuaban regularmente la travesía de uno a otro lado del océano. Un día comprendí que, como no me decidiera de una vez, jamás me iría. Durante algún tiempo temí que ya fuera demasiado tarde, porque las comunicaciones con el exterior se habían interrumpido, en todos los puertos de Francia se había decretado el embargo y había barcos que se pudrían en el fondeadero desde hacía más de un año sin poder levar el ancla. Pero, al final, descubrí un bergantín americano que había obtenido del ministro de Marina la autorización para zarpar. Tras haber adquirido el pasaje, traté de resolver todos mis asuntos y de recuperar el dinero que muchos actores me debían. Éste fue mi error. Porque alguien, y creo saber quién, prefirió enviarme a los guardias para que registraran mi apartamento antes que pagarme lo que me debía por las clases de todo un año.

Los guardias no sabían ni qué buscar, pero, cuando se quiere, no es difíci descubrir algún fallo y, en efecto, lo descubrieron. Una carta que aún no había tenido ocasión de enviar a Antoine-Léon, aquella en la que le decía que en París se organizaban fiestas, pero no había pan y se hacía callar el hambre con el canto de la Carmañola.

Me han detenido bajo la acusación de correspondencia contrarrevolucionaria, agravada por el hecho de que soy italiana por parte de madre. Y la contrarrevolución, ya se sabe, habla italiano.

Cada día, el carruaje con el gorro frigio pintado en las portezuelas entra en el patio de la Abbaye para recoger a los condenados. La gran puerta se abre. El fragor de las ruedas retumba en las celdas. Quisiera cubrirme las orejas, apretarlas fuertemente con la palma de la mano y correr a esconderme, sorda y ciega, en un oscuro rincón. No ver, no oír... Pero abstraerse es imposible.

El rumor de los cascos de los caballos. El estruendo que, desde el patio demasiado estrecho, se extiende a los pasadizos subterráneos y traspasa la cárcel de arriba a abajo. Un bullicio incesante. Cada día, los ujieres del Tribunal Revolucionario bajan del carruaje y cada día recorren el pasillo con los brazos cargados de acusaciones o de condenas, cada día llaman a aquellos que tienen que abandonar la Abbaye y no les conceden más que un cuarto de hora para prepararse.

Y, mientras los ujieres pasan la lista diaria, mi compañera escribe. Con entrega absoluta. Largo rato. Levantando a duras penas una mirada ausente. La escritura absorbe y hace menos fragoroso el ruido de aquellas ruedas que, a las horas más intempestivas, irrumpen sobre el adoquinado.

Yo también quisiera escribirle por lo menos una carta a Antoine-Léon, pero no lo consigo, como si en la cancillería, junto con los cubiertos de mi madre, me hubieran confiscado también las palabras.

Me acurruco en la cama. El crujido constante de la pluma sobre las hojas a la larga resulta desagradable, se hace tan fino como un silbido. Cruzo los brazos sobre el pecho y me escondo las manos bajo los sobacos. Un pensamiento se instala en mi cabeza: escribir es peligroso. Qué pensamiento tan absurdo... Y puede que no me haya limitado a pensarlo, pues mi compañera detiene la pluma, me dirige una mirada inquisitiva y arruga la frente.

No, ya jamás conseguiré escribir una carta...

Por otra parte, ¿cómo es posible hacerlo en esta celda ardiente, donde el sol penetra con una brutalidad sin límites, desgarrando el blanco de las paredes?

A Olympe parece que no le molesta. Nuevamente inclinada sobre sus papeles, escribe en medio de un torbellino de moscas, rodeada por una corona de luz furibunda que a ella le disuelve los colores y a mí me provoca jaqueca. Escribe, escribe y el sol se queda prendido en nuestra reja y ya no se va y las moscas se ensañan con mi cuello...

No había quien lo aguantara, al final hemos tomado medidas. Ha sido ella, esta mujer a la que antaño admiré desde lejos por su elegante figura y que ahora me inspira respeto con su rostro sin adornos, la que le ha comprado a la mujer del vigilante un poco de papel parafinado similar al que utilizan los campesinos en lugar de cristales. Con estas hojas hemos cubierto las parrillas de la ventana, devolviendo a la luz su discreción.

Ahora el sol se abre camino en silencio, las moscas descansan más calmadas en la penumbra y yo también me tranquilizo. Hasta el extremo de que un guardia, uno de esos que se divierten poniéndoles la zancadilla a los prisioneros cuando suben al carruaje, me ha elogiado por mi serenidad. «Muy bien —ha dicho—, estoy seguro de que también observaréis un buen comportamiento en la carreta de Sanson».

Oh, Antoine-Léon, ¿por qué no me fui contigo?

Olympe

—¡Una actividad peligrosa!— exclama de repente Rosalie, y yo detengo la pluma. Pero de sus labios no está brotando una advertencia, sino la constatación de un hecho: escribir es una actividad peligrosa. Una actividad que nos ha conducido a las dos a la Abbaye, puesto que en estos tiempos que corren una carta imprudente es tan comprometedora como una declaración política y nadie consigue entenderlo, ni siquiera yo, a pesar de que había previsto y lamentado el regreso de la censura, de aquella antigua voluntad de control que empieza por cortar el pensamiento y las palabras y acaba cortando las cabezas.

Es frágil, Rosalie. El sol que entraba sin ninguna protección por la ventana por poco la vuelve loca.

Ahora está tranquila, acurrucada en la cama, con los brazos alrededor de las rodillas. Por las mangas acampanadas le asoman los codos con todo el encanto de su redonda blancura. Se cubre la cabeza con un pañuelo de cuadros de Madrás. Aquí no hay manera de cuidar el cabello y ella lo oculta bajo un turbante de colores orientales.

Entre nosotras se ha creado uns intimidad que no nace de la amistad o de la costumbre, que madura como ciertos frutos de invernadero en la forzada utilización conjunta de un espacio y, más todavía, de una situación. Nuestra intimidad ha echado raíces porque Rosalie conoce mis obras y yo le agradezco este regalo inesperado.

Quería ofrecerle algo a cambio, una prenda que fuera testigo de mi reconocimiento y la distrajera de sus angustias, y entonces le he regalado mi lengua, aquel idioma del Quercy que tanto desprecia París y que Rosalie aprende con una milagrosa facilidad. Jamás se cansaría de trasegarlo de mi alma a la suya, el ritmo, las palabras sabrosas de la cocina y las melancólicas de los anónimos trovadores de un tiempo que se fue.

Que val viure ses amor?

Sentadas, la una de cara a la otra, nos intercambiamos la dulce aspereza del occitano.

Es una buena manera de ocupar el día en un lugar donde es demasiado fácil dejar de percibir el borde del tiempo, extraviar el límite de las horas, que transcurren de una manera distinta cuando no sabes qué será de ti mañana. Aquí, más que en ningún otro lugar, el tiempo necesita un orden.

Orden del espacio y de las cosas que hay en el interior del espacio.

Orden del cuerpo y del espíritu.

Y entonces yo hago que brote del pasado la lengua de mi infancia o escribo, como en este momento, con un brazo apoyado sobre la mesa y los hombros apoyados contra los barrotes astillados del respaldo de una silla de patas desvencijadas, mientras con los labios saboreo las plumas de un cañón de color leche.

Unas plumas suaves, calentadas por mi mano. Me ha costado cara esta pluma, y el papel, y el valioso y pequeño cilindro de polvo de tinta. ¡La ciudadana Louise! Exige sumas exorbitantes, ni que me vendiera pólvora robada de aquellas maestranzas nacionales que el Gobierno está plantando, en lugar de árboles, en los jardines de Luxemburgo.

Y, sin embargo, de alguna manera así es, precisamente.

La escritura es mi tribuna, la ciudadana Louise lo sabe y está tratando de sacar provecho. Yo levanto la voz y ella eleva el precio.

—¿Sabéis lo que más añoro?— pregunto, alisando con el pulgar una arruga del papel.

Rosalie apoya la barbilla sobre las rodillas.

La tipografía, eso es lo que añoro. Me faltan los días que pasaba en el taller del tipógrafo, me falta el delantal negro del impresor y la punzante fragancia de las galeradas que hay que corregir. Muchas veces me presentaba sin manuscrito, dictaba directamente al tipógrafo y no lo dejaba hasta que no oía el gemido de las prensas.

Puede que sea por eso por lo que ahora escribo con una lentitud semejante a aquella que le reprochaba a mi joven secretario...

Claude.

Estudiante de medicina y escribano inexperto.

Me impacientaba con el joven Claude, aunque no más de lo que ahora me impaciento conmigo misma.

—Mi mano— digo, lanzando un suspiro.

Qué lenta es mi mano. Y la cabeza. Sobre todo, la cabeza. Por regla general, las palabras se me atropellan en la punta de la lengua y tengo que retenerlas, mientras que esta vez son ellas las que me retienen a mí.

Pero quizá es sólo porque estoy acostumbrada a dictar mis escritos.

—Como los grandes señores— aprueba Rosalie.

—Sí... Pero con una diferencia.

Los grandes señores tienen un *tentourier* personal que embellece, corrige y adorna con profusión. Detesto la pobreza engalanada de las obras que salen de sus plumas. Prefiero mi estilo directo, su sencillez.

—¿Sencillez? —se enciende ella, descruzando los brazos. Las mangas resbalan y le ocultan los codos—. ¡Vos la fama os la habéis ganado merecidamente!

Sus ojos azules brillan de una manera que me hace comprender plenamente el aprecio de su acaudalado marido de ultramar. No me sorprende que, entre una multitud de francesas «auténticas», al final eligiera a la hija de una actriz italiana que tiene miedo del océano, pero no de las palabras que suenan extranjeras.

—Con uno solo de vuestros dramas, *Los votos forzados*, si no recuerdo mal, ¿verdad?, conseguisteis más de ochenta representaciones.

—Ah, eso no.

¡No quisiera, protesto, de verdad que no quisiera valorar mi trabajo por el número de entradas vendidas!

—¿Pues por qué entonces?— se asombra Rosalie, frotándose una mejilla contra la muselina de su vestido, alisada sobre las rodillas.

Por el talento, podría ser la respuesta. Si de mi talento no surgieran obras desmesuradas. Las fantasías políticas, la elección de los personajes y de sus características, incluso la novela que cuenta mi vida, todo eso que escribo es desmesurado para los grandes señores y sus *tentouriers*. Las normas de su arte no se aplican al mío. Yo no tengo maestros. Soy una mujer sin pigmaliones y, por consiguiente, sin normas y sin estilo. Por otra parte, yo tampoco puedo por menos que preguntarme en los momentos de desaliento: «¿es ésta verdaderamente mi medida, mi propia medida?» y no me sé contestar.

La Abbaye también tiene un salón, por así decirlo. Un patio interior cubierto por las sombras de las dos torres esquineras y rodeado por unos muros muy gruesos que retienen el calor y los malos olores de la cocina y del cuerpo de guardia, una mezcla de col, tabaco y chaquetas sudadas. Pero es nuestro salón al aire libre donde, paseando, podemos reunirnos con los demás inquilinos de la Abbaye y enterarnos de las noticias que traen desde fuera los recién llegados.

Estamos a última hora de una tarde en la que unas manchas de sol se arrastran lentamente entre las piedras.

El vigilante, plantado en el umbral de la cocina, está parlamentando con unos cuantos detenidos que quieren levantar un árbol de la libertad. Mañana es el diez de agosto, el primer aniversario de la caída del rey, y entre nosotros también hay quien lo quiere celebrar. No me sorprende. Desde hace tiempo, a los primeros prisioneros, realistas en su mayor parte, se han añadido hombres de todos los partidos. O mujeres como yo, que han sufrido y combatido, y por eso no se resignan a pasar del dominio de un monarca a la dictadura de un Robespierre. Pero el vigilante se indigna y se arranca del cuello un enorme pechero cubierto de lamparones:

—¿Un árbol de la libertad en la Abbaye? ¿Os parece oportuno, ciudadanos?

Yo interrumpo mi paseo, un triste ir y venir de una pared a otra, para escuchar.

Justo en aquel momento alguien me roza el hombro. Me vuelvo y Baculard se detiene delante de mí con el rostro desencajado.

Lo conozco desde hace años, a Baculard d'Arnaud. Bajo su silvestre aspecto se oculta un poeta y un espíritu fuerte: era republicano ya en el ochenta y nueve, cuando en toda Francia no eran más de doce los apóstoles que predicaban la República. Su mujer es la patrona de Costard y el hecho de verlos a los dos en la Abbaye, tres celdas más allá de la mía, ha sido un dolor, pero también un consuelo. Hoy nuestro encuentro se transforma en un intercambio de pequeñas atenciones, tabletas de chocolate, hilo para coser, informaciones. Y no sólo eso.

A él, hace unos días, le he entregado en secreto el fruto de casi un mes de encierro: el texto de un cartel dirigido a los ciudadanos franceses. Lo he redactado partiendo de la ilegalidad de mi detención, que se prolonga sin que exista una acusación oficial, pero después he ido lejos, muy lejos. Hasta los árbitros de Robespierre, hasta la demagogia de quien pretende gobernar y no respeta las leyes republicanas, hasta la locura de quienes pretenden obtener de la violencia de un día una idea permanente de gobierno y hasta los peligros que amenazan a la República dentro de sus propios confines. Un texto que desearía que leyera toda Francia, pero que, sin embargo, temo que se quede para siempre en una simple lectura privada.

La mano de Baculard sigue apoyada en mi hombro e insiste en quedarse allí, como si una situación límite hubiera hecho perder a mi valeroso amigo el recuerdo de las buenas maneras. Está tan profundamente emocionado que balbucea frases inconexas, palabras confusamente fragmentadas. Hasta que decide mostrarme un papel: la orden de excarcelación para él y su mujer. En este momento, su júbilo se convierte en el mío. Se salvarán, pienso, y el olor de la col que se intensifica en el patio pierde su carácter desagradable, no es más que el olor de una portería cualquiera de París, de una vida que reanuda su curso normal.

—Un árbol de la libertad no os lo puedo permitir— sigue gritando el vigilante.

Nos apartamos. Baculard se pasa dos nerviosos dedos por el interior del cuello de la camisa. Tiene algo que decirme. Una súplica que hacerme.

—Os lo ruego...

Sí, me ruega, que me quede tranquila, que no siga escribiendo cosas comprometedoras, ahora que él sale como hombre libre y podría encargarse de mi caso, es más, me pide que destruya, por el amor de Dios, todo lo que he escrito hasta ahora, y sus enmarañadas cejas se convierten en unas zarzas empujadas hacia arriba que arañan la estrecha explanada de la frente.

—No es más que una petición— me defiendo yo, por más que no tenga sentido minimizar con él la cuestión.

—¿Petición? ¡Pero qué estáis diciendo! ¡Destruir, destruir!

Y se esfuerza en jurar que jamás de los jamases me abandonará, se inventa planes y aventura proyectos:

—Los amigos diputados, ellos también están ahí. Los obligaré a intervenir en vuestro favor.

Me detengo de golpe en mitad del patio: he comprendido que existe la Providencia y me regala una posibilidad. Yo no puedo hacerlo, pero mi texto sí, puede salir de la Abbaye y llegar hasta Costard, puede ser impreso y vivir en los muros de París.

Baculard palidece. Detrás del velo móvil de las cejas, sus ojos se mueven como saetas, huyendo a derecha e izquierda. Cada rasgo del devastado rostro es una súplica:

—Os costará la guillotina.

Pero al final no me dice que no. Un profundo suspiro se ensancha en mi pecho y se convierte en alivio.

Después del alivio, la debilidad.

El calor me aplasta. No me tengo en pie y mi propio aliento me quema los labios mientras permanezco agazapada en la humedad de la cama como un sapo. Me ha vuelto a subir la fiebre.

Y pensar que presumía de mi salud de hierro, me quejo con Rosalie, que ha vuelto a florecer desde que ha apartado a un lado sus angustias para cuidar de las mías. Sus delgados brazos ocultan una fuerza imprevisible y su ánimo, ah, su ánimo, posee el espíritu natural de ciertos curanderos, capaces de hacer sonreír a un agonizante. En el nudo de un pañuelo guarda unos cuantos granos de anís, arrancados a la compasión interesada de la ciudadana Louise. Los saca de uno en uno, los busca en el interior de los pliegues del algodón y me los introduce en la boca, forzando mis labios con un golpe decidido. Un lenta sensación de frescor sobre la lengua.

Pero mi fiebre es la cárcel. Mi enfermedad. Ha abierto una herida que sangra en mi cabeza, que gotea en el interior de la eternidad de la pared de enfrente.

Hace días que no me levanto. Tengo pesadillas y visiones.

La cortina de papel devorada por la luz permite que se transparenten unas siluetas evanescentes, unos orondos perfiles, perfiles de fantasmas o de personas que permenecen en suspenso en otros tiempos y otros espacios. Uno de ellos regresa a intervalos regulares, con suave insistencia. Detrás del opaco brillo del papel descubro la nerviosa fragilidad del cuello, el conocido diseño de los hombros, el pie coquetuelo: es ella. Mi madre. Contemplo de soslayo su perfil enfurruñado a través de la pantalla de los párpados entornados y me pregunto: ¿le he sido fiel?

Era eso lo que ella quería. De mí y de nadie más. Mi vida está marcada por el secreto orgullo y por el peso de esta parcialidad proclamada y confirmada hasta el último instante, hasta la última carta: *sólo te tengo a ti en el mundo. Adiós, mi única hija.*

Pues entonces, ¿Jeanton? ¿Y Jeanne? ¿Y Marie-Jeanne?

Sé cómo me habría contestado si hubiera tenido mi desvergüenza. Ellos, me habría dicho, son hijos de Pierre Gouze, el carnicero.

El carnicero no está, no lo encuentro entre estos espectros que aparecen y desaparecen detrás de la cortina de luz. No conservo el recuerdo de aquel hombre muerto tan prematuramente. Para agradecerle que me hubiera reconocido le di su nombre a mi hijo, pero de él no existe la menor huella en mi memoria.

Del otro, en cambio, conservo recuerdos muy concretos.

Su sombra, grande y acogedora, cuando el sol quemaba en las orillas del Tarn. Su mano que me ayudaba a montar a caballo. Los guantes italianos perfumados al franchipán. De noche, en mi cama, buscaba en mis dedos la fragancia de los suyos.

Cuando desaparece la fiebre, aparece el médico. Mejor dicho, los médicos. Son dos, uno viejo y otro joven, emperifollados, chistera y traje forrado. Tal vez porque la Abbaye rebosa de enfermos y se teme el estallido de una epidemia, tal vez para no tener que oír mis quejas, porque yo me encargo de que se oigan, ¡vaya si me encargo!, el caso es que ahora dispongo nada menos que de dos médicos.

Es el joven el que me palpa suavemente la muñeca con la punta de los dedos y contempla sin el menor interés la sucia sábana mientras intercambia algunas frases incomprensibles con el viejo. Verdaderamente los médicos no poseen el don de la palabra, ya me había dado cuenta en casa de mi cuñado. Las palabras las destilan.

El joven me suelta la muñeca. El viejo se rasca la nariz con un índice muy largo: sangría, anuncia.

Parece que en Francia no se conoce nada mejor. ¡Sangría! El remedio universal.

Ya no tengo fiebre, protesto. La sangría es útil para la fiebre y, en este caso, no siempre, no si se tienen los nervios delicados y la sangre sutil que tengo yo.

—Yo sé lo que le conviene a mi salud.

Necesito limpieza, y señalo la sábana. Un baño. En la mirada de los dos médicos se refleja la misma perplejidad levemente horrorizada que en tantos años no he conseguido borrar de los ojos de Justine.

—Hace un mes que no me baño. Estaba acostumbrada a hacerlo una vez al día— especifico con el propósito concreto de verlos horrorizarse más, si cabe. A lo mejor, ellos también son de la opinión de que el agua perjudica la vista, estropea los dientes y provoca catarros.

Tal como dijo Voltaire, que fue compañero de estudios de mi padre, ninguna superstición ha sido jamás beneficiosa y muchas de ellas han causado grandes males.

La fiebre no regresa, pero los recuerdos sí, tanto en el ardor del día como en el bochorno de la noche.

Otra vez el Tarn. Otra vez mi padre. Y Voltaire que lo desprecia: aquel mojigato...

Voltaire estaba equivocado.

Puede que no fuera un filósofo ilustrado, Jean-Jacques Lefranc de Caix, de Lisle, de Pompignan, fundador de una Academia de las Ciencias, pero tampoco mostraba inclinación a los oscurantismos y las mentiras. No podía reconocerme y, sin embargo, estaba dispuesto a mantenerme a su lado, a otorgarme una dote y la instrucción que corresponde a la hija de un marqués. Si mi madre hubiera dicho que sí, si hubiera dado su conformidad, ¡cuánto más fácil habría sido mi vida! Y más correcta mi escritura, y más elegante mi francés. Pero ella no quiso cederme. «Para no imponer desigualdades entre los hijos». Y de mi padre sólo me quedó el recuerdo de las cabalgatas por las orillas del Tarn y el perfume del franchipán custodiado en la palma de su mano.

Mi madre siempre me pidió una difícil fidelidad.

¿Pero acaso no es eso lo que piden todas las madres?

Rosalie

¿Mi madre? Sí, ella era una leyenda. Y yo la fiel sombra de su leyenda.

Es sin duda un destino, pues también mi madre conoció la cárcel.

Me lo contaba con las mejillas encendidas por el rojo *serkis*, que no es un simple colorete, sino el alimento de las huríes celestiales. Mientras se empolvaba el blanco cuello y el profundo escote, me hablaba de la vez que había sido detenida en Palermo por haberse negado a cantar a las órdenes del virrey. Y entonces el virrey la mandó encerrar. Y ella se pasó todos los días que estuvo en la cárcel —en la época en que sus gananacias aún no se habían evaporado— ofreciendo espléndidos conciertos, preparando suntuosas cenas y pagando las deudas de los prisioneros pobres.

¡Qué heroica me parecía la cárcel de mi madre!

No triste y sin mérito, como esta que nos ha tocado a nosotras.

Estoy despierta cuando la luz empieza a aclarar las piedras del patio, bajando desde lo alto de los muros hacia el suelo. Dentro de poco llegará a la piedra de la esquina y aquellas de nosotras que hayan recibido el permiso del vigilante saldrán de la celda y se pondrán en fila: es la hora de la colada. Avanzamos a lo largo de unos pasillos, un silencioso cortejo de mujeres. En primera línea avanza la Gruot, una camarera. No ha querido abandonar a su señora y la sirve en la Abbaye con la misma entrega con que la servía en palacio. La sigue Angèle, una rubita que trabajaba en la hilandería de los jacobinos, y detrás de ella Martin, un chiquillo que bosteza con dos ojos soñolientos, arrastrado por la mano impaciente de su madre, y después otras muchas a las que no conozco, recién llegadas o señoras que salen por primera vez a esta hora.

Yo estoy al final de la fila, junto con mi compañera, que desde hace unos cuantos días ya no tiene fiebre y camina con paso normal. Al bajar, busca mi brazo, pero es más un gesto de confianza que una petición de ayuda.

Alrededor de la fuente, en el patio, se forma inmediatamente una reducida muchedumbre, cada mujer apretando su pequeño fardo. Un guardia con una taza en la mano se asoma a mirar, se adelanta dos pasos bajo el suave sol de las primeras horas de la mañana y vuelve atrás. Los escritos en las paredes casi no se pueden leer. Mana el agua y las voces, a medida que crece el sol, crecen también a su vez. Manos blancas y manos ásperas, manos acostumbradas al trabajo y manos novicias se esfuerzan con el mismo empeño en escurrir, frotar y enjuagar. La Gruot, a la espera de su turno, suelta un resoplido. Vestiditos de niño, pañuelos, prendas de ropa interior, paños de algodón que tiñen el agua de rojo y despiden un olor ferroso. Los ojos se inclinan avergonzados, las voces se elevan más fuertes, una barrera levantada para proteger el secreto de las mujeres. Me inclino bajo el chorro de la pequeña fuente y lavo mis medias en la pila de piedra, una posición incómoda, pero el agua resulta agradable y me moja las muñecas.

Tengo los brazos completamente sumergidos cuando me invade el estruendo de la gran puerta exterior que se abre y de las ruedas que brincan sobre el adoquinado.

Jamás habían venido tan temprano. Un cochero entra en el patio con una hoja en la mano. Se sitúa delante de nosotras, piernas gruesas, faldones oscuros que golpean las pantorrillas. Nos mide con la mirada, después desdobla la hoja y, a continuación, con los brazos extendidos, empieza a leer una lista de nombres. La frente se le arruga a causa del esfuerzo de la lectura.

Chanteloup...

Desortiaux...

Se come las letras de algunos nombres y él los repite varias veces, silabeando.

Kuscinski... Ku-scin-ki.

Una a una, las mujeres que son nombradas se apartan del grupo. Cada abandono deja un hueco. Los pies se mueven muy despacio, se juntan y el hueco es inmediatamente ocupado por el nuevo apretujamiento de las unas contra las otras. El agua de las manos resbala por las faldas y las ensucia. Por encima de nosotras, detrás de las rejas de las ventanas, una repentina blancura de rostros.

Duret...

Allá arriba, un hombre con un gorro de noche de gran tamaño calado hasta casi los ojos emite un grito.

De Gouges...

Esta vez soy yo la que emite un grito. ¡Mi compañera! Ella también se separa del grupo y se aleja de mi lado. Ya no percibo la tibieza de su brazo contra el mío. Le agarro impulsivamente una manga y la retengo. Pero ella se zafa con dulzura y me mira fijamente:

—Por favor...

Y yo lo comprendo. No hay tiempo, subo corriendo al piso de arriba, yo soy más rápida, recojo sus cosas, ¡hay tan pocas!, y regreso. Cuando nuestros dedos se rozan, percibo el sudor de las palmas de sus manos. Cruza muy erguida y sin cojear el arco de la puerta que se abre al patio de los carruajes.

Quisiera gritar: «¿adónde, adónde os lleváis a mi compañera? ¡Decídmelo, decidme adónde la lleváis!»

El grito se me queda en la garganta y ya el estrépito de las ruedas y el rumor de los cascos de los caballos se pierden al otro lado de la gran puerta.

Las mujeres se sacuden. Primero con gestos lánguidos y después cada vez más rápidos y furiosos, reanudan la colada. Martin corre en círculo, con los brazos extendidos cual si fueran alas y el rostro vuelto hacia arriba para sorber ávidamente el sol.

Françoise-Modeste

Mira, ya vuelven. —Éramos muy demócratas al principio. Es la voz de mi madre. Ácida. Con la inflexión condescendiente de quien está convencido y quiere convencer a los demás de la bondad de las propias ideas.

—Démosles tiempo.

Este es mi padre.

—Si dicen que lo pasaremos muy bien bajo la República, démosles tiempo para demostrarlo.

No permite que le callen la boca.

Otra vez ella:

—¡Pues vaya, como si no les hubiéramos dado suficiente!

—Ya sabes lo que se dice, el que tiene prisa siembra rábanos y come raíces, el que quiere comer pan siembra trigo y espera un año. Esperemos.

No estoy escuchando a escondidas. Es que duermo en una antesala, en realidad, un hueco de escalera que me obliga a guardar la cama por la mañana para volver a colocarla por la noche. Sólo un tabique, al otro lado del pasillo, me separa de mi madre y de mi padre, por lo que no tengo yo la culpa si oigo todo lo que dicen cuando se ponen la camisa de noche. Además, mi madre tiene voz de pregonera, si vendiera periódicos en los cruces, se haría rica, ¿cómo podría dejar de oírla? Una voz que te traspasa de parte a parte. Excepto cuando habla de nosotras, de mí o de Suzanne. Entonces se le afina en un suspiro, en una nada. ¿No sería mejor que bajara más bien el tono cuando plantea cuestiones que no debería plantear?

¡Qué dolor oírla decir ciertas cosas!. No sé cómo mi padre lo puede soportar. Yo no lo soporto.

Pero es por culpa de sus amigas...

Mi madre, al principio, yo podría dar fe de ello, era una buena demócrata, se entusiasmaba y era la primera en bajar a la calle cuando sonaba la campana. Después vino el asunto de la escarapela, y sus amigas, la mercera, la bordadora, la madre de Martine, que es modista, todas sus amigas, en suma, todas quejándose de que la escarapela aleja a las clientas y está claro que no es el caso molestar a las pocas señoras que siguen encargando muselinas y encajes y dan trabajo a la pobre gente. Y eso, digo yo, ¿no es vender el amor a la patria por un plato de lentejas? En lugar de ser nosotras las que inclináramos la cabeza, habría que quitarles a las señoras la costumbre de arrugar la nariz en presencia de los signos de la Revolución. Hizo bien la Comuna en prohibir el paseo por la vía pública a las mujeres que no lucen la escarapela. Y la Convención tendría que seguir su ejemplo y las sociedades populares también deberían prohibir el ingreso a aquellas remilgadas que no se la ponen bien a la vista e incluso la esconden bajo la pañoleta o el corpiño. Una mala costumbre. La escarapela es la flor de la libertad y los hombres tendrían que respetar a las mujeres que la llevan.

Lástima que no sean todos como mi padre. O como Nicolas.

Ayer me di perfecta cuenta...

El tiempo era oscuro, oscurísimo. El cielo se había encapotado de golpe y ya a primera hora de la tarde en casa no se veía nada y el día había entrado en la noche. Salí en busca de un poco de aceite para la lámpara. Corría muy rapido cuando un desconocido me agarró por el brazo y me pidió «un beso fraternal». Tenía unos lábios húmedos y enrojecidos por el vino, más rojos que su gorro rojo. Traté de soltarme y, con mi expresión más severa, lo miré directamente a los ojos:

—¡Vergüenza, ciudadano!

Pero él no me soltaba y entonces yo tuve que propinarle a la fuerza un golpe seco en los dedos con mi paraguas, que tiene las varillas muy duras. Él me soltó el brazo, pero no se iba y murmuraba con expresión siniestra sus argumentos, que si éstos ya no son tiempos de minués ni de reverencias a distancia y que, si hombres y mujeres ya bailan agarrados, ¿qué tiene de malo un beso republicano?

A mi madre no le dije nada, de lo contrario, estoy segura de que habría empezado a contar los pasos que yo daba fuera de casa.

Aquí la tenemos, otra vez su voz.

—...La De Gouges, ¿se sabe algo más de ella?

¡No! ¡No quiero escuchar! Ella que cierra las ventanas en cuanto oye en la calle una pisada apresurada, que no se mete nunca en nada ni al derecho ni al revés, ¿por qué se tiene que ocupar precisamente de la De Gouges? Siempre con la misma historia, siempre volviendo a lo mismo, insistiendo, como si quisiera acusarme... Pero ¿de qué, además? Yo me limité a cumplir con mi deber.

La voz de mi padre se suporpone a la suya.

—... Lo sabremos en el juicio.

—Un poco más y los juicios se celebrarán directamente en el cadalso de Sanson.

—¡Mujer!

—Sí, muy bien, esperemos, esperemos...

Una pausa. En medio del silencio, mi corazón late con fuerza.

Casi no me doy cuenta cuando mi madre reanuda su perorata, esta vez muy despacito. Un dócil murmullo. El suave soplo de los secretos.

Me deslizo de la cama y me acerco descalza al tabique para espiar, no, por Dios, sólo para cerciorarme de si de veras está hablando de mí o de mi hermana. Y ella, como para hacerme un desaire, baja todavía más la voz. Pero no hasta el extremo de impedirme captar alguna palabra, el aliento de una frase:

—Un poco atolondrada nuestra Françoise.

«No es una mujer, pero ya no es una niña, tiene que aprender las normas de la buena educación», susurra, ¿pero qué necesidad tiene de hablar en voz baja? Ahora ya es como una especie de cantinela. Alocada. Atolondrada. No entiendo qué pretende demostrar llamándome de esa manera, ella sí que no se reprime delante de la gente. Incluso de Nicolas. ¡Qué guapo es, con esos hombros tan erguidos en su uniforme!

Desde la tarde de los funerales de Marat visita regularmente nuestra casa. Un día nos trae una entrada para una sesión de la Convención y al siguiente otra para el Club de los Jacobinos... Yo lo prefiero, sobre todo, cuando está prevista una intervención de Robespierre.

Nos facilita las invitaciones y se ofrece a acompañarnos.

Suzanne no se hace de rogar.

—¿Vamos?— y se enfunda los brazos en los guantes largos de fina malla cortados en punta que mamá le ha regalado.

Desde hace algún tiempo, le hace un montón de regalos. A mí, en cambio, nada. Pero no me importa, tengo otras cosas en que pensar. Los guantes de Suzanne me gustan, es cierto, realzan la mano ahusada con aquellas sonrosadas yemas de los dedos, un poco estropeadas por la aguja, pero redondas y sonrosadas, asomando a través de la malla blanca. Pero si yo tuviera que preocuparme como hace ella por estas vanidades...

Por otra parte, Nicolas también lo ha dicho muy claro: por desgracia, sigue habiendo mujeres a quienes les encanta sentarse en el tocador, pero una republicana, ¡ah!, una republicana tendría que disfrutar de otros placeres.

¡Nicolas! Siempre tan austero, con aquellos ojos suyos tan negros y penetrantes.

Conmigo habla de todo. De los ingleses que han entrado en Tolón, de la condena a muerte del general Custine, del cierre de los teatros que ponen en escena aquellas desagradables comedias de Neufchâteau, que si no son partidarias de la monarquía poco les falta, de los diputados que han pedido incluir el terror en la orden del día e incluso una vez hasta de los deberes de las esposas republicanas.

Santuarios domésticos, virtudes maternales... Hablaba con aquella voz suya tan dulcemente autoritaria cuando, de pronto, ¡Suzanne se ruborizó como si estuviera hablando con ella! y, a causa de la turbación, se puso a picotear las almendras azucaradas en lugar de ofrecerlas, como si fuera ella la invitada y no Nicolas. Mi madre asintió con la cabeza sin dejar de ribetear un delantal... *Claro, los deberes de las esposas republicanas*... Pero, a partir de aquel momento, ya no volvió a abrir la boca.

¡Si yo no fuera tan aficionada a la conversación! Que, además, no es el placer de hablar por hablar. Es otra cosa. Es que yo no tengo miedo de mantener mis ideas. Lo he demostrado, ¿no? En presencia de un juez.

No fue nada fácil. Me temblaban las piernas porque no me quería equivocar. Seré alocada, como dice mi madre, pero experimentaba el peso de la responsabilidad. En presencia del juez y de Marino, que es un héroe de la República, e incluso en presencia de aquella De Gouges, que no es precisamente una mujer cualquiera y sabe utilizar las palabras.

Sí, me temblaban las piernas y me sentía muy débil. Pero me armé de valor y dije lo que tenía que decir. No soy un lacayo que envía cartas anónimas para no enfrentarse con el adversario. Yo me enfrenté a ella cara a cara y contesté sin vacilar a todas las preguntas. Era mi deber. Sería terrible que la justicia revolucionaria enviara a la cárcel a una persona sin que se supiera por qué, éstas son indignidades propias del *ancien régime*...

Declaré y después... Después cayó el silencio.

Los días y las semanas siguen pasando inútilmente. Desde el tribunal ya no llegan más citaciones y el juicio... Tarda demasiado, es verdad, en eso mi madre tiene razón.

Pero sólo en eso, en las demás cuestiones es ella la que se equivoca.

Lamento muchísimo que no quisiera acompañarme cuando fui a declarar ante el Tribunal. Lo hice por el bien común, por amor a la patria. Pero ella no lo entendió así.

No sé si habrá algo que aprecie en mí...

Aparte del cabello.

Que era largo y liso y con unos preciosos reflejos, pero yo ya no lo aguantaba. ¡Aquellos peinados eternos! Pero sigue siendo mi cabello, aunque ahora me lo haya cortado muy corto, a la jacobina, sigue siendo mi cabello con los mismos reflejos y la misma consistencia, por consiguiente, ¿a qué vienen tantos gritos?

¡Y cómo gritó! Y se negaba a pagar al aprendiz del peluquero, que se había quedado allí, sudando de vergüenza, con su chaqueta roja y los brazos colgando y las tijeras en la punta de los dedos como si le quemaran en la mano. Tuvo que intervenir Suzanne para restablecer la paz.

Pero sus gritos me hicieron olvidar el susto.

Porque yo también, lo confieso, cuando el aprendiz de peluquero me recogió a ambos lados el cabello suelto y se acercó con las tijeras, sentí que me desmayaba.

Bajé los ojos, los levanté muy despacio y... Sí, aquella chica con las ondas aplanadas sobre la mejilla, ésa era yo.

Pensé: la vieja pantalonera, el tabernero, la madre de Martine y la propia Martine, mi amiga con sus trenzas de niña, ahora todos los de esta calle me verán. Es por eso por lo que he querido el cabello corto y la escarapela en la cinta, para que todos me vean y sepan quién soy: Françoise-Modeste, la jacobina de rue Huchette.

Olympe

No sé adónde me llevan. Ignoro si el viaje será largo o corto y qué me espera al final del trayecto. Las ventanillas están cubiertas, el carruaje se mueve en la persistente oscuridad de una noche artificial. No puedo ver ni ser vista.

Se oyen unos gritos a nuestro paso. El cochero chasquea la lengua contra el paladar y los caballos aceleran el trote.

La suavidad del terciopelo contra mi espalda.

El carruaje cruza unos puentes, pasa por muchas calles, gira y se detiene. Bajamos en rue Pavée. De la Abbaye me han trasladado a la Petite-Force. Por ningún motivo aparente.

Estoy sentada en la cancillería, esperando a que decidan dónde colocarme, las celdas están llenas, se prevén ulteriores traslados, se anuncian con antelación traslados de prisioneros.

La estancia es más una antesala de paso que una cancillería. Gente que entra, gente que sale directamente hacia la Grand-Force, el ala masculina. Los guardias bostezan, beben aguardiente y sueltan eructos. Veo pasar funcionarios de la cárcel, criadas con delantales largos, recogidos y anudados a los tobillos, friegaplatos, vigilantes que caminan haciendo tintinear las llaves que cuelgan de su cinturón, hombres de paisano con solapas cortas, hombres uniformados con charreteras adornadas con flecos y cuello escarlata.

Al pasar, uno me dirige una mirada de reconocimiento. Un instante demasiado tarde, yo también lo reconozco a él: el comisario Marino. Mal afeitado, la camisa con el cuello desabrochado, los ojos enrojecidos de bestia insomne. Una metamorfosis que impresiona.

Se encuentra en semejante estado, me informa un guardia, desde que ha accedido al cargo de administrador de las cárceles. Es él quien se ocupa de todo, quien organiza y distribuye a los detenidos, quien controla y ordena los traslados de un lugar a otro, quien da de comer a toda esta muchedumbre que aumenta, aumenta y aumenta cada vez más, devorando los recursos del Estado. Dentro de poco no habrá dinero ni siquiera para el plato de lentejas reglamentario. Pero él ya encontrará la manera de darles de comer a todos, me garantiza mi confidente: es un hombre justo. Y este hombre justo se ha apartado con los prisioneros ricos y les ha dicho, mirándolos con aquellos ojos enrojecidos y su cara de insomne:

—Vosotros poseéis muchos bienes, ciudadanos, y vuestros compañeros no tienen nada. Vosotros pagaréis por ellos, ¿habéis comprendido?

—Sí, ciudadano.

—Pagaréis la cocina. El cocinero elaborará la lista de la compra y vosotros le daréis el dinero.

—Hemos comprendido, ciudadano.

El administrador trabaja con pasión, admite a regañadientes el guardia, rascándose cuidadosamente por debajo del sombrero como si quisiera eliminar de su cabeza e incluso también de la mía la más mínima duda.

Pero yo no abrigo la menor duda: le he leído en la cara las señales de la pasión. ¿Quién puede reconocerlas con más seguridad que yo? Estas señales que al comisario le regalan la fama de hombre justo y a mí, en cambio, una fama de criatura sospechosa.

Llego a la celda muy cansada, como si hubiera cruzado a pie todo París.

¿Qué sentido tiene?, me pregunto.

De una cárcel a otra, similar en todo y para todo a la primera, tanto por la dureza del encierro como por el hacinamiento. Un traslado que se produce cuando todavía no se me ha notificado la acusación, no se conoce la fecha del juicio y cualquier sentencia queda todavía muy lejos.

¿Qué significado, qué utilidad puede tener este traslado?

Un sobresalto en el corazón de la noche: hoy estamos a veintinueve de agosto y mi hijo cumple veintisiete años.

Querido Pierre, qué hermoso eres. Poso la pluma, abro el medallón y te tengo aquí, delante de mí. Frente de filósofo, ojos grises de soñador. Ojos que no se adaptan muy bien al uniforme, y tú también tendrías que reconocerlo.

¡Pero si pienso en la obstinación con la que quisiste este uniforme de oficial! Tal vez por temor a la pobreza, que es una prisión muy dura, bien lo sé. Y, sin embargo, el ejército, la disciplina, la guerra... ¿Acaso no es también una prisión? El valor, el genio militar, son virtudes que no te faltan, hijo mío, no estoy poniendo en duda tus aptitudes. Pero el caso es que, en otras circunstancias, habrías sido un perfecto hombre de teatro, permíteme que te lo diga.

Eso habría querido yo para ti, la libertad del talento.

Habrías podido escribir buenas comedias y dramas no menos buenos, habrías sido un excelente autor; y no es orgullo de madre: tengo pruebas, Pierre. No por casualidad te hice hacer prácticas y quise que te familiarizaras con las reglas y los mecanismos del mundo del teatro, un aprendizaje que te habría podido resultar muy útil. Ahora, por ejemplo, ya no habrías cometido las ingenuidades que cometiste al principio.

¿Recuerdas el asunto Labreux? Yo me había ido al campo y te había dado la libertad necesaria para contratar el estreno de una comedia mía. Y tú, para darme una sorpresa y acelerar el estreno, accediste a que, junto a mi nombre, figurara también el del director del teatro. Yo vuelvo y veo fijado un cartel: Comedia de Madame De Gouges y Monsieur Labreux... ¡Monsieur Labreux! ¡Autor! ¡De mi comedia! Me puse a gritar como una loca.

Sí, una loca. Es así como me llamas a menudo y de muy buen grado cuando hablas con Hyacinthe, ¿crees que no me he dado cuenta? Mi madre, aquella loca.

Es posible que tengas razón en cierto sentido. A veces contemplo mis dedos manchados de tinta y me pregunto: ¿quién eres?, tú que pretendes decirles a los franceses lo que está bien y lo que está mal, que te permites aconsejar medidas y líneas de conducta a hombres de gobierno, a embajadores y diputados, que te inventas un París de calles limpias y un tribunal con jueces con faldas, tú que escribes que las mujeres nacen libres e iguales a los hombres en cuanto a los derechos, ¿quién eres?, ¿de dónde has sacado estos sueños insensatos?, y la única respuesta que se me ocurre es la de que, en el fondo, no soy más que un animal anfibio, con todo el valor que se atribuye al hombre y todas las debilidades que se le suponen a la mujer. «Un ser sin precedentes», escribí hace mucho tiempo.

Puedes creerme, es necesaria una fuerza inmensa o una gran desesperación, hijo mío, para resistir tanta soledad. Para aguantar las críticas de tu propio sexo y el odio del otro. Las burlas.

Y, sin embargo, yo estoy más allá de todo eso. También más allá del ridículo gracias al conocimiento que tengo de mis propios defectos. Más aún: los sé reconocer, a diferencia de los hombres.

Pero no pretendo justificarme, Pierre. Sólo quisiera intentar decirte en esta carta, trabajosamente pensada y trabajosamente escrita, lo terrible que es para una mujer sola no tener las mismas ventajas que los hombres para conseguir que los hijos salgan adelante. Y lo terrible que es que las mujeres, para mantenerse, se vean obligadas las más de las veces a recurrir a medios viles. La ficción es inevitable cuando la propia vida depende del capricho, de la condescendencia, del arbitrio de un hombre. Cuando no puedes reivindicar derechos sino tan sólo favores. La verdadera desgracia, tal como dice nuestro Voltaire, no es tanto la desigualdad sino su inevitable fruto, la dependencia.

Y yo, tu madre, soy una mujer sola.

Pero esta mujer, a pesar de las dificultades, te ha dado una buena educación. ¿No es así, Pierre? Excelentes preceptores. Matemáticas, dibujo, historia, geografía, ejercicios físicos, equitación, música...

El maestro de música, ¿lo recuerdas? Era el más escrupuloso. El más puntual. Llegaba a media mañana, sacaba del fondo de la librea negra ribeteada de plata los instrumentos de bolsillo y se colocaba en posición. Yo había elegido a aquel hombrecillo menudo y aseado por un motivo concreto: pro-

cedía de Viena y había tomado parte en las reuniones musicales de Gluck, un músico que asombraba al mundo con sus melodías claras y naturales, especialmente apropiadas para tu voz, hijo mío.

Y ahora eres un soldado, mejor dicho, un general.

Te miro. Sí, eres hermoso. Alto, moreno. No es una complacencia de pintor, aunque en el retrato no se distingan las leves señales que la viruela dejó en tus mejillas. Aquella cruel enfermedad que a ti te perdonó la vida, pero se llevó a Julie, envuelta de pies a cabeza en unas vendas que apestaban a ácido. Mi niña.

Cuidado, me dije a partir del momento en que la oí moverse en mi vientre, cuidado, Olympe, no vayas a repetir el error de tu madre. Este hijo no te pertenece sólo a ti, también es de Jacques. Jacques que la toma en brazos, Jacques que ríe al verla dar sus primeros pasos, Jacques que sostiene en alto y agita un sonajero de plata mientras ella trata de alcanzarlo y el vestidito le sube sobre los minúsculos pies calzados con unas pantuflitas bordadas.

Era su hija. Le pertenecía también a él.

Oh, Pierre, y tú nos observabas con aquella especie de desdén... Pero escúchame. Conozco muy bien el dicho popular, según el cual el hijo del amante es siempre el más querido y por este hijo la madre sacrificará sin vacilar a todos los demás. Es un dicho muy necio. Falso como todo lo que simplifica la realidad.

Tú, Pierre, eras mi pequeño huérfano. Tú eras mío y de nadie más.

Y, por otra parte, ya ves lo que me ocurrió a mí, cómo, para vengarse del amante, mi madre me privó de mis derechos naturales, cómo impidió que yo creciera en el ambiente que me correspondía. Sin una lágrima de compasión, cuando aún no había cumplido los dieciséis años, me entregó en matrimonio...

¿Cómo podía amar a tu padre, un hombre tan zafio que se casó conmigo sin mi consentimiento?

Tú palideces cuando yo recuerdo esta verdad. Te parece la profanación de un recuerdo y, sin embargo, es sólo la narración de una injusticia que no quiero ocultar.

A Jacques lo amé, a él sí, aunque no quise casarme con él: la mortificación del matrimonio ya la había vivido. Pero a París vine por amor a él. Y porque esperaba a Julie. ¿Y dónde pueden encontrar refugio las mujeres que se encuentran en la situación en que yo me encontraba sino en París? París puede ser infinitamente misericordioso o infinitamente cruel con las mujeres. De mí tuvo misericordia.

Sí, amé a Jacques, el perfume de toronjil de su ropa, la elegancia de sus modales. Fue la desaparición de Julie la que nos separó. Por eso no debes juzgarlo, Pierre. Todo lo que sucedió después de la muerte de la niña, los enredos que me perjudicaron ante el notario, los compromisos que éste no cumplió y que fueron la causa primera de mis deudas, todo eso, creo que nació de allí, de aquel dolor que nos separó.

Ya no soy capaz de seguir adelante, Pierre. La pluma rasca sobre el papel, lo desgarra, tengo que tirarlo y volver a empezar. He perdido la facilidad de la escritura. ¡Yo!, ¡yo que presumía de poder componer un texto teatral en cinco días! Soy una mujer, decía, pero no una aficionada. Ahora la mano me pesa aunque sólo sea para escribir una línea.

Es culpa del pasado, que me hace sufrir. Mientras que el presente, a pesar de sus peligros y de su miseria, me pide fuerza y yo soy una mujer fuerte. De la naturaleza he recibido valor y razón. Aparte una excesiva petulancia que la injusticia exaspera con harta frecuencia, tal como tú bien sabes.

¿Pero de qué presente te puedo hablar a ti, que eres mi hijo?

¿De esta celda y de su suciedad, que se deposita sobre mi cuerpo y me envuelve las piernas con medias de polvo? Antaño era el perfume de mi carne el que me protegía del paso de los años.

No, no te puedo escribir nada acerca de este presente.

¿Pues de qué entonces? ¿De los sueños que han ocupado mi alma y me han dictado aquellas páginas que te causan tanta desazón? Dirías una vez más: mi madre, aquella loca. No, no te puedo hablar de los sueños, sino tal vez de un sueño, del único que recuerdo haber tenido cuando me encerraron en la celda. Recíbelo como un don, Pierre. Mi regalo para tus veintisiete años. Un sueño sencillo, doméstico, que no te provocará ninguna inquietud.

Estábamos en el almacén del universo, en Les Halles. Yo y Justine. Compraba un poco de fruta aquí y un poco de verdura allá. Después me detenía a contemplar con admiración el gesto rápido y casi imperceptible con el cual las desgranadoras de guisantes clasifican los granos. A un lado, los más pequeños, tiernos y sabrosos, al otro los medianos y los grandes. En el sueño, estos últimos llenaban dos sacos enteros, mientras que los guisantes pequeños a duras penas ocupaban un fondo. Por no sé qué razón, aquella circunstancia me causaba una profunda tristeza. Escuchaba aquellos granos que resonaban en el interior del saco vacío como palabras de amor dispersas en una profundidad sin memoria y me desesperaba. Justine también estaba triste y me tiraba de la manga: «este año, por desgracia, sólo han quedado los guisantes grandes. La sopa no saldrá bien».

Justine

Es pronto, han dado hace poco las cinco y, gracias a Dios, en la portería de nuestro edificio se comportan como unos señores, a las cinco de la mañana todos duermen y no hay vigilancia.

El general *Alejandro* tira de mí a la derecha y *Montesquieu* a la izquierda. Desde las tensas correas su impaciencia se transmite a los músculos de mi brazo. Enderezo la espalda y me afianzo sobre los tacones en busca de equilibrio.

La escalera está a oscuras. Desde la ventana del fondo de la rampa un destello se encarama con dificultad por los peldaños y reluce en la barandilla. Una ayuda para los ojos más que para las manos, ocupadas en guiar y retener. Tiene prisa el general. Y *Montesquieu* también tira y jadea.

Bajar con los perros se está convirtiendo en un problema para mis pobres piernas.

Y no sólo para ellas, a decir verdad.

Con estos dos ángeles custodios, ¿cómo podría deslizarme sin ser vista bajo los ojos de Victor y de su mujer?. No podría si la portería estuviera abierta. Pero a Dios gracias los señores están durmiendo y, por lo menos por hoy, me he ahorrado la escena de Victor, que me espera para buscarme las cosquillas con los pulgares introducidos por debajo de los tirantes.

Tiene más olfato que el general, nuestro portero. Cada vez que salgo, cuando todavía no he puesto el pie en el último peldaño, ¿dónde me lo encuentro?, plantado sin falta delante de la puerta, impidiéndome el paso con su barrigón. Yo me acerco y él se aparta despacio, sin saludar. Pero tú que te habías creído, amiga mía, me quiere decir con aquella cara suya de paciencia, para mí es obligación saludar a los inquilinos que pagan con puntualidad, pagan y tienen derecho a ser respetados, y a mí qué me importa que sean unos bandidos. Eso sí que es igualdad, basta pagar en la fecha exacta y cualquier desgraciada se convierte en la mujer más honrada del barrio, basta con sacar la moneda cuatro veces al año en enero, abril, julio y octubre, tal como es costumbre en París, y depositar los cuartos en la mano del dueño de la casa para ser objeto de atenciones y de respeto.

Pero julio ya pasó hace algún tiempo y nosotras no pagamos y Victor se planta en el umbral con su barriga, que actúa a modo de dique de contención y me mira fijamente de arriba abajo, me palpa con sus siniestros ojos de canalla, más sospechoso que un centinela en la barrera de los Sargentos.

¡Mira, ya puedes mirar! ¡No pensarás que puedo esconder un arquibanco dentro de la manga o un sillón entre los pliegues de la falda! Esta calabaza hueca tiene miedo de que me largue sin darle tiempo para requisarnos los muebles. Ocurrió la semana pasada con los inquilinos del apartamento de enfrente. A la chita callando, a escondidas, hicieron la mundanza y él se las tuvo que ver con el propietario de la casa. Que, en realidad, es la verdadera sanguijuela. Con todos sus humos, Victor no es más que un perro guardián.

Pero un poco de respeto, santo cielo, ¿me lo merezco o no, aunque sea una criada sin ama? Con un bonito harén de perros, gatos y loros, pero sin ninguna ama. Una criada sola. A la que se puede tratar como a una miserable y a la que incluso se pueden propinar patadas en el trasero si surgiera la ocasión.

Si hubiera estado aquí Olympe, el diligente Victor jamás se habría presentado para inventariar los muebles de nuestra propiedad. ¡Menuda arrogancia! Ni que él fuera el propietario de la casa. Otro que tal baila. Pierre Bourg. El «señor». Un orfebre con el vientre más hinchado que el de un vinatero. Huelga decir la pareja que forman la barriga de *sans-culotte* de Victor y el estómago de vividor del señor Burg. Que ya una vez había sido casero nuestro en Auteuil y debería saber que siempre le habíamos pagado antes que a nadie. Es lógico. Hay un criterio, una norma en los pagos. En primer lugar, el casero, después la modista, a continuación el cerero... Y, en último lugar, el peluquero, ya se sabe que el pobre hombre siempre es el último. Pero este Pierre Bourg... Ponía cara de amigo cuando se reunían a discutir y a tomar el té en el jardín de la señora de Condorcet, una reunión verdaderamente filosófica. Y él, en aquel jardín, hacía reverencias y decía mil gracias, señora mía, porque Olympe es generosa y siempre le facilitaba entradas para el teatro. Ahora nos manda decir que lo siente mucho, pero está arruinado, que los negocios le van mal, que ya no hay trabajo, que la guillotina les ha cortado la cabeza a todos sus clientes. No me parece un buen motivo para quedarse con el chifonier chino que tan útil le resultaba a mi Babichette.

Mi Babichette... Pero llegará, ¡llegará el momento en que tendrán que soltarla! Si todavía no la han sometido a juicio, algo tiene que significar. Que no saben de qué acusarla, por ejemplo.

Y, entre tanto, yo no funciono en su ausencia. Me caigo en pedazos, como una vieja silla que nadie utiliza. La herrumbre me anquilosa los huesos y me cuesta seguir el ritmo del general, por no hablar de *Montesquieu*.

Pues sí, noto el cansancio, tengo más de medio siglo, no soy una jovencita, como cuando llegué a París.

Tan jovencita ya no era ni siquiera entonces, si he de ser sincera. Tenía veinticinco años y no conocía más de nueve palabras de francés, justo las que había aprendido en la taberna del difunto señor Aubry, cuando ayudaba a acomodarse alrededor de las mesas a los militares de paso. Mi Babichette protestaba, no quería que sirviera en la taberna, cada vez nos enzarzábamos en una discusión. Ella siempre me ha tratado con la debida consideración. Jamás he tenido que compartir la cama con otras criadas en su casa.

¡Mira que hacerla casar con un tabernero! ¡La hija de un marqués, la sobrina de un arzobispo!

Pero había quien se beneficiaba de ello... Y la carnicería del señor hermano, después de aquella bonita boda, podía contar con un cliente de confianza. Por otra parte, ¿quién habría podido oponerse? El marqués había renunciado a ser su padre.

Eso es lo malo de mi Babichette: tuvo demasiados padres. Yo, en cambio, ninguno. Crecí sirviéndola a ella. De allí vengo, de casi medio siglo transcurrido juntas, durmiendo bajo el mismo techo, caminando por las mismas calles, un día tras otro, una noche tras otra. Toda mi vida se entrelaza con la suya y hasta los recuerdos se mezclan y se confunden de tal manera que a veces me pregunto: ¿pero de quién son estos recuerdos, son verdaderamente míos, me pertenecen de verdad?

¡Quién sabe!

Gracias a Dios, por lo menos hoy también hemos llegado al final de la rampa, ¿estás contento, general?

El amanecer se presenta tranquilo y sin viento, la ciudad está bonita a esta hora, parece que se puede respirar en paz, pero a mí ya me duelen las plantas de los pies y por eso evito cruzar el Pont Neuf, rodeo la plaza Dauphine dejándome llevar por los perros, regreso y me pongo en la cola delante de la panadería, el lugar más abarrotado de gente de todo el barrio.

La cola es larga y la tienda está cerrada, hay que tener paciencia. Pero cuando el aire es todavía tan fresco la paciencia no molesta. Y, entre estar aquí o sola en casa...

Sola sí, pero no he perdido la esperanza de volver a ver a mi Babichette. Consiguió evitar la Bastilla bajo el reinado de Luis, librarse de la detención después de la pelea con los actores de la Comédie, ¿sería posible que no lo consiguiera ahora bajo su República?

Ahora la cola ya se extiende de una a otra parte de la calle, un río de mujeres con cofias blancas o pañuelos oscuros, sujetando con la mano, para no perder el turno, la cuerda atada a la aldaba de la panadería. Mantengo mi sitio y estoy tranquila con los perros al lado y con el correspondiente papel en el bolsillo del delantal, donde se dice la cantidad exacta de pan a la que tengo derecho. Estoy muy atenta para no equivocarme, con estos papeles que se multiplican día a día una ya no se aclara, el del pan y el de la carne, la cartilla de la seguridad y la del certificado cívico... Los escribanos tienen mucho que hacer en la sección.

Pobre gobierno, reflexiona entre tanto en voz alta mi vecina de cordada.

—Obligado a verlo todo —añade, abriendo enormemente unos ojos más redondos que las ruedas de una diligencia—, cuántas familias hay en una calle y cuántas personas en una familia y cuánto pan come cada persona...

Lo tiene que ver todo para regular los precios, la cantidad y, después de la cantidad, también la hora y el método de las compras. Y el último dato procede del primero y el primero es tan inevitable como la Revolución: hay que regular el precio del pan si se quiere dar de comer a París y a toda Francia.

—Nos alimenta, eso sí —truena la voz de una mujerona por encima de mi cabeza—, pero es agrio, Virgen santísima, qué agrio es.

—Ha perdido el alma, el pan del gobierno— refunfuña otra.

—¿Tu fervor patriótico no consigue digerirlo?— se carcajea la mujerona.

Noto un húmedo aliento en el cuello y un pecho encorsetado que se comprime contra mi espalda.

Orden, mantened el orden, grita el panadero, abriendo finalmente la tienda, hoy hay para todas.

La cola se recompone y, de repente, se aprieta en medio de un arrastre de zapatillas.

Los perros, alarmados, me interrogan con un gruñido. ¡Tranquilos, les digo, tranquilos, no vayamos a perder el sitio precisamente ahora!

Pero el sol empieza a pegar fuerte, las mujeres se quejan y a mí se me doblan las rodillas.

Avanzamos muy despacio, el tiempo pasa y la cola no disminuye. El sol está empezando a portarse mal, arde en un cielo de bronce y los hombros me queman bajo la pañoleta.

Mantened el orden, vuelve a gritar el panadero. Cuanto más grita, más se empujan las mujeres, se apiñan y forman una masa compacta. Me asfixio entre brazos que se cruzan y faldas que se superponen. El panadero suelta maldiciones a gritos mientras sus mozos se despliegan para proteger la tienda. Un tirón me hiere la mano. La cuerda se rompe. Una mano enfurecida la recoge y la arroja al canal de desagüe que discurre por el centro de la calle. El general corre a husmearla y *Montesquieu* aprovecha mi distracción para meter el hocico bajo el rabo de una perrita que se revuelve y le enseña los dientes.

No sé qué hacer, si regresar a casa renunciando al pan o entrar yo también a la fuerza y tomar lo que me corresponde. Conquisto el aire a codazos, llamo a los perros y, entre tanto, me seco el sudor detrás de las orejas. Por el otro extremo de la calle aparecen los Guardias Nacionales. Y yo sigo sin saber qué hacer.

Olympe

Mi ventana da al cuerpo de guardia. *¿Quién va? ¡Brigadier! ¡Patrulla!* El grito de los centinelas me hace compañía. Allá arriba en el cielo, oculta por un gran tapiz de nubes, se vislumbra una negra luz. *¿Quién va? ¡Patrulla!* El grito penetra en el sueño. Abro los ojos. La luz negra sigue allí. Me tumbo de lado y me vuelvo a dormir.

Más tarde o más temprano las noticias también llegan al interior de la cárcel. Esta vez ha volado de boca en boca con espantosa rapidez: Robespierre ha sido elegido presidente de la Convención. Un cargo que se suma al de miembro del Comité de Salud Pública.

Entre mil pensamientos confusos, uno se me presenta inmediatamente claro: desde el treinta y uno de mayo la Montaña triunfante no conocía ningún obstáculo a la Convención, ahora ha ocurrido otra cosa distinta y mucho más grave, ahora el triunfo no es de la Montaña, sino simplemente de Robespierre y de su camarilla. Un demagogo sin genio y sin alma se ha convertido en el personaje más importante de la República.

Vuelvo a tener una compañera de celda.

Habría preferido conservar el lujo de la soledad que, por lo menos, no me lleva demasiado lejos de mí misma y no me obliga a medir las palabras. Pero las cárceles de París están más abarrotadas de gente que una tienda del Palais Royal y mi celda es lo suficientemente espaciosa como para albergar una segunda cama, motivo por el cual ahora me veo obligada a compartirla con Madeleine-Françoise-Josephine Rabec de Kolly. Una rica señora, hija del director de la Compañía de las Indias y esposa de un recaudador general, tan rico a su vez como sólo puede serlo un recaudador.

Pero la riqueza no le servirá de mucho, me temo.

La señora De Kolly ya ha sido juzgada hace muchos meses y el tribunal ha emitido una sentencia que la condena a muerte, aunque la pena haya sido suspendida durante algún tiempo: Madeleine lleva en su vientre un hijo y, cuando nazca, este hijo será el que haga efectiva la condena a muerte de su madre.

Dios mío, qué opresiva se ha vuelto la celda, y el aire qué espeso, y cuán palpable la angustia.

Es difícil la convivencia con esta mujer obsesionada con su propia suerte, que de noche grita en sueños y de día se arrodilla para leer la plegaria de los agonizantes en su libro de horas y después vuelve a tumbarse en el jergón, con la mano descansando sobre la manta y los ojos clavados en el vientre que crece y crece. Faltan dos meses para el alumbramiento.

Y sin embargo, a pesar de la desgraciada situación en que actualmente se encuentra, la señora De Kolly conserva una autoritaria manera de levantar la cabeza, como si siempre estuviera a punto de llamar a una doncella o a un galán. Tiene unas ventanas de la nariz muy anchas que palpitan de congoja. Su agitación se calma sólo con el opio oculto en los botones del vestido. La miro mientras busca alivio con trémulas manos y vuelve a mi corazón Rosalie, aquella confianza nuestra tan brutalmente truncada, aquella rápida transición desde la dulzura de un afecto al dolor de una separación obligada. Tengo miedo de que siempre sea así a partir de ahora. Traslados injustificados. Y, a cada traslado, otras celdas, otras compañeras. En cualquier caso, he decidido que ya jamás volverá a haber más confidencias.

Sin embargo, tras haber tomado esta decisión, descubro que no hay distancia o reserva suficiente como para evitar los secretos de una compañera de celda.

Pasada la primera noche, ya sé que Madeleine de Kolly ha perdido en el cadalso a su marido, y no sólo a él. Al mismo cadalso y el mismo día subió también otro, tal vez más querido para ella: un joven nacido en Constantinopla, amigo e intendente de su marido y, sobre todo, padre natural de este hijo que le duele en el vientre. Un secreto que ya no es un secreto después de la celebración del juicio. El día sigue a la noche y yo la escucho a ella y ella me escucha a mí, pero no vamos más allá. Ninguna de las dos tiene el valor necesario para concederse una mayor intimidad. A ella le quedan dos meses, ¿y a mí?

No por eso, sin embargo, le voy a negar mi compasión.

Me he ofrecido a escribirle las cartas, puesto que no está en condiciones de permanecer mucho tiempo ni de pie ni sentada, cualquier movimiento la cansa y el régimen de la cárcel, alubias y arenques ahumados, no contribuye a mejorar su salud.

—Eso significa que, en lugar de dictar mis trabajos, esta vez seré yo quien experimente los tormentos de escribir al dictado.

Con gran esfuerzo he recuperado mi espíritu, pero en vano trato de arrancar una sonrisa a sus labios ferozmente apretados.

Querida prima...

La prima vive en Lyón y ha adoptado al menor de sus tres hijos. A ella le explica la señora De Kolly, sopesando las palabras, volviendo repetidamente atrás y dificultando mi escritura, que es por sus hijos, exclusivamente por ellos, por lo que ha tratado de prolongar una existencia tan cruel y revelado un embarazo que jamás habría tenido que revelar.

Desciende el atardecer y los mosquitos invaden nuestra celda, vuelan ciegos contra la pared y se transforman en finas lágrimas de sangre.

—¿Lo oís? —con comedida gravedad, la hija del director de la Compañía de las Indias, la esposa del acaudalado recaudador, la amante desventurada del joven turco, levanta con gesto cansado una mano para señalar una pared—. ¿Lo oís?

Presto atención a los sonidos que proceden de la celda contigua.

Todo un mundo parece haberse reunido allí dentro. Exclamaciones. Llamadas. Voces de mujer mezcladas con voces de hombre. Una extraña alegría que descubrir en un lugar como éste. Ruido de cucharas que rascan el cuenco. Son las inquilinas del burdel de place de Grêve, que celebran un banquete. Esta mañana han salido bajo escolta, porque un juez tenía que sellar sus aposentos y para eso era necesario que ellas estuvieran presentes. Las he visto regresar hace poco acompañadas por el juez en persona, que evidentemente se ha quedado para cenar en su compañía.

—¿Un hombre en el ala femenina?

—Es un juez. Jueces y abogados tienen libre acceso.

Una carcajada sensual, gutural, se abre paso muy despacio, atraviesa la pared, se tumba en nuestros lechos y me acaricia el corazón.

—Alguien que se ríe, un consuelo.

Pero la señora De Kolly se indigna:

—¡Nos han puesto al lado de unas desvergonzadas!

¡Ay, Madeleine! Meneo la cabeza, aprieto los labios y me reprocho haber olvidado hasta qué extremo, para las acaudaladas damas de la sociedad, el honor depende de las faldas que las demás se ven obligadas a levantarse.

—¿Por qué despreciarlas?— discrepo a media voz, desviando la mirada.

Me molesta la fea expresión de desagrado que rompe el óvalo de su rostro.

Dios mío, pienso, qué facil es para una mujer odiar a las mujeres y su fragilidad.

Madeleine

Me has querido castigar y vaya si me has castigado, Señor y Dios mío. ¡Mira que obligarme a terminar así, confundida entre mujeres indignas, obligada a escuchar sus carcajadas y sus palabras! ¿Qué he hecho yo para merecer semejante suplicio?

Puedo soportar cualquier cosa, las pulgas, las náuseas, el hedor del arenque y el pestazo del cubo de los excrementos, que no vacía más de una vez al día una anciana envuelta en un fétido delantal, con el dobladillo chorreando los purines de toda la cárcel. Hasta puedo soportar la doble espera de un nacimiento y una muerte, cualquier cosa, pero no esta proximidad que me altera el pulso y me corrompe los sentidos.

Se ríen. Y a mí me falta el aire, busco la respiración mientras la señora De Gouges me frota las sienes con la última gota de su agua de Colonia. Es generosa a pesar de su credo republicano.

—¿Lo oís? —me incorporo en la cama, apartando su mano—. ¿Lo oís?

Las inquilinas de place de Grève me persiguen.

—Ya se han calmado— murmura mi compañera, pero yo las sigo oyendo.

Voces sin gracia, vulgares, groseras. Penetran por cualquier sitio, por las hendiduras de la puerta, por las grietas de la pared, por el ángulo de los rincones, relampaguean en todos los soplos de luz, estallan en todas las ráfagas de aire. No hay protección posible. ¡Maldito París! La ciudad donde todo es superior, decía mi marido, la vida, el arte, el comercio y la diversión. A mí siempre me ha parecido una ciudad de voces airadas. Hasta en nuestra casa, hasta en nuestras estancias más secretas nos perseguían los gritos y los aplausos de los Amigos del Pueblo. Su club lindaba con nuestro jardín y todas las noches, cuando las sesiones se animaban, yo oía el sanguinario furor de aquellas voces, que llegaban a rozar el umbral de mi dormitorio.

Una ciudad regicida. Lo comprendí a partir del mismo instante en que puse los pies en ella.

Estaba acostumbrada a un espectáculo muy distinto, a los colores, a los sonidos de la naturaleza. No el bullicio de los cafés, sino la amplia respiración de las mareas de Saint-Malo, la caída de las olas, el viento que se quiebra entre el oleaje eran los compañeros de mis jornadas. Nací frente a las aguas del golfo y amo instintivamente todo lo que es simple y grandioso. También mi primer marido era un hombre sencillo, un comerciante, y, de no haberme quedado viuda a los veinte años, la sencillez habría sido la norma de mi vida. Las cosas ocurrieron de otra manera, Señor Dios mío, tú lo quisiste.

Qué he hecho yo sino obedecer tu voluntad y la de mi padre, que deseaba curar mis heridas y creía que la mejor manera de conseguirlo era un segundo matrimonio. Con un hombre que tenía la misma edad que él, pero el doble de sus bienes, ya muy cuantiosos, por lo demás.

Por obediencia me sometí, yendo en contra de mis naturales inclinaciones.

Pero Pierre-Paul de Kolly, tú lo sabes, Señor Dios mío, era un alma noble que ni entonces ni después me exigió más de lo que yo le podía dar. Y yo cumplí con mi deber y lo seguí a París.

Lujo, riquezas, teatro, bailes... «¿No sois feliz?», me preguntaba. Los bailes eran un sufrimiento, con aquellos peinados de un palmo de altura en inestable equilibrio sobre la cabeza hasta que, al final, los polvos y las libras de pomada me resbalaban sobre los hombros. Y a mi corazón le faltaba un arrebato. Un impulso.

Hasta que él mismo me presentó a su nuevo intendente, el apuesto Regnault, que venía de Constantinopla y me consolaba con su sola presencia.

Por otra parte, ¿de qué otra manera puede una mujer consolarse de los males de la vida? De esta misma manera se había consolado mi madre, Señor Dios mío.

Pues entonces, ¿por qué me quieres castigar? Con estas voces que se levantan con descaro, se superponen entre sí, se persiguen y no se cansan jamás. Las carcajadas golpean contra las paredes. Intento gritar: «¡silencio, os lo ruego!» Pero tengo la lengua hichada, me estorba en el paladar. Gesticulo agarrándome al brazo de la señora De Gouges, le confío mi debilidad y ella me sostiene en alto la cabeza, me afloja el corpiño. Tengo que respirar. Es un deber, sí, un deber que tengo que cumplir. Una misión. Hacer crecer y guiar al niño, conducirlo al día de su nacimiento. Es por eso por lo que se me deja en el mundo. Yo soy el fiel caparazón que será vaciado y quebrado.

¿Me concederán unos cuantos minutos para que lo vea agitar las piernecitas cuando haya nacido? El tiempo para oírlo llorar ya no lo pido. ¿Y quién vendrá después de mí a acunar el llanto de mi hijo? ¿Una nodriza jacobina?

Yo no deseaba esta doble espera. Un nacimiento, una muerte. Fue mi marido, fue él, el señor De Kolly, quien insistió y me suplicó que revelara mi estado, que buscara la salvación, aun a costa de la reputación. Nueve meses de vida y, entre tanto, la República puede caer con mucha más rapidez que aquella con la cual cayó el reino, decía para convencerme.

Le obedecí. ¿No tenía que haberle obedecido, Señor Dios mío?

¡Maldito París! El lugar donde todo es superior... Donde las mujeres se exhiben desnudas en las ventanas y los hombres buscan la compañía de las negras traídas de las Indias Occidentales.

La oscuridad se traga pedazo a pedazo nuestra celda. El sonido de un eslabón. La llama de una vela. El rostro de la señora De Gouges aparece de nuevo a mi lado, su largo cuello se inclina hacia mí con un elegante movimiento. Todos sus movimientos son delicados a pesar de la estatura.

—¿Por qué despreciarlas?

La caridad tiembla en su garganta. Tiene buen corazón, aunque sea republicana. Una republicana muy singular, si es cierto lo que dicen, que se ofreció para defender al rey en el juicio. ¡Nada menos! Una mujer por defensora, pobre Luis. Carece del sentido del escándalo, esta De Gouges. A fin de cuentas no es más que una mujer de teatro, aunque de maneras refinadas. Sin embargo, en estas mujeres, las maneras refinadas enmascaran a menudo una moral imperfecta. De no ser así, ¿con qué valor podría hacer ciertas afirmaciones absurdas?

—No son ellas las que corrompen las costumbres...

¿Qué sabe ella? ¿Acaso las conoce? ¿Conoce la doblez de espíritu de las comerciantes de Citera? Criaturas entregadas a la traición y el engaño.

Pero estoy demasiado cansada para discutir y contar cómo una de ellas me engañó también a mí, engañando al señor De Kolly. Lo engatusó, lo traicionó y nos entregó a todos, también a mi intendente de los bellos ojos turcos, al tribunal de Fouquier-Tinville.

Y, sin embargo, era con ella con quien mi marido disfrutaba de sus placeres. Y puede que alguna vez... Sí, los bellos ojos de mi amigo fingían distraerse y alejarse, quién sabe hacia dónde emigraban.

Pero ¿qué me importa el placer de que disfruta un hombre con una mujer indigna? ¿Con desgraciadas como esas que se ríen al otro lado de la pared de nuestra celda? Se ríen, y bromean, y se levantan la falda. Y esta loca que insiste: no son las mujeres públicas las que corrompen las costumbres... Pues ¿quién entonces? Quién, quisiera yo saber.

Alexandrine

Señor, habéis sido excesivamente amable al volver a acompañarnos en carroza.

Y él:

Los guardias caminan a paso de marcha, señorita. No puedo permitir que cansen vuestros tiernos pies con aquellos deliciosos hoyuelos que recuerdo, oh sí, los recuerdo perfectamente.

—Señor —le digo—, me siento halagada. Vos, un juez, un funcionario de la República, un hombre de tanto rango, os acordáis de mí.

Y él:

—Señorita, una sola vez tuve el placer de trataros, pero os aseguro que conservo un recuerdo muy vivo de vuestra bondad.

—Ssss, a vosotras os digo, a ver si os calláis y os dejáis de reír. El señor nos tomará por tontas. Y, además, están las damas de la celda de al lado.

—¿Damas?—, pregunta él.

Y yo:

—Pues sí, dos damas. A una jamás la he visto, ¡pero la otra! Pensar que me he quejado de mi jaqueca mientras paseábamos por el patio, y ella me ha oído, y se ha detenido, y me ha ofrecido una toma de su tabaquera, un precioso objeto con una pintura en la tapa. Le he dado las gracias, no quería aprovecharme, pero ella ha insistido y he tenido que tomar una pizca. El dolor de cabeza no se me pasó, pero su amabilidad merece algo más que mi gratitud.

—Muy solícita, en verdad. ¿Cómo se llama esta noble dama?—, me pregunta.

—De Gouges—, le digo.

Y él:

—Señorita, la De Gouges no es una dama, sino una desvergonzada. ¡Quitad allá! ¡Una dama! Por lo que me dicen, tiene incluso un bidé personal, como ciertas compañeras suyas, si me permite, de place de Grève. ¿Dónde se ha visto jamás a una dama con un bidé personal? ¿O que se hace un pediluvio mañana y noche? Comed, comed, señorita, y no os preocupéis por la De Gouges o por vuestras amigas, que tanto me gustan cuando se ríen.

Y yo:

—Disculpad que os lo pregunte, señor. Pero sólo una vez... ¿No me estaréis adulando? ¿De veras os acordáis de mí?

Y él:

—Tengo buenos motivos para acordarme... Unos motivos un poco... Tendríais que comprenderlo vos misma, un poco especiales.

Y yo:

—¿Algo golpeó vuestra atención, señor?

—Golpear... Es la palabra apropiada, sabía que lo comprenderíais.

—¿Mi fusta de seda negra, señor?

Y él:

—¿Qué otra cosa sino? La fusta de seda negra que exulta de gozo, pérfida y delicada, en vuestras preciosas manitas. Quizá un poco demasiado delicada, si he de ser sincero. Con el látigo de cochero que compré en el *Trait Galant*, la tienda más bien surtida de París, podéis creerme, con aquella correa de cuero brillante, con esa sí que seríais una maravilla.

—Señor, es una lástima que no os haya visto más a menudo en place de Grève.

—Señorita —me dice—, por desgracia... Mis compromisos. Los tribunales están agobiados de trabajo en este período.

—Señor —le digo—, pero a mí me parece que queréis resarciros del tiempo perdido.

Y él:

—No seáis impertinente, señorita. Recordad que aquí no tenéis la fusta. Y que yo tengo vuestro legajo y el de vuestras amigas.

—Oh, señor —le digo—, qué crueldad por vuestra parte recordarlo.

—Señorita —me dice—, es de vos de quien espero una dulce crueldad.

—Señor, vos mismo lo podéis ver, estas pilluelas no nos dejan en paz.

—¿Por qué deberían hacerlo? —me dice—. En place de Grève yo pagaba para que no nos dejaran en paz.

—¿Y aquí —le digo—, aquí no pagaréis?

—Mi querida señorita —me dice—, ¡no sabéis la cantidad de legajos que se pierden en medio de toda esta confusión!

—Entiendo. Es más que justo. Me fío de vos, señor.

—Pues entonces, ¿por qué no os acercáis?

—Señor —le digo—, ¿me queréis dar a entender que estáis dispuesto a jugar al bisbís?

—Venid, señorita, juzgad vos misma.

—¡Oh, señor!— le digo.

Y él:

—¿Os habéis asustado?

—Si tuviera un látigo, no me asustaría.

Y él:

—Eso quiere decir que os habéis asustado.

—Las que se asustan fácilmente —le digo—, fácilmente se tranquilizan.

—¡Que lengua tan suelta, señorita!

—Es mi muñeca —le digo—, la que está suelta. Flexible y vigorosa como un látigo de buey, ¿os habéis dado cuenta? Y las uñas...

—Arañan —me dice—, vaya si arañan.

—Y cortan. Y excavan. Y queman— digo.

—Y se ensucian de sangre— me dice.

Y yo:

—De sangre, si queréis.

—¡Ah, señorita!— me dice.

Septiembre de 1793

Hyacinthe

...Y si alguien me preguntara, no, no sabría qué contestarle. ¿Estoy contenta o desesperada? Un poco de lo uno y un poco de lo otro, a causa de la alteración que me provoca la alternancia de las emociones, el columpio de estados de ánimo que no se detiene y se balancea sin descanso: una condena.

Pero después me dicen que es la vida la que tiene una cara oculta, son los acontecimientos, los hechos, los que se confunden, no yo.

Pues bien: en agosto acabábamos de regresar a París cuando nos enteramos de que la columna de Pierre en Tours había sido sorprendida por los rebeldes, derrotada y completamente aniquilada. Estremeciéndome de horror, oculté el rostro en su hombro a pesar de que no estábamos solos. Una noticia terrible. Pero él estaba conmigo. Protegiéndome de los males de la guerra. Ante semejante milagro, poco importaban las disputas con el administrador, las cartas anónimas, hasta la pérdida del empleo cambiaba de signo y casi se convertía en una benevolencia del destino. Estaba a salvo y la felicidad se me fundía en la boca.

Sí, estaba contenta. Pero, cuando miraba a Pierre, lo veía humillado, abatido como un negro que espera a que lo vendan en el mercado de la plaza de Santo Domingo (ah, ¿podré alguna vez olvidar los impresionantes relatos de la señora De Guillebon?). Hasta que un día el general Rosin, que se había puesto del lado de la facción de los ultrarrevolucionarios y está, por consiguiente, más furioso que un jacobino, y puede que incluso tanto como el propio Robespierre, asume su defensa, y lo define en público como un ardiente patriota y un verdadero republicano.

En un primer tiempo, le di las gracias al cielo y, a causa de la satisfacción que me producía el hecho de ver reconocidos sus motivos, acepté incluso una invitación a cenar, la primera desde nuestro regreso.

Después los acontecimientos se suceden sin interrupción: Ronsin rehabilita a Pierre, Pierre se reincorpora a su puesto, vuelve al servicio y es enviado al ejército del Rin. Al frente. Más lejos de mí de lo que jamás haya estado. ¿Puedo alegrarme? Los hombres abandonan a sus familias para ir al matadero y en la ciudad se canta, se baila y se entonan himnos a la guerra y al valor militar. Muchachos de quince años, que a duras penas consiguen sujetar un fusil, ya se creen otros tantos césares. ¿Y yo tendría que bailar en medio de este vendaval?

O sea que Pierre se va al frente y, en cuanto se va, Anacharsis se pone enfermo.

Pobre niño mío, no está acostumbrado al agua del Sena. Espesa, fangosa. Demasiado pesada para su estómago, acostumbrado a aguas más ligeras. Hace enfermar de disentería a ciertos hombretones vigorosos que vienen del campo, qué no hará con un niño.

—Fíltrala con arena— le he ordenado a Mignonne, una doncellita descubierta no sé dónde por mi madre.

En realidad, no ha sido difícil encontrarla, porque a estas alturas en París los criados se alquilan como los carruajes. Mi madre me la ha puesto delante y yo he dicho: «muy bien». Pero lo he dicho con resignación. Mignonne es agraciada, está llena de buena voluntad y se lleva bien con los niños que, en cuanto se han dado cuenta de que tiene un temperamento sumiso dispuesto a dejarse tiranizar, se han encariñado con ella, pero es una doncellita de ciudad, acostumbrada a calzarle las zapatillas a su señora y poco más, no es espabilada como Pauline. Con ésta me habría sentido mucho más tranquila.

Pero estoy exagerando; Mignonne también tiene sus méritos y las preocupaciones me hacen ser injusta. Es desagradable vivir de esta manera, en medio de una inquietud sin tregua. Llega un momento en que una desea rendirse, el corazón se detiene y ya no late ni por amor ni por temor.

¡Qué cosa tan horrible, un corazón que se detiene mientras tú sigues viviendo!

Pero basta una novedad positiva para que el columpio de mis sentimientos se vuelva a poner en marcha.

Esta vez la buena noticia es que el administrador de la cárcel me ha concedido el permiso: finalmente puedo visitar a Olympe.

No la veo desde los tiempos de Tours, es decir, desde julio: ni siquiera dos meses, pero me parece toda una vida. La sola idea de oír su voz me conmueve. Y, sin embargo, verla en el lugar de su encierro, a ella que vive con un pie siempre en la calle, que no soporta permanecer encerrada, ni siquiera en el ámbito de la vida doméstica... La cárcel es antinatural, para ella más que para cualquier otra mujer.

Reunirme con ella allí dentro, prisionera de veinte puertas de hierro, me da miedo.

Me he organizado bien y muy pronto.

He llevado a Jean-Hélie, que cuanto más crece más alborotador se vuelve, a casa de mi madre. Le he puesto su sombrerito de paja y, para que se porte bien, le he prometido pasar por el Louvre a la vuelta y comprarle, si los encuentro, aquellos dulces con figuras que venden en el pabellón Froid-Manteau. He hecho mal en prometérselo, porque Jean-Hélie también lo ha pasado mal con el agua y todavía no está completamente restablecido, pero algo tenía que ofrecerle a cambio de su docilidad.

Un beso, una caricia y salgo en dirección a la Petite-Force, bien camuflada bajo la capa que me ha prestado Mignonne, con la capucha echada sobre la cabeza, a pesar del calor, y el borde recogido en el puño cerrado y apretado contra el corazón que retumba en el pecho. Es la primera vez que salgo sola sin siquiera la escolta de una criada, tan lejos de casa. Y no se trata de un paseo. No es como en Tours, con Olympe a mi lado y Justine que nos sigue, sujetando la sombrilla amarilla que, bajo los olmos, era una molestia más que un alivio.

Estoy sola y camino entre efluvios de cebollas asadas por unos callejones que se estrechan cual si fueran hendiduras, entre edificios que muerden el cielo con su altura. Pero, mientras camino, descubro instintivamente un desparpajo, un ritmo suelto que yacía adormilado dentro de mí, me basta con seguirlo para volver a moverme con agilidad. Mis ojos de búho nocturno contemplan hambrientos y curiosos todo aquello que no se puede ver desde los carruajes: un mocoso que recoge con las manos desnudas el estiércol para abonar los huertos, un soldado que ha bebido dos vasos de más y vomita apoyado a un murete, un juez de paz que se abre paso entre el gentío con su corto bastón blanco. Camino como jamás he caminado, empujando a los que se me ponen por delante y empujada a mi vez por gente que me habría abierto camino si hubiera salido con mi bonito vestido de señora en lugar de hacerlo con el manto de una criada.

Un tarugo se me acerca por detrás, me propina un golpe y por poco me hace caer. Oigo inmediatamente la voz de mi madre que me advierte: es lo que hacen los ladrones para señalar a sus víctimas, marcándolas en la espalda con un trazo de yeso o con un escupitajo. Por un instante, pero sólo por un instante, pienso en la posibilidad de detenerme para comprobarlo. Vamos, me digo en tono de reproche, no ocurrirá nada. Me arreglo la capucha alrededor del rostro, sujeto el borde del manto con mayor decisión en el puño y sigo adelante mientras un nuevo titubeo aminora mi paso.

Pero ya no es el temor de la calle, no es eso lo que me inquieta. Es que no sé cómo recibirá Olympe mi propuesta. «Nuestra» propuesta, debería decir.

No acudo a verla con las manos vacías.

Su cuñado, el buen doctor Reynard, tal como lo llama Justine, ha regresado expresamente del campo para intentar abrirle de alguna manera un resquicio de salvación. Ya el solo hecho de entrar en París no le ha sido fácil. Las puertas estaban cerradas, pero después de varios intentos, corriendo varias veces el riesgo de que lo detuvieran en la barrera de patrullas mixtas de paisanos y soldados, consiguió entrar por la puerta de Vaugirard. Después, se puso en contacto con un compañero suyo que dirige una casa de salud y, a continuación, con un tal Delainville, que es abogado de oficio, pero bien visto por el Tribunal Revolucionario. Un buitre, un usurero, sin ninguna duda, pero está en condiciones de conseguir el traslado de Olympe a la casa de salud de la ciudadana Mahaye, dirigida precisamente por el amigo de Reynard.

Salir de la cárcel y tal vez, quién sabe, lograr que la olviden...

No le llevo la salvación, pero sí una esperanza muy concreta, muy cercana. Y, sin embargo, no acierto a imaginarme su reacción.

Así que camino rezando: «Dios mío, haz que lo acepte, haz que no elija el martirio...» El martirio, con tal de que el mundo sepa que a Olympe de Gouges, una mujer, no le falta carácter... No, no puede hacerme eso. Tiene que prescindir de Tronson-Ducondray. ¿Por qué empeñarse en tener como defensor a un abogado que no se ha presentado jamás a una entrevista, ni una sola vez?

Con eso no quiero insinuar que sea un mal abogado o un cobarde. En su momento, tuvo el valor de ofrecerse para defender al rey y es por este motivo, por esta coincidencia de opiniones, por lo que ella lo eligió. Olympe siempre temió la muerte del rey. Recuerdo que decía: «yo soy republicana y considero a Luis culpable como rey, pero, despojado de su título, deja de ser culpable a los ojos de la República. Tanto más —añadía—, que no es suficiente con hacer rodar la cabeza de un rey para matarlo: un rey muere verdaderamente cuando sobrevive a su caída». Un razonamiento que yo comprendo, no soy una necia. También mi padre, por otra parte, sostiene algo parecido cuando dice que los ingleses se deshonraron a sí mismos con el suplicio de Carlos I, mientras que los romanos alcanzaron una fama inmortal enviando al exilio a Tarquinio. Por eso lo comprendo. Pero la elección del abogado es demasiado importante, decisiva... Y Tronson no la puede ayudar. No está en condiciones de ayudar a nadie. A aquel pobre general, aquel Philippe Custine al que han degradado sin pestañear de su condición de héroe de la independencia americana a traidor, lo defendió él. Y el resultado ya lo hemos visto. Mejor dejar correr a Tronson, que no cuenta con las relaciones adecuadas, y encomendárselo todo al ciudadano Delainville.

Un primer paso hacia la salvación, ¿me puede decir que no?

* * *

Una costra en la comisura de la boca es la huella más evidente de la fiebre que la ha debiltado. Y el busto, que jamás ha tenido muy exuberante, ahora desaparece del todo en el interior del corpiño.

Experimento una intensa necesidad de tocarla, de percibir el calor vivo de su piel. Tomo su mano y ella aprieta la palma contra la mía. Un gesto bueno de afectuosa gratitud, pero la mirada expresa algo más sutil que no consigo captar. Tal vez una cansada indulgencia: hacia mí, hacia mis esfuerzos, hacia todo el mundo. Una escéptica incredulidad. Una indiferencia que yo no conocía en ella.

—El director es amigo de Reynard —insisto—, de vuestro cuñado.

Ella suspira y da largas.

—Muy bien, vamos a probar— decide al final, recuperando de golpe su tono expeditivo.

¿Los gastos? —pregunta—. Porque semejante arreglo supone con toda seguridad una serie de gastos.

Se los enumero: los honorarios de Delainville, el anticipo para la casa de salud... Unos precios exagerados. Enormes. Pero vender, naturalmente, está descartado. Absorta, se concentra rascando con una uña el borde de la mesa, hace sus cálculos: para el abogado es suficiente el dinero depositado en el estudio del notario Perrouteau. En cuanto a lo demás, Justine ya ha ido varias veces al Monte de Piedad. Sabe lo que tiene que hacer.

De repente, se reanima, brilla en sus ojos un relámpago de interés:

—¿Qué clase de sujeto es este Delainville?

Busco dentro de mí una ligereza capaz de retener aquel relámpago que devuelve a su rostro la antigua vitalidad.

Pobres de nosotras, respondo con una mímica que pretende ser burlona, no tiene una fisionomía muy atractiva que digamos, el hombre de la esperanza. Piel apagada. Cabello apagado. Un aspecto polvoriento de pájaro disecado y rellenado con paja, con unas alas tan secas como asadores.

Ella se ríe y, al hacerlo, la herida de la comisura de la boca se le tiñe de sangre.

Justine

Ya no cuento las veces que he entrado en el Monte de Piedad. ¿Veinte, treinta? Ya tendría que haberme acostumbrado. Me es de sobras conocida esta luz de lazareto, y todos y cada uno de los ladrillos de este zaguán, y todas las astillas de los postigos cerrados en invierno y en verano, como para que no penetren los gritos de los buhoneros de rue Blancs-Manteaux.

En la escalinata que conduce a las taquillas, el habitual gentío que sube con las manos llenas y baja con las manos vacías. La consabida muchedumbre delante del banco de empeños. Me siento en el extremo de una banqueta adosada a la pared. Una chica con un fardo sobre las rodillas se recoge la falda y se apretuja para hacerme sitio.

Mientras recupero el aliento y vigilo con disimulo para comprobar que el bolsillo interior del delantal, donde he guardado el reloj de Olympe, está tan abultado como al principio, echo un vistazo a mi alrededor.

Pues sí, me la conozco como la palma de la mano, esta sala larga, ancha y desolada. Pero mejor esta desolación que la de aquellos cuartitos a los que yo acudía en otros tiempos, con un crucifijo negro sobre la tapicería sucia. Mejor el Monte que el usurero. Si no a otra cosa, el dinero de los intereses va a parar a los hospitales y regresa, en cierto sentido, a la pobre gente. No sirve para comprar galones dorados y calesines para los que engordan con las desgracias ajenas. Lo he dicho y lo repito: no son amigos del pueblo los señores diputados que exigen suprimir el Monte. ¿Para obligarnos a regresar a los cuartitos de la plaza Maubert?, ¡menudos amigos!

Lanzo un suspiro que se hunde en el silencio.

Por desgracia, en este lugar sólo se habla cuando te lo mandan. Como en las iglesias. Es lógico, en la panadería todos se pelean porque se gastan su dinero y se sienten con derecho a poner reparos. En el Monte de Piedad la gente se echa la capucha sobre la frente y busca el silencio. Nadie levanta la voz, ni siquiera para vender. Por otra parte, ¿qué quieres vender cuando estás aquí empeñando una cuchara, como aquel sujeto de la barbilla huidiza y los ojos danzarines?

¡Te veo francamente mal, amigo! Peor que mi vecina, que no se atreve a dejar en el suelo su fardo y lo desplaza de una a otra rodilla y, entre tanto, a través de las esquinas aflojadas del fardo va perdiendo orlas de sábanas.

¡En fin, no todos tienen la suerte que yo tengo! No todos pueden llevar al Monte los regalos del señor Jacques.

Toco a tientas el bulto del interior del delantal. Mis dedos siguen con complacencia las redondeadas esquinas: un bonito reloj de oro con la caja labrada, la esfera cristalina... Acabábamos de llegar a París: el primero de sus regalos.

Generoso, ¿quién podría decir que no?

Más interesante que un marido.

¡Y mira cómo acabó todo! Delante de un juez de paz. Si hubiera sido sincero, si le hubiera confesado a mi Babichette: *estoy lleno de deudas, la administración me ha arrebatado el monopolio de los transportes militares, de ahora en adelante no te podré pagar las rentas,* no habría ocurrido todo aquel desastre. Pero, en vez de eso, ¿qué hizo? Como si nada, deja de pagar lo debido y, ante nuestras protestas, *voilà,* milagro, exhibe unos recibos de finiquito. Falsos.

Una idea del notario, lo podría jurar, era un hombre demasiado respetuoso el señor Jacques, pero el notario, que era el mismo de Olympe, quizá creía poder favorecer al uno sin que la otra se diera cuenta. Entre otras cosas porque ella, ¡pobrecita!, no hacia sino negociar y renegociar sus rentas, las vendía, las rescataba y las revendía a éste y al otro y, de esta manera, puede que el notario y el señor Jacques esperaran que se confundiera entre una y otra transacción.

En cambio, acabaron ante la justicia.

Al principio, ella lloró y después le pidió cuarenta mil francos de indemnización.

Bueno, sí, menuda la había hecho. ¡Finiquitos falsos! ¡Una bellaquería!

Pero es que se trataba del señor Jacques y mi Babichette no quería arruinarlo, qué demonios. En enero se pusieron de acuerdo. Por dieciocho mil seiscientos francos. Tres mil fueron a parar directamente a los bolsillos de los impresores, tres mil un poco por aquí y un poco por allá para saldar distintas deudas, después la casa de la finca Figuier... Justo el tiempo de pasar de la mano a la boca... ¡Esfumados! Y así, cuando llama a la puerta este abogado, este tal Delainville con su coleta polvorienta sobre la chaqueta negra, ¿qué otra cosa puedo hacer sino elegir entre los regalos del señor Jacques, entre los pocos que nos han quedado, e irme a pie a rue Blancs-Manteaux? La pequeña señora se podía haber ahorrado las palabras. Haz esto, haz lo otro, agobiada por aquellos dos chiquillos que patalean alrededor de sus caderas. «Señora mía —protesté—, yo sé lo que tengo que hacer, no es la primera vez. Os aseguro que no».

En cambio, el hombre del otro lado del banco es nuevo, jamás lo había visto. Tiene una manera de agarrar las cosas, de acercárselas... Agarra también mi paquete. Abre, examina, valora. Se inclina sobre él como un sauce llorón y lo hace desaparecer. Después me alarga una póliza de color gris y me cuenta, una moneda tras otra, ciento dos francos.

Pongo a salvo el papel y el dinero haciéndolos desaparecer en el interior de mi delantal y doy media vuelta.

—Salud, ciudadano.

En cuanto se arreglen las cosas, lo recuperaré, tenlo por seguro, nuestro precioso y bellísimo reloj. Por sí solo me ha dado lo necesario para el anticipo de la casa de salud, que cuesta muy, pero que muy cara... Es inevitable, por otra parte: más de cuatrocientos francos al mes. ¿De dónde los vamos a sacar, santa paciencia?

Pero de eso no me quiero preocupar ahora, cada cosa a su tiempo. Entre tanto, el dinero que necesitamos para su traslado lo tengo aquí, en mi bolsillo. Ya se han terminado la dureza de la cárcel, las visitas contadas. No es la libertad, pero es algo que se le parece, tal como repite la pequeña señora, que es más juiciosa de lo que parecía al principio.

Pero... ¡Cuatrocientos francos! Una fortuna.

Ya basta, no hay por qué angustiarse. El dinero siempre consigue inventárselo, mi Babichette. Más bien el traslado, pienso mientras me encamino hacia la salida y recorro en dirección contraria el trayecto que separa el banco de la escalera. El señor Bourg se ha emperrado y yo me lo esperaba, pero, aun así, me sentó muy mal recibir la notificación de desahucio. Se acabaron los aplazamientos. Nos tenemos que ir.

Y nos iremos, pierde cuidado, mi querido señor Bourg, que te inclinabas con cara de amigo. ¡Pues sí! Nos iremos también de tu casa.

He hecho tantas mudanzas.

—Unas quince desde que estamos en París.

—¿O sea?

—O sea, desde hace veinticinco años, más o menos.

Renée dobla las gasas, las pañoletas adornadas con encajes, las faldas de brocado, las muselinas y las cintas, y lo coloca todo en perfecto orden en el interior de los baúles que, dentro de unos días, nos llevaremos a casa de la pequeña señora, que me ha pedido encarecidamente: «no más de tres». ¡Tres baúles! Justo lo suficiente para una escapada al campo. La señora no se da cuenta.

Renée estira los labios en un remedo de sonrisa. Se ha ofrecido a ayudarme sin exigir nada a cambio, aparte de algún vestido desechado. Ni que decir tiene que se ha pegado una buena paliza, la pobrecilla. Su barca ha chocado con la madera que bajaba por el río, la madera del Morvan, que llega a París empujada por la corriente y atasca el Sena, a no ser que los ladrones, benditos sean, la roben y la desvíen hacia la isla de Saint-Louis. La barca se ha roto y las lavanderas han perdido su trabajo junto con las planchas, los cepillos y los braserillos. Y ahora Renée aparta a un lado vestidos desteñidos, viejos sombreros y viejas fruslerías, una cinta, una borla, todo lo que se pueda vender en la feria de Saint-Esprit, adonde van quienes no se pueden permitir ni siquiera el humilde lujo de un chamarilero.

Elige y arroja a un rincón o bien dobla y coloca en el baúl. Rápida y precisa.

Yo también era rápida hace veinticinco años.

—¿No lo crees?

Era joven y rápida y, sin embargo, las mudanzas me confundían. «Cambiar, cambiar —protestaba—, ¿qué necesidad hay de cambiar al menor giro del viento?»

Y, sin embargo, cambiábamos... rue Ventadour, rue Poissonnière y después rue de Condé, rue Molière, rue de Courcelles, rue Saint-Honoré, que era la más cómoda y elegante, con lámparas colgadas del techo en todas las habitaciones, y después la casa de campo de Auteuil, cerca del marqués de Condorcet y de su mujer Sophie, de temperamento espiritual, pero muy melancólico. Sin contar el apartamento del boulevard du Roi en Versalles en el ochenta y nueve, donde sólo estuvimos unos meses, desde la primera reunión de los Estados Generales hasta el día en que las vendedoras de Les Halles llevaron de nuevo a París al difunto Capeto.

—Y podría seguir con la lista.

Casas amuebladas, por regla general. Que embellecíamos con algún jarrón, alguna alfombra o el chifonier chino que nos ha acompañado a todas partes, hasta que los mozos, a las órdenes de algún bandido a sueldo del propietario de la casa, lo bajaron a la calle desde la ventana.

—¿Ves la sombra?, allí se quedó en la tapicería.

—Menudo trastorno— comenta Renée.

—Era una cuestión de comodidad— replico.

¿Aún no ha perdido el vicio de criticar?

—Versalles, por ejemplo.

Para estar cerca de la Asamblea, le explico, era necesaria a la fuerza una casa en Versalles. El camino hacia París, incluso a las tres de la madrugada, estaba lleno de carruajes que avanzaban con gran dificultad con antorchas delante y detrás, como si aquello fuera un paseo. ¿Qué tenía que hacer mi Babichette? ¿Malgastar el tiempo yendo para arriba y para abajo y gastándose el dinero en vehículos de alquiler? ¡El dinero que hacía falta para eso! Los cocheros se aprovechaban de la situación, ésos se aprovechan de cualquier gota que caiga, es propio de su naturaleza.

Renée dobla, enrolla, empuja con fuerza, intenta cerrar el primer baúl, se incorpora para enjugarse el sudor. Cuando se remanga, en sus brazos cubiertos de pecas aparecen unos morados antiguos, tan grandes como rosas amarillas. Las flores que le regala el padre de sus hijos.

Se pasa el dorso de la mano por la frente.

—¡Veinticinco años de mudanzas!

Me encojo de hombros y me agacho para recoger unas pantuflas.

Eso no es nada, le quisiera decir. Hasta hoy jamás me había ocurrido tener que cambiar de casa por desahucio y, por si fuera poco, verme obligada a arreglármelas por mi cuenta.

Y sola me quedaré, a pesar de las protestas de Olympe, que quiere dar su opinión siempre cuando no viene al caso y tendría que dejarme hacer a mí, que para eso estoy. ¿Será posible que no consiga estarse quieta y callada por lo menos un ratito? ¿Precisamente ahora que los papeles para el traslado ya están casi listos, precisamente ahora se tenía que poner a escribir a Fouquier-Tinville? ¿Y para pedirle qué?, que se encargue en persona de la mudanza. Bajo la custodia de los guardias, pero en persona. Según ella, tiene derecho a exigirlo.

No hay manera, tiene esta manía, siempre calculando lo que le corresponde, sus derechos, dice, como si fueran cosas reales que se pueden tocar, qué sé yo, como un rollo de lino o de muselina.

¡Sus derechos! Lo haré todo yo sola, eso seguro, y me iré a vivir a casa de la pequeña señora, y cuidaré de ella y del señor Pierre y de aquellos dos chiquillos, y no sentiré añoranza porque esta casa jamás me ha gustado. No me gusta la Île de la Cité, con el agua que cierra las orillas a derecha e izquierda y la siniestra silueta del Palacio de Justicia, que me persigue sin escapatoria desde el amanecer hasta el ocaso.

Tampoco me gusta el estudio del piso de arriba.

Allí era, en aquella estancia de alargadas y estrechas ventanas, donde ella se encerraba todo el santo día y yo ya no la podía aguantar cuando dictaba sus comedias o componía sus discursos.

Antes era distinto. Su voz me llegaba hasta todos los rincones de la casa. Ella dictaba y yo me ocupaba de mi trabajo. Cuando terminaba, me sentaba en un rinconcito detrás de la puerta a remendar y la escuchaba mientras ella se entusiasmaba dictando y corría hacia adelante y hacia atrás para reanudar su historia. Interpretaba. Era más hábil que la señorita Candeille, que en el escenario lo hace tan bien que hasta es capaz de hacer llorar al comandante de un batallón.

Pero eran los discursos... Ah, ¡sus discursos sí que me entusiasmaban! Más que las comedias, más que todo.

Los tengo todavía aquí, dentro de la cabeza, como si estuvieran recién pintados.

Las barreras aduaneras ya no sirven de nada, dictaba mi Babichette, y yo agarraba sus palabras y las atraía hacia mí como tirando del hilo, *las barreras no sirven y los muros y los edificios construidos para albergar a los funcionarios se desmoronarán. ¿Qué se hará con todas aquellas piedras?*

¿Qué se hará?, me preguntaba yo.

Pues bien, y yo detenía la aguja y aguzaba el oído, *exijo algunas en favor de las mujeres, serán utilizadas para construir algo que finalmente sea útil: un hospital femenino cuyo único lujo será la limpieza. Basta con la promiscuidad del Hôtel-Dieu.*

Era bonito permanecer allí, escuchando a mi Babichette, que hablaba del hospital de las mujeres.

Olympe

El viento sopla entre los árboles y yo respiro después de la sofocante opresión de la Abbaye y la Petite-Force.

Jamás habría podido imaginar que un gesto tan sencillo como abrir una ventana pudiera regalar a los ojos y al corazón semejante felicidad. Y, sin embargo, esto es lo que yo he experimentado al abrir mi ventana, una ventana sin barrotes, y asomarme al gran jardín de la casa de salud dirigida por el doctor Lescourbiac: un sobresalto de felicidad.

El edificio ofrece el aspecto aproximado pero decoroso de una residencia de campo, con amplias estancias que dan a umbrosas veredas. Muchos árboles. Mucho verdor. Aire. Y libertad de movimiento. Libertad de lectura. Puedo pedir todos los libros que quiera y hasta los periódicos de la tarde: el mundo está nuevamente al alcance de la mano. El sentimiento de la existencia, tanto si yo lo quiero como si no, vuelve impetuosamente a llenarme el ánimo en este lugar que difícilmente se podría llamar «cárcel». En parte disfruto de ello y en parte me retiro.

—¿Os encontráis a gusto?— me ha preguntado Hyacinthe, que, desde que no estoy sometida a las restricciones de un rígido encierro, no deja pasar un día sin venir a visitarme.

Ha perdido aquel aire de muchacha sorprendida por la vida que tenía en Tours y ostenta, bajo la capucha de criadita, una expresión intrépida que, al final, me ha emocionado.

—Sea —le he dicho—, os pagaré mi deuda.

Si eso os tranquiliza, ya no escribiré más a Fouquier-Tinville, no pediré que me lleven a juicio, no pretenderé que se respeten las leyes y se escuchen mis razones. La resistencia a la opresión es un derecho constitucional, pero yo no abriré la boca. Me quedaré muda y mansa durante todo el tiempo que sea necesario para que me olviden.

Y para que yo olvide a mi vez.

Aunque demasiadas sean las cosas y las palabras que debería hacer desaparecer de la memoria como con una varita mágica. En el fondo no ha pasado mucho tiempo desde que, en un club femenino, me recogí el vestido y me subí a una silla para jactarme de ser una mujer que se preocupa más de los asuntos públicos que de los asuntos del corazón. En realidad, mis asuntos del corazón, tal como he proclamado con el necesario énfasis delante de un bullicioso público de ciudadanas, son los asuntos de Estado.

—Pero vos me pedís que olvide y yo lo haré por vos.

Ella ha buscado mi mano y la ha estrechado en silencio entre las suyas, tal como hace indefectiblemente cuando se emociona y las palabras regresan a su cuerpo convertidas en gesto y fisionomía.

La tibieza del jardín se posa con serena dulzura sobre mis hombros, sobre la nuca al aire, adquiere una punta de calor más insistente cuando el sol calienta el oro de mis pendientes. Podría pasear hasta el anochecer si quisiera. Nadie vendrá a llevarme a la celda hasta aquel momento. Y la celda no es una celda, sino una amplia estancia con una cómoda cama de dosel.

En esta casa-prisión, en la tolerante aspereza de sus ritmos, recupero un extraño placer perdido: la sensación agridulce de la disciplina, saboreada junto con el idioma francés y los primeros rudimentos de la escritura en el colegio de las ursulinas de Montauban.

Hasta el jardín es similar al del colegio.

Senderos, encrucijadas, pérgolas, todo construido con la regla y el compás. Se percibe la mano del arquitecto que gusta de cercar, cerrar, extirpar, otorgar una norma humana a la naturaleza. Pero estamos en un lugar de contención y, en contrapartida, las plantas y las flores se dejan un poco a su aire y a los caprichos del suelo. Una mezcla de civilización y naturaleza. Orden en el desorden.

Es así, pienso con repentina melancolía, como yo habría querido que fuera el jardín de la finca Figuier. Setos vivos formados por arbustos de especies distintas. Y nada de parterres de hierba inglesa o de tejos podados en forma de pagoda. No soporto los jardines que pretenden perfeccionar el rostro de la naturaleza. El misterio de una asimetría, una exuberancia espontánea que oculta muchas posibilidades de transformación, ¡todo es mucho más fascinante que una pulcra alameda a la italiana!

Un leve rumor, casi imperceptible.

Los sarmientos de hiedra que recubren una pérgola se mueven, se levantan y aparece la carita de una niña. Thérèse. La huésped más joven de esta casa-prisión.

—¿Qué hacéis?— indaga, dando vueltas a mi alrededor.

Algo en su cara y en su manera de curiosear, animosa y sin embargo desconfiada, como sujeta por una invisible correa, me recuerda a Julie. Tiene la misma edad que tenía ella antes de que las fiebres de la viruela la segaran. Siete años. Una edad en la que resulta difícil defenderse. Es demasiado pequeña, Thérèse. Demasiado niña para poderse desligar de la suerte de la madre, que es bella, rubia y agraciada y ha acabado metida en apuros, por lo que me han contado, por ser la esposa de un tahúr que ponía en circulación asignados falsos. Él se ha ido a Inglaterra, mejor dicho, ha emigrado, tal como a estas alturas se suele decir de todos, tanto si son aristócratas exiliados como si son tahúres, y ella ha sido detenida en su lugar. Ventajas del matrimonio.

—¿Qué hacéis?— me apremia Thérèse, mirándome fijamente con su pequeño semblante enfurruñado.

La miro sonriendo:

—Pienso.

—¿Y tenéis todavía para mucho?

—No, podemos conversar, si lo prefieres.

Se sitúa a mi lado y me acompaña con fervorosa seriedad. Desde que le ofrecí una rosquilla, milagro de Justine, que consigue elaborar un dulce con una pizca de harina y un pellizco de azúcar, desde entonces me ha tomado bajo su protección.

La alameda que conduce a la primera plazuela se curva ligeramente, ofreciendo la ilusión de un espacio sin confines que se pierde entre los árboles. Éste es el punto que más me gusta. Desde aquí no se ve la garita que hay delante de la verja, no se observa ninguna señal de cierre o de cautiverio. Excepto la valla, a la cual, sin embargo, están adosados unos tupidos arbolillos y una inmensa y sorprendente encina que contribuye a ocultar el muro y a restablecer una apariencia de normalidad: te puedes fingir libre en un parque sin confines.

Hasta el perro guardián corre libre y sin cadenas y en la alameda resuena su ronco jadeo. Siento la mano de Thérèse, que se agarra convulsamente a mi falda.

—¿Qué ocurre? ¿Tienes miedo?

Lo niega con valeroso gesto, pero la energía con la que se mantiene agarrada a mí la delata.

—Tengo un perro exactamente igual que él. Cuanto más grandes y fuertes, más buenos son.

En efecto, este danés de pelo corto, hocico achaparrado y cortas orejas, de terrible sólo tiene el nombre: *Devastación*.

Pero la niña se ha detenido y yo también me detengo. La tibieza del sol de septiembre, tan agradable hace un momento, ahora me provoca una sensación de agotamiento, evoca la languidez de una convalecencia. Un estremecimiento me atraviesa y me dobla la rodilla: dos meses de cárcel me han hecho perder la costumbre del aire libre, de la libertad de las piernas, ya que no todavía del pensamiento.

—¿Me ayudas a regresar?— le pido a Thérése, y ella se yergue en toda su breve estatura y mira con dos grandes ojos solemnes ante la responsabilidad de la misión.

Desde algún lugar, en alguna remota región de mi ser, sigue viviendo la imagen de aquella otra niña.

¿Habría cambiado mi existencia Julie? ¿Si hubiera vivido, me pregunto, habría permanecido al lado de Jacques? Un hombre comprensivo, el bienestar en lugar de la libertad.

Pasamos por delante de la portería y los aposentos del director, que vive en esta ala del edificio junto con su familia y la servidumbre.

El temblor se ha disuelto en las venas y mi piel disfruta de nuevo del templado sol de septiembre.

París está lejos, en la parte oscura del mundo.

Es a la hora de la cena cuando París regresa entre nosotros.

Si la casa del doctor Lescourbiac, con su atmósfera campestre, ya resulta singular, mucho más singulares me parecen los huéspedes (ésa es la eufemística expresión que aquí se utiliza) que a la hora de cenar descienden a la planta baja, dispuestos a ejercitar las virtudes requeridas por la conversación.

Huéspedes de las más variadas clases sociales.

En la Abbaye y en la Petite-Force, cada cual buscaba la compañía de su semejante y con los demás trataba de mantener la debida distancia. En la casa del doctor Lescourbiac se producen, por el contrario, las más extrañas mezclas.

Abates, banqueros y damas que, en otros tiempos, jamás habrían recibido a un hombre que se presentara a pie y sin encajes en las muñecas, no dudan en confundirse con patriotas y revolucionarios bien conocidos. Como Pierre Augustin Hulin, con quien yo había coincidido, antes de mi traslado, en el patio de la Abbaye. Este hombre que en el ochenta y nueve destruyó la Bastilla, la cárcel emblemática de la monarquía, se ha convertido, en compensación, en un huésped habitual de las cárceles republicanas.

Lo vuelvo a encontrar agobiado por el sufrimiento. Lleva todavía el brazo derecho en cabestrillo, un recuerdo de la batalla de Neerwinden. Pero su verdadero sufrimiento, bromea en voz baja, es el hecho de tener que conversar cada noche con una duquesa que, con su velo negro, lleva luto por el rey.

Es la atracción de la casa, esta anciana aristócrata a la que todos cortejan con una solicitud reservada habitualmente a las jovencitas.

—En esto —se burla Hulin—, tenía razón Felipe de Orleans: para un burgués, una duquesa tiene siempre treinta años.

A mí, en cambio, la duquesa ya no me dirige la palabra. Inmediatamente después de mi llegada, se acercó a mí con gran sigilo para darme las gracias. Se acordaba de mí, de mi valor al haber defendido públicamente a un noble muerto por el furor de la muchedumbre.

—La nobleza no me debe nada —le contesté—. Lo defendí porque me parecía indigno que mil personas degollaran a un ciudadano solo e indefenso.

Y con esta respuesta sancioné mi inexistencia.

Pero no es Hulin el único a quien he vuelto a encontrar aquí dentro.

Era la primera noche. Nada más bajar de mi habitación, estaba tratando de ambientarme, en medio de la nueva compañía, cuando oigo una voz que se eleva como reluciendo en medio del enjambre de las damas.

Una voz que reconozco de inmediato.

¿Han detenido al muchacho?, me asusté.

Se me debía de leer el miedo en los ojos cuando me acerqué a él. Enmudeció de golpe, mientras el leve rubor que yo conocía tan bien le invadía las mejillas. A mi pregunta contestó casi a modo de explicación:

—Soy estudiante de medicina, ¿recordáis? —y añadió, al ver que yo seguía sin comprender—: trabajo para Lescourbiac. Mejor que escribir discursos para cualquier diputado de provincia, ¿no estáis de acuerdo?

La mesa está puesta con un cierto refinamiento. A los lados del plato, tenedor y cuchillo. En esta casa-prisión no impera la ley de la Abbaye y de la Petite-Force: tenemos derecho a los cubiertos.

El cocinero es muy bueno. Antes trabajaba como ayudante en las cocinas del príncipe de Condé, pero, desde que ya no existen privilegios de boca, ha sido contratado por el doctor Lescoubiarc para que con su habilidad ponga remedio a la inadecuación de las provisiones. Hasta ahora no ha defraudado las expectativas. El vino tampoco escasea. Cierto que no estamos en la mesa del gran Mèot, el príncipe de los cocineros y de los restauradores, que da a elegir entre veintidós tintos y veintisiete blancos, pero no falta nunca alguna botella en la *glacette*, sobre todo gracias al banquero Lasnier, que lo ofrece como homenaje a las señoras y especialmente a Charlotte Narbonne, la rubia madre de Thérèse.

Mesa puesta, damas en *déshabillé*. Y, a mi derecha, el joven Claude.

El destino, diría mi amable compañera de celda Rosalie, acerca de la cual quizá jamás volveré a tener noticias.

Claude ha cambiado. Tiene un aire más seguro y no viste prendas de segunda mano, como en la época no demasiado lejana en que se sentaba pacientemente junto a mi escritorio. Sólo el cabello sigue siendo tan corto como entonces, aparte de un largo y pícaro mechón que se enrosca alrededor del aro que le traspasa el lóbulo de la oreja.

Estamos sentados cerca, más cerca que cuando él trataba infructuosamente de seguir el ritmo de mi imaginación.

También Lescourbiac está muy elegante con su vestido de gamuza con chaleco blanco y corbata gris. Se inclina desde el otro lado de la mesa para señalarme las manos de Claude, que asoman a través de dos puños blanquísimos y descansan sobre el mantel.

—Unas manos valiosas.

Y no simplemente por sus virtudes médicas, puntualiza. Hay habilidades que se adquieren normalmente en el transcurso del ejercicio de la profesión. A un cantinero le basta con golpear con los nudillos un tonel para saber la cantidad exacta de alcohol y de azúcar que contiene aquel vino. A un médico le es suficiente un toque para averiguarlo todo acerca de los pulmones de un enfermo. Las manos de Claude son valiosas por otro motivo muy distinto: son manos que saben dominar la enfermedad, que devuelven el equilibrio a los organismos alterados y alejan aquel dolor que ningún medicamento consigue aliviar. Son unas manos que poseen la magia del fluido magnético.

La *ci-devant* duquesa hace tintinear el tenedor en el plato:

—Mi marido también poseía el don del magnetismo.

No le sacaba demasiado partido, admite.

—Se pasaba los días magnetizando a los criados.

Claude se inclina hacia mí. Su chaqueta me roza el hombro.

—No es magia —protesta en voz baja para no traicionar abiertamente a su director—. No existe ningún fenómeno que no sea explicable a través de las leyes de la naturaleza.

En efecto, las leyes que gobiernan el universo gobiernan también el cuerpo humano y ¿qué es la enfermedad sino una perturbación, un desequilbrio entre el individuo y el todo? El fluido magnético es lo que une el micro con el macrocosmos: no una magia, sino un agente universal.

—Sois un seguidor de Mesmer— me sorprendo, apartándome un poco para mirarlo a la cara.

—¿Acaso vos también pensáis que Mesmer es un brujo?

No, se apasiona Claude, Mesmer no tiene la culpa de que se utilice mal el magnetismo, hay charlatanes que presumen de obrar milagros y transforman a los sonámbulos en profetas.

—Mesmer no es un brujo, sino un médico.

Un gran médico, cuando hasta sus propios enemigos han tenido que reconocer su valía, incluidos aquellos que desearían ilegalizar el magnetismo y lo condenan por principio y por interés. No olvidemos el interés... ¿Acaso es necesario mencional al doctor Guillotin?

—Guillotin defiende la igualdad de los hombres ante la pena de muerte. Mesmer reivindica la igualdad ante el dolor.

Por consiguiente, sólo les cobra a los ricos. Y a nadie, tanto si es una duquesa como si es un canalla, le ha negado jamás sus tratamientos.

Eso es cierto: recuerdo las largas colas de pobres que esperaban su turno en place Vendôme, delante de su gabinete médico. Por la noche las puertas se abrían para los jugadores desafortunados que iban a calmar el retorcimiento de los nervios. Y las que sufren de vapores, en lugar de aspirar sales y beber agua de melisa, recurrían al toque magnético del gran Mesmer.

—También esta casa —me confía Claude— está llena de damas que padecen de vapores, capaces de sufrir desmayos tres veces al día.

Es entonces cuando sus manos las sosiegan. Sus bellas manos y el imán que Lescourbiac custodia en un cofrecillo forrado por dentro con terciopelo rojo.

Hyacinthe

...Días y días de silencio agotador, pero, al final, ha llegado. Con el correo militar. Directamente desde la guarnición. Una carta que parecía recién salida de un campo de batalla de lo mucho que la censura la había arrugado, ensuciado y arreglado más mal que bien.

Yo me encontraba en la habitación con los niños. La he recibido de las manos enguantadas de Mignonne y he empezado a abrirla apremiada por unas prisas que me volvían torpe, por lo que el abrecartas se me ha escapado de las manos y ha ido a parar al suelo, brillando y tintineando cual si fuera un juguete musical. Más veloz que un duendecillo, Jean-Hélie lo ha agarrado y se ha puesto a chuparlo por la punta. La sangre ha salpicado desde el labio y desde las encías sobre el chalequito blanco. Un corte de nada, sin importancia, pero entre los llantos y los gritos, ha pasado un ratito antes de que yo pudiera volver a coger la carta de la bandeja donde la había arrojado.

Para leerla en paz, me encierro en mi habitación y me tumbo en la cama con los brazos tan pesados como los de una ahogada. Unas vetas de sol entran y salen desde las cortinas y centellean entre los espejos del tocador. Abro la carta extendiendo la hoja sobre la almohada. Y descubro que a Pierre lo han vuelto a suspender, esta vez con una acusación infamante. Huida ante el enemigo.

Huida: ésa es la palabra, no hay posibilidad de error. Destaca en el centro de la línea, escrita con una tinta plúmbea y la caligrafía enmarañada de Pierre, con las letras que se enrollan las unas sobre las otras como si intentaran desaparecer de vergüenza.

Desaparecen de la página y penetran en mi pecho, largos gusanillos oscuros y ensortijados.

Lo vuelvo a leer todo desde el principio.

La noticia es tan concisa como confusa a causa de la censura, que se ha vuelto muy vejatoria con las misivas que llegan del frente y las retiene por cualquier nadería, pero lo comprendo a pesar de todo en cuanto leo el nombre del comisario militar: un hombre de Saint-Just.

Las luchas entre los comisarios y los militares de alta graduación del ejército ya eran muy ásperas cuando estábamos en Tours, pero ahora son una guerra en la guerra. Nadie se salva. El veintiocho de agosto, vestido con redingote azul, el general Custine se fue a la guillotina. Y hasta el general Houchard, que derrotó a los ingleses y a los holandeses y que, a cambio, ni siquiera recibió un gracias por parte de los jacobinos, hasta él, el vencedor de Hondschoote, fue detenido de inmediato en el campo, culpable de haber evitado la matanza de sus tropas ordenando la retirada. Cada retirada es una derrota y cada derrota es una traición para los comisarios de Saint-Just y de Robespierre.

Vuelvo a leer la carta por tercera vez, palabra por palabra, y vuelvo atrás y me detengo en cada coma hasta que, finalmente, me convenzo de que la cosa no es tan grave como me había parecido en la primera lectura, puesto que Pierre no ha sido acusado de traición y es libre y me escribe. Goza del favor de Ronsin, pienso, y nadie se atreve a atacar a Ronsin. Todavía no.

Mi dulce amiga, te aseguro que seré prudente si tú también lo eres...

Vuelvo a doblar la hoja y la empujo bajo la almohada.

Después, el vacío. Del frente ya no llega ni una línea ni una noticia. Pierre vuelve a ser un fantasma. Sólo en mi fantasía, que lo persigue temblando, es un hombre de carne y hueso. Vivo con la esperanza de verlo aparecer de un momento a otro en el umbral de la casa, tal como ocurría en Tours: horas, días, semanas de ausencia y, de pronto, allí estaba. Pero el umbral sigue estando vacío.

Me crece en el corazón la impaciencia y una tremenda inquietud que en vano trato de reprimir. Es una tensión que está pidiendo salir, que se amplía y grita en su afán por estallar.

Y he aquí, en lugar de Pierre, su asistente, de vuelta de las trincheras del Norte. Se presenta con el sable que golpea a cada paso su costado y un aire marcial acentuado por la larga cicatriz de su mejilla izquierda. Una cicatriz que, la verdad sea dicha, no se la hizo en el campo de batalla, sino en un duelo.

Pierre lo aprecia, al parecer, es el mejor de sus oficiales.

—La lealtad de Pierre será reconocida —me tranquiliza, sentándose en un silloncito demasiado estrecho para sus hombros—. Su valor será apreciado tal como se merece, es sólo cuestión de tiempo.

No es el caso impacientarse, me aconseja. Pierre obtendrá justicia y recuperará lo que le corresponde en cuanto los nuevos comandantes sustituyan a los antiguos. Cosa que ocurrirá muy pronto. A este respecto no puede haber dudas, afirma con la implacable altivez de quien posee el monopolio de la verdad. Si combatiera con la misma convicción, estoy segura de que ya habríamos ganado hace tiempo.

—Pronto, sí, muy pronto. El Comité de Salud Pública ya ha nombrado a Pichegru comandante del ejército del Rin.

Era un simple soldado, Pichegru. Ahora es general.

Un hermoso ejemplo para todos, aprueba el ayudante de Pierre, siendo así que la Revolución ya se ha hecho, pero los aristócratas y los moderados siguen acaparando los estados mayores. Ha llegado el momento de echarlos y de renovar los más altos grados del ejército. Por la salvación de la patria.

La cicatriz es un hilo de seda oacura que le encrespa cruelmente la mejilla.

—Y vos —lo interrumpo—, ¿qué vais a hacer?

—Yo me iré a la Vandée.

Un anuncio que cae y nos separa con la pesadez de un bloque de granito.

La Vandée: es imposible, aquí en Paris, conocer la verdad acerca de esta guerra. No llega ni una sola carta a la capital. Para controlar lo que dicen los periódicos, sólo contamos con los cautos relatos de los voluntarios que regresan de permiso. Se comentan en susurros órdenes muy duras: prender fuego a los bosques, a los campos, a las mismas cosechas. ¿Con estas armas combaten los soldados de la República?

—Se acerca el invierno y tenemos que ganar antes de que sea demasiado tarde.

Y para ganar, me explica pacientemente, hay que aislar, matar de hambre, destruir, arrojar una población contra otra mediante el reclutamiento general, no hay otra manera.

—Es una necesidad política, creedme.

Le creo. A pesar de no saber nada acerca de las razones militares, yo también comprendo que hay que ganar antes de que llegue el invierno. Pero, ¿por qué deportar, tal como he oído decir, a las mujeres, los ancianos y los niños?

—Recibirán asistencia— garantiza él.

Y socorros con todas las consideraciones debidas a la humanidad: alrededor de los confines de la Vandée, generales y comisarios están preparando las provisiones necesarias para alimentar a grandes masas de refugiados.

Sus palabras me martillean las sienes incluso cuando ya se ha ido. Me muevo por la estancia borrando las señales de su presencia. Una ligera sacudida con las manos y se reaviva el terciopelo aplastado del silloncito.

Entre tanto, muy despacito, la oscuridad ha conquistado el gajo de cielo del interior de la ventana. Es tarde, pero Mignonne no ha encendido todavía las lámparas. No llega el menor sonido desde la calle desierta, transitada tan sólo por las patrullas. Es el miedo lo que vacía las calles, los callejones y paseos: también París, el ruidoso e incansable París, conoce ahora el silencio de la noche.

El agotamiento me quema el borde de los párpados, que lagrimean y se cierran. El sueño se apodera de mí tal como estoy, de pie, con la mano apoyada en el alféizar. Un sueño hecho de agitadas imágenes, estandartes, confalones que ondean al viento y, en lo alto, una inmensa bandera negra, similar a aquella que en las torres de Notre-Dame señala el estado de sitio, un lienzo que se hincha, se tuerce, se acerca. Un restallido. En pleno rostro.

Me estremezco, presa de un sobresalto, y el velo de la somnolencia se desvanece y sólo queda un hormigueo en las comisuras de los labios. El entumecimiento ha pasado, estoy completamente despierta.

Jugueteo con los flecos del chal mientras vigilo la noche con mis ojos de búho.

* * *

Justine ha preparado la mudanza con el máximo cuidado, ha ordenado la ropa blanca y la ropa de vestir, cuadros y ollas, pero el estudio no, se ha negado a mover ni siquiera un papel. Tendré que hacerlo yo. Esta misma mañana.

Esta noche ha llovido y las negras nubes ensucian todavía la cima de los edificios, resistiendo el viento. La temperatura ha bajado de golpe. Un tiempo horrible, pero yo no puedo quedarme encerrada en casa y permanecer inactiva. Aunque no tuviera que empaquetar los papeles de Olympe, aunque Pierre estuviera aquí y pudiera hacerlo en mi lugar, yo tendría que moverme de todos modos, salir. Quiero comprender por mi cuenta los humores de la ciudad. No, ya no podría adaptarme a ver a través de los ojos de otra persona, aunque fuera Pierre: he adquirido la costumbre de la libertad y Olympe estará contenta, creo.

Las mujeres no tienen amor propio, me ha repetido varias veces, por eso no saben imaginar la libertad.

Es cierto. Yo no sabía imaginarla, yo, que me creía una joven erudita porque me deleitaba en resolver problemas geográficos y trataba de calcular, con la ayuda del globo, en qué momento el Gran Mogol de la India y el zar de Moscú se sentaban a comer a la mesa.

Por la calle ya se aspiran los efluvios otoñales, un olor de arenques, de hierbas que se marchitan en los jardines. El verde, el amarillo, el anaranjado de los carteles, todo destaca con más lozanía y las paredes parecen cubiertas por una nueva especie de escarcha multicolor. En cuanto cruzo el arco del portal levanto los ojos por costumbre, aun sabiendo que el cartel de Olympe ha desaparecido desde hace unos cuantos días. Un viejo cartel de la época en que ella permanecía encerrada en la

Abbaye, salido de la cárcel gracias a la complicidad de un amigo e impreso clandestinamente. Una noche alguien lo fijó justo delante de la entrada de nuestro edificio, por casualidad o de manera deliberada, es difícil saberlo.

Con su color rojo amapola, llamaba la atención.

Los viandantes se detenían a leer, muchos se encogían de hombros, otros escupían con desprecio: los delirios de una detenida.

Yo miraba a hurtadillas y seguía adelante. No me atrevía a detenerme. Pero una frase se impuso en contra de mi voluntad y de espaldas a mí, casi sin haberla leído se me grabó en la mente:

...el Dios de las conciencias es el único Dios al que los hombres deberían adorar...

Las cortinas están descorridas para recibir la luz que sube desde el río. Aun desnudo de muebles, el estudio conserva la huella indefinible de su presencia. Justine me pregunta desde el umbral y yo, de pie en el centro de aquella habitación vacía, me pregunto: ¿qué sé de ella?, ¿qué sé en realidad de Olympe?

Sé de su afición a los escarpines sin tacón y a los sombreros azules, conozco su carcajada, sus cóleras, sus mordaces respuestas y su amor por Hipatia de Alejandría, la filósofa que sabía gobernar una comunidad. O por Ninon de Lenclos, que deseaba convertirse en hombre pero sin renunciar al placer. ¿Será acaso esta imposible comunión de cuerpo y espíritu la que aletea en su estudio?

Ninon e Hipatia, placer y sabiduría, autoridad y libertad.

Eso es todo lo que sé. Lo demás está en estos volúmenes con el nombre impreso en el frontispicio, los caracteres en relieve y, más abajo, la leyenda: a la venta en viuda Duchesne, rue Saint-Jacques, o en viuda Bailly, barrera de los Sargentos.

Olympe está aquí, en el interior de sus libros. Elijo uno al azar, acaricio la densidad de las hojas con la yema de un dedo, recorro las páginas y leo sin preocuparme por las horas que pasan, acurrucada sobre el frío suelo como una mendiga, leo hasta el agotamiento.

... La sangre, incluso la de los culpables, derramada con crueldad y abundancia, ensucia las revoluciones por toda la eternidad, altera los corazones, los espíritus, las ideas, y desde un sistema de gobierno se pasa rápidamente a otro, desde la república al nuevo despotismo de una época moderna...

Thérèse

—Mamá, ¿puedo bajar al jardín? —No seas pesada, Thérèse.
—¿Puedo jugar con Jupin?

—¡Thérèse! Te he dicho que no seas pesada.

Pesada, pesada, la pesada es ella, que cuando se sienta al tocador no acaba nunca. Y Cécile parece que lo hace a propósito, ha tardado una hora en abrocharle el corpiño a la espalda, una hora en pasarle por la cara la leche contra las arrugas, una hora en frotarle el cuello con el agua de belleza y ahora habrá que esperar de nuevo otra hora a que mamá elija un lunar en forma de corazón o bien otro en forma de estrella. Y yo con los brazos en cruz, mirando sin moverme mientras fuera ha salido un tibio sol y Jupin juega por despecho con la peonza debajo de nuestra ventana. En realidad, no es propiamente una peonza, sino una ruedecita de color rojo atada a un cordel rojo, es un nuevo juego. Si se lo pido, Jupin me deja jugar. Es divertido, el secreto está en mover el brazo junto con la mano, el cordel se desenrolla y la ruedecita corre arriba y abajo y después vuelve sola arriba, arriba y abajo, arriba y abajo, sube y baja, sube y baja, se llama *emigrette* porque eso es lo que hacen los emigrados, me ha dicho Jupin, van arriba y abajo, arriba y abajo, y papá también es un emigrado, ¿él también va arriba y abajo, mamá? Mamá pone mala cara y no contesta. Bueno, pues ¿puedo jugar a la *emigrette* con Jupin?

—¡Jupin es el hijo de un guardia!

Mamá sólo está contenta cuando juego con las hijas del director, que tienen los ojos hinchados y sin pestañas y unos bracitos muy largos que parecen gusanos blancos, descansando sobre las faldas.

—Thérèse...

... No seas pesada, digo yo, imitando su tono, y me desespero porque ya es la hora de la poesía, y todos ya están fuera menos nosotras, y oigo a la señora Gerbaud, que ha empezado a declamar versos al fondo del jardín, allí donde el árbol grande empuja sus hojas contra la valla. Un árbol poderoso, con ramas muy fuertes que rebasan el muro y no tienen miedo de los vidrios y los clavos que hay allí arriba. Yo tendría miedo, aunque fuera tan alta que llegara al cielo. Pero a lo mejor se trata de un árbol santo y los clavos son su cilicio. Sufre en nuestro lugar, para expiar nuestros pecados, los de los prisioneros. Que tendríamos que hacer penitencia y, en cambio... Mamá hace justo lo mismo que hacía en casa: bebe, come, pellizca tabaco y se sienta delante del tocador. Pero antes no teníamos un jardín, había que ir con la silla de mano al Arsenal e incluso más lejos. Y por las ventanas entraba el olor a podrido de la calle, mientras que aquí dentro, hasta hace unos días, se aspiraba un perfume de tierra calentada por el sol que nos llenaba de alegría.

Me gusta este sitio, aunque sea la prisión de mamá. Claro que yo también soy una prisionera y dentro de unos días, cuando cumpla ocho años, mamá me ha prometido que tendré mi silla junto a la mesa, como todos. No sería feo estar en la cárcel si tuviera mi espineta. ¡La echo tanto de menos! Qué disgusto cuando la tuve que dejar. Algunas veces, cuando lo pienso, me entra la tristeza y ni siquiera me apetece jugar con Jupin. Pienso en el sonido que salía de mis manos y en la sonrisa alentadora de la dama de morado pintada sobre el anaquel de arriba... Delante del teclado sí que me podría pasar un día entero, quieta y tranquila como quiere mamá. Haría ejercicios, persiguiendo las notas con los ojos cerrados y de vez en cuando atisbaría entre las pestañas a la dama vestida de morado. Mira, si pienso en mi espineta, comprendo por qué a mamá no le gusta la cárcel.

En la sala, cuando los demás juegan al *trictrac* o al veintiuno, la señora Gerbaud y sus amigas se alternan al clavicémbalo y me hacen cantar, pero no es lo mismo.

—Mamá, ¿cuándo podré volver a tocar?

—¿No te gusta cantar, Thérèse?

—Mamá...

—Tienes la voz de un ángel, todo el mundo lo dice.

—Un ángel del cielo— confirma Cécile, mientras le sopla sobre el cabello una rociada de polvos dorados.

Y sigue hablando de las cosas que faltan y de las que habría que pedir y del *négligé* que finalmente ha recibido permiso para ir a buscar a la lavandera.

—Se lo he dicho al director, ¿queréis que la señora baje por la mañana con un vestido de tarde?

—Y él se ha convencido.

—Si se trata de vos, es fácil convencerlo.

Cuando ríe, mamá está muy guapa. Se le forma un hoyuelo en la mejilla y de noche yo me arrodillo de buen grado para rezar con las manos juntas por su salvación y su libertad.

Rezo, sobre todo, para que no se despierte de noche con jaqueca y se vaya a jugar a las cartas a la habitación del señor Lasnier, que es rico, pero no le gusta perder, lo veo por la manera en que se le endurece la barbilla, y a mí no me gusta que mamá juegue con un hombre con una barbilla tan antipática. La otra noche fingía dormir cuando oí que se levantaba y entonces abrí los ojos. Ya estaba delante de la puerta: «ssss, voy a jugar a la habitación del señor Lasnier...» La lámpara no se había consumido del todo y parecía que le envolviera los cabellos en una nube de oro. Sois la más bella de toda la prisión, he susurrado. Y al señor Lasnier también le he oído decirle algo parecido mientras le cedía el paso en el pasillo.

«Mamá», le he preguntado antes de acostarme, «¿él también reza por vos?» Y ella me ha dicho sonriendo: «tienes que se amable con él, es un señor importante, trabaja con el dinero». «¿Cómo con el dinero...?», he preguntado. Pero ella ha dicho: «duerme».

Jupin siempre está aquí, con la nariz al aire, bajo nuestra ventana, y me enseña lo bien que juega con la *emigrette*, cómo sube y baja, arriba y abajo, sin detenerse ni por equivocación.

—¿Ahora puedo bajar?

—Siéntate, Thérèse, y a ver si te estás quieta, que Cécile te tiene que peinar.

¡No, Cécile no! No quiero que me toque. Me da asco, Cécile. Cuando levanta los brazos, deja al descubierto bajo las axilas dos medias lunas tan llenas de costras como las orillas del Sena cuando hace mal tiempo. Y mamá no se da cuenta, ella, con sus frascos de agua para los ojos, agua para el cuello, agua para la boca, agua para blanquear, agua para nutrir la piel, ella que se cambia tres veces al día, precisamente ella, se deja tocar por aquella maloliente asquerosa.

Pero no hay nada que hacer. Las manos de Cécile se hunden en mi cabello y sus huesudas muñecas me pinchan las orejas.

—¿Tu hijo? —pregunta mamá, retocándose a su gusto delante del espejo. Pregunta siempre por amabilidad, porque es de natural curioso, le gusta mantenerse al corriente acerca de todo—. ¿Está bien tu hijo?

—Estoy tranquila, de momento. Trabaja en una fábrica de fusiles para la patria y ya no sigue insistiendo con aquella tontería de irse como voluntario... Francia o muerte... Grandes ideas, yo no digo que no, vos lo sabéis.

—Pero tú no quieres que vaya.

—Sólo tengo a este hijo. Vine a París a propósito para que naciera aquí. Menudo negocio... Pero lo compadezco, la culpa es mía si sus compañeros lo miran de arriba a abajo.

—¿Culpa tuya, Cécile?

—Bueno, eso de trabajar como doncella... No es un trabajo muy propio de revolucionarios.

—¡Bobadas! No te atormentes, piensa que, por lo menos, con un hijo que trabaja por la patria, no tienes nada que temer. Mira lo que me ha ocurrido a mí. De un día para otro... Mi marido en Londres y nosotras aquí, en su lugar.

—¡Cuánto me ha dolido! Por vos, señora.

—Acusaciones absurdas, Cécile, absurdas. Cuando se trabaja en una casa de juego, te puede caer algún asignado falso, ¿qué tiene eso que ver con la contrarrevolución? Tú ya lo conoces, mi marido jamás se hubiera comprometido de una manera tan tonta.

—¡Si yo pudiera hacer algo por vos, señora!

Es muy convincente cuando habla, Cécile. Pero yo no me fío. He oído lo que le decía a aquel Michel, que además es su hijo, en la portería. Yo había ido a buscar a Jupin y, cuando la he visto que se acercaba sacando pecho para darse importancia, he tenido miedo de que estuviera espiando a mamá y por eso me he escondido y, sin querer, he oído la conversación.

Nos defendía, es cierto, pero...

«Es inocente como una paloma», decía. Y aquel Michel, chasqueando los dedos: «sospechan que es sospechosa». Y entonces Cécile, rebosante de compasión: «qué iba a hacer, es el padre de su hija, pobre criatura». Pero él, chasqueando otra vez los dedos: «¿el padre de su hija?» Y Cécile, expeditiva: «el padre de su hija». Y Michel: «estás ciega, tu señor Narbonne es uno de aquellos hombres...» Y arrugaba la nariz, dejando al descubierto los dientes: «sí, mujer, ¿comprendes?, de aquellos que van a las tabernas de las afueras de la ciudad para reunirse con sus amigos del alma.»

Bueno, ¿y qué?, estaba casi a punto de salir de mi escondrijo, ¿qué tiene de malo reunirse con los amigos del alma? No sé qué quería decir exactamente el hijo de Cécile, pero sé que ella, nuestra querida Cécile, ella también se ha echado a reír de una manera que a mí no me ha hecho ninguna gracia. Ofensiva.

Habría querido pedirle a mamá que me lo explicara, pero no me he atrevido para no preocuparla. Demasiado nerviosa está ya desde que papá se tuvo que ir.

Y ahora Cécile, con su cara más contrita; «¡si pudiera hacer algo por vos!», dice.

—Quién sabe, Cécile, quién sabe— bisbisea mamá. Y después, cambiando de tono y arreglándose un bucle sobre la sien:

—Oye... Nuestra vecina de habitación, sí, mujer, ¿has conseguido averiguar cuantos años tiene?

—¿Quién, la De Gouges?— titubea Cécile.

—Un poco ajada, ¿no te parece?, para los treinta y ocho años que va confesando por ahí.

—Son cuarenta y cinco, señora.

—¡Ah! Claro, ya me parecía a mí. ¿Quién te lo ha dicho?

—El guardia. Ya sabéis lo que ocurre, en el momento de registrarse en la portería, hay que examinar a la fuerza los documentos. En este caso, el pasaporte.

—¡Cuarenta y cinco! Y ella... Pero qué importa, Cécile, no tiene nada de malo. Es un pecado que se le puede perdonar a una señora.

—Llamarlo mentira —añade con un suspiro— sería excesivo. Cuando hay gente que, en comparación...

Nadie aquí dentro es lo que parece o lo que dice ser, ¿te has dado cuenta? Tú y Thérèse, sólo tú y ella, sois las únicas que no escondéis nada.

Y otro suspiro. Y mi mamá se apoya en el respaldo y cierra los ojos, acercándose una mano a la frente. Y, de esta manera, no ve el rostro de Cécile, que se le enrojece más que el fuego.

Olympe

Quiere saber cuantos años tengo, la rubia Charlotte Narbonne, y por eso ha soltado a sus sabuesos. Pero a mí no me apetece contar mis años. Ah, no. Le regalo a ella el esfuerzo de asignar un número a cada ola que nos pasa por encima de la cabeza.

Y, entre tanto, ha terminado otro día.

El ujier del Tribunal no ha venido a entregarme la acusación, nadie ha formalizado todavía mi detención.

Me he vuelto invisible.

Una pensionista más que una detenida. Una falsa enferma confiada a los cuidados de Lescourbiac. Una mujer cualquiera que ha perdido su preciosa presunción y se ve obligada a calcular con exactitud el confín que media entre el sueño y la realidad.

Pero la pasión, este sentimiento que a pesar de todo me sigue alterando y que yo a veces llamo pasión por la justicia y a veces simplemente pasión, ¿nace de la realidad o del sueño? ¿De la realidad de lo que soy o del sueño de lo que quisiera ser y presumo de poder ser? ¿Y qué es o quién está en el origen de mi presunción si yo soy una criatura sin precedentes, la autora de mis sueños, si yo misma estoy en el origen de mi yo?

* * *

Ah, Thérèse. Sus sollozos invaden el jardín. Aquí no, aquí no, implora una y otra vez. Cécile la ha arrastrado al pabellón situado en la encrucijada de senderos que desde aquel punto se irradian en forma de estrella y, a plena luz y públicamente, se ha lanzado a la caza, hurgando entre sus bucles, mechón a mechón.

La niña se debate para huir de la presa de la criada.

—Hueles mal— le grita.

Y tiene razón. Algunos días Cécile despide un hedor cabruno que tumba de espaldas.

Se desespera Thérèse, el pecho sacudido por enfurecidos sollozos, y yo me detengo, le tiendo una mano y murmuro: vamos, vamos.

Cécile aprieta los labios en una dura línea mientras sus dedos separan y abren la gran mata rubia. La cabellera de un ángel. Acosada por demasiados demonios, murmura muy quedo la mujer, demonios bajo la apariencia de piojos. El peine de dientes muy juntos se hunde con violencia, lo revuelve todo y emerge de nuevo dejando sobre la capa de color azul cielo un polvillo oscuro. Las uñas trabajan crepitando como ramitas secas entre el fuego mientras que de la jofaina se eleva un áspero efluvio, suavizado por una antagónica fragancia de toronjil.

Los sollozos son más espaciados, pero aun así, hacen enarcar las cejas a los huéspedes del doctor Lescourbiac que pasan por allí para dirigirse a la gran encina, nuestro salón de lectura inventado por la señora Gerbaud, que en otros tiempos había levantado en su casa de París un teatro para permitir que sus amigos se exhibieran y hoy tiene que conformarse con la sombra de un árbol.

Pasan dos muchachas con el talle ceñido por largas cintas y un anciano caballero con peluca y hebillas en los zapatos. Pasa la propia señora Gerbaud, estrechando un libro contra su pecho y con una sombrilla de seda que dibuja una rosada sombra en su frente y en sus tersos párpados. Cerrándola sobre su hombro, amonesta a la pequeña chillona: «te vas a estropear la voz gritando de esta manera, ya no podrás volver a cantar». También se acerca Jupin. Con la cabeza gacha, arrastra por el suelo los pies calzados con zapatos claveteados de hierro y mantiene los hombros encorvados: un travieso sometido a castigo.

Yo me arreglo el nudo del sombrero y no encuentro argumentos de consuelo para aquella carita congestionada de niña ofendida.

Hasta que, desde el ala de la casa donde se alojan el doctor Lescourbiac y la servidumbre, distingo la sombra de Claude, que se alarga en nuestra dirección. Un paso suelto, un relámpago blanco entre los labios. En menos que canta un gallo está con nosotros:

—Señorita— saluda, haciéndole una ceremoniosa reverencia a la niña.

Thérèse levanta los llorosos ojos y cierra la boca. Ha recuperado su dignidad como por arte de encantamiento.

El silencio regresa al jardín.

Claude se inclina sobre mi mano.

Y, mientras su aliento me roza la piel, se eleva desde el pasado y me alcanza el eco de la voz de Sébastien: *a los cuarenta, mi querida amiga, una mujer le debe sólo a la educación lo que antes debía a la admiración*. Sabía ser cruel Sébastien.

Para defenderme de su crueldad, le reprocho en tono burlón a Claude aquel gesto ya en desuso de viejo galán. Besarle la mano a una señora, muchacho mío, envilece la altiva actitud y el viril comportamiento propio de todo buen patriota. ¿No son éstas las buenas maneras actuales? Las mujeres han perdido su imperio. ¿Y a cambio?, a cambio nos han regalado nuevas cadenas.

Bromeo y trato de evitar su mirada. No quiero verme obligada a darle la razón a Mesmer. Porque, cuando me veo reflejada en sus pupilas, percibo en mi cuerpo algo muy similar al movimiento de las mareas y, aquí en mi pecho, las mismas perturbaciones que disuelven el hielo de las montañas.

Cécile

¿Me escuchas, Michel? Escúchame bien porque, trata de comprenderlo, no puedo quedarme aquí horas y horas en la leñera, es mejor que me dé prisa. Hasta los perros de la casa del doctor Lescourbiac están entrenados para olfatear conspiraciones y las criadas tienen la lengua más a punto que nunca. Por eso escúchame muy bien y no te quedes aquí mano sobre mano, ayúdame a elegir la leña para la pequeña chimenea. Por la noche refresca y hay que encender la lumbre, de lo contrario, a las señoras les duele la garganta y también a los señores, no te puedes imaginar lo delicados que son.

¿Nuevos huéspedes? Hace tiempo que no nos los envían, aparte una tal De Gouges, que... Pero cada cosa a su tiempo, deja que siga un orden, si no, me confundo.

¿Lo ves, Michel?, te he hecho caso. Por hacerte caso a ti y para ponerme al servicio de la República, ¿podrías dudarlo?, he aceptado hacerle un informe semanal al ciudadano Fouquier-Tinville. Así que yo ahora te lo cuento todo con pelos y señales y tú más tarde lo escribes con toda comodidad, aunque ya sé que no manejas muy bien la pluma. En su desesperación, el abate Melàrd, en el presbiterio, te golpeaba los dedos. Pero, a fuerza de insistir, de obligarte... Tuve razón, ¿lo ves?, por lo menos ahora puedes lucirte escribiendo tú mismo un bonito informe.

Pero abre bien las orejas porque, cuando acepté, dije: quiero cumplir con mi deber de patriota, pero con conciencia, y tú también lo tienes que hacer con la honradez que yo te he enseñado. Conozco a demasiados cazurros que no lo piensan dos veces y no dudan en engañar a la patria y a la Revolución en su propio interés.

Si yo los conozco, tú también deberías conocerlos...

Ciertos voluntarios, por llamarlos de alguna manera...

Se alistan en la barrera de Bondy, salen y vuelven a entrar media hora más tarde a través de la barrera siguiente, una manera de birlar el dinero del reclutamiento, ¿no lo sabías?

Pero no todos son como tú que, por la República, te irías al frente corriendo, sin preocuparte lo más mínimo por tu anciana madre.

¿Yo? No... ¿De qué te quejas?, ¿te parece que yo me estoy quejando?, deja de hacerme reproches. Lo ves: me he comprometido. Y, además, no creas que no me doy cuenta, no hace falta que me lo expliques, sé muy bien que fabricar fusiles en el arsenal es tan peligroso como estar en el frente. Hay quien pierde la pierna, quien pierde el brazo y quien pierde la vida. Como en la guerra. Pues entonces, ¿por qué, si ya tienes tus batallas, quieres buscarte otras?

Los soldados arrojan el rayo y vosotros lo construís, es por eso precisamente por lo que no estáis obligados a alistaros: ya formáis parte del ejército y los arsenales son vuestros campos de batalla.

¡Pero, por lo menos, te puedo llevar la fiambrerita con el café con leche al arsenal! Aunque el otro día, cuando fui a entregarte la muda limpia, pensé: este hijo mío se me va a volver sordo... O algo peor. Entre el silbido del agua y el pitido de las muelas, el fragor de los taladros y el chisporroteo de las pólvoras, por no hablar del soplo de las llamas y de las chispas que saltan de las limas, ¡no sería la primera vez que se prendiera fuego a todo! Menudo invento la pólvora. Será la ruina de los hombres.

Por qué, por qué... ¿Pero es que no lo comprendes tú mismo? Porque nos acostumbramos a no mirar a la cara al enemigo y, cuando ya no es necesario mirarse a la cara y una sola persona está en condiciones de hacer saltar por los aires a tres, cuatro, diez...

Resumiendo, pensé: ¡un muchacho que sabe leer y escribir! ¡y se tiene que estar allí, en medio de los estruendos del infierno! Hay muchas maneras de servir a la República y sería mucho mejor para todos que ciertas habilidades no se desperdiciaran. Si tú, por ejemplo, pudieras entrar en el Comité de Vigilancia de la sección...

Sí, claro, estoy de acuerdo, ¿cómo quieres que no lo esté?, no hace falta que te desgañites para convencerme: todos tenemos que cumplir con nuestro deber y, añado yo, con conciencia y lealtad. Pero cada uno a su manera, porque cada uno tiene su parte en el gran esfuerzo que la República nos exige.

La mía consiste en informar acerca de lo que ocurre en la casa de salud que dirige el doctor Lescourbiac.

No rehuyo mi deber, lo ves, Michel. Yo mi deber lo cumplo y espero que mi entrega sea debidamente reconocida y que tú puedas obtener algún beneficio, hijo mío.

No, por Dios, no estaba pensando en beneficios ilícitos.

En resumen, mi misión es informar y yo informo, será el ciudadano Fouquier-Tinville quien establezca cada vez si se trata de cosas que interesan o bien no.

No creo que le interese, por ejemplo, saber que he tenido que despiojar a la pequeña Thérèse, pero tú escríbelo de todos modos.

Ahora te explico yo el porqué...

Y no te olvides de puntualizar que Thérèse es hija de la ciudadana en cuya casa presto servicio desde hace diez años. Antes, lo recordarás, me pasaba todo el día pregonando a gritos la leña que vendía en el paseo Saint-Bernard a la orilla del río. Después, por un milagro de no sé qué santo, la señora me puso a prueba, le gusté y me convertí en una doncella respetable con cofia almidonada y todo. Que el cielo se lo premie. Aunque yo me haya roto los huesos a su servicio, la señora no es que lo haya pasado muy mal que digamos. Y tendrá que darme referencias cuando me vaya, porque me iré, te lo prometo, Michel. Si encontrara a una buena patriota, una casa como Dios manda...

Criada como siempre, sí, ¿pero me explicas tú qué otra cosa podría hacer? ¿Ponerme otra vez a gritar a la orilla del río vendiendo leña? Y, sin las referencias de la señora Narbonne, con Revolución o sin ella, eso es lo que me correspondería hacer.

Basta, no quiero discutir contigo.

Volviendo a los piojos, la niña los habrá cogido en algún sitio y, puesto que no le está permitido salir, está claro que los ha cogido aquí. ¿Y eso qué quiere decir? Que la casa no se mantiene en las debidas condiciones. No sé si esto es un delito. Lo dudo. Pero tú lo escribes de todos modos, aunque yo de lo que tengo que informar es de delitos: comentarios contrarrevolucionarios, conspiraciones...

¡No, por Dios!, no me estoy alargando sin motivo. Deja que lo piense...

La ciudadana Narbonne, mi ama, empezando por ella, no me parece muy inclinada a las conspiraciones. Cierto que resulta sospechosa por ser la mujer de un hombre que ponía en circulación asignados falsos, causando de esta manera un perjuicio a las arcas de la República. ¿Pero es que acaso a un marido le importan los sentimientos de su mujer, especialmente cuando se trata de negocios? Y, además, te parecerá una blasfemia, pero una persona sospechosa, a mi juicio, no tiene por qué ser culpable. Se confunden demasiado las cosas en las secciones y en este sentido no me harás cambiar de idea ni siquiera tú, Michel.

Lo que yo veo y sé con toda certeza es que ella, después de la odiosa fuga de su marido, enfermó del disgusto. Tiene una naturaleza demasiado sensible. Y esta naturaleza le provoca terribles jaquecas que la mantienen despierta, a pesar de las muchas tisanas de agua de melisa. Ahora quiere probar una cura inventada por un médico vienés que ha hecho fortuna en París, una especie de curandero, por lo que yo tengo entendido. Más o menos como el viejo del Pont-Neuf, ¿te acuerdas?, pero mucho mejor. Aquel que curaba con las palabras: *quédate tranquilo, amigo mío, que dentro de quince días nos comeremos juntos un buen lomo*, pero no pasaba de aquí. El vienés y sus seguidores no pierden el tiempo con cháchara, curan con el tacto, con los dedos... No sé qué decirte, esperemos que sea la cura apropiada, pobre señora.

¡Un cuerno, conspirar! La verdad es que desde que el desvergonzado bravucón de su marido se largó para huir de la justicia republicana, la ciudadana Narbonne sólo tiene una preocupación: buscarse el sustento para ella y para la hija, que tiene cara de ángel, pero es más pícara que un duende, te lo digo yo que la he visto nacer. Ella sí que, si fuera mayor... pero es sólo una niña.

En resumen, las conspiraciones de la Narbonne las conozco y te aseguro que no tienen nada que ver con la Revolución. Tienen más bien que ver con la manera de conseguir un nuevo vestido o de pagarle al doctor Lescourbiac, muy impresionado por sus sonrisas pero intransigente en cuanto a la puntualidad de los pagos.

Dicho sea entre nosotros, Michel, de hombres dispuestos a concederle un crédito podría contar más de uno, pero eso no lo escribas. En cuanto a ella, me parece que ha elegido, y ha elegido muy bien, pero eso tampoco lo escribas. Verás, se trata del ciudadano Lasnier, un detenido muy importante al que no le falta el dinero. Tampoco le faltan las visitas. ¿Pero podría decir en conciencia que estamos en presencia de un conspirador?

Su aspecto es el de un hombre que no se anda con rodeos, que no renuncia a lucir un diamante así de grande en el dedo medio, entregado de lleno a sus negocios, pero simpático cuando quiere. Siempre haciendo cuentas, dividiendo y multiplicando, siempre encorvado sobre los papeles hasta bien entrada la noche. Gasta un dineral en luces y velas. «Ay, Cécile, la mía no es una guerra de soldados...» Y la verdad es que sus visitantes son notarios, financieros, agentes de cambio. Se anuncian en la portería y los hacen pasar sin inspecciones ni registros. «Mira, Cécile, los milagros de la Providencia.» Yo no sé el nombre que tiene esta Providencia, y por eso, Michel, es mejor andarse con cuidado y no escribir nada.

¡Tú di lo que quieras, pero a mí me parece que no habéis estado muy acertados derribando a la aristocracia de nacimiento y sustituyéndola por la aristocracia de las fortunas!

Pero ahora no te me enfades. No... ¿Por qué iba a tomarte el pelo? Mi informe, a eso voy. Pero, espera, me tengo que sentar un poco, el tobillo no mejora y, aunque todas las noches antes de irme a dormir me lo cubra con sebo, mira, se me sigue hinchando.

Aaaahhh... Ahora sí, este tronco parece que lo hayan puesto a propósito.

Bueno, bueno, ya voy al grano.

Los nuevos huéspedes... La De Gouges es la última que ha descargado el carruaje del Tribunal. Una insolente, rebosante de soberbia. Le gusta escribir, me han dicho. ¿Pero qué puede escribir una mujer?, no está aquí el peligro. ¡Las mujeres son peligrosas si les pones en la mano un cuchillo! Por algo la Convención nos ha prohibido las armas. ¡Ya se ha visto el uso que hacemos de ellas, incluso contra los padres de la patria, como aquella desventurada de la Corday! Pero ¿escribir? Se necesita mucha arrogancia para meterse en la cabeza semejante idea, pero la De Gouges es una arrogante que se las da de filósofa. Tiene un fiel seguidor aquí dentro: el ayudante del doctor Lescourbiac, que es muy joven y tiene dos manos milagrosas, blancas y delicadas. Con estas manos tendría que curar a mi ama.

Ya, vamos a ver.

¿Quieres que no lo sepa?, pues claro que sé cómo se llama: Claude Frazé y su aprecio por la señora filósofa es muy distinto del que siente el ciudadano Lasnier por Charlotte Narbonne. Los he observado muy bien y te puedo asegurar que con él la De Gouges no necesita las gracias de la juventud... Es... ¿Cómo lo diría?, ¿la seducción del espíritu? ¡Ay, Michel, yo no creía que hubiera en el mundo una seducción semejante! Me provoca temblores, porque es como si los carruajes pudieran circular sin caballo.

Pero ahora deja que me levante. Y ayúdame a llevar la leña dentro, por favor, por lo menos que te vean y todos se enteren de que, si he perdido tiempo en la leñera, ha sido para intercambiar unas cuantas palabras con mi hijo.

Las sospechas, hijo mío, las hay tanto en una como en otra parte, no lo olvides.

Pues claro que he terminado. ¿Qué más te podría contar?

Siento en el alma que no haya habido acontecimientos más importantes, aparte de las habituales desapariciones... De víveres, quiero decir. Carne, vino, harina. Pero eso no le hace daño a la República, sólo perjudica a los prisioneros. Son ellos los que pagan y, encima, por adelantado; por eso, ¿qué mal puede haber en que se trafique con unas cuantas cosas ya pagadas de antemano?

No insistas, por hoy ya he terminado, Michel. ¿Me tendría que inventar las cosas para satisfacer las expectativas de su excelencia el ciudadano Fouquier-Tinville?

Aunque no pierdo la esperanza de que cualquier día de éstos pueda ocurrir algún hecho importante, quizá gracias a la De Gouges y a su fiel admirador.

Eso escríbelo, Michel. Escríbelo todo muy bien, tómate todo el tiempo que haga falta, pero ponlo en un papel bien limpio, escribe debajo mi nombre y añade: el informe lo ha escrito mi hijo, un valiente patriota que contribuye eficazmente a defender la patria fabricando fusiles. Bien grande escríbelo: fabrica fusiles, aunque su madre se haya matado para que aprendiera a leer y escribir.

Olympe

Esta mañana estaba hojeando una gaceta junto a la ventana, me acababa de despertar y el sol me calentaba los brazos.

Hace una semana el invierno parecía cercano y ahora, en cambio, este regalo. Cada despertar me ofrece jornadas con un tiempo asombroso, como si el mundo me dijera: «no fuerces las cosas, si yo me permito una tregua; ¿por qué tú no se la puedes conceder a tu alma y a tu cuerpo?, hay un valor en la realidad que vives día tras día».

Hasta en los demás descubro la misma indulgente condescendencia, a veces un poco cansada pero, de repente, rebosante de entusiasmo por la vida. La descubro en los criados y en los huéspedes, en las duquesas ya sin títulos y en los revolucionarios ya sin Revolución, e incluso en el banquero Lasnier, con sus ambiguos negocios que vuelan por encima y más allá de cualquier gobierno: el placer y, junto con él, el miedo a vivir vibra en nuestras gargantas y nos hace valorar cualquier jornada agradable, cualquier encuentro, cualquier conversación, por muy frívola que sea.

Todos vivimos dentro de una desnuda realidad y un infinito presente en esta casa-prisión.

Lescourbiac lleva aquí su vida habitual, con la mujer y sus siete hijos. El otro día pasé por su apartamento y, a través de las puertas entornadas, entreví divanes con los almohadones revueltos, sillas bajas, cuencos volcados por el suelo, juguetes abandonados. En un rincón, delante de un telar de gran tamaño, la mujer permanecía inclinada sobre su labor. Una nuca inmaculada. Un severo vestido de diaconisa.

Y Claude, me pregunto, ¿a qué tiempo pertenece el joven Claude? ¿A qué realidad?

Sus ojos me siguen siendo fieles, a pesar de sus nuevos y elegantes vestidos y de su orgullo por este método de tratamiento que le ahorra al enfermo el incordio de las medicinas.

Lo comentamos todas las noches por las alamedas del jardín y en la sala de la planta baja, antes de que los huéspedes de Lescourbiac bajen a ocupar su sitio alrededor de la mesa de la cena.

Claude insiste en el carácter científico del método. Y, puesto que la ciencia no vive de misterios y no necesita secretos, me anuncia que de ahora en adelante sus sesiones de magnetización estarán abiertas a cualquiera que desee estudiarlas.

—Los anatomistas diseccionan en público, ¿por qué tendríamos nosotros que escondernos?

En el transcurso de la discusión, su rostro cobra vida, tan dispuesto a ensombrecerse como a llenarse de orgullo. Se enfurruña cuando le recuerdo el misterio que permite a sus manos, y sólo a las suyas, activar el fluido magnético.

—Es un don, no podéis negarlo. Algo así como el talento.

—Tal vez —después lo piensa mejor—. Pero yo no tengo ningún mérito.

¿Qué mérito puede haber en un instrumento? Y eso es lo que se cree Claude: un instrumento más apropiado que otro, más apto para facilitar el paso del fluido desde las criaturas al mundo y desde el mundo a las criaturas.

Un mediador, en definitiva, entre lo universal y lo particular.

Extiende las manos con el dorso hacia arriba, después gira la muñeca y dobla los dedos que me rozan involuntariamente. Y, si él se ruboriza y yo me ruborizo a causa de su rubor, eso es también una realidad.

Las cortinas están herméticamente corridas. En los rincones de la sala, los pares de candelabros crean unos halos más claros y muestran un juego de luces alternadas con sombras. Una fosforescencia fluctúa en los espejos oscuros situados los unos de cara a los otros, devorando todo el espacio.

Lasnier permanece sentado a mi lado. Mantiene las manos cruzadas sobre la rodilla derecha, sacudida por un nervioso balanceo. Aparte de él y yo, otros cuatro espectadores esperan el comienzo de la sesión. Un silencio cargado de expectativas. De una curiosidad teñida de inquietud.

Los respaldos de nuestras sillas se tocan y dibujan un semicírculo. En el centro, aislado, de cara a nosotros, un silloncito con frágiles patas de madera dorada. Toda la luz de los candelabros se recoge sobre los brazos del silloncito tapizados de terciopelo y sobre el chal de seda azul que cubre el busto de Charlotte Narbonne. Por los bajos de la falda le asoma una de aquellas pantuflitas que se compran en la tienda del maestro Bourbon, en rue Vieux-Augustins.

Claude permanece de pie delante de ella. El breve flequillo sobre la frente, las pálidas mejillas, el pendiente que destaca en la móvil penumbra. No es un médico, ni siquiera es el inocente instrumento de una fuerza natural, tal como aseguraba justo anteayer, sino el ángel vengador de la enfermedad.

Cuando se mueve, lo hace con extrema lentitud. Sus hombros se encorvan, el serio perfil severamente compuesto se acerca a la figura sentada en el silloncito de terciopelo. La figura parece que se echa hacia atrás. Él se incorpora y permanece inmóvil en una tensa y vibrante concentración. Después, con las puntas de los dedos, enmpieza a rozar la frente de Charlotte y, mientras la tantea y la acaricia, le pregunta acerca de sus trastornos, la jaqueca, los terrores nocturnos. Habla, pregunta y le toca la garganta, las sienes, los párpados que se van cerrando sobre los ojos.

Un débil lamento entreabre los labios de Charlotte Narbonne.

Ahora ambos están tan cerca que los hombros de Claude sólo permiten adivinar el suave subir y bajar de la respiración bajo el chal de seda. La voz se vuelve más insistente y la presión de los dedos más prolongada: «¿dónde, en qué lugar de vuestro cuerpo, sentís nacer vuestros terrores?, cada terror tiene un lugar, ¿dónde está el vuestro, ¿aquí?, ¿o aquí?», y las yemas de los dedos insisten alrededor de las sienes y en la frente. Ella gime y, al final, contesta, pero con una voz debilitada que no es la suya y no va más allá del círculo de luz que rodea el sillón.

Noto que Lesnier se agita en la silla mientras se acentúa el balanceo de su pie.

Claude vuelve a preguntar, murmura, susurra. Tan bajo que no consigo captar las palabras. Sus manos descansan sobre el chal, se deslizan bajo el pecho. Los pulgares se centran en el estómago mientras los largos dedos se abren y se extienden en abanico y, con un movimiento rotatorio, aplican lentamente un masaje a los costados.

«El calor», pregunta con voz comedida, pero esta vez audible, «¿notáis el calor?» El cuerpo se relaja en el sillón, se abandona contra el respaldo y él se acerca todavía más y le comprime las rodillas entre las suyas. Las manos se deslizan con un movimiento regular sobre el abdomen, sobre el vientre.

Los rostros casi se tocan. En medio del silencio de la estancia la respiración de ambos se desborda. Profunda. Fuerte.

En el espejo de la pared de enfrente, distingo el fantasma de Lasnier, que devora la escena con un ardiente fulgor en la mirada. Me vuelvo de repente hacia el Lasnier de carne y hueso, hacia sus piernas cruzadas y el nervioso pie. ¿Qué juego es éste?

Justo en aquel instante Charlotte reclina la cabeza y se cubre los ojos con la palma de la mano. Su respiración se vuelve más corta y sincopada y yo también advierto de pronto un calor que me sube desde los tobillos a las rodillas y desde las rodillas a los muslos, tan rápido que no es posible detenerlo.

El chal que cubre el busto de Charlotte se abre y deja al descubierto el cuerpo por debajo de la transparencia de una camisa. Observo el jadeo que lo estremece. Veo los dedos de Claude persiguiendo con despiadada seguridad la más mínima contracción.

Cuando cesa el temblor, él afloja la presión de las rodillas y retrocede un paso. Poco después, ella aparta la mano de la frente con la exhausta indolencia propia de alguien que despierta del sueño. Levanta los párpados y sus ojos muestran una mirada perdida y luminosa.

Ha pasado la crisis. Y el calor también ha huido de mi cuerpo, de la luminiscencia de los espejos, de la semioscuridad que nos rodea, del brazo tapizado de terciopelo de la silla, de toda la estancia.

El chal se ha quedado abierto sobre el pecho de Charlotte y Claude, con un imperceptible movimiento, junta discretamente los bordes. Después se vuelve. Echa la cabeza hacia atrás y el flequillo se desordena y resplandece. Sus ojos escarban en la penumbra, me buscan con la sonrisa propiciatoria del artista que interroga a su público.

Justine

Reconozco mi cocina y no la reconozco. Me da un no sé qué verla con la campana despejada, la desnudez de la pared del lado de la chimenea, donde las sartenes para freír, las parrillas, los cazos y los cucharones colgados por el mango han dejado unos huecos que parecen la pesadilla de un glotón.

Toda la casa está vacía. De la anterior plenitud no han quedado más que unos arañazos en las jambas de las puertas. Pero la señora Hyacinthe ha sido muy hábil, jamás lo habría imaginado. Ha crecido la pequeña señora. Ha concertado la venta objeto por objeto con el funcionario judicial, ha engatusado a Victor para que bajara hasta el carruaje los tres famosos baúles. Tres quería y tres se lleva, junto con toda la tropa de gatos, loros y canarios. Y yo me he quedado con los perros en esta casa sin muebles, en esta cocina huérfana de ollas.

Paciencia, mañana yo también me iré. Pasa rápida una noche.

Una noche escuchando el silencio de la casa.

Tienes un oído de filósofo, me tomaba el pelo mi Babichette. Pues entonces esta noche escucharé el silencio con mi oído de filósofo.

¡Justine sin nada que hacer! En fin.

Escucho y pienso: siete años, faltan siete para el nuevo siglo, ¿qué otra cosa puede ocurrir? Revoluciones, milagros, profecías. Ya tenemos de todo. En la Vandèe los muertos resucitan. El Mesías se ha aparecido en el Artois y desde su garita la mujer de nuestro Victor predica el advenimiento de Robespierre, profeta del pueblo, y estampa besos sobre su imagen, que se disputan las criadas del edificio.

Siete años. ¿Cuántas desgracias vamos a tener todavía que soportar?

Me acerco al regazo el hocico del general *Alejandro* para que me haga un poco de compañía. Estamos solos, mi querido animalote. Mira a *Montesquieu*. Es como tu ama, no se está nunca quieto, se nos escapa. Menos mal que estás tú. El general cierra los ojos y babea sobre mi delantal.

Podría permanecer sentada aquí hasta el infinito. Nadie me llamará, nadie me necesita. Un ser inútil. Abandonado. Jamás me he sentido tan sola como en esta casa y en este momento.

Excepto una vez.

Pues sí, aquel crudo invierno en que estaba en un cuarto bajo el tejado en la orilla izquierda del Sena, en el punto en el que las casas se estiran hacia arriba, cinco, seis pisos... Te da vueltas la cabeza si las miras desde abajo. Y yo allí, con los dientes que me castañeteaban en un mohoso cuartucho amueblado con un jergón, un cubo y una jofaina. Sin dinero, sin familia, sin amigos, ni siquiera un brasero para calentarme los pies. Sin nada ni nadie porque el sinvergüenza que me había llevado hasta allí arriba había desaparecido, él y su librea dorada. Y París, para una mujer que no tiene dinero ni protectores, es un desierto.

Y por eso lloraba en silencio, acurrucada en un rincón de aquel catre maloliente, lágrimas silenciosas que me mojaban las muñecas. Hasta que oí que alguien subía por la escalera. Inmediatamente reconocí sus pisadas.

Le faltaba menos de un mes para el parto y sin embargo subió entre jadeos un peldaño tras otro hasta llegar a la última rampa, que tenía una cuerda a modo de barandilla y era tan recta y empinada como si quisiera atravesar las negras nubes de París. Pero ella subió a pesar de todo y se detuvo al otro lado de la puerta, llamándome en voz muy baja con suma paciencia, porque yo me avergonzaba y me negaba a abrir. Me cubría las orejas con los puños para no oír la voz de mi Babichette, que me decía: «ven, volvamos a casa, eres una testaruda, he venido para devolverte a casa». *Ostal,* susurraba al otro lado de la puerta en nuestra vieja habla del pueblo, *ostal,* y iba chasqueando la lengua contra el paladar.

—Entra— y, para hacer más patente mi invitación, abro la puerta.

Al final, va a resultar que no me voy a quedar sola esta noche.

Pero Renée se ha detenido en el umbral con una expresión de asombro en la boca entreabierta y unos pelirrojos mechones desgreñados asomando por un lado de la cofia. Lleva en brazos a su hijo pequeño, el del nombre imposible: La Montaña. Una cosita que soltaba saliva sobre la camisola con una abundancia capaz de despertar la envidia del general.

—Adelante, ¿a qué esperas?

El día se fue hace rato y para venir a llamar a esta hora, atravesando media ciudad sin temor a la oscuridad y las patrullas, algún motivo tiene que haber.

—¿Te ha pegado?

Cierra la boca de golpe y, empujando la barbilla hacia arriba, me clava una impávida mirada en los ojos. Vuelve a ser la aguerrida lavandera de fuertes muñecas y peto alterado.

—No, señora. Lo he visto desde el otro lado de la calle, caminando al través y arrojando al aire las piedras con el bastón... Cuando camina de esta manera, ya sé yo lo que significa.

Ha despertado a los hijos mayores, los ha empujado al interior de la casa de una amiga que vive en el mismo rellano y ha huido con La Montaña, que es demasiado chiquito para dejárselo a alguien, aunque fuera una hermana, en mitad de la noche.

—No es la primera vez...— indago.

Renée limpia con la esquina del chal un desbordamiento de saliva y mocos mientras el pequeño emite unos vigorosos gorgoteos de protesta.

—No es la primera vez— confirma.

Ya le ha ocurrido otras veces, tener que escapar en la oscuridad para ir a refugiarse en casa de alguna vecina o alguna compañera de trabajo. Pero a estas alturas él ya las conoce a todas y efectúa un recorrido por las casas, llama sin el menor respeto, se planta en las escaleras y empieza a gritar y a insultar, despertando a todo el mundo, hasta que una noche la ciudadana Charton, que es una patrona comprensiva, pero ya no aguantaba más, le arrojó una plancha de sábanas de aquellas que pesan tanto, y le rompió un hombro que, cuando cambia el tiempo, todavía le duele.

—A mi casa no vendrá. Entra.

En la cocina no hace frío, pero Renée se estremece de pies a cabeza a causa de un temblor involuntario. En sus brazos, desnudos hasta el codo, el vello se le eriza como los dientes del cepillo con el cual frota la ropa allá abajo, en el río. Causa impresión una mujer tan fornida y vigorosa temblando de esta manera, no parece natural.

—Qué pequeñita es esta Montaña— digo en tono de chanza mientras trato de coger al niño en brazos.

Renée lo estrecha contra su pecho en un gesto instintivo de defensa, pero después, pensándolo mejor, farfulla un pretexto, le levanta un poco la pequeña cofia y deja al descubierto exclusivamente para mí una minúscula oreja con un blanco y redondo lóbulo, una fría gota de nácar.

—Si te quieres calentar, tengo sopa.

No es una cena propiamente dicha, porque en casa ya no hay nada, ni cazuelas, ni comida, ni leña para la chimenea, sólo un poco de carbonilla para las trébedes, justo lo suficiente para hervir una sopa de verduras en la única olla que ha quedado.

Abanico las brasas, que emiten unos relámpagos rojizos bajo el aro de hierro. No me gusta permanecer de pie delante del hornillo. Será muy moderna la posición incorporada, puede que incluso sea una conquista civil, tal como afirma mi Babichette, pero yo quisiera saber por qué tengo que cambiar mis costumbres a mi edad. Ella que tanto habla de derechos... ¿Por qué tendría yo que renunciar al derecho de agacharme delante de la chimenea, removiendo la sopa tal como siempre he hecho, con el fuego soplándome su maravilloso calor a la cara?

—Creo que nunca me acostumbraré a esta manera de cocinar— rezongó.

Y, en efecto, la sopa se ha pegado y, cuando la pruebo, resulta tan amarga cono el tónico del doctor Tronchin, el que la señora Hyacinthe utiliza para regularles la tripa a los niños. Pero a Renée eso le importa un bledo. Come con avidez en una esquina de la mesa y hunde la cuchara —la mía— en la olla. Contemplo sus manos, cuyas uñas rotas hasta la carne vi sangrar una vez sobre la ropa blanca recién lavada. Esta mujer que es toda plancha, braserillo y lengua, entregada por entero a la causa jacobina y que en la sección grita, se desgañita y les mete miedo a cien hombres, en casa no es capaz de mantener a raya a uno solo.

—¿Por qué no te divorcias?

Conozco a dos o tres mujeres de por aquí cerca que se han beneficiado de este regalo de la Revolución.

—Pues si es por eso, hasta mi patrona se ha beneficiado de eso.

Ha tenido que hacerlo, cuenta, porque su marido había pillado una enfermedad que le contagió una de esas desgraciadas que duermen entre las varas de los carros de Les Halles y ella ya no quería acostarse con un hombre que mea verde. El deber del matrimonio es el respeto, dijo la ciudadana Charton. Cuando no hay respeto... Y no solamente se ha divorciado, sino que, además, ha ofrecido su anillo de boda a la Revolución por haberla librado de aquel pésimo sujeto.

—Es malo su marido.

—¿Y el tuyo qué es? ¿Harina de hostias? Te pega.

—Pero sólo cuando el vino lo vuelve malo.

No bebe por vicio, lo defiende Renée, sujetando la cuchara enhiesta en el puño cual si fuera la bandera de una guarnición de defensa de una frontera.

—Se pasa todo el día solo en la tienda de la mañana a la noche. Yo, por lo menos, voy de acá para allá entregando las cosas a éste y aquél. Él, en cambio, todo el santo día en una silla, únicamente remachando clavos y remendando botas. ¿Le puedo echar yo en cara que se beba un vasito en compañía?

—Pero luego te pega.

—Cuando consigue atraparme.

Meneo la cabeza. Mi madre, que en gloria esté, no se cansaba de repetirlo, a pesar de que yo no tenía la edad de la razón y no lo podía entender: mejor ser sierva de Dios que del hombre, decía, y yo no lo entendía, pero todavía lo recuerdo.

Thérèse

El día de mi cumpleaños se fue el sol. Y, sin embargo, estaba allí, en medio de un precioso día de septiembre, cuando yo me desperté y me levanté corriendo de la cama para abrir las ventanas sin la ayuda de Cécile.

¡Los había esperado tanto, mis ocho años! Y, al final, habían llegado y yo tendría una cinta blanca para trenzarla en el pelo como la de mamá, y un lugar en la mesa. Durante todo un día, desde el almuerzo a la cena, tendría derecho a mi silla al lado del señor Lesnier, que no es simpático, pero por lo menos me trata con consideración y no es prepotente como los hijos del director, que querrían obligarme a jugar con aquellos estúpidos palitos de boj, un juego que me hace bostezar sólo de pensar en él. O sea que el sol estaba allí, en mitad del cielo, y yo todavía no sabía que iba a desaparecer cuando mamá vino a darme los buenos días.

A lo mejor, se había pasado toda la noche jugando a las cartas, porque iba completamente vestida de la cabeza a los pies y tenía un aspecto un tanto abatido. Se sentó en la banqueta de los pies de la cama y yo me fui a sentar a su lado. Retorcía un par de guantes y mantenía la cabeza inclinada. Después se puso a farfullar, señal de que tenía que inventarse alguna excusa y lamentaba tener que inventársela, a estas alturas ya he aprendido a comprenderla, y, en efecto, al final me confesó que no había conseguido de ninguna manera encontrar la cinta que me había prometido. Yo hice un gesto de contrariedad, como diciendo: «¡qué le vamos a hacer!», aunque no podía hablar porque el corazón se me había encogido en el pecho. Pero, de pronto, ella se puso a aplaudir, se le iluminó el rostro y se levantó de un salto: «¡date prisa, al tocador, que hoy es un día verdaderamente especial!» Supe así que el sol iba a desaparecer. Precisamente el día de mis ocho años. No para siempre y no del todo, pero a medias y durante unos pocos minutos, hacia las doce del mediodía, por lo que había que prepararse con tiempo para saborear el susto de aquellos pocos minutos.

Era mi fiesta y por eso obtuve el permiso de curiosear por todas partes por mi cuenta. Jamás había visto tanta animación, ni siquiera para las lecturas en voz alta de la señora Gerbaud. Todos estaban ya al corriente del prodigio y se preparaban, porque no se puede mirar directamente el disco del sol cuando se apaga, y por eso Cécile y las otras iban preparando unos grandes cuencos de agua en los cuales se reflejaría el sol y nosotros lo podríamos contemplar mientras se oscurecía como un tizón cansado. Es una buena ventaja vivir en una casa llena de científicos que pueden controlar incluso el cielo.

Pero en la cocina oí que las friegaplatos se reían a carcajadas, convencidas de que se trataba de una broma, porque ¿quién está en condiciones de saber de antemano lo que hará el sol? Y la vieja duquesa se negaba a bajar y refunfuñaba y despotricaba contra ciertos saltimbanquis que, en lugar de ir a misa, decía, pretenden saber lo que tiene en la cabeza el buen Dios, eso cuando no nos proponen adorar la naturaleza, como en los bosques de América. ¡Lobos! ¡Lobos que se divierten devorando las almas!

Pero nadie prestaba atención a sus refunfuños y tanto los guardias como las doncellas, los criados como las damas, iban de acá para allá todavía más emocionados que yo, cambiando de sitio los cuencos según las indicaciones de un hombrecillo de manos tan amarillas como un limón arrugado que yo había juzgado insignificante y que, sin embargo, parece ser que conoce todos los secretos del sol y el curso de las estrellas.

Hasta la señora De Gouges tenía el rostro congestionado a causa de la excitación. Me he pegado a ella y la he ayudado a verter el agua en la jofaina. Es extraordinaria, la señora De Gouges. No habla con dos idiomas, como todos los mayores, incluida mamá, que éste es su defecto, por desgracia. Ella no, ella tiene un solo idioma y habla de la misma manera con los mayores, con los niños y con la servidumbre. Por eso me puse a ayudarla, porque me alegré de verle los ojos nuevamente risueños y porque se le había alisado aquel grumo de arrugas que desde hace algún tiempo le crece entre las cejas y a mí tanto me disgusta. Le crece día a día y poco a poco se va espesando, como si todo un ejército de tristes y siniestros pensamientos se estuviera reuniendo muy despacio en su frente. Hasta sus respuestas, sin ser groseras, se han vuelto más bruscas e incluso su caballero, el señor Frazé, fracasa con ella y se esfuerza inútilmente en arrancarle un favor, una atención. En resumen, con aquel grumo en la frente, es como todos los demás, que son desdichados porque odian este lugar.

Y, sin embargo, al principio le gustaba casi tanto como a mí, especialmente el jardín. Respiraba hondo, caminaba a grandes zancadas y me contaba bellísimas historias de viajes en Laponia o en el África de los negros. Y, cuando el señor Frazé se reunía con nosotras, no interrumpía su relato para conversar con él, dejándome a mí plantada, tal como habría hecho cualquier otra dama, sino que seguía con sus historias hasta su natural conclusión.

O sea que estaba contenta de que por lo menos el día de mi cumpleaños volviera a ser la de antes, con aquella sonrisa en la comisura de la boca que es más que un abrazo, qué más daba que conservara un aire distraído y un poco ausente. Yo, a pesar de todo, me mantenía pegada a ella, porque deseaba contemplar el sol en su compañía cuando se apagara en el agua. Pero después va y aparecen los hijos del director y montan guardia alrededor de las palanganas. Al frente de todos los siete, aquel larguirucho del primogénito, con las interminables refregaduras de mocos en las muñecas. Entonces yo me aparto y, mientras lo hago, veo a Jupin que se aleja a la chita callando en dirección a la leñera y me pongo a seguirlo con disimulo.

La leñera es un sitio que me gusta muchísimo, puede que todavía más que el jardín. El polvo que se levanta de los troncos sabe a humo y me provoca un cosquilleo en la nariz. Entre uno y otro montón de leña corretean unos extraños animalillos del mismo color que las hojas secas y unos lagartos salpicados de manchas verdes que se detienen a olisquear el aire y desaparecen en un relámpago. Creo que a Cécile también le gusta, porque viene aquí a hablar con su hijo y yo lo descubro cada vez por el pestazo que deja a su espalda.

Todo lo contrario de Jupin, que huele muy bien.

Así que entramos y él saca las cartulinas con los rostros dibujados del señor Capeto y de Carlos IX. Se las regala su padre, pero no por respeto, sino para que las arroje al suelo, las pisotee y escupa encima de aquellos odiosos y detestables rostros de tiranos. Un juego divertido, pero mamá no debe enterarse de que yo también juego a eso. De esta manera, pisoteamos a conciencia aquellas caras mofletudas y después nos escondemos detrás de una pirámide de fajina amontonada.

El espacio es reducido y dos apenas cabemos, pero nosotros nos apretujamos bien y yo aspiro a través de la nariz su penetrante olor, que recuerda el de la leña. A través de una rendija controlamos el sol, que ahora emite una luz desvaída. Jupin me rasca el tobillo con el hierro de sus duros zapatos claveteados y yo le respondo con un mordisquito en el cuello. Su sabor también es bueno, como de tierra fértil y, entre las orejas y el cabello, es como de áspera hierba. Él forcejea para librarse de mi presa y se ríe cubriéndose la boca con la mano para que no lo oigan. Le doy otro mordisco y me lamo los labios. A través de la rendija penetra una luz muy débil. Se me escapa un grito: ¡se va, se va de verdad!

Entornamos los ojos para no perdernos el espectáculo del sol, que muy despacito es devorado por una sombra ligera, pero profunda y fantástica, llena de movimientos y de formas, veo también mis manos, las veo emergiendo de aquella sombra y moviéndose para arrancarle sonidos al teclado de la espineta. ¡Ay, qué pena, qué nostalgia!

Restriego la nariz contra la espalda de Jupin y, poco a poco, para que no nos descubran, empiezo a cantarle al oído una canción y después otra. En el interior de la rendija el sol se convierte en una pupila enorme, mitad negra y mitad encendida, como el ojo del demonio, y yo canto todas las canciones que me ha enseñado mamá y las que me hacían cantar los amigos de papá en la sala de juego entre una y otra partida. Y, mientras canto, surge de la leña una húmeda sensación de frío y la luz se afina como una telaraña y, en cuanto los hilos de la telaraña se posan a nuestro alrededor, sobre los tocones, sobre las palas, sobre la tierra oscura que se ha quedado adherida a la hoja de un azadón, todas las cosas pierden color y se entristecen.

Después, poco a poco, los colores regresan y el sol vuelve a ser tan grande como siempre, pero yo recordaré, ¡vaya si recordaré su regalo de cumpleaños!

El cielo y la casa, todo había vuelto a recuperar la calma cuando el padre de Jupin nos anunció una buena noticia: mamá ha sido amnistiada y volveremos a ser libres. Aún no ha llegado la carta oficial, pero pronto llegará, prontísimo.

Mamá lloró y me abrazó. Jamás había protagonizado una escena tan conmovedora. Qué alivio, decía, mi pobre Thérèse, te miro y experimento la misma increíble sensación de ligereza que experimenté cuando tú naciste, como si hubiera vuelto a ser madre por segunda vez, niña mía. Yo me dejaba abrazar, pero estaba enteramente agarrotada y no me atrevía a mover ni siquiera un dedo de la vergüenza que sentía. Jamás me había hablado de aquella manera, pero, a través de sus lágrimas, comprendí que me quería de verdad y que se había preocupado mucho por mí y entonces, de golpe, yo también me preocupé por ella en lugar de participar de su felicidad.

Estaba radiante mamá. Ya todo ha terminado, decía exultante, dentro de poco, todo eso —y agitaba la mano en el aire— formará parte del pasado. Pero yo me notaba un nudo en la garganta y tragué saliva cuando percibí en las mejillas el contacto de sus húmedas pestañas. Ella me seguía abrazando y acariciando, pero a mí me volvían a la mente los ojos de Jupin, brillantes como la laca china, cuando yo le había mordido el cuello. Nos iremos, repetía mamá, nos iremos y esto será sólo un mal recuerdo, y yo inclinaba la barbilla, pensaba en Jupin, que se quedaría jugando en la leñera y me preguntaba: ¿es éste el «pasado» del que habla mamá, este dolor del corazón, tan similar a la angustia que he sentido cuando el sol se ha oscurecido y a través de la rendija de la leñera ha penetrado la sombra?

A Cécile le temblaba un párpado a causa de la emoción, parecía que estuviera guiñando el ojo. La carta de la amnistía, no cesaba de exclamar levantando las manos con las palmas vueltas hacia arriba. Pero ha aprovechado para decir que, cuando ya no la necesitemos, le dará una alegría a su hijo y se buscará otra ocupación, pues trabajar como criada es efectivamente un oficio de *ancien régime*. Mamá se recuperó enseguida y le preguntó en tono muy seco si le parecía justo tomar una criada en alquiler, según las necesidades del momento. Una moda repugnante e inmoral.

Entre tanto, el padre de Jupin no daba señales de retirarse. Hasta que mamá, lanzando un suspiro, decidió rebuscar en un cajón y sacar un asignado que depositó en su mano para darle las gracias por la molestia. El asignado era de pequeño tamaño y los espacios en blanco estaban llenos de garabatos y palabras escritas. Él lo tomó, murmurando por lo bajo que no entendía aquella manía de los franceses de ensuciar el dinero de papel y quiso que mamá le leyera lo que figuraba escrito encima, porque nunca se sabía y él no quería meterse en líos.

Mamá tomó de nuevo el asignado y leyó: «¿por qué añorar el oro siendo así que se puede prescindir de él?» Muy patriótico. Pero el padre de Jupin se rascó la punta de la nariz y replicó: «por lo menos el oro no se puede ensuciar escribiéndole encima estas bobadas».

Olympe

Qué val viure ses amor... Una voz de mujer canta en la lengua de mi juventud. El viento atiza unas chispas, empujando entre los ramos de olivo una cálida y poderosa respiración.

Me despierto sobresaltada a causa de la insólita tibieza de un brazo que me ciñe el talle. Necesito un largo minuto para recordar dónde estoy y con quién y por qué sobre la almohada persiste el intenso perfume de un jabón de afeitar, mezclado con el más delicado de mis polvos para la cara.

El brazo de Claude me retiene, me impide moverme en esta estrecha camita que despide un vago tufo a moho. ¿Habrá dormido siempre en lechos tan espartanos? Lo miro con ternura.

Aquellas manos suyas tan hermosas que curan y acarician, que saben curar acariciando. Me doy la vuelta en su abrazo. El muchacho sonríe en sueños. Yo también sonrío para mis adentros: se ha invertido la costumbre, ya no son los hombres en bata de tafetán los que van a visitar a las damas en sus alcobas.

Su cabello me cosquillea en la mejilla. Corto. Espeso. Un pelaje de gato. Se abre dócilmente bajo mis dedos, que se deslizan a través de él, y se vuelve a cerrar en cuanto lo dejo. Una sensación que es una isla de tranquilidad.

Qué val viure ses amor...

Qué val... Pero la pausa ha terminado. Mis hombros desnudos están helados. Mi cuerpo ya se ha escapado, ha resbalado fuera de su abrazo. Su cabello sobre la almohada, el largo arco de la espalda que se pierde bajo la sábana, ya no tienen la fuerza suficiente para retener mi mirada.

Con la mente estoy en rue Harlay. Veo mi estudio con las ventanas abiertas al cielo de París, el almohadón verde de *Madame de Sévigné,* el escritorio ya vacío de mis objetos y mis palabras. Un mundo que ya no es mío. Que vive detrás de mi horizonte. Y entonces regreso a esta cárcel que simula la normalidad, a estos días que me han regalado una dulzura inesperada, un puro fluir de vida.

Y, sin embargo, no serán estos días que transcurren sin retener nada los que me salven de la inexistencia. Días esponjosos que filtran mis pensamientos, los absorben, los vacían de su jugo. ¿Dónde está la concordancia entre lo que soy y lo que digo, entre lo que digo y lo que hago? Vivo en un limbo. Que me parecerá más cercano al infierno que al paraíso si entre tanto tuviera que perder mi presunción. Aquella que, en presencia de una realidad desnuda como una cumbre alpina, me induce a imaginarme en posesión de una palanca capaz de moverla y darle la vuelta para encontrar debajo la raíz de los sueños.

La estancia está desordenada. Me doy cuenta de golpe. Aquel típico desorden masculino que ni siquiera un ejército de doncellas estará jamás en condiciones de eliminar del todo. El peine y los cepillos fuera de sus estuches y, encima de la repisa, la navaja de mango de nogal, semiabierta y arrojada con negligencia al interior del plato de latón, blanqueado en sus bordes por vigorosos restos de espuma de afeitar.

Heme aquí, en territorio extranjero.

Me levanto. Me vuelvo a vestir procurando no hacer ruido. Pero el muchacho está perdido en el interior del sueño inagotable de los jóvenes.

Las medias, las jarreteras, el corpiño que no consigo abrochar, las cintas cuelgan y me cosquillean en la espalda. Tengo prisa por salir, por escapar de este lugar saturado de olores familiares y desconocidos a un tiempo.

Qué val viure...

Me deslizo en silencio por pasillos desiertos. La casa-prisión duerme todavía. El perro del vigilante me ha dado alcance y se ha situado junto a mis talones, emitiendo un gañido de complicidad, lamiéndome una mano. ¡*Devastación*!, lo reprendo en un susurro, ¿así es como vigilas?

Desde las ventanas, que se abren como en secuencia la una detrás de la otra, entreveo el amanecer, que brilla sobre las afiladas puntas de los cascajos que rematan el vallado. Allí arriba está el límite de mi vida presente. Una línea impalpable que engaña la vista. Móviles raspas de luz que cada tarde, al anochecer, se transforman en un estrecho anillo de fuego.

La Historia te vendrá a sacar, en cualquier caso, de tu escondrijo, me digo deslizándome a ras de las ventanas. Vendrá ella a sacarte si no eres tú la que haga la Historia.

Octubre de 1793

Hyacinthe

...¡Amigo mío, amigo mío, cuánto te echo de menos! Cuánto quisiera que estuvieras aquí a mi lado y no en un lejano cuartel general, esperando solo y sin el consuelo de tu Hyacinthe a que alguien decida reintegrarte una vez más a tu puesto o bien mantenerte en una injusta y absurda suspensión. ¡Si por lo menos pudiera escribirte libremente! La censura aleja mi vida de la tuya. Nos priva del impulso espontáneo de las palabras. ¡Qué manera tan odiosa de separar a las personas! Más dura de soportar que las innumerables leguas que separan mi lecho del campamento de tu general, plantado allí, en algún lugar de las orillas del Rin.

Esta prolongada ausencia y la suerte de tu madre me oprimen el corazón tanto como pesas de cincuenta libras.

He cambiado, amigo mío. Por la mañana, en el tocador, apoyo el codo sobre el mármol y le pregunto a la extraña que veo en el espejo: ¿le gustarás a Pierre? ¿Le gustará esta mujer con estas marcadas sombras bajo los ojos, tan distinta de la muchacha de Tours, atemorizada pero sonriente?

Fuera, el otoño se agita entre las hojas y oscurece el cielo. Sobre el sillón delante de la chimenea descansa, con un marcalibros entre las páginas, el volumen que reúne los primeros escritos patrióticos de tu madre, el que se imprimió en el noventa.

Sí, he abierto el baúl donde había guardado todos sus papeles y sus libros y me he puesto a leerlos de manera sistemática. Leyendo, la noche pasa muy rápida y mi mente ya no vaga perdida, sino que se llena de ideas, de imágenes, de fantasías que abrazan mi alma con un calor distinto pero no menos intenso que aquel con el que tu cuerpo abraza el mío.

Pero después llega el amanecer y, con el amanecer, las obligaciones del día, y entonces yo me siento delante del tocador, contemplo a aquella extraña que en la profundidad del espejo se pasa con gesto cansado el bálsamo blanco sobre los pómulos y me pregunto si te gustará o te hará el mismo efecto que a mí me hace París.

Porque París también ha cambiado. Corre, corre como de costumbre, es una ciudad que vive corriendo, pero ya no se sabe hacia dónde corre.

Las calles son un río en crecida, con balcones sobre los bulevares llenos a rebosar de espectadores, cortejos, retumbos, mocetones con gorro rojo que lanzan petardos entre las piernas de los burgueses y, de repente, todo desaparece y no queda más que el gran viento del sudoeste, que atormenta los paseos, las farolas y las ventanas. Es difícil, en una ciudad como París, que cambia de rostro con tanta velocidad, separar la fiesta de la amenaza: a estas alturas, ambas cosas van de la mano y avanzan la una al lado de la otra como las carrozas que trasladan a las damas al teatro y las carretas que trasladan al sepulcro a los clientes de Sanson, el verdugo disfrazado de caballero.

Si Roma tuvo un Nerón, amigo mío, París tiene mil.

Y una susceptibilidad contagiosa serpea por doquier y se enciende por una minucia. Está de moda el duelo a la inglesa, con pistola. Una palabra un poco áspera, un equívoco, un gesto ambiguo son suficientes para que incluso aquellos diputados que unos instantes atrás calificaban el duelo como «residuo del feudalismo» y a los duelistas con el infame nombre de «gladiadores» también se den cita en el Bois de Boulogne.

Como si la guerra y la guillotina no fueran suficiente.

Demasiados muertos, Pierre.

Tengo grabada en la mente una frase de tu madre, una de las que he pescado en su baúl: *... bastaría con eliminar los peligros del día —el hambre, la injusticia— para prevenir los peligros de la noche...*

Pues bien: la Revolución no ha conseguido eliminar los peligros del día y por eso han aumentado los delitos de la noche. Si hay quien grita «Viva la Nación», hay también quien ya se ha quedado sin aliento.

Hace unas horas, cuando la viuda Capeto, apenas hace un año reina de Francia, ha bajado de la carreta como una ciudadana cualquiera para ser decapitada en la plaza de la Revolución, no todos han tenido el valor de gritar «viva la República».

Me lo ha contado Mignonne.

Había ido a ver a su familia para preguntar por su hermano, alistado en agosto, enviado a toda prisa al asedio de Dunkerque y desaparecido en aquel infierno. Y, de esta manera, al volver a casa, la muchedumbre le ha cortado el paso. Lo ha visto todo.

Yo, en cambio, no he salido y no saldré. Esta noche no podría resistir el espectáculo del carro que atraviesa con su fúnebre carga las calles de mi ciudad.

—Y no se vislumbra el final...

Mi padre permanece sentado a la vera del fuego, con un cigarro apagado entre los labios, haciendo girar entre los dedos su bastón de paseo de caña de la India. La cadena de oro y el cordón de seda de los dos relojes suavizan la dureza de su chaleco de paño.

Chaleco de pesado paño, peluca, caña de la India: su manera de vestir no ha cambiado y su figura familiar, siempre igual a sí misma, traslada al interior de la estancia un soplo de tiempos normales. Pero de vez en cuando, mientras habla, me doy cuenta de que pierde el hilo de la conversación y aquel soplo de normalidad cae y se interrumpe. No es la memoria lo que le falla: mi padre está enfermo, pero de una enfermedad que le hincha las muñecas y los tobillos, que le hace doloroso el movimiento pero le permite conservar la lucidez de la mente. Por consiguiente, si a veces habla a saltos y sin rigor lógico, ello se debe tan sólo al cansancio.

Hoy la suya es una tarea ingrata. La policía controla los papeles con una minuciosidad jamás utilizada anteriormente, pretende efectuar inspecciones por sorpresa y no tiene la menor consideración ni con el patrón ni con los inquilinos. Por si fuera poco, los extranjeros, los que pagaban bien, han desaparecido, entre la guerra y la ley sobre los sospechosos. Por todas partes un triste panorama de casas en venta, desahucios, anuncios en los balcones y en las ventanas cerradas.

Mi padre es un hombre ilustrado, pero todas sus luces no le sirven para convencerlo de que aplauda por simple filosofía unos cambios que sólo favorecen a los demás: él, por supuesto, no ha ganado nada con la Revolución.

—Y no se vislumbra el final— repite por tercera o cuarta vez, desplazando el cigarro de la Martinica a la otra comisura de la boca.

Esta charla vespertina se ha convertido en una costumbre. Este soliloquio, debería decir. Nuestra cita cotidiana desde que Pierre se fue al frente.

Todas las tardes a esta hora oigo su bastón golpeando los peldaños de piedra, se detiene, vuelve a golpear, unos golpes cansados, viejos, decepcionados, y cada golpe me retumba en el pecho.

Casi no puede tenerse en pie sobre sus pobres pies gotosos, pero, aun así, cada día se calza a la fuerza sus zapatos lustrados con cera y se va a controlar sus negocios, sus casas, sus inquilinos. Despacha sus asuntos personalmente y, a la vuelta, pasa para asegurarse de que sus nietos —nietos varones, sangre de su sangre— estén bien, de que la chimenea esté encendida, de que no falte la leche para el día siguiente.

Creo que Jean-Hélie y Anacharsis han ocupado en su corazón el lugar de mi único hermano, muerto antes de que yo naciera y cuyos retratos en miniatura, repartidos por toda la casa e incluso en la tapa de las tabaqueras, fueron la obsesión de mi infancia.

Se siente solo, mi padre. Por eso viene a supervisar nuestra vida y a descansar en el sillón a la vera del fuego. Hace girar el bastón entre los nudillos cubiertos por una maleza de vello blanco, y discurre, discurre... ¿Con quién puede discurrir sino conmigo? Ya no hay nadie en París que pueda llamarse amigo, y con mi madre, ¿de qué puede hablar sino de gastos domésticos y de servidumbre?

—De nada sirve asustarla.

Y, para no asustarla, viene aquí a soltar, como jamás había hecho, sus reflexiones acerca de la guerra, cuyo final no se vislumbra, y acerca del Gobierno, dominado por ciertos tribunos que parecen querer reinar sobre una pirámide de cadáveres. Las mismas reflexiones, imagino, que habría hecho con mi hermano si viviera: la guerra, precisamente, y el tráfico de armas que enriquece a los mercaderes sin escrúpulos, y las batallas internas, y las ventajas y los defectos de la nueva Constitución...

Que ya era una comedia de Constitución, resopla poniéndose y quitándose el cigarro de entre los dientes, escrita alrededor de la mesa de Méot —espléndido restaurante, nada que objetar—, entre una copa de Chablis y una lengua de buey a la manera de Maguncia, preparada y debatida en quince días y con la mayoría de sus artículos aprobados sin debate previo en la Convención... Y ahora llega Saint-Just y nos explica que, tras haberla aprobado en junio, ahora no se puede aplicar.

Si se aplicara, y golpea fuertemente el suelo con el bastón, el Gobierno ya no podría utilizar la violencia para reprimir los ataques a la libertad. Y, por consiguiente, es para garantizar la libertad por lo que el Gobierno proclama su necesidad de seguir siendo revolucionario: lo cual significa, hablando en plata, que quiere tener vía libre. Hasta alcanzar la paz.

—La paz, como si eso fuera cuestión de días.

Mignonne entra para atizar las brasas y mi padre se calla: no hay criado, según él, que no esté a sueldo de algún bando. Por eso espera a que Mignonne regrese a la cocina y, entre tanto, sigue en silencio sus movimientos con la mirada como clavada en sus profundas órbitas.

Yo también me callo y atormento el borde del chal, porque esta tarde no es como todas las demás.

El fuego no escasea en la chimenea gracias a mi padre. Gracias a él, yo tengo las rodillas calientes. Pero mi espalda está fría y yo tengo las manos contraídas sobre el regazo y un solo pensamiento en la cabeza: cómo interrumpirlo, cómo arrancarlo de su soliloquio y pedirle ayuda.

Necesito su ayuda.

Pierre está en el frente, Reynard inalcanzable en el campo, ¿quién puede ofrecerme apoyo sino mi padre? Y, sin embargo, vacilo, y el tiempo pasa, y nunca encuentro la ocasión, la oportunidad, y lamento que, en mi nueva vida, todavía tenga que recurrir a él y aferrarme a sus viejas manos, que hacen girar obsesivamente aquella caña de la India. Pero tengo que hacerlo aunque no quiera.

Después del reloj, Justine ha llevado al Monte de Piedad las últimas alhajas de Olympe: un broche, un camafeo y dos brillantes. No tenemos nada más. Se lo tengo que decir.

—Ésta es la situación, padre mío.

Dejad que os lo explique.

Justine ha conseguido por las alhajas cuatrocientos veintitrés francos. Cuando se terminen, se habrá terminado todo: el papel moneda, la moneda, el oro, el dinero bajo cualquier forma y especie, Olympe ya no tiene nada más.

Puede que Lescourbiac le concediera un crédito durante unos cuantos meses en nombre de su amistad con Reynard, pero él no es más que el director, y la propietaria, la ciudadana Mahaye, ésa no concede un crédito ni para diez minutos.

Dinero ya no hay, pero si Olympe sale de la casa de salud para regresar a la Petite-Force, a la Abbaye o a cualquier otra cárcel, más tarde o más temprano, eso seguro, la veremos subir a la carreta de Sanson.

Mi padre mueve los labios rumiando mis palabras junto con el cigarro. Tras haberlas digerido, desplaza hacia un lado la peluca con el puño del bastón, se aplica un masaje a la frente y dice sosegadamente en tono afirmativo: «no es sólo el dinero lo que te preocupa». Y yo me sorprendo, porque creía haber sido muy lista y haber empujado mi temor a un apartado rinconcito, como un trapo debajo de una artesa.

Pero él ha echado mano de su penetrante mirada y yo inclino la cabeza y confieso:

—No.

No es sólo el dinero. Es la actitud de Olympe, nuevamente dispuesta a lanzarse a pecho descubierto, haciendo vanas las expectativas de Pierre y también las mías, nuevamente inclinada a dejar oír su voz más que a respetar las normas de la prudencia.

—No está equivocada —la aprueba mi padre, y yo me sorprendo por segunda vez—. Pagarle la pensión a la ciudadana Mahaye no significa garantizarse la inmunidad.

¿Durante cuánto tiempo la podrán seguir «olvidando» en una casa de salud? ¿Seis meses, un año, dos?

—¿Hasta la paz?— y esboza una mueca de sarcasmo.

Mejor combatir, cuando se tiene el temperamento que tiene la señora.

Me esperaba cualquier cosa menos esta aspereza. Me pongo en tensión para controlar un borbotón de lágrimas que percibo peligrosamente cercano. Pero él se vuelve a enderezar la peluca sobre la frente, afianza los gruesos rollos que le brillan sobre las orejas y añade:

—Por otra parte...

Por otra parte, hay muchas maneras de librarse de un prisionero molesto. Exhibir en el cadalso de Sanson a una mujer famosa por sus batallas patrióticas puede que no sea oportuno. Por eso primero se accede a su traslado y, a continuación, en caso de que se perdiera su rastro... Serían más los suspiros de alivio que los reniegos.

En resumen, no hay más que una solución cómoda tanto para una parte como para la otra: desaparecer.

—No es imposible desde la casa del doctor Lescourbiac, por lo que yo sé.

Mis lágrimas retroceden rápidamente.

Desaparecer, salvar la vida... Y no sólo eso, pienso con gratitud, enlazando en voz alta los hechos: sin ella el juicio no se puede celebrar, sin juicio no puede haber condena y, sin condena, la finca Figuier no se puede confiscar y poner a la venta como propiedad de la Nación.

He aquí un tema al cual mi padre es muy sensible. No por avidez o por beneficio, sino porque perder una casa es, a su modo de ver, una desgracia tan grande como perder la vida, si no más.

Sé cómo razona: ¿salvar a Olympe y junto con ella la finca Figuier?, una buena inversión, aunque él no gane nada con ello, es más, pierda y corra un riesgo sin ningún beneficio.

—Ah –sonríe, en efecto, apreciando mis razonamientos—, ¡si tú fueras un varón, te podría dejar a ti el trabajo e irme a descansar!

—Si yo fuera un varón, a esta hora ya estaría lejos, en la guerra, como Pierre.

Justine

¿Y quién más podría ir sino la vieja Justine? Yo, yo iré a recogerla. No hacía falta siquiera que me lo pidieran. Demasiado tiempo me han mantenido apartada. Y yo, durante todo este tiempo, jamás he dicho nada por respeto, no protesté ni siquiera cuando la pequeña señora se metió en la cabeza salir sola sin un criado o una doncella que la acompañara hasta la casa-prisión del doctor Lescourbiac, dejándome a mí aquí, mano sobre mano.

En fin.

Pero... Pero no puedo quejarme: ¡no se ha saltado ni un solo día! Salía con el cesto que yo le había preparado —la muda de ropa, un periódico— y el manto de Mignonne echado sobre la frente como si fuera una zamarra mágica, la capucha que hace invisibles a las señoras y las protege del ataque de los bandidos, que a estas alturas ya los hay de todas clases por la calle.

El cesto, el manto, y se iba completamente sola. Tendrá sus buenas razones, me decía yo, para no querer compartir estos encuentros ni siquiera conmigo. Me resigné.

¡Pero sacarla de aquel sitio tan tremendo, eso no cabe duda de que me corresponde a mí!

Bajo por la escalera y me doy cuenta de que muevo con soltura la cadera, que parece haber olvidado su anquilosamiento. Cada peldaño me aligera de más de un año de quebraderos de cabeza y llego abajo con el mismo paso ligero que cuando hacía de mensajera entre mi Babichette y el señor Jacques a escondidas, pues Montauban no es París y allí una viuda es verdaderamente una viuda.

Abro el pesado portal, luchando contra el viento.

Me espera un landó con la capota levantada a causa del frío, de color verde, como el carruaje que condujo al patíbulo a Luis Capeto. Un color que me ataca los nervios. Pero no tengo otra alternativa: éste es el carruaje, éste es el cochero, muy discreto gracias a la propina que le ha deslizado en el bolsillo la pequeña señora y que él ha sopesado con disimulo mediante un movimiento de la pierna.

Dinero del señor Mabille, que Dios lo proteja. Un hombre arisco como pocos, pero que, sin embargo, tiene presencia de espíritu y educación y por su hija sería capaz de cualquier cosa, lo he comprendido muy bien. Pero ella siempre diciendo que no, no a que su padre la quisiera ayudar, pobre hombre, pero ella no se deja ayudar, le prohíbe pagar a los proveedores y no acepta ni regalos ni dinero. Sólo que después se queja porque una vela ha llegado a costar hasta treinta y cinco céntimos y ella, que es muy trasnochadora, gasta bastantes. Si en este caso se ha doblegado a pedir es porque verdaderamente no podía evitarlo. Para salvar a Olympe. Por lo demás, una mula orgullosa.

Así que subo al coche, retiro el estribo y no abro la boca, ni siquiera una palabra, pues el cochero ya ha recibido las instrucciones.

Hoy es domingo. Las calles están abarrotadas de gente y las tiendas abiertas por esta novedad del calendario revolucionario que entró en vigor a principios de octubre. Desde entonces los días ya no se cuentan como Dios manda y hasta el domingo no se llama domingo y, puesto que no se llama domingo, hay que trabajar. Menuda gracia. Un día libre cada diez en lugar de cada siete, ¿quién puede estar contento? Aparte, naturalmente, de los propietarios de las fábricas o los que tratan con albañiles y carpinteros, como el señor Mabille. Para él, cada día de fiesta es un delito de lesa sociedad, porque los obreros, cuando no trabajan, se inflaman la garganta con el vino y se les debilitan los brazos y al día siguiente van a la obra para descansar. ¡Pero anda que los tenderos!, por lo menos ellos que salen ganando con eso deberían estar contentos y, en cambio, ponen mala cara y, cuando el carruaje pasa rozando las paredes, los vendedores de especias, con la servilleta anudada a la cintura, se asoman a la puerta dispuestos a pelear.

Indiferente, el cochero agita la fusta y, a las dos en punto, tal como nos ha mandado la pequeña señora, estamos delante de la verja de la casa-prisión del doctor Lescourbiac.

Un incierto sol tiembla en los flancos de los caballos, que resoplan con la cabeza gacha y agitan las crines como si se compadecieran de sí mismos. Hay otros carruajes de visitas y nosotros nos hemos detenido un poco apartados de los demás, los últimos de la cola. Mando bajar la capota para ver mejor y para que me vean. Durante algún tiempo, sólo veo las manchas de sol que van y vienen, se agrandan y se encogen sobre las lustrosas grupas.

Pasa un buen rato. ¿O quizá sólo unos minutos? Suena un gong en el interior del vallado para llamar al almuerzo a los huéspedes de Lescourbiac y advertir a las visitas de que tienen que dirigirse a la puerta. A los pocos minutos, aparece su figura entre los árboles. La sigo mientras se acerca a la verja con su indolente donaire de costumbre. Un negro velo echado sobre el rostro y los hombros la oculta a los ojos del mundo, pero no a los míos: ah, Babichette, mis ojos te sabrían reconocer incluso bajo la tela de un saco de harina.

No está sola. La acompaña aquel joven que hasta el mes de julio le hizo de secretario. ¡Y pensar que yo no aprobaba sus solícitas atenciones de muchacho cuando trabajaba para ella! Qué tenía que pensar en presencia de aquel rubor... Desconcertante en un hombre, por muy joven que sea. No me inspiraba confianza. ¡Pero bendita sea su entrega si con ella consigue salvar a mi Babichette! Porque el dinero lo ha puesto el señor Mabille, pero lo demás es todo obra suya. Con todos los amigos importantes de los que puede presumir mi Babichette, nos vemos obligadas a dar las gracias a un secretario. ¡En fin!

Se ve que las cosas tenían que ir así y ha sido él, a fin de cuentas, quien le ha conseguido un salvoconducto al portador, es decir, sin nombre ni firma de reconocimiento, un verdadero salvoconducto contrasellado por la administración de la policía, que permite entrar y salir de la casa de Lescourbiac. Y a él le corresponderá el mérito si mañana, en el registro de los detenidos, al lado del nombre de Olympe de Gouges, figura la indicación: trasladada. Será mérito del muchacho, aunque no conozco realmente todos los detalles, pues la señora Hyacinthe no es como Olympe, que conmigo comenta las cosas. Ella no. Ve aquí, ve allá, haz esto, haz lo otro, ha aprendido muy rápido a dar órdenes, la pequeña señora.

Pero hoy, si Dios quiere, me toca a mí y puedo ver a mi Babichette caminando como si fuera una visitante empujada hacia la salida por el toque del gong. Ya ha llegado a la altura de la garita.

Un danés de cabeza grande y hocico enfurruñado, peor que el del general *Alejandro*, le husmea la falda con interés.

Le toca el turno a ella.

El guardia se coloca en su sitio la bandolera. Toma el salvoconducto.

¿Le pedirá que se levante el velo? No me queda saliva en la boca, tengo la garganta reseca y la lengua hinchada se me pega al paladar. Levanto la mano para santiguarme rápidamente, lo pienso mejor y la vuelvo a bajar sobre el regazo, no quisiera herir los sentimientos de algunos de los cocheros que esperan.

El guardia lee atentamente, línea por línea, deslizando el dedo índice sobre el papel. Avanza muy despacio, Y, casi para adaptarse a su cachaza, el joven Frazé abre la tabaquera y le ofrece una toma. El hombre agarra la caja de plata, le da la vuelta por todos lados, la cierra y, con el mayor desparpajo, se la guarda en el bolsillo. *Voilà*. Después, con un gesto de la misma mano, devuelve el salvoconducto y señala la salida. Ella se vuelve hacia el joven, titubea un instante como diciendo: «¿eso es todo?», y traspasa el umbral.

Ya está fuera.

Me ha visto y se dirige hacia mí.

Ya no me queda fuerza en los brazos cuando tomo el liviano maletín de viaje oculto entre los pliegues de la capa y la ayudo a subir.

El carruaje se vuelve a poner en marcha. Me tiemblan los brazos, balbuceo: «cómo estáis, tenéis frío». Le cubro las piernas con una manta. La miro y la remiro, el brillo de los ojos, el aliento que agita el velo sobre la boca. ¡Qué tormento! ¡Qué castigo no poder hablar libremente! Pero los cocheros tienen el oído muy fino.

Y entonces nos ponemos a hablar como si nada acerca del frío, de los baches de la calle y del desayuno que nos espera.

Cuando ya llevamos un ratito en marcha, ella se levanta el velo y deja el rostro al descubierto.

Es una imprudencia, la reprendo en un susurro. Pero ella se abandona contra el relleno del respaldo, estudia la espalda del cochero y no me escucha. Nunca le hace caso a esta vieja criada llena de temores.

—No te quejes —su voz suena alegre en el protector ambiente del interior del vehículo—. Si hacemos las cuentas tal como se tienen que hacer, sólo tienes seis años más que yo.

Sacrosanta verdad, pero los pendientes le bailan sobre unas mejillas tan tersas como guijarros de río y sus modales son los propios de una muchacha caprichosa cuando se queja: «dos meses, Justine, dos meses sin darme un baño entero».

Es en este momento cuando se inclina hacia adelante y grita: «¡deteneos en los baños de Port Royal!» Así que, cuando llegamos al puente, el cochero tira de las riendas y se detiene en la parada de los carruajes. Olympe se cubre de nuevo el rostro con el velo. Mientras apoya el pie en el estribo, le digo con cierta dureza: «¡recordad que no tenemos mucho tiempo para remover la ensalada con los dedos!»

Tiene razón el señor Pierre. Es una cabeza loca. Mi Babichette es una cabeza loca.

Las tres, unas calles más allá un reloj da la hora, las tres y cuarto, el gélido viento dobla el cansado cuello de los caballos, hace humear los excrementos que caen con un sordo y exhausto rumor.

Las tres y media.

El cochero se pasa el rato masticando el extremo de la fusta. Yo oculto las manos bajo la manta y procuro no contar las campanadas del reloj.

La parada de coches está llena. Decenas de carruajes permanecen detenidos los unos al lado de los otros. La ciudad está bloqueada en una quietud de hielo. Los cocheros bostezan y contemplan a los viandantes, que caminan presurosos con las manos bajo las vueltas de las casacas y las bufandas subidas sobre la barbilla.

En determinado momento, nuestro cochero deja de mascar el cuero de su látigo y, desde lo alto del pescante, emite un eructo que suena tan gallardo como una llamada. Toda la parada se despierta. Los caballos piafan con impaciencia. Los cocheros interrumpen sus bostezos y se ponen a discutir desde un carruaje a otro y, a fuerza de discusiones, en medio de las conversaciones y en menos que canta un gallo, ¿dónde terminamos? pues en los secretos de las finanzas. Y, de secreto en secreto, acabamos penetrando en los más recónditos misterios del Gobierno y de la economía y, con renovado vigor, nos adentramos en los arcanos del impuesto general que tanto les gusta a nuestros *sans-culottes*, porque va más allá de la tienda y, yendo más allá, establece el valor de todas las cosas, tanto de las velas como del trigo.

—Y, cuando el valor sea el mismo en toda Francia, veremos, ah, ya veremos si la ley del «maximum» funciona o no.

—Cuando el valor sea igual en todas partes —corta secamente un tipo con media auna* de bocio bajo la barbilla—, los precios tendrán que bajar a la fuerza.

Pero nuestro cochero se hace el escéptico:

—¿El comercio?, siempre encontrará la manera de sustraerse a la obligación.

* Medida de longitud de la época, equivalente más o menos a un metro.

Un tercero se descuelga de un carruaje enganchado a un solo rocín:

—¡Cuatro francos y cincuenta céntimos por una libra de azúcar! Y la semana que viene la pagaréis a cinco, le ha asegurado el vendedor de especias a mi mujer, ¡viva la República!

Pero el amigo de antes hincha el bocio:

—Robespierre ha dicho: «¡los hombres del catorce de julio no se baten por unos pocos azucarillos!»

Se ve que no está familiarizado con el vendedor de especias, el ciudadano Robespierre, quisiera replicarle yo, pero seguro que éste no es el momento de pegar la hebra con los cocheros. Pienso en la pequeña señora, que espera nuestra llegada en la otra punta de la ciudad, en una lejana estancia en la que deberemos escondernos durante algún tiempo, puesto que salir de París es más difícil que huir de la casa del doctor Lescourbiac. Al ver que no llegamos, se pondrá nerviosa y la encontraremos con aquellos charcos oscuros bajo los ojos que le confieren el aspecto de una enferma.

El frío es insoportable, me alcanza las rodillas incluso bajo la manta. El viento agita un polvo semejante al cristal helado que araña los tobillos. Como siga inmóvil un poco más, me quedaré congelada, tan cierto como que hay Dios.

Bajo del coche, cruzo la calle y me asomo al paseo de la orilla del río. El muro de contención es de color negro, el Sena baja hinchado de agua y vacío de barcas, excepto dos barcazas de redonda barriga que se alejan en fila la una detrás de la otra. Mis ojos siguen la estela que divide la corriente.

¡Cuántas veces, en otros tiempos, habíamos esperado el ocaso con los brazos apoyados en este pretil! Y cuántos domingos habíamos venido a embarcarnos desde aquel muelle de allí abajo...

Una barquita minúscula nos llevaba hasta Bellevue, un lugar delicioso para una excursión, de no haber sido por el humo de una vidriería que se veía a lo lejos. Pero después bajábamos y nos olvidábamos del humo. Nos dirigíamos a pie hasta una posada del campo, el señor Jacques delante con la niña y ella con Pierre dándoselas de caballero. Era un padre y un amigo solícito, el señor Jacques, dispuesto a casarse con mi Babichette. Y ella, ¿por qué no se casó con él? Quién sabe. Para no perder la libertad de escribir comedias. O de leer las gacetas bebiendo un moca en el café de la Revolución. Cabeza loca. Siempre ha sido una cabeza loca.

Las cinco y, a lo lejos, el reloj sigue dando las horas, las cinco y cuarto.

¿Qué le voy a decir, Dios mío, a la pequeña señora?

Sophie

En cierto sentido, éste es mi taller. Aquí pinto y me gano la vida, en un establecimiento de agua caliente, a bordo de un barco en las inmediaciones del Pont Royal que cuenta con más de veinte cuartitos de baño con bañeras individuales, dobles y triples. Un establecimiento de renombrada elegancia con dos entradas, una para los hombres y otra para las mujeres, muy señorial y refinado, no una de aquellas barracas al aire libre que, por desgracia, se han puesto tan de moda, con las instalaciones hundidas en el fango del Sena.

—Voy al *atelier*— bromeo con mi marido cuando salgo y lo quiero ver sonreír mientras le coloco un almohadón de gran tamaño detrás de la espalda y añado una manta de lana para cubrirle los pies.

Él sabe que para mí no se trata de un sacrificio, sino todo lo contrario. No existe en el mundo un oficio más bello que el de la pintura y yo lo he aprendido por mi cuenta por medio del ejercicio.

Por otra parte, es la única manera. Sin un padre o un hermano pintor que pudieran acogerme en su taller, yo misma me he tenido que inventar la escuela por mi cuenta. David y todos sus alumnos pueden gritar hasta desgañitarse «abajo la Bastilla académica», ¿pero a mí qué me importa la Academia? Mi Bastilla tiene unos muros mucho más altos, puesto que a las mujeres incluso se nos impide frecuentar los talleres y yo, que soy una mujer, me conformaría con eso, si no con otra cosa. Por eso a mí no me interesan sus disputas, tanto si se trata de la Academia como si se trata del Premio Nacional de las Artes, otorgado por unos jurados que pretenden, junto con las gratificaciones, repartir sabiduría a espuertas: prosopopeya, en realidad.

«El talento del artista», parece ser que dijo el presidente del jurado, «reside en su corazón, no en su mano, lo que percibe la mano es poco...»

Será poco, pero es justamente este poco lo que hace florecer el talento y permite que éste no se marchite. Sin escuela no se puede crecer: eso es lo que yo he descubierto en mis propias carnes al crearme una experiencia a fuerza de práctica y de deseo.

Y es en virtud de este deseo, y no sólo por necesidad, por lo que ahora me encuentro en la sala perfumada de incienso de un establecimiento de agua caliente, en busca de modelos y clientes.

—¿Le harás el retrato?

Valérie ha regresado de las cocinas, me ofrece la bandeja con la copa de jerez que le he pedido y me pregunta, bajando la voz en un cómplice bisbiseo.

—No nos puede oír— la tranquilizo.

En dos pasos la desconocida desaparece en la oscuridad del largo pasillo al que se asoman los cuartitos de baño. Pero, antes de que desapareciera, he tenido tiempo de observarla de arriba a abajo. No se puede evitar observar a una señora como ella. Sobre todo, cuando se tiene ojo de pintor y yo, gracias al cielo, tengo esa suerte.

Ha aparecido en el hueco de la puerta exterior, que se ha abierto al luminoso vacío del paseo junto al río y se ha vuelto a cerrar, dejándola a ella en el primero de los cuatro peldaños de madera que dan acceso a la sala. No ha bajado, sino que ha levantado los brazos para liberar el rostro del velo negro que volaba a su alrededor, movido por el aire que ha entrado con ella, un viento de la calle que ha conferido amplitud a sus gestos y a mí me ha ofrecido la armonía espontánea de una pose.

¿Quién es esta señora que me está regalando una entrada tan teatral?, me he preguntado, la he mirado bien y he exclamado: ¡pero si es la Razón! La estatura, el porte y, en su rostro al descubierto, la dulzura un tanto severa que la edad regala a ciertas mujeres... Podría verdaderamente personificar a la Razón en las proximas fiestas de noviembre. No puedo dejármela escapar, y este pensamiento me ha provocado un ansia repentina, el ansia de ponerme a trabajar, de sentir la suave aspereza del carboncillo bajo las yemas de los dedos.

Pero ella se ha dirigido al vestuario sin volverse. Me temo que capturarla no va a ser nada fácil.

—¿El retrato? —le digo a Valérie—. No lo sé.

Pero levanto una cortina y empiezo a estudiar la luz.

Fue la primera norma que aprendí cuando empecé a adquirir experiencia hace muchos años pintando hojas y flores para el gabinete de historia natural: estudiar la luz.

Trabajábamos a las órdenes del señor Martinet, que, aparte de ser un estudioso, es también grabador y conoce todos los secretos de las disciplinas pictóricas y, por consiguiente, era muy exigente con nosotros y nos pedía lo imposible.

Éramos muchas las que hacíamos este trabajo que los maestros del arte menosprecian: demasiado humilde, demasiado anónimo. Un trabajo que ha sido mi única escuela.

Yo era la mejor. Me apasionaba con el claroscuro de las hojas, con la gama de los colores, recorría todos los matices desde el borde hasta el corazón de las hojas, trazaba con la misma maestría los tallos de los arbustos venenosos y las nervaduras más finas de las hierbas medicinales. No es por presumir, pero, ¿qué serían las obras del señor Martinet, qué sería su historia natural sin la precisión de mis dibujos y la fidelidad de mis colores?

Lo dejé al casarme, cuando mi marido quiso que lo ayudara en la tienda. Airear las telas bajo las narices de señoras desganadas... ¡Me sentía tan desgraciada! A pesar del afecto por Bernard, mi vida se estaba vaciando. Tras haber creado todo un mundo de plantas y flores, tras la exaltación de las primeras pinturas, tenía la sensación de haber vuelto a caer en la nada.

Bernard, que es un hombre sensible, no tardó mucho en comprenderlo y me preguntó: «¿Queréis regresar al taller del señor Martinet?» «No», le contesté. «Quiero probar con los retratos». Y empecé a pintar lienzos para venderlos a las iglesias y los conventos. Vendí infinidad de doncellas como Valérie o modistillas bajo la forma de Vírgenes. Hice muy buenos negocios antes de que se empezaran a construir cañones con las campanas.

Después todo se vino abajo.

Hoy iglesias y conventos venden todo lo que pueden, ¡nada de comprar! ¿Quién se habría podido imaginar un cambio tan rápido y de semejante envergadura? Los clientes han desaparecido de golpe y, en cuestión de pocos meses, me he visto sin encargos precisamente en el momento en que más los necesitaba, pues la tienda de Bernard había sido saqueada y poco después, cuando aún no nos habíamos recuperado de aquel primer desastre, él se desplomó como alcanzado por un rayo y ya no se volvió a levantar: había perdido el uso de las piernas. Una desgracia detrás de otra.

Ocurrió hace cinco años más o menos, aunque a mí me parece que fue ayer cuando lo cuento.

París aún no había elegido a los diputados del primer estado y recuerdo que todos los días se reunían las asambleas de los electores. Fue en una de aquellas asambleas cuando Réveillon, el fabricante de papeles pintados, dijo: los obreros pueden vivir muy bien con setenta y cinco céntimos al día, ¡yo les pago un franco y veo que andan por ahí con preciosos relojes de oro en el bolsillo! Aún no había terminado de decirlo cuando su fábrica fue tomada al asalto y saqueada y, puesto que la chusma no conoce límites, las tiendas cercanas, incluida la de mi marido, corrieron la misma suerte.

En aquella ocasión, todos vieron a la Bertin, una vieja vendedora ambulante muy conocida en la zona, repartiendo bastones a los atacantes.

Por consiguiente, estaba la Bertin, estaban los propietarios de las tiendas saqueadas que reclamaban una indemnización al ayuntamiento y estaba el lugarteniente general de la policía que, a cambio de la indemnización, pedía un nombre. ¿Y qué nombre salió por votación unánime? El de la Bertin, naturalmente.

A Bernard la historia no le gustaba, pero se dejó convencer a regañadientes y señaló a su vez a la vieja. Ésta fue colgada en la horca de la puerta Saint-Antoine y mi marido, cuando la vio colgando mientras los desalmados curioseaban bajo su falda, perdió el interés por la tienda y los negocios. Por si fuera poco, ni siquiera le pagaron la indemnización y así se completó la faena.

La tienda destruida, Bernard paralizado y yo que ya no tenía encargos. Me había quedado un lienzo de gran tamaño, incompleto, que me estaba saliendo muy bien. Representaba la Ascensión de la Virgen María. Se me ocurrió la idea de retocarla un poco para transformarla en una Filosofía descalza y con el cabello suelto. Modificada de esta manera, la he vendido a nuestra sección.

Prodigios del pincel.

Pero no soy la única en obrar esta clase de prodigios: en septiembre, en la exposición del Louvre, descubrí un Apolo dormido que se parecía tremendamente a un Cristo depuesto al pie de la cruz.

A decir verdad, el salón de este año no era gran cosa. La entrada era más cara que de costumbre y no merecía la pena. Por más que la Revolución pretenda convertirse en la décima musa, en el Louvre no he visto las grandes novedades que se anunciaban. David no ha enviado nada. Había prometido una «muerte de Marat» que, sin embargo, ha sido presentada por Hauer. Pero Hauer tenía que hacerse perdonar el haber pintado el retrato de la Corday...

El Salón de la escultura fue todavía peor, lleno de yesos patrióticos: ¿en los tiempos que corren quién puede comprar bustos y estatuas sino el Gobierno? Mediocridad. Tanto en las esculturas como en los cuadros. Un patriotismo falto de talento.

Mi lienzo, en comparación, es francamente bueno y lo digo tras haber considerado todos los pros y los contras. Lástima que el comisario de nuestra sección sea un zoquete incapaz de apreciar un cuadro en lo que vale. Ha echado una mirada distraída a mi Filosofía triunfante, al suave color de sus carnes, y, si la ha comprado, ha sido por compasión, porque es amigo de mi marido y conoce toda la historia.

La luz es caprichosa y se inventa sombras entre las mesitas de patas arqueadas, entre los sillones y los canapés, resbala por las acanaladuras de las columnas y los capiteles pintados sobre la madera de las paredes. Obras mías en buena parte. El acuerdo es bastante aceptable: algunos decorados, algún que otro retoque en la pintura a cambio de un lugar donde trabajar y atrapar clientes.

Levanto un poco más la cortina: ésta podría ser la luz apropiada, puede que haya encontrado el punto.

Abro la libreta y coloco en su sitio las hojas de dibujo a la espera de que la dama de los largos pasos salga del cuarto de baño. Me gustaría retratarla a la sanguina. El ímpetu del busto, el rápido movimiento del pie, un dibujo de trazos rojos y decididos para una Razón que resplandezca sobre el blanco del papel. Pero, por desgracia, me falta el pastel. Tendré que conformarme con el lápiz o el carboncillo.

Lanzo un suspiro y me dispongo a realizar un esbozo de memoria.

A mi espalda, Valérie contempla el milagro de la imagen que va surgiendo sobre el papel.

Es una admiradora mía, Valérie. Le he prometido hacerle un retrato también a ella cualquier día de éstos. Nos conocemos desde tiempo inmemorial, desde antes de que ella trabajara en los baños, cuando era una muchachita que vivía con su madre y su hermano en un cuartito al fondo de mi mismo rellano y, para pagar el alquiler, se vendía la cabeza a los aprendices de peluqueros. Regresaba con las orejas chamuscadas y con un aspecto muy gracioso: descalza pero con tres libras de polvos sobre el andamiaje del cabello.

El barco se balancea imperceptiblemente bajo mis pies. En el interior de la copa, los posos del jerez tienen la misma tonalidad ambarina que los ojos de la señora que, en su cuartito, se está dando un baño largo, larguísimo, interminable: si no me equivoco, lleva una hora encerrada allí dentro. No se ven otros clientes, la sala está desierta.

—No van bien los negocios, ¿verdad?

El rostro de Valérie se ensombrece.

—Costamos demasiado. Tendrían que rebajar los precios, ahora que los elegantes ya no se lo pasan tan bien como en la época de los tiranos. Fíjate en los «baños chinos» de Turquin: agua fría del Sena, entrada barata, y la gente se pelea a puñetazos por entrar.

La semana pasada tuvieron que intervenir los guardias nacionales para restablecer el orden.

Con la yema de un dedo difumino el contorno de las mejillas.

—Dicen que el baño frío fortalece la salud...

—Pero ya ha terminado la temporada, si Dios quiere no tardarán en desmantelar las instalaciones —Valérie mira en la lejanía con unos ojos un poco embobados—. Ya he visto las primeras embarcaciones remontando el río.

Yo también las he visto. Lentamente se iban a invernar con su carga de carpinteros y de aprendices de salón reclutados en Les Halles. Se apartaban del muelle y, situándose en el centro del río, desaparecían rumbo a la isla de los Cisnes o del canal del Ourcq, desde donde regresarán en primavera, recién pintadas y lustradas.

Contenta, Valérie bate palmas.

—A partir de ahora nos irán mejor las cosas.

En efecto, los establecimientos de agua caliente tienen una ventaja: no se ven obligados a cerrar en invierno. Y, por lo que a mí respecta, tienen una doble ventaja: en ellos, aparte de poder hacerlo en cualquier estación, puedo trabajar todos los días de la semana, o de la década, si se prefiere, pues los hombres y las mujeres se citan aquí como en los «baños chinos» de Turquin. Aquí los señores ocupan el lado derecho de la embarcación, las señoras el izquierdo y la decencia queda a salvo.

—Vendrá más gente.

—Esperemos.

Pero no comparto su optimismo. Quedan muy pocos en París que puedan disfrutar del agua caliente de los establecimientos.

—Mañana, si no hay nadie, empiezo tu retrato.

Un relámpago de alegría le ilumina el rostro entre ceja y ceja.

—Dime —el relámpago ya se ha transformado en una luz adulta, recelosa—, ¿es cierto que los pintores pagan a las modelos que posan desnudas para ellos?

—Sí, los pintores de los talleres.

Una astucia infantil, un torpe intento de arrancarme dinero. Pero la comprendo perfectamente: Valérie también tiene sus desgracias. Yo tengo a Bernard, ella a su madre, enferma de una dolencia que le corroe las mamas. Valérie la viste cada mañana, cada noche la desnuda, le enjuga el sudor, la cuida.

La ha llevado a un impresionante número de curanderos y hasta a un médico que le ha recetado mercurio mezclado con miga de pan.

—Le pago medio franco, ni más ni menos. Y mi madre, con lo caro que es, no lo quiere porque se avergüenza. ¿De qué se tiene que avergonzar?, ¡Dios bendito! Pero es que es el remedio que se receta a las pelanduscas ingresadas en la Salpetrière y a ella le da vergüenza.

Poso el lápiz sobre la mesita y vigilo el pasillo: desierto. La señora se hace esperar.

—¿La conoces?— pregunto señalando con un gesto de la cabeza hacia los baños.

—Jamás la he visto. Pero parecía estar acostumbrada, ha pedido una toalla caliente —reflexiona Valérie, perpleja—. A lo mejor, frecuentaba algún establecimiento más elegante, han cerrado muchos este año.

Y se vuelve conmigo para vigilar de nuevo el pasillo desierto.

Olympe

Y ahora esta agua. Al final, también Justine se convencerá de que estoy loca. Me lo ha dicho su mirada mientras bajaba del coche. Y también su nariz, cada vez más prominente en su demacrado rostro, primero morada en medio del gélido viento y después repentinamente pálida cuando el cochero ha recogido las riendas en la parada de Pont Royal.

Es muy larga la lista de las pruebas que se podrían aducir para demostrar mi locura.

Esta agua, por ejemplo, que huele a magnolia y resbala y brilla sobre las piernas con una iridescencia de minúsculas gotas.

Un placer sencillo. Y, a pesar de su sencillez, un placer de ricos. ¡Cuánto envidiaba en sus tiempos la bañera a la inglesa de la Dupas, con el grifo de cuello de cisne y el chorro de agua siempre limpio y siempre nuevo gracias a la bomba de fuego y a los tubos de los hermanos Perier!

Un baño caliente...

Para mí, en este momento, es mucho más que un placer. Dentro del suave calor de ésta bañera el nudo que desde hace días me atenaza la espalda se va disolviendo poco a poco y yo me olvido del hielo, me olvido del mundo y muy pronto me olvidaré de tu mirada, mi querida Justine.

Estaré loca, pero mi cuerpo me agradece esta interrupción que lo compensa de todas las noches pasadas sin que yo lo desnudara.

«No hay nada como el desnudo para vestir bien», decía el duque de Orleans, y su espíritu cínico no se equivocaba: pues sí, no hay nada como el desnudo para volver a entrar en tu propio cuerpo.

¿Una hora, dos? ¿Cuánto rato ha pasado desde que solté el brazo de Claude y salí a la calle tras haber superado el puesto de guardia?

Hacía meses que no pisaba el adoquinado de París y, al primer paso, he notado repentinamente el frío. Una punta de estilete que me ha penetrado en el cerebro, congelando los pensamientos, que se han quedado colgando como estalactitas. Retorcidos. Rígidos. Me oponían resistencia. Después, el largo muro de la casa-prisión ha desaparecido a nuestra espalda y Justine me ha murmurado al oído: «estáis libre».

No, he pensado, no libre: a salvo.

Una palabra que no me alivia como debiera.

Ya desde el principio mis enemigos sabían que yo disfrutaría de muchas licencias en casa de Lescourbiac y que evadirme no me resultaría difícil. Estaba bien claro... Y lo han permitido. ¿Por qué tanta indulgencia para conmigo? ¿Con la esperanza, tal vez, de verme hacer lo que he hecho? Probablemente no he defraudado sus expectativas cuando he ocultado el rostro en la anónima oscuridad de un velo y he subido al coche que me esperaba junto a la verja. A ellos también les conviene evitar el escándalo de mi juicio... Motivo por el cual jamás me he cansado de pedir una acusación oficial, unos jueces y un debate público.

Pero hay una cierta vanidad en el hecho de buscar la propia salvación o la propia condena en el juicio de un tribunal; Hyacinthe está convencida de ello y querría que yo también lo estuviera. Cuando la violencia se convierte en ley, la pretensión de defenderse recurriendo a la ley equivale a un suicidio.

Y entonces no queda más remedio que huir...

Y, al hacerlo, revestirme de una apariencia de culpa.

Pero salvarse.

Y abandonar Francia, irse lejos, yo, que no me fui cuando todos los teatros de Londres estaban dispuestos a poner en escena mis comedias...

En aquella época yo me sentía muy orgullosa de mis éxitos. Algo he demostrado, iba diciendo entre bastidores, en los cafés, en el salón de la Montesson. Y, efectivamente, algo había demostrado: si no otra cosa, que para escribir una obra dramática no es necesario tener barba en el mentón, tal como sostiene aquel brillante e ingenioso personaje que se encarga de la crítica teatral en la *Crónica de París*. Pero hoy él es un hombre libre y puede hablar como ciudadano de Francia, mientras que yo, como ciudadana, sólo puedo callar.

Mi rodilla traspasa la superficie del agua. Puntiaguda, frágil, con la blanca piel tijereteada por la cicatriz que me ha quedado como recuerdo de la caída.

Una rodilla marcada. Un cuerpo inerme que busca en vano su valentía...

... Pero después le grité al cochero: «¡a los baños de Pont Royal!»

El vapor que sube de la bañera se posa sobre los pájaros pintados alrededor de las paredes y los difumina, los transforma en un torbellino de colores en el cual asoman de vez en cuando unos curvados cuellos y unos largos picos. En la sala he entrevisto a una pintora con la libreta y el lapicero, serán obra suya. La mano es audaz. No parece una aficionada.

Cierro los ojos y escucho el tibio rumor de cien alas, las lejanas evoluciones de un universo que vuela, la cercana música del agua.

Todavía unos minutos...

Sí, dadme tiempo y dentro de poco volveré a tener la fuerza para decir en voz alta lo que jamás he dejado de susurrarme a mí misma.

Algo que ya no podría decir si me ocultara en la sombra de un retiro doméstico, tal como querrían mis enemigos, dando testimonio con mi silencio de la debilidad del sexo al que pertenezco.

Ha transcurrido más de un año desde el día en que los habitantes de París creyeron poder librarse del temor y de las traiciones matando a los prisioneros en las cárceles. Aquella sangre sigue embriagando las conciencias y yo lo tengo que decir. Tengo que decir que la Revolución no es como el terremoto de Lisboa, que no puede ser ciega, porque está formada por hombres que pretenden actuar en nombre de la justicia. ¿Y dónde puedo decirlo a estas alturas sino en la sala de un tribunal?

Perdóname, Justine.

Pero no es necesario pedirnos perdón entre nosotras dos. Más bien Pierre, y Hyacinthe...

Pero ella lo puede comprender: en cierta manera soy su maestra. ¿Podía haberme ocurrido algo más hermoso que tener una alumna? Yo, que no tuve preceptores ni escuela, aparte de las ursulinas de Montauban. Y, sin embargo, creo que mi palabra, la palabra de una mujer que se ha instruido por su cuenta, puede valer tanto como la de los maestros de nuestro siglo.

Tengo imaginación suficiente para creerlo.

Rousseau me enseñó que es la imaginación la que transforma los seres naturales en seres humanos y, a pesar de sus sarcasmos, semejante afirmación es válida tanto para los hombres como para todo el sexo femenino.

La imaginación nos humaniza. Y, al humanizarnos, nos regala el deseo. Que es enemigo de la razón. Que introduce el desorden en el mundo y en el espíritu. Pero bendito sea el desorden si la razón no nos hace justicia.

Sophie

La ostentación ya no está de moda en París. Las manos que la trabajan no son manos del pueblo, oigo decir. Y si lo dice París, que es el cerebro y la cocina del mundo...

Pero ¿dónde está la ostentación, me pregunto yo, en este establecimiento que transforma el agua fría, turbia y peligrosa del río en un baño caliente perfumado con esencias? Ningún patriota podría acusar de buena fe al ciudadano Royer, que es el propietario, director y contable, todo en uno, de ofensiva ostentación de riqueza: no hay en la sala ningún objeto que no encaje con la actual coyuntura y hasta las sillas etruscas son de madera de caoba que, entre las maderas, representa, sin la menor duda, el tercer estado. No, aquí dentro yo no encuentro el menor lujo, sino un sobrio y mesurado deleite que es la condición esencial de la vida.

Vapores que relajan, inciensos que arden, mis pájaros fantásticos que emprenden el vuelo en un cielo que sólo conoce los claros matices del día, ¿existe un lugar más apropiado para crear un nexo de confianza?

A las mujeres les gusta sumergirse y soñar. Agradecen hasta tal extremo estos tibios y perfumados sueños que hasta acceden a posar desnudas para mí en el momento de salir de la bañera. Y yo vengo aquí también por eso, pues, de otro modo, ¿dónde podría estudiar algún desnudo para mis lienzos?

Ya no soy una muchacha. He perdido aquel descaro que me empujaba, en verano, hasta los abrevaderos de la orilla del Sena, donde esperaba, escondida detrás de un murete o una barca, a que alguna desvergonzada bajara a darse un baño al natural, desafiando las ordenanzas que prohíben exhibirse en las orillas del río. Con el corazón en la garganta y el carboncillo en el puño, espiaba a los mozos, que ataban los caballos encomendados a su custodia y examinaban cautamente la orilla antes de quitarse una prenda tras otra. Rápidamente, demasiado rápidamente. Mi carboncillo seguía frenéticamente las articulaciones de los huesos, el relieve de los músculos, la configuración de los miembros, y sólo descansaba cuando los huesos y los músculos, las nalgas, y la espalda, y todas y cada una de las extremidades desaparecían con un estremecimiento en el interior de la amarilla corriente.

Aquí en el establecimiento, en cambio, todo es normal, mi presencia es aceptada con serena naturalidad, yo no tiemblo ante la necesidad de ocultarme y las mujeres vuelven de buen grado para que las retrate con el cabello suelto sobre los hombros bajo la apariencia de ninfas o de bacantes.

Ninfas y bacantes las hay en cantidad no desdeñable, pero una mujer que pueda personificar a la Razón, con un aire pensativo tan dulcemente austero...

Mis dedos corren con entusiasmo sobre el papel.

Trabajo forzando la memoria, tratando de recrear los ángulos de la mejilla, el corte de la boca.

Hasta que, finalmente, mi desconocida modelo sale del baño.

Ahora la puedo contemplar a mi gusto mientras, tumbada sobre el canapé, pide un moca.

Valérie se balancea primero sobre un pie y después sobre el otro, procurando disimular su turbación.

—Pero cómo, ¿no lo sabéis?, ¡si todo París anda alborotado ante el temor de perder hasta el café con leche de la mañana!

El moca ha desaparecido de la capital. Nadie tiene la culpa. Son los desastres de las colonias.

—¿Una bavaresa, quizá? —sugiere tímidamente—. Endulzada quizá con un poco de jarabe de culantrillo y hecha, bueno, hecha con una estupenda infusión de té en lugar de chocolate, porque el chocolate también...

—De acuerdo, si de eso tampoco tenéis— se resigna la desconocida.

El cabello mojado se le riza sobre la frente, que de vez en cuando se contrae, un breve espasmo entre las cejas, que se juntan en un grumo de cansancio, de contrariedad o de renuencia.

Me concentro en aquella inquietud que ni siquiera los vapores y las esencias han conseguido calmar. Estoy tan dominada por el ansia que ni siquiera se me ocurre pedirle permiso, extiendo una hoja en blanco e inicio de nuevo un bosquejo. Sus ojos siguen con interés el movimiento del carboncillo. Después: «esperad», me interrumpe con gracia no exenta de una ligera irritación en la voz.

—Lo siento, no tengo dinero —se excusa con franqueza, sin avergonzarse, aparentemente, de una confesión que cualquier dama trataría de evitar—. No tengo suficiente, me temo.

Puede que sea cierto y puede que no. Sin embargo, es afable, curiosa, no esquiva mi interés. Los pies de largos y descarnados dedos están todavía descalzos y asoman por debajo de los pliegues del vestido.

Sigo trazando velozmente mi boceto.

—No importa. ¿Os molesta que siga adelante? Quizá un día, si os apeteciera un retrato...

—¿Puedo verlo?

—Os lo ruego.

Sus pies me rodean, dejando húmedas huellas sobre la alfombra. Cuando se inclina para mirar por encima de mi hombro, me envuelve en un intenso efluvio de magnolia. En su rostro, muy cercano al mío, leo estupor. Y también placer, aprobación, alabanza.

—Muy bien hecho. ¿Os permiten ejercitaros en un taller?

—No —contesto riendo—. Oh, no, soy una alumna de la naturaleza.

¿Qué maestro se dignaría a acogerme en su taller? Las mujeres sirven para dibujar las estampas del señor Martinet o los papeles pintados del señor Réveillon. Mis manos se tendrían que conformar con trazar tallos y nervaduras de hojas. Y no es que eso me desagrade...

—Pero no estáis satisfecha.

No estoy satisfecha, no, nada satisfecha. ¿Por qué debería esconderme bajo el velo de la modestia? El orgullo será un pecado, pero estoy dispuesta a expiarlo junto con todos mis demás pecados, puesto que no tengo escapatoria: a mí me gustan los pinceles que hay que limpiar y las grandes paletas que se tienen que rascar, a mí me gusta pintar de pie, respirando cola, trementina y barniz... Y esbozar colosos, ¡ah, cuánto me gustaría esbozar colosos de carne como los de David! Pero, en cambio, miradme. Obligada a arrancarle mis modelos a la vida por la fuerza, a adiestrarme en el hurto, por así decirlo, como los pilluelos que empujan violentamente a los viandantes para adiestrarse en el hurto al estilo americano.

Ella menea la cabeza y regresa con sus pasos descalzos al canapé. Dobla las largas piernas bajo la falda con el mayor desparpajo y no pregunta nada más, pero dentro de su silencio yo advierto una pizca de comprensión.

Valérie, con la jarra en la mano, se ha olvidado de verter la bavaresa en una taza de loza y se queda como embobada mirándonos, ahora a ella, ahora a mí, otra vez a ella. Un fino riachuelo gotea desde la jarra inclinada y se pierde en el interior de la alfombra.

—Tengo la impresión de haberos conocido en otro lugar— se me escapa de golpe, y la desconocida se alisa el vestido sobre las rodillas y baja los pies descalzos al suelo en un involuntario gesto de alerta. Me hago la tonta: no vivimos en tiempos en los que se pueda pecar de indiscreción. Pero ahora ya es inútil echarse atrás.

—Sí, estuve... en el *hôtel* d'Aligre en rue Saint-Honoré. El invierno pasado. Subastaban el lienzo de un inglés, una pequeña composición...

—Tengo el ojo adiestrado del pintor— me justifico.

—Y vos —la severidad de su voz se ha disuelto y sus piernas vuelven a estirarse con audacia sobre el canapé—, ¿vos ganáis suficiente con la pintura?

—Algo saco.

No me puedo quejar, hoy que hasta los pintores y los escultores de la Academia se ven obligados a dibujar para los tapiceros.

—En cierto sentido, los tiempos me son favorables —reconozco—. Nadie se asombra de que intente sacar provecho de mi talento.

Sobre todo, después de la desgracia de Bernard. Pero ésas no son confidencias que se puedan hacer en la atmósfera falsamente relajada de un establecimiento de agua caliente.

El reloj de pared da las cinco. La desconocida se sobresalta, se lleva la mano a la frente, se arregla un bucle detrás de la oreja y, de repente, tiene prisa, se desliza al suelo y entra en el vestuario, dejando la puerta entornada. Introduce las piernas en unas medias de seda y los pies dentro de unos botines de punta redonda; un revuelo de faldas y desaparece. Sobre la mesita se queda, intacta, su bavaresa.

Cécile

¡Dios del cielo! ¿Cuándo ha ocurrido? ¡Dios del cielo, mi hijo! ¡Mi hijo elegido miembro del Comité de Vigilancia Revolucionaria! ¿Que si estoy contenta?, no tengo palabras, Michel. ¿Cómo puedo expresarte mi satisfacción? Orgullosa, estoy inmensamente orgullosa de haber concebido a un hijo que se ha convertido en la voz y el brazo del pueblo. Tú lo sabes, te he dedicado todas las fibras de mi corazón desde que estabas todavía aquí dentro, en mi barriga. Te he preferido a mí misma en todo momento de mi vida. Pero tú, Michel, con esta novedad, me estás compensando con creces.

Pero... Explícate mejor, hazme comprender también a mí, que no entiendo lo que significa —pero en *concreto*— esta misión.

La responsabilidad, el honor, me doy cuenta de la grandeza de todo eso. Yo fui la primera en empujarte: «da un paso al frente», te decía, «¡ojalá te eligieran para algún comité!»

Pero en la práctica, para entendernos, ¿con esta elección tendrás alguna retribución? ¿Sí? y cuánto... ¡Tres francos al día! Eso sgnifica, Dios del cielo, que ya no tendrás que trabajar en el arsenal del Pont-au-Change. Lo hemos conseguido, Michel. ¡Qué noticia!

Ahora soy verdaderamente feliz y también lo será mi señora, siempre tan solícita en preguntarme por ti, cómo estás, qué haces, no se olvida ni un solo día, con la de preocupaciones que tiene en la cabeza.

¡Mi hijo comisario! Bueno, ya ves que hice bien en insistir cuando te espoleaba: «hazme caso, hijo mío, aprende, ¡aprende a leer y escribir!», parecía una pesadilla y, en cambio...

¿No?

Comprendo.

Eso que dices es muy razonable, no dudo de que nuestro gobierno necesite militantes leales más que escribanos. Militantes fieles. Para depurar las secciones, echar a los moderados, a los tibios y a los indiferentes, que son la ruina de la patria. ¿Y quién es más fiel que tú? Asambleas, reuniones, desfiles y la marcha sobre la Convención para incluir en el orden del día el Terror. Aunque estuvieras muerto de cansancio, jamás te has echado atrás. Eres fiel y diligente, de otro modo no te habrían elegido para el Comité de Vigilancia, que es el ojo de la Revolución. Pero saber leer y escribir, eso también cuenta. Es un bagaje que puedes llevar contigo a todas partes. Un bien que no se puede despreciar. Si no te ha servido de nada hasta ahora, te servirá más adelante, fíate de tu madre.

Y, además, yo también tengo una novedad.

Escucha, Michel.

¡Escucha!

Te aseguro que hay material para un buen informe y tú podrás hacer un buen papel delante del ciudadano Fouquier-Tinville.

Fue ayer al atardecer, por eso no sabía cómo avisarte.

No recuerdo exactamente la hora que era. Ahora que lo pienso, el sol ya se había ocultado detrás de la encina, pero el reflejo del ocaso perduraba entre las ramas. Tenemos unos días espléndidos, muy fríos, pero con una luz que tarda en apagarse, ¿te has dado cuenta? Casi como si el tiempo tampoco acabara de aclararse con este nuevo calendario, pobrecito, y se divirtiera mezclando las estaciones, que asoman la cabeza la una encima de la otra.

Sí, de acuerdo, sigo adelante, pero bien tengo que explicarte... Ten un poco de paciencia. Y no chasquees los dedos, es una costumbre que aborrezco.

¿Dónde me había quedado? Ah, sí. Bueno, pues estaba en las cocinas y daba vueltas a la manivela del molinillo de café, procurando no perder ni un solo grano, porque se han terminado las existencias y nos cuesta trabajo renovarlas, aquí todos trabajan muy duro, hasta el señor Lasnier empieza a tener dificultades.

El sol ya se había ocultado, pero aún no había bajado la oscuridad y las cocinas, como puedes ver, dan a la alameda que conduce a la verja y al cuerpo exterior de guardia. Así que, mientras doy vueltas a la manivela y presto atención al sonido tan agradable que hacen los granos cuando se trituran, con el rabillo del ojo observo un cierto movimiento. Las visitas ya se habían marchado desde hacía un buen rato y no había sonado ningún gong bajo la bóveda de la portería para anunciar una llegada inesperada. Y, sin embargo, junto a la verja había un coche, un landó con la capota levantada, y el cochero se estaba atusando los bigotes, de pie delante del cuerpo de guardia, mientras por la alameda apuraban el paso el director y su ayudante, que, por cierto, es el joven que magnetiza a mi señora.

Yo estoy allí, triturando y machacando con el molinillo bien apretado contra el pecho, y sigo haciendo mi trabajo, aunque ahora la manivela da vueltas sin esfuerzo y los granos ya no son más que un valioso polvillo negro. Mientras, sigo con la mirada las piernas de Lescourbiac, esqueléticas en sus medias blancas, y me pregunto, con aquella miseria de caderas y de hombros, de dónde habrá sacado las fuerzas para engendrar siete hijos.

Entre tanto, él ya ha llegado a la garita y le da una orden al guardia, probablemente la de que abra la verja que, efectivamente, se abre. Y, mientras se abren las hojas, del landó desciende una señora con el rostro cubierto por un velo. Baja sin la ayuda de nadie y se da la vuelta para saludar a alguien que permanece escondido, al amparo de la capota.

¡No te digo cómo me quedé! ¿Quién era? Pues ni más ni menos que la De Gouges. No me cabe la menor duda, también por la cuestión de la estatura. Era aquella larguirucha y bajaba de un coche parado en la calle a la que se abre la verja. Ella, una detenida.

La escena era de lo más curiosa, te lo aseguro. Por un lado el director, que trataba al cochero como si fuera un criadito cualquiera y, por el otro, su ayudante, que, por el contrario, hacía de caballero y daba el brazo a la dama del velo para acompañarla al interior. Entraron no a través de la portería, sino del apartamento privado de Lescourbiac. Quien apoya, por lo visto, las conspiraciones de los detenidos, cualesquiera que éstas sean, ¿qué te parece?

No, a ella no, no le vi la cara.

Llevaba un velo que la cubría hasta los hombros y, en aquellos momentos, hasta las últimas llamaradas del ocaso se habían apagado entre las ramas de la encina y la oscuridad ya estaba empezando a bajar a toda prisa, como si quisiera recuperar el tiempo perdido, y era cada vez más profunda en el recuadro de la ventana. ¿Cómo quieres que le viera la cara? Pero el porte, la estatura, aquella inconfundible manera suya de moverse... Si te digo que la reconocí, me tienes que creer.

Muy bien, eso también lo he pensado yo. ¿Dónde se ha visto a un prisionero que sube y baja de los coches a su antojo, que se va y regresa, como si hubiera salido a dar un paseo o a aspirar una bocanada de aire fresco antes de irse a la cama?

Te lo estoy diciendo, la cosa es muy rara. Pero ¿qué sabemos nosotros de las intrigas de esta mujer?

Cómo que no basta... Si basta una sospecha para arrojar a la gente a la cárcel, encerrarla y someterla a juicio, ¿esto no basta para redactar un informe?

En cualquier caso, decídelo tú, Michel. Te dejo a ti la elección entre si contar o no lo que yo he visto, tú estás dentro de las cosas, ¿quién mejor que tú puede comprender lo que es oportuno y lo que está fuera de lugar?

Por otra parte, yo no tengo nada en contra de la De Gouges. Si quieres que te diga la verdad, me parece una exaltada, más que una criminal. Pero he asumido un compromiso y, si te he hablado del coche delante de la verja, y de la señora con el velo que le cubría la cara, y de lo extraño que resultaba todo el asunto, en resumen, si te he revelado mis sospechas, es para cumplir ante el ciudadano Fouquier-Tinville el compromiso adquirido, dejando aparte mi afán de justicia.

Sí, Michel, de justicia.

Quiero decir que no me parece justo de ninguna manera que la De Gouges pueda entrar y salir de esta casa como si fuera una visita y, en cambio, a mi ama no se le conceda ni siquiera permiso para ir a recoger su carta de indulto.

Está completamente destrozada, la pobre señora.

Parecía que las cosas ya se habían arreglado, que se habían aclarado todos los equívocos y se había reconocido la inocencia de sus intenciones. Cuestión de días, pensábamos, pero después... En cambio, el tiempo pasa y la carta no llega. Está allí, Michel, en el Tribunal, a punto de ser entregada, con todas las firmas necesarias, pero no se la entregan y ella teme que la puedan revocar. Bastaría con que pudiera ir a recogerla personalmente para que se resolviera el obstáculo. Y generalmente, tú lo sabes, en estas circunstancias no es difícil conseguir un permiso. ¿Por qué, pues, negárselo precisamente a ella? Un permiso de unas pocas horas...

Puede que me equivoque, pero creo que en este columpio del sí y del no tiene que ver este Lasnier, que cada vez me gusta menos, si he de ser sincera. A lo mejor no desea perder la compañía, el bueno del ciudadano Lasnier, que se pasa los días en bata y con un diamante en el dedo medio de la mano que despide ráfagas de luz como un faro mientras él firma papeles y más papeles. Después se emperifolla para la cena y roza la mano de mi pobre señora con sus labios de Judas: «¿todavía no ha llegado la carta?, cuánto lo siento». Pero yo veo que en su fuero interno está contento. Él está contento y también lo está la señorita Therèse... ¿Una niña? Un demonio desencadenado, que se escapa día y noche para ir a jugar con el hijo del vigilante y se comporta como si estuviera pasando el verano en una villa señorial. Pero el verano terminó hace tiempo y la señora tendría que ser menos indulgente con esa criatura que nació rubia y almibarada y se está volviendo más salvaje que una negrita de ultramar.

No, Michel, no exagero. Es un verdadero peligro, esa niña. Para ella misma y para su madre.

Pero no es ella quien me preocupa en este momento. Más bien el ciudadano Lasnier. Un hombre taimado... Paga nuestras cuentas y menos mal, pero eso no lo autoriza a insistir con la historia del magnetismo. Una cura prodigiosa, dice, que es muy buena para los vapores y también para los calambres. A mí me parece una indecencia. Entré durante una sesión y por poco me caigo al suelo con la bandeja y todo al ver las manos de aquel joven, que se posaban en todas partes... En todas partes, puedes creerme. Y el ciudadano Lasnier se acariciaba la barbilla y disfrutaba de la escena con unos ojos que le brillaban compitiendo con el fulgor de su diamante en la penumbra.

Con prudencia, pero se lo he comentado a la señora: «no creo que estas sesiones os sirvan de mucho». Pero no hay nada que hacer. Ella está convencida de que Mesmer es un hombre extraordinario. Le he dicho: «Mesmer es un austríaco, como la *ci-devant* reina de Francia». ¿Está permitido todavía curarse con los métodos de un austríaco, no es un acto antipatriótico? ¿Por qué no te informas, Michel?

Querido mío, puede que me equivoque, pero al ciudadano Lasnier le gusta mirar las indecencias. Un pasatiempo demasiado agradable como para permitir que termine. ¿Que fuera hay un infierno? Él no tiene que temer ni las llamas ni a los demonios. Se ha buscado un buen refugio tranquilo, sigue haciendo sus negocios y las comodidades no le faltan. ¿Quién te dice a ti que no es él quien se las está ingeniando, a la chita callando con sus compinches, con lo intrigante que es, para bloquear la carta de indulto al tribunal?

Bueno, ya he terminado, ya he terminado, Michel, a qué viene tanta impaciencia, tendría que ser yo la que tuviera prisa, pues ya ves que he abandonado el servicio para hablar contigo.

Y no vuelvas a hablarme de ese asunto, que es harina de otro costal.

No insistas, te lo ruego.

Sí, ya me buscaré un trabajo más adecuado para la madre de un comisario, pero eso cuando la señora salga de aquí y ya no corra más peligros. Y, además, piénsalo un poco: soy una criada, mejor dicho, una doncella, la doncella personal de una señora, pero, ¿cuántos informes he enviado al Tribunal? Lo sabes tú mejor que yo, puesto que eres tú quien los escribe. Por eso es cierto que soy una doncella, pero yo también ejerzo una función de republicana coherente y puedo hacerlo precisamente porque no he abandonado mi oficio. Y no es tarea fácil, te lo aseguro, pues a estas alturas, aquí dentro olfatean a los espías... Bueno, a los confidentes, si lo prefieres. Hasta el perro del vigilante no hace más que husmearme los zapatos y soltar gruñidos. Me sorprende que mi ama no se haya dado cuenta ella también, ¡pero es que está tan angustiada por la dichosa carta!

Quédate tranquilo, Michel, dejaré el servicio. Pero antes quiero ver si el ciudadano Lescourbiac tendrá el valor de negarle un permiso a mi señora mientras la De Gouges entra y sale como le da la gana, con sus modales expeditivos, que se cree mejor que las demás mujeres la señora filósofa, y también que los hombres. Hace poco la oí gritarle a su abogado: *¡no conseguiréis intimidarme!, hombres de vuestra clase se encuentran por todas las esquinas de las calles, pero para forjar a una mujer de mi temple, mi querido amigo, hacen falta muchos siglos*. Y eso que se trata de su abogado. Aunque en realidad, por lo que he oído decir, ha venido tan sólo para sacarle dinero. Con esa pinta de rata terrosa y atrabiliaria que tiene. ¡Pero anda que ella! *Hacen falta muchos siglos*... Mira que contestarle de esa manera a un abogado, ¡qué arrogancia, Michel!

Thérèse

Árboles negros, cielo azul. Azul republicano, puntualiza Cécile. Hoy los colores no tienen matices, el sol es un disco frío y brillante y yo no puedo bajar al jardín. Mamá me lo ha prohibido, porque, dice, sólo faltaría que te pusieras enferma. Y ahora estoy jugando a contar los colores, brillantes y nítidos fuera y opacos y apagados en nuestra habitación, porque hasta la luz, al entrar aquí dentro, se marchita.

El caso es que tengo un poco de tos, pero no, como pretende mamá, por culpa del sol que no calienta, del aire cortante o de la húmeda hierba del jardín, sino por la estufa, que suelta humo y un olor de hierro candente que me irrita la garganta y hace que me dé vueltas la cabeza. ¡Si por lo menos tuviéramos una chimenea! En cambio, tenemos que conformarnos con este catafalco gris desde que nos han trasladado a una habitación más pequeña, porque ya no podemos seguir pagando la de antes. No es un mal muy grave, porque total, si llega la carta, nos vamos. Pero la carta no llega, nosotras ya no tenemos siquiera la chimenea y a mí me lloran los ojos a causa del humo y del aburrimiento, porque no puedo bajar al jardín, no puedo jugar en la leñera con Jupin y, por si fuera poco, me toca escuchar las historias de Cécile.

Yo lloro y toso y ella, para calmarme, coloca un almohadón a su lado y me ordena: siéntate y escucha. Nunca han sido demasiado interesantes, las historias de Cécile, pero desde que su hijo ha sido nombrado comisario, todavía son peor. Siéntate y escucha, y yo me tengo que sentar a escucharla mientras me habla de Jesús, el primero de los *sans-culottes*, y de Robespierre, que es la brújula del patriotismo, y del pueblo y del poder que viene del pueblo, y, al llegar a este punto, mira a hurtadillas hacia acá y hacia allá y se desliza hacia el borde de la silla, como si alguien la estuviera empujando por detrás, y yo ya no entiendo ni una sola palabra de lo que me dice.

En resumen, ésas son sus historias. ¡Si mamá lo supiera! Pero yo no haré de espía, no seguiré el ejemplo de la querida Cécile, que se lo suelta todo a su hijo, pero lo que se dice todo. Se creen que están solos cuando mantienen sus conversaciones en la leñera y yo, en cambio, estoy a dos pasos de distancia, detrás de la fajina, con las manos cruzadas sobre el corazón para reprimir el jadeo.

No es que me esconda por despecho. Al contrario, sus conversaciones me dan miedo. Quisiera huir, pero Jupin me agarra por la cinta del talle y me hace una señal acercándose un dedo a la boca. Y yo entonces cierro los ojos para no ver a Cécile, que se arregla el peto con altivez y se convierte en otra persona delante de aquel hombre de la chaquetilla corta, la áspera bufanda de lana alrededor del cuello y unos bigotes de bandido que crecen y crecen y ahora ya le cubren los labios. Y dice unas cosas que en parte comprendo y en parte no, a veces me parece que las entiendo y otras veces sólo siento una rabia enorme, pero no sé contra quién, si contra Jupin, que me sujeta, o contra el invierno y las desgracias de mamá, o simplemente contra Cécile y su hijo.

Ayer la tenían tomada con la señora De Gouges y a mí no me gusta que la tomen con ella. Aunque ahora ya no paseamos juntas, porque mamá dice que no tengo que molestarla, yo recuerdo todas sus historias, que no son inconexas, como las de Cécile, sino alegres y llenas de aventuras, y yo, para grabármelas bien en la cabeza, se las contaba después a Jupin. ¿Qué prefieres, le preguntaba, que te cuente cosas de Laponia o del África de los negros? ¿O bien de las islas de Ultramar, donde los monitos saltan libres de árbol en árbol? Y se cagan sobre la cabeza de las personas, resumía él, expeditivo.

No sé por qué mamá me ha prohibido escuchar las historias de la señora De Gouges. «No son apropiadas para una señorita», dice. Y Cécile: «es una arrogante que se las da de filósofa». Ayer también se lo dijo a su hijo y añadió que había que denunciarla antes de que desaparezca sin remedio y yo tuve miedo, mucho miedo, no sé si por la denuncia o por el temor de no volver a ver a la señora De Gouges, y por la noche volvió mi sueño de costumbre, que ya hacía por lo menos un mes que no volvía.

Empieza siempre de la misma manera, con una sensación de hinchazón en la barriga y un picor detrás de los muslos, y yo querría despertarme, pero no lo consigo por mucho que me esfuerce. Y, mientras me esfuerzo, algo se abre y la fuentecita de allí abajo empieza a chorrear y entonces me despierto y me doy cuenta de que las sábanas están completamente mojadas. Esta noche en el sueño estaba también Cécile. Se acercaba a mi cama y, mientras se acercaba, se volvía muy alta e inmensa, con una cara ancha y enfadada, solemne como cuando habla con su hijo. Yo me subía las sábanas hasta debajo de la nariz, pero ella me quitaba de golpe la manta y me regañaba diciendo: «¿quién es la que huele mal, señorita mía?»

Están ocurriendo cosas verdaderamente horribles y este sitio, que a pesar de todo me gustaba, se está volviendo de una tristeza espantosa y ya no me gusta.

La señora Gerbaud también se ha puesto enferma, ahora ya no hay música y mamá solloza sin cesar porque, espera que te espera, todavía no hemos recibido la carta del indulto y ni siquiera se sabe cuándo podrá llegar. Y por eso ella se envuelve en perfume y se va a jugar a las cartas a la habitación del señor Lasnier, que no es una habitación, sino un auténtico apartamento con chimeneas grandes encendidas a todas horas. «¿Puedo venir yo también?», le pregunté el otro día. Y ella: «no seas pesada...»

Pero cuando me necesita, entonces ya no soy pesada.

Ahora, por ejemplo.

«Ven aquí», me llama con la voz que utiliza cuando me confía un encargo, como, por ejemplo, llevarle una nota al señor Lasnier, una voz más dulce que la mermelada de cerezas.

«Ven», y me peina con sus manos, me anuda los lazos, me sube las medias. Esta vez el señor Lasnier no tiene nada que ver, tengo que cumplir un encargo mucho más importante. Tengo que ir a pedir la famosa carta de indulto al Tribunal. Para evitar una revocación, me explica mamá.

Pego un salto, y el corazón se me llena de orgullo, y tiemblo de pies a cabeza a causa de la emoción, pero inmediatamente después, en un rinconcito de la cabeza, me asoma poco a poco un mal pensamiento.

Contemplo con recelo sus finos dedos, que se agitan para ajustarme bien la cinta del talle.

«¿Por qué precisamente yo?», pregunto con un hilillo de voz. Hace un momento ni siquiera podía bajar al jardín y ahora me quiere echar fuera, ella, que dice que las calles de París son peligrosas, porque París es la capital del mundo y por ese motivo en las calles de París se concentran todos los males del mundo. Y me echo de nuevo a temblar, pero ya no de orgullo, sino de miedo, mientras me vuelven a la mente las desagradables historias que cuenta Cécile, no las que hablan de Jesús y de Robespierre, sino las otras, las que hablan de niñas desaparecidas y de niñas abandonadas en el hospital de la Piedad.

«¿Por qué precisamente yo?», suplico, agarrándome al cuello de mamá. Y ella me abraza muy fuerte y, acercando los labios a mi oreja, me dice en susurros que estamos solas, ahora que papá está lejos, y sólo yo he recibido permiso para salir, y por eso tengo que ir a buscar la carta.

Me aparta un poco y, sin dejar de sujetarme con fuerza, clava su mirada en la mía.

—No tengas miedo. Cécile te acompaña y te devuelve a casa.

Inclino la cabeza. Cécile, siempre Cécile.

—No tengo miedo.

—¿Has comprendido lo que tienes que decir?

—Sí, mamá.

—Pues ánimo, repítemelo.

—He venido a pedir la carta de indulto de mamá.

—Ciudadano... Cuando te diriges a alguien, tienes que llamarlo así: ciudadano. Anda, prueba otra vez.

—Ciudadano, he venido a pedir la carta de indulto de mamá...

—...Que es la ciudadana Charlotte Narbonne. Tienes que especificar mi nombre, no lo olvides.

—No, no lo olvidaré.

El padre de Jupin está desayunando sentado a la mesa de la cancillería. Moja el pan en una escudilla y lo chupa chasqueando los labios. Las medias le caen sobre los zapatos y no lleva camisa debajo de la casaca con el cuello desabrochado por arriba. La verdad es que no sé cómo puede ser el padre de Jupin. Se parecen, pero todo lo que él tiene de guapo lo tiene el padre de feo. A Jupin también le falta un diente de delante, pero es un agujerito que apenas se nota, no un remolino.

—Eh, ciudadana.

Se seca la boca y me amenaza con un dedo, pero sonríe con su boca enteramente desdentada.

—Ciudadana, yo te dejo salir, pero tú me vas a cantar una bonita canción, déjame oír también a mí esa voz de ángel que tienes.

Mamá me mira. Cécile me mira. El papá de Jupin me mira. Pienso a toda prisa en la canción más bonita que conozco. Aprieto los codos contra los costados, respiro hondo y canto.

Messieurs d'la Revolution
*Vous moquez-vous d'la Nation...**

Mamá palidece intensamente. Cécile me toma de la mano, la aprieta hasta hacerme daño y bisbisea: «¡calla! Ah, ciudadano», dice dirigiéndose al papá de Jupin, «¡qué educación tan detestable reciben estos niños!» Él se rasca por debajo de la casaca, entre botón y botón, y deja de sonreír. «¡Estos pobres hijos de fanáticos realistas!», insiste Cécile, «casi es una suerte que el padre haya huido, por lo menos ha dejado de enseñarle blasfemias». Él deja de rascarse y me examina con una siniestra mirada. Después se encoge de hombros y se dirige hacia el puesto de guardia.

Ahora soy yo la que se agarra a la mano de Cécile, es mi guía, y tengo que permanecer pegada a ella, qué le vamos a hacer si huele mal. A través de la lana de mis guantes percibo la autoridad dura y callosa de sus dedos.

Fuera hace un frío extraño que parece llover desde el nítido disco del sol. Un frío hecho de brillo y de colores que cortan los ojos. El jardín permanece en silencio, la verdulera y la

* Señores de la Revolución / A vosotros os importa un bledo la nación.

vendedora callejera con su cesta de huevos apuran el paso en dirección a las cocinas, nadie pasea por las alamedas excepto la señora De Gouges. Ella no se preocupa por el hielo y camina al lado de una señora más joven, la compañera de su hijo, dijo mamá una vez, y yo la corregí: «la esposa», y mamá miró para el otro lado y dijo: «sí, la esposa», y yo entonces comprendí que no era verdad.

Tiro de Cécile y la obligo a detenerse. La señora De Gouges se acerca, me acaricia la mejilla y me pregunta adónde voy con este frío y, mientras se lo digo, vuelvo a experimentar un estremecimiento de orgullo. Con ella sería distinto, saldría sin miedo y, de camino hacia el Tribunal, le pediría que me contara historias de viajes a Laponia y de los monitos de las islas calientes, con todo lujo de detalles. Quién sabe, me pregunto con una pequeña punzada de envidia, qué historias le cuenta a la señora joven, a aquella esposa que no es esposa.

Pero el papá de Jupin nos está llamando desde la verja de allí abajo. Me despido a regañadientes y sigo a Cécile. Salgo agarrada a su mano y a su mal olor como a una correa.

Las orejas me hormiguean bajo la cofia a causa del gélido viento y, de repente, me encuentro en París, en medio de las tiendas, los carruajes y el tintineo de los cascabeles colgados de las mangas de los fontaneros.

Ya no pienso en el miedo, ni en las historias de la señora De Gouges, o en el misterio de la esposa de su hijo, que no es su esposa, a juzgar por la expresión de mamá, ni siquiera pienso en la leñera, sólo un poco en Jupin y en su mirada que brinca de alegría: no creo que cuando crezca se vuelva tan mala como la de su padre.

Hyacinthe

...Y entre una y otra rama aparece el muro áspero y amarillo. Los árboles del boscaje han perdido las hojas, dejando al descubierto el vallado. La tierra está endurecida por una blanca capa de hielo que gime, se agrieta y chirría bajo nuestros tacones.

Creía no tener que volver a ver jamás este jardín. Y, en cambio, aquí estamos, caminando por la alameda, animada tan sólo por el cotidiano ajetreo de los proveedores. Sólo nosotras pisamos ahora las hojas y la escarcha. El frío asusta a los huéspedes de Lescourbiac, que mantienen las ventanas cerradas y hasta la tarde no saldrán de sus habitaciones, dice Olympe.

Sólo una niña nos sale al encuentro, cogida de la mano de una criada. Viste una manteleta azul inapropiada para la estación, tiene los labios morados y las mejillas encendidas. Una niña preciosa, que ya había observado en mis anteriores visitas, rubia y alegre. Varias veces he intercambiado con ella una sonrisa de reconocimiento. Pero ahora se acerca agarrada a la mano de la criada y me lanza unas extrañas miradas, como si me viera por primera vez. Sus ojos, más claros que la manteleta, emiten inquisitivos relámpagos, se me clavan encima y se abren a causa del asombro como si estuvieran contemplando un perro bailarín o el oso amaestrado de un saltimbanqui. No es por curiosidad natural: alguien tiene que haberle hablado de mí. Y no de manera halagüeña. Sé muy bien, desde que soy madre, que las conversaciones de los mayores se reflejan en la mirada de los niños.

Olympe se inclina para anudarle la cinta de la cofia. *Adónde vas*, se informa, la interroga, la alaba, *una misión verdaderamente importante, Thérèse, tienes que estar orgullosa, seréis libres y gracias a ti*, después se dirige a la mujer que la acompaña, le pide aclaraciones, explicaciones, y la otra contesta en tono desabrido y con malos modos, adoptando un aire insolente e inútilmente antipático. Nuestra compañía no es de su gusto, eso está claro.

Olympe no parece reparar en ello. Se entretiene en una caricia, toca las enrojecidas mejillas de la niña y la cinta de la pequeña cofia se desliza lentamente entre sus dedos, que la retienen y finalmente la sueltan como si lamentaran, en cierto modo, tener que hacerlo.

Niña y criada desaparecen al otro lado de la verja.

El frío se ha intensificado. Colores de cristal. Palabras que se vuelven frágiles y se hacen añicos nada más salir del nido de la garganta, preguntas que se refugian en un rincón de mi mente.

¿Me explicaréis? Pero no me atrevo a preguntar por temor a que mi voz deje traslucir algún tono inoportuno, de protesta o, peor todavía, de condena.

Y entonces hablo de los niños y de Pierre, de su situación todavía en suspenso, de las cartas que la censura convierte en ilegibles. Y hablo de Mignonne, que ha recibido, a través del vehículo público de Calais —tres francos de portes—, un paquete con los efectos personales de su hermano, los vestidos, los zapatos... Pero ni siquiera una nota o un aviso oficial, y por eso ella todavía se hace ilusiones y no cree en su muerte. Y después es Olympe la que quiere conocer detalles acerca de los últimos decretos de la Convención y yo, por añadidura, le hablo de las tenderas de Les Halles, que les han arrancado el gorro rojo de la cabeza a las Ciudadanas Republicanas y han pedido que se disuelva su sociedad, porque el gorro rojo corresponde a los hombres y las mujeres que lo llevan no pueden ser sino mujeres de mala vida a sueldo de los aristócratas.

Hablo, pero no consigo preguntar.

Sus piernas se mueven con la habitual impaciencia, apartando el voluminoso forro que entorpece el paso. Pero su pálida sombra se arrastra de lado. Su busto y sus caderas, sometidos a una atenta mirada, se revelan más escuálidos que gráciles bajo la pesada capa. El cuerpo aparece y desaparece entre los pliegues cual si fuera una hoja a punto de desprenderse de la rama y alejarse volando. Pero la frente está relajada. Serena.

Me explicaréis... ¿Me atreveré alguna vez a preguntarlo?

Esta noche había un precioso claro de luna, blanco y frío como la tierra que estamos pisando, cuando levanté la cortina para vigilar la calle, y pensé en todo mi trabajo, en la angustia, en los esfuerzos por ponerla a salvo, en el cansancio inútil, pero no experimenté decepción y ni siquiera resentimiento, sólo dolor.

No un dolor abstracto sino un dolor de la carne, de la garganta, del pecho, allí y allí también y otra vez allí.

No puedo hacer nada por ella, pensé.

—Por el dinero no os preocupéis, mes a mes encontraré la manera...

Su cuello emerge estremeciéndose de la vuelta de terciopelo. Está distraída, no presta atención, y toda mi eficiencia, mis comentarios prácticos, caen en el vacío.

El perfil absorto se levanta como enfrentándose al viento.

—Yo creía... —y permanece momentáneamente en suspenso— creía que la Revolución devolvería a nuestro sexo todo aquello que nuestro sexo ha hecho por el otro.

Yo no he preguntado, pero ella, a su manera, me ha contestado.

Olympe

Vinieron el lunes veintiocho de octubre, de noche. El gong rompió el silencio y el sonido resonó de habitación en habitación, una vibración que se dilataba para después disminuir, debatiéndose atrapada entre ventanas y paredes.

El ejemplar del *Moniteur* que estaba leyendo cayó al suelo. En el interior de la lámpara, la llama adquirió una tonalidad rojiza.

Presté atención.

El eco del gong se apagó.

En cuestión de unos segundos, oí levantarse en todo el pasillo un confuso bisbiseo, un arrastre de pantuflas, el precipitado ir y venir de calzado ligero, rumores amortiguados y alternos de puertas que se abrían y cerraban, poniendo fin a las visitas nocturnas. Un eslabón rascaba en algún lugar, como si alguien estuviera intentando encender un fuego o una lámpara.

Un nuevo, brevísimo silencio.

Inmediatamente, desde el fondo de la escalera empezó a subir un rítmico retumbo de fuertes pisadas, de pies calzados con botas o zapatos militares.

Las pisadas se acercaron y se detuvieron delante de mi puerta.

—¡Abrid!

Tres guardias envueltos en tabardos hasta la barbilla. Un ujier con una medalla dorada de gran tamaño, prendida con un lazo tricolor en el ojal de la casaca reglamentaria, ordenó:

—Prepara el equipaje. Te llevamos a la prisión de la Conciergerie.

Y depositó en mi mano un papel de color gris, escrito en minúsculos caracteres con una tinta ferruginosa y mal absorbida: la acusación oficial que esperaba desde hacía tres meses y diez días.

Una doble puerta de por lo menos cinco pulgares de grosor, revestida de hierro, me separa de los demás reclusos. Estoy en régimen de aislamiento, un aislamiento auténtico, sin guardias que me vigilen, tal como había ocurrido en julio en la celda del ayuntamiento. Pero en julio yo no era más que una aprendiza. Una detenida que podía pedir pluma y papel y escribir: *yo lo tengo todo previsto, sé que mi muerte es inevitable*. Han transcurrido tres meses y diez días, mi aprendizaje ha terminado y pienso con horror en aquel adjetivo: *inevitable*. ¿Cómo pude escribirlo?, me pregunto.

La Conciergerie...

Sentada en la cama, con la cabeza entre las manos, contemplo la mohosa tapicería, el suelo de ladrillo que rezuma en grandes manchas la humedad del invierno. Lo percibo, el invierno que avanza. Desde la planta del pie me sube hasta la rodilla y despierta el tormento de la fractura, que confiaba dormido para siempre.

La Conciergerie no es la celda angosta del ayuntamiento y tampoco de la Abbaye o de la Petite-Force, sino algo que tiene muy poco que ver con una cárcel, a pesar de su dureza. Algo radicalmente distinto: es la última etapa. Desde aquí ya no habrá ulteriores traslados. O la condena o la libertad.

A través del incontrolado espasmo de los intestinos comprendo de golpe la diferencia.

Me echo sobre los hombros la manta de lana heredada de los prisioneros que me han precedido. La temperatura debe de haber descendido por debajo de cero y la noche es terriblemente fría. A un verano excesivo no tenía más remedio que seguir un invierno no menos excesivo: el tiempo tampoco se resigna a la normalidad.

La manta me rasca la piel. Es áspera, se ha endurecido por el uso y, cuando la sacudo, emite un fétido efluvio de lazareto. Entre hilo e hilo mi nariz reconoce el agudo olor de la fiebre, el más denso de la desolación y el olor nocturno de las pesadillas que la manta ha transmitido de prisionero en prisionero, que ha pasado de uno a otro y de ellos a mí, un contagio inoculado por mil filamentos espinosos. Mil historias, mil espinas que me pinchan el cuello.

Dos ventanas: una está tapiada, la otra se abre en una alta rendija inalcanzable. Tumbada boca arriba, hundo la mirada en la luz de aquel ojo compasivo que me habla de noches claras y de días extraordinariamente luminosos.

Luminosidades lejanas. Invernales.

La luminosidad de mi primer invierno en París, el más cruel que yo recuerdo.

Las fuentes estaban heladas, el agua costaba medio franco el cubo y los aguadores iban a recogerla en los abrevaderos del Sena, rompiendo el hielo a golpes de bastón. Lavarse era toda una aventura. Justine sufría sabañones en las manos y en los pies. Pierre tenía fiebre y, para distraerse, jugaba con las figuras chinas dibujadas en su biombo. Yo me calentaba bajo las mantas, contemplando la luz de mi primer invierno en París. Inmóvil, para no provocar la aparición de las náuseas. El embarazo había modificado mis sentidos, el olfato, el gusto. Me aliviaba mordisquear almendras secas por la mañana.

Conservo todavía en la boca el sabor de hace veinticinco años. Seco, tirando a amargo. El sabor de las almendras del sur. Mi saliva no lo ha olvidado y me salva todavía de esta sensación de vértigo, del conato de vómito que parece subir desde el revoltijo de la manta apretada contra mi estómago, desde los temores de los mil detenidos que se han envuelto en ella antes que yo.

Pero, a diferencia de ellos, yo no tengo miedo, yo, que no he renunciado a imaginar un mundo en el que todos puedan hablar y ser escuchados.

Me tendrán que escuchar, le digo al lejano ojo de luz que se va aclarando minuto a minuto. No podrán sustraerse a su obligación cuando yo reconstruya los hechos en el espacio escénico de mi juicio.

Noviembre de 1793

Agnès

—¡Aquí, Manette, hacia esta parte, estoy aquí! Llevas un buen retraso, amiga mía. Mira cuánta gente, la sala del Tribunal está tan abarrotada que te deja sin respiración y he tenido que luchar como un lobo montaraz para guardarte el sitio. Me tendrías que dar las gracias, porque todo el mérito será mío si hoy no nos perdemos ni una sola palabra, estamos muy bien situadas, ¿no te parece?, en una posición envidiable. Pero, como hubieras tardado un poco más...

Piensa que un joven hasta me quería comprar tu sitio. ¿Quién era? Un exaltado. O quizá un pariente, a juzgar por la insistencia. Bien vestido, redingote oscura, pero dos ojos alterados con una mancha rojo sangre en el ángulo y la mandíbula apretada. E insistía e insistía, me ha llegado a ofrecer veinticinco francos.

Francos, lo que oyes.

Me he reído en su cara:

—¿Cómo habéis dicho que os llamáis, ciudadano? Muy bien pues... Ciudadano Frazé, ¿acaso me estáis tomando el pelo?

Pero él va y saca un asignado por valor de veinticinco francos y me lo quería depositar en la mano a la fuerza.

«Mira, precioso», le he dicho, «dame un escudo y trato hecho. Manette no se ofenderá cuando le enseñe un escudo llovido del cielo, y nunca mejor dicho». Pero él estaba desesperado y sólo tenía un poco de papel moneda, y yo de eso no quiero saber nada, ¡dinero escrito!, se rompe, se ensucia, se puede quemar, ... Zas, y en un instante desaparece. Y después, imagínate que es falso, a estas alturas ya se falsifica todo, hasta los billetes de la lotería nacional, y si me denuncian por posesión de asignados falsos, ¿yo qué les cuento? ¿Que me lo ha dado un desconocido en el Tribunal? ¿Un sujeto con manos blancas de señor y ojos enrojecidos de desgraciado? No, no hay nada que hacer. Mejor no buscarse las desgracias...

Ay, cuidado, pero, ¿dónde tienes la cabeza? ¡No te sientes encima de mi labor! Así, muy bien, dóblalo y guárdalo en el cestito. No sé cuántas camisas tengo todavía que terminar y, como no espabile, adiós entrega. Lo estaba pensando esta mañana al amanecer mientras venía al Tribunal con el cestito bajo el brazo: en el pueblo trabajan como mulas, pero no hay esta obsesión por los plazos de entrega, esta costumbre de contar y volver a contar las prendas terminadas y, después de haberlas contado, volver a empezar por el principio cada maldito día.

No te oigo, Manette, ¿qué es lo que quieres saber?, aquí todo el mundo grita, ¡grita también tú, que bien que sacas la voz cuando te conviene!

¿Que a quién le hacen el juicio? Y yo qué sé. Parece que a una amiga de aquellos diputados de la Gironda a los que descabezaron el otro día, aquellos que calumniaban a los parisinos y querían hacer marchar a las provincias contra la capital. Eran un montón y, para descabezarlos a todos, Sanson necesitó cinco carretas, cinco equipos y cinco ayudantes allá arriba, en el cadalso. Tú te perdiste el espectáculo, pero yo no. Subían... Y clac, fuera uno, clac, fuera otro, así quedaron bien servidos aquellos señores con el cuello de la camisa manchado de polvos de peluca. Pero después del sexto, me fui.

¿Ésta de hoy?

Sí, una mujer.

No lo sé, no querrás que lo sepa todo. A lo mejor, era la mujer o la amante, más fácil que fuera la amante, de uno de los descabezados del otro día, ten paciencia y dentro de poco lo sabremos. Se llama De Gouges, ¿te suena el apellido? A mí me recuerda algo, me recuerda...

¡Espera! ¡Claro! Era una que trabajaba para el teatro.

No, no una actriz. Escribía. En serio, ¿no te da risa?

Por eso me sonaba el apellido. La conocí en persona y una noche hasta la acompañé a su sitio: yo también trabajaba en el teatro, ¿sabes? ¿Ya te lo he contado? Era la encargada de abrir los palcos y ése sí que era un buen trabajo, querida, aunque no tuve tiempo de acostumbrarme, porque mi teatro lo abrieron y cerraron en un santiamén. Daba espectáculos contrarrevolucionarios e hicieron bien en cerrarlo, pero a mí confieso que me dolió porque el trabajo me gustaba y ya no encontré ningún otro que pudiera mínimamente compararse con aquél.

Lo encontré por casualidad, cuando se habla de suerte... Acababa de llegar a la capital y piensa que llevaba todavía los zuecos forrados de heno y de hierba.

Un viaje de tres semanas, Manette, en compañía de mi hermano, él y yo solos. El camino era largo y, para hacerlo tal como nosotros lo hicimos, hace falta mucho tiempo. A ratos en una carreta, a ratos a pie, a ratos en una diligencia de transporte de agua. Cuando finalmente llegamos, va mi hermano y se pone a vivir con un grupo de doce: una cama en una habitación con once desconocidos y adiós muy buenas. Yo, que prefiero vivir acompañada, me puse de acuerdo con una paisana que quería compartir un cuartito en un sexto piso. Y allí sigo todavía.

Es verdad, estuviste allí una vez... No se puede decir que sea un apaño de lujo, pero cada una tiene su silla y su orinal y, por todo lo demás, es como todas las pensiones, se paga medio mes por adelantado y se marca una cruz en el registro.

En resumen, acababa de llegar y me había puesto a vender esponjas en el Palais Royal cuando se me presenta esta ocasión, ¡trabajar en el teatro! Un regalo de la Providencia, gracias a su infinita bondad y a un conocido nuestro que ahora ya es casi un parisino. Fue él quien nos hizo apreciar las comodidades de París hace tres años, en el noventa, cuando regresó al pueblo. Por aquel entonces, muchos regresaban de la capital. Aprovechaban el subsidio, seguro que lo recuerdas... la Comuna lo ofrecía a los de provincias que habían perdido el trabajo y prometían abandonar la ciudad. Pero aquel conocido nuestro ya no se encontraba a gusto en el pueblo y, tras una charleta, un saludo y un vaso de vino tinto, se volvió a echar el saco a la espalda y tomó de nuevo el camino de París. No había pasado ni un mes cuando nosotros llamamos también a su puerta en rue Beaubourg.

¡Qué habríamos hecho sin él! Sabía todo lo que hay que saber: dónde ir a buscar trabajo o en qué taberna comprar unas sobras excelentes con bocados enteros de carne. Fue verdaderamente nuestra Providencia. Y a mí me hizo conocer el teatro, los palacios, los fuegos artificiales...

¡París, ah, París! A mí y a mi hermano nos parecía una fiesta continua. ¡Si piensas que en nuestro pueblo la única diversión por la tarde es agramar el cáñamo todos juntos!

Bueno, no precisamente la única, tienes razón.

En el campo tampoco es difícil encontrar un rinconcito oscuro donde subirte la falda y dejar que el gato se acerque al queso. Pero es una diversión que, si al principio no cuesta nada, después te hace llorar amargas lágrimas, lo sabes tú mejor que yo, que tienes tres hijos.

Cómo no, Manette, me di cuenta enseguida de que, si una quiere, el remedio no falta, pues en París sabéis más que el demonio. Por eso viene tanta gente de todo el mundo y yo también vine por eso.

Claro que es una ciudad inmensa, París, y nosotros al principio nos perdíamos constantemente. En parte no estábamos acostumbrados a todas estas calles, callecitas y callejones que se curvan, se doblan y se vuelven a doblar la una encima de la otra y la una dentro de la otra, y en parte era la época en que el ayuntamiento cambiaba cada dos por tres los nombres de las calles y las plazas. Mi hermano se había agenciado no sé cómo una Guía para el Extranjero que habían publicado precisamente después de aquellos cambios y buscaba a alguien que se la leyera...

Pero qué has pensado... No pretendía criticar, los nombres también tienen que ser revolucionarios y por eso es justo que se cambien. Pero poquito a poco, para no confundir más de lo necesario a la gente que viene de provincias.

En cualquier caso, si cambiaban los nombres, gracias a Dios que había casas, mercados, puentes o jardines que no se podían cambiar de buenas a primeras, de un día para otro. La calle de mi casa daba vueltas y más vueltas pero, al final, la encontrabas.

Y un buen día te encontré a ti, Manette. Nos conocimos en los jacobinos, ¿recuerdas?, y ahora aquí estamos, sosteniendo con todas nuestras fuerzas el verdadero patriotismo y trabajando por nuestros soldados. También para mi hermano, pobrecito.

Se fue ayer por la mañana y, pensándolo bien, le convenía. Entre tanto, ha cobrado una bonita suma para sustituir en el alistamiento al ciudadano Boucher, el ebanista de rue de la Verrerie, y, en cualquier caso, mejor el ejército que correr todas las mañanas a pelear por un trabajo en place de Grève. Eso en caso de que lo hubiera. De la clase que fuera. Cavando tierra en una obra o en una cantera. Y, cuando lo encuentras, a veces unas estupendas obras públicas, ocurre que llega el mensajero y declara que la Comuna tiene las arcas vacías: hace meses que no paga a sus obreros, ya lo sabemos, y ay de ti si protestas. Para eso, mejor irte de soldado. Por otra parte, eso no puede durar eternamente. Lo ha dicho Robespierre, si la guerra se prolonga, el pueblo se cansa.

Así pues, le dieron una chaqueta, un par de pantalones, una mochila, un viejo fusil de caza con el cañón modificado para sujetar la bayoneta, y ya tienes enrolado a mi precioso hermano.

Pero de que el barbero no iba a tener compasión de su cabello, de eso no lo avisaron.

Un cabello rubio, Manette, más espeso que el mío, jamás he visto a un hombre con más cabello. Lloraba como un niño cuando vino a despedirse. Tranquilo, le dije yo, eso vuelve a crecer enseguida, piensa en la Revolución, ¿qué es un corte de pelo comparado con la Revolución?, no se puede ni siquiera llamar sacrificio. Pero él venga a llorar, hasta que, en un determinado momento, casi me ha dado envidia, porque yo no consigo llorar ni una gota, ni siquiera si me pegan bastonazos en la cabeza tal como hacía mi padre.

Oye, ¿pero qué está diciendo aquella mujer de allí delante?

Bien dicho, estoy de acuerdo: es una indecencia. ¡No hemos venido al Tribunal sólo para pegar la hebra y basta! Queremos ver a esta De Gouges. ¿Es que tienen miedo de despertar demasiado temprano a la señora? Si nos la traen aquí, ya nos encargaremos nosotras de despertarla.

¡Ah, alguna satisfacción bien la tengo que tener! Quizá en el juicio de la Neuvéglise... Me han asegurado que se celebrará dentro de unos días y éste, Manette, no nos lo podemos perder de ninguna manera. Pues claro que la conoces, a la Neuvéglise, la directora de la hilandería de los jacobinos. Había empezado a despedir a las madres de familia que pedían alguna ración más de pan, no pensaba que ahora hay justicia incluso para ella, ¡vaya si la hay!

Lo que faltaba, hubiera apostado a que se me despuntaba la aguja... Y tengo el cesto lleno, cuándo voy a terminar.

Por cierto, Manette, ¿me harías un favor? Yo te he guardado el sitio, favor por favor... ¿Me podrías hilvanar algún dobladillo? Tengo miedo de retrasarme, un día pasa muy rápido, tan rápido que ni siquiera te das cuenta y, si no termino antes de esta tarde, en la sección ya no me hacen más encargos.

Como no respetes los plazos, me han dicho...

Ya hace algún tiempo que ocurren cosas muy raras en las secciones. Tendríamos que comprender un poco mejor lo que hacen allí dentro, querida Manette. Por ejemplo, ¿cómo es posible que a nuestros soldados les falte la ropa y, en cambio, nosotras cada vez tengamos menos trabajo? Los soldados se van con las camisas nuevas, pues entonces, ¿a quién le dan a coser los uniformes, a tu juicio? Somos nosotras las que tenemos derecho y en la sección tendrían que estar más atentos a repartir el trabajo según las normas, que están ahí precisamente para que los ciudadanos las cumplan.

¡Ah, si las mujeres no fueran tan desvergonzadas! Bastarían doce como tú o como yo para conseguir que nos pagaran no digo lo mismo que a los hombres, pero setenta y cinco céntimos al día, por lo menos a setenta y cinco llegaríamos.

¿Pero qué hora es?

Ya basta, se están pasando. ¿Se hace o no se hace este bendito juicio? Ya me he cansado de esperar a que hagan lo que les dé la gana.

No es que tenga prisa, eso no. Aquí por lo menos puedo trabajar ahorrando, sin gastar ni leña ni luz. Nosotras no podemos permitirnos el lujo de tener las ventanas iluminadas. ¡Y una mierda escribir, querida De Gouges! Caprichos de señora: velas, lámparas y hasta incluso la chimenea encendida... Y, en cambio, nosotras nos tenemos que acostar en medio del frío y la oscuridad.

Pero yo he aprendido a hacer lo que tú, Manette. Por la noche arranco de las paredes los boletines de la Convención Nacional, le pido primero al portero que me los lea, porque son palabras santas, unos papeles que salen de la Convención, y por eso primero me los hago leer y después los quemo. Arden de maravilla. ¿Qué mal hay en ello? De noche no sirven de nada, ¿quién los lee?, y a la mañana siguiente, los carteleros municipales corren a pegar nuevos papeles. Si yo despego los viejos, por lo menos no se desaprovechan y sirven doblemente al pueblo.

Así, con los boletines, bien o mal, un poco de fuego por la noche lo consigo y de día vengo a calentarme los pies y a fortalecer el espíritu patriótico en el Tribunal o en la Convención.

Pudiendo elegir, yo prefiero el Tribunal, ¿y tú?

La Convención es más instructiva, de eso no cabe duda: grandes nombres, grandes oradores, grandes discursos. ¿El martes oíste a Saint-Just? *La miseria ha generado la Revolución, la miseria la puede hacer fracasar...* ¿Dónde se puede oír un discurso semejante si no en la Convención? Pero el Tribunal tiene esta ventaja, que no se mantienen discusiones demasiado complicadas para nuestros oídos y, al final, la decisión siempre está muy clara y sin equívocos: culpable o inocente, de aquí no se escapa nadie. Y, además, la Convención tiene el defecto de las tribunas, que están demasiado lejos, por eso se oye mal desde allí y, según dónde te coloques, corres el riesgo de no ver siquiera al diputado que está hablando. Sobre todo hasta hace unos días, cuando los mejores sitios se reservaban para los amigos y las amigas de los girondinos, las *aristocruches**, que se presentaban con sus altos peinados, las faldas hinchadas y el binóculo. Pero nosotras protestamos, montamos guardia a la entrada y rompimos las entradas de favor, éramos cincuenta mujeres airadas. La Asamblea tuvo que interrumpir la sesión y los girondinos se levantaron de sus asientos, gritando que se pretendía envilecer la Convención. Éramos nosotras, según ellos, las que envilecíamos la Convención.

Pero se acabaron sus provocaciones y sus privilegios.

Y esta De Gouges también ha acabado con sus escritos y su teatro. Oh, Manette, pero yo sigo hablando y ésos todavía no se deciden. ¿Qué demonios ocurre, nos la enseñan sí o no a esta girondina?

Olympe

Sábado, doce de brumario. El dos de noviembre, *vieux style*: el día de los difuntos para los cristianos.

Unas pocas linternas aligeran nuestros pasos en medio de las sombras del pasillo. La luz de las antorchas nos persigue sobre las piedras de los muros y de vez en cuando centellea iluminando las delgadas muñecas que asoman a través de las mangas de los uniformes.

Dos de noviembre, festividad cristiana.

El partido de Robespierre, que ha abolido las festividades religiosas, debería conservar ésta. Es suya por derecho propio. Pero no pienso en mí mientras camino escoltada por tres guardias en una semipenumbra atravesada por las corrientes de aire que surgen del corazón subterráneo de la Conciergerie. Pienso en Vergniaud, en la carreta que vino a recogerlo hace dos días.

Me enteré por casualidad. Ayer a medianoche, cuando el ujier me entregó, tal como marca la ley, la lista de los jurados que seguirán mi juicio y después se entretuvo para contarme de qué manera los diputados de la Gironda se habían enfrentado con la guillotina.

Yo sostenía en mis manos la lista de los nombres de aquellos de quienes dependería mi vida y la arrugaba con gesto de autómata, incapaz de leerla. Mis ojos contemplaban al amigo que subía al cadalso de Sanson, meneando su bondadosa cabezota. Me pasé toda la noche viéndolo recorrer el breve trecho desde la carreta al cadalso, siempre con los mismos andares perezosos y la misma indolencia meridional con que solía subir la escalera de mi casa. Subía y enseguida se hundía en un sillón, estirando las piernas para comentarme el tema del día en la Convención o hablarme de sus penas de amor por la señorita Candeille. La encantadora señorita Candeille, que hacía llorar a todo París cuando estaba en escena para después hacerlo llorar a él cuando bajaba el telón.

Esta noche lo he visto ir y venir no sé cuántas veces, a mi amigo Vergniaud, y ahora su cabezota desgreñada me precede mientras me encaramo por los estrechos escalones de la torre Bonbec. Me elevo con gran dificultad, cada vez más arriba, siguiendo su fantasma. Son las siete de la mañana y sólo el frío me parece vivo.

Alcanzo el último escalón. Entro en la sala de audiencias y la vista, el oído, el olfato, todos mis sentidos, amortiguados por el mundo emparedado de la prisión, me estallan en el cerebro. Sonidos, luces, olores, todos se arrojan sobre mi cuerpo y lo confunden.

Y Vergniaud, Pierre-Victorin Vergniaud, con su valeroso corazón y sus perezosos andares, llegado a este punto, ya no aguanta más, su imagen se desvanece y yo me tambaleo, vencida por las voces de la multitud que empuja, que se impacienta, que reclama su espectáculo en medio de un olor dominado por el vinagre, las hierbas que se maceran en el interior de unas jarras de gran tamaño para combatir el aire corrompido y las fiebres que arrastramos como una cola desde las celdas de la Conciergerie. Unas fiebres que podrían subir y propagarse con más rapidez que el fuego en esta sala llamada de la Igualdad y rebautizada por los detenidos con un nombre mucho más apropiado: fábrica de Fouquier-Tinville.

Constance

Es por ella por quien me he puesto guantes y sombrero y he venido hasta aquí.

He venido olvidando mis principios, porque yo no voy a ocupar las tribunas como una *grisette* cualquiera, que no puede presumir ni de cuna ni de bienes, o como una operaria que cose para las tropas. Nadie, pero lo que se dice nadie, puede jactarse de haberme visto en la Convención o en los jacobinos y tanto menos me habría dejado ver en el Tribunal si no hubiera leído su nombre en la gaceta.

El gentío y las discusiones no son de mi agrado y, además, tengo demasiado trabajo, ésa es la verdad. La imprenta me roba todo el día e incluso la noche desde que me quedé sola y tuve que llevarla por mi cuenta, pues, de mis nueve nietos, ni uno solo está dispuesto a trabajar para mí, aparte de Christine.

Pero ayer por la mañana llega la peluquera con el periódico, que yo suelo hojear para aprovechar el tiempo mientras ella me arregla el peinado... Es muy lenta, mi vieja peluquera, y, sin embargo, por nada del mundo la cambiaría por uno de esos peluqueros de maneras delicadas que tan de moda se han puesto últimamente. ¡Jamás he permitido que uno de esos bribones se tome confianzas con mi cabello! Bueno, pues estaba leyendo y comentando las noticias mientras ella me rociaba con una capa muy fina de polvos —no hay como un toque de polvos para conservar el peinado, ¿por qué debería renunciar a eso, por temor a parecer una persona a la antigua?—, cuando veo en la lista de los juicios el nombre de la De Gouges.

«Bueno, Constance», me dije a mí misma, «esta vez no te puedes negar, aunque tú también tengas tus preocupaciones y tu jornada esté demasiado ocupada como para malgastar el tiempo en las asambleas o en el Tribunal, se trata de una antigua clienta, ve a echar un vistacito».

Y *fiat voluntas*, hágase tu voluntad, heme aquí.

Conozco muy bien a la De Gouges. No hay nada que consiga cerrarle la boca. ¿La Revolución divide las conciencias?, ¿se enciende todo el universo?, pues aquí está ella, intensificando su guerra de la pluma: un clienta excelente, desde mi punto de vista. Además, siempre me había pagado, aunque a menudo y de buen grado, con retraso. Hace años que imprimo sus obras, no todas, pero sí en buena parte, y precisamente el año pasado hice varias copias de sus carteles, casi no pasaba día sin que me llevara uno nuevo. Sí, una clienta excelente.

Lástima que su carácter excéntrico te haga sentir incómoda. Demasiado ardor, demasiado ímpetu. Sin contar los daños de la ambición... No hay escapatoria, una mujer que se gane el título de «autor», y ella se lo ha ganado, pierde, en realidad, mucho más de lo que gana: si sus obras son malas, se burlan de ella y, si son buenas, la odian. ¿Dónde está la ventaja? Abandonar la ligereza de la seducción, renunciar a los recursos de la astucia femenina a cambio del arduo esfuerzo de la escritura... ¿No es una ambición excesiva?

Por eso no me acaba de caer bien la De Gouges, aunque la respeto; en cierto sentido, yo también trabajo con las palabras y por eso estoy de su parte.

Y, además, no escribe bobadas, todo hay que decirlo.

Precisamente el año pasado, el veintiocho de junio, cuando Luis Capeto fue obligado a brindar por la salud de la Nación, tocado con el gorro frigio, delante de la multitud que había invadido las Tullerías, ella no dejó de dar a conocer su opinión y la dio a conocer de su manera habitual: escribiendo. Escribió que era un error humillar a los tiranos y mantenerlos al mismo tiempo en el poder, pues eso significa perpetuar una monstruosidad, es decir, un gobierno desprestigiado e incapacitado. Ya es hora, escribió, de declarar el divorcio entre el principio monárquico y el nuevo derecho, pues ya no queda alianza o reconciliación posible. Y el diez de agosto, cuando cayó la monarquía, en el cartel que me llevó aquella misma tarde, exultaba de gozo: finalmente se ha cortado el nudo gordiano. Pero la sangre, decía, jamás será la sangre la que sancione la bondad de una idea.

Su pensamiento es coherente, me parece. Aunque mi nieto Léon, el juez de paz, dijera en semejante ocasión: ¿pero en qué se entromete?, que piense más bien en confeccionar pantalones para nuestros valientes *sans-culottes*. Él es así. Está convencido, como todos los hombres por otra parte, de que las mujeres han sido creadas para hacer perder la razón, no para hablar o sentir según la razón. Es inútil discutir con él.

De acuerdo, excéntrica lo es, sin la menor duda, pero yo aprecio su trabajo, hecho de palabras sinceras, sin inútiles alardes, y no me pude contener. Cuando vi su nombre en el periódico, me puse los guantes, me coloqué el sombrero sobre el peinado recién arreglado y vine aquí a echar un vistazo, aunque no tenga tiempo para ardores patrióticos u otros espectáculos por el estilo, ya tengo bastante con mis preocupaciones.

Que no son pocas.

Por suerte, Christine se convenció. La decisión no fue rápida, pero la cuestión terminó tal como el sentido común quería que terminara, e hizo el equipaje, trasladándose desde Bellevue a París para echarme una mano. ¡Mi única nieta entre los varones!, siempre he sentido un especial afecto por ella. ¡Cuántas veces, cuando era pequeña, me la hacía enviar a París!

Pero ahora ya es una mujer y, a decir verdad, no estoy acostumbrada a tener a otra mujer en casa que manifiesta su opinión incluso en la cocina y arruga la nariz en presencia de salsas y pimentones picantes. Por desgracia, Christine sólo come huevos, leche, fruta y verdura: una auténtica pitagórica. Todo lo más, una media medida de café de vez en cuando. Estamos en cuaresma permanente.

Pero el trabajo lo hace muy bien. Si no la tuviera a ella, que lo organiza todo y sabe cómo manejarse... Sobre todo, desde que tuve que despedir a las mujeres que trabajaban para mí. Con lágrimas en los ojos, pero no tuve más remedio después de la visita de aquel energúmeno, que me hacía girar un bastón bajo la nariz y se me reía en la cara, gritando sin andarse con rodeos: «¡ya basta con estas putas que les quitan el pan de la boca a los hombres!» Me tuve que convencer a la fuerza. Las despedí y contraté a unos obreros.

Fiat voluntas, hágase tu voluntad.

¡Pero qué lastima!, qué lastima ver a unos fornidos mocetones, dedicando sus grandes y fuertes manazas a un trabajo delicado y de precisión, en modo alguno apropiado para ellos. A los hombres les cuesta mucho la composición tipográfica. Es mi nieta Christine la que da órdenes a diestro y siniestro, como si fuera la dueña... Pero lo hace muy bien, tengo que reconocerlo, y mientras se comporte como madre de familia o como hermana mayor con los trabajadores... Lo malo es que se comporta de la misma manera con todos los hombres, jóvenes y viejos, casados y solteros, los trata a todos como hermanos, indistintamente y sin la menor coquetería. ¿Encontrará alguna vez marido?

Pues bien, sí, yo también tengo mis problemas y no debería inmiscuirme en asuntos que no me conciernen y, sobre todo, en las controversias de una mujer con demasiadas ideas en la cabeza.

Pero de eso se trata precisamente: ¿tiene o no derecho la De Gouges a expresar sus ideas, a manifestar en público su opinión, cualquiera que ésta sea?

En el ochenta y nueve pensábamos que sí. Creíamos ser libres tras habernos saudido de encima la censura regia. Imprimíamos de buena gana y de todo. La libertad de pensamiento y de expresión nos parecía la conquista más valiosa... Lo hicimos constar incluso en la Declaración de los Derechos del Hombre y del Ciudadano, que es el texto sagrado de la República y no por casualidad se expone con toda solemnidad en aquel atril, entre banderas y haces lictorios.

Pues bien, ¿tiene o no tiene derecho la De Gouges a sostener opiniones? De eso se trata. ¿Y es justo que se discuta acerca de esta cuestión en la sala de un tribunal?

A decir verdad, en lo que se refiere a debates yo estoy en ayunas y poco sé de juicios y tribunales. Ésta es la primera vez para mí.

Me siento una novata en comparación con estas chismosas que se dan codazos, y hablan en susurros, y señalan, y llaman por su nombre a éste y aquél, empezando por los guardias y terminando por el canciller, los jueces y los suplentes de los jueces. A mí me cuesta distinguirlos los unos de los otros, vestidos como van todos de negro bajo la capa y el sombrero encasquetado sobre la frente y rematado por el mismo penacho negro, pero, entre tantas cháchharas, en menos que canta un gallo, ¡yo también acabaré sin duda adquiriendo una cierta competencia! Ya sé un montón de cosas gracias a mis vecinas, que mueven la lengua con la misma rapidez que la aguja. Por ejemplo, que el presidente Herman es un protegido de Robespierre, y que el Gran Acusador ha enviado a un suplente, y que el banco de la defensa, situado a la derecha de la mesa cubierta con un paño verde, detrás de la cual se sienta el presidente, está desierto porque el abogado defensor no se ha presentado.

Pues entonces, me pregunto con asombro, ¿quién defenderá a la acusada?

La acusada se sienta delante del jurado.

Una especie de tarima sobreelevada acentúa su palidez y la expone al examen de las tribunas. Yo también la examino. No con mi habitual mirada de tipógrafa, acostumbrada a descomponer y recomponer sus escritos, sino con la de la muchedumbre, que cambia y multiplica las perspectivas.

Mirándola tal como yo la estoy mirando, no se puede decir que esté bien hecha. Larga de tronco y de cuello, escasa de pecho, más de lo que yo recuerdo. Austera. Pero de una austeridad luminosa como la de este transparente y frío día invernal que saca brillo a la vidriera de arriba.

El presidente Herman sacude la campanilla y el canciller se levanta y procede a la lectura de la acusación: Marie Olympe de Gouges, viuda de Aubry, mujer de letras, es formalmente acusada de haber escrito una obra titulada *Las tres urnas*, contraria al deseo manifestado por los franceses de darse un gobierno republicano. Una obra que no tiene en cuenta, al parecer, las leyes vigentes contra cualquiera que proponga una forma de gobierno distinta.

Mi vecina —Agnès es el nombre con el cual se dirige a ella su compañera—, clava la aguja en el delantal y pregunta sin dirigirse a nadie en particular: «¿eso qué significa, que es monárquica?»

Después del canciller, prestan juramento los tres testigos de la acusación. Jura el ciudadano Cressot, fabricante de papel y proveedor de la De Gouges. Jura el tipógrafo Longuet (aquí está aquel a quien ella llevaba sus escritos cuando se endeudaba al límite con mi tipografía). Jura Françoise-Modeste Meunier, la chica que presentó la denuncia al Comité de Salud Pública.

Extraña, esta Françoise-Modeste. Es el testigo pricipal y, sin embargo, contesta con monosílabos, arisca y recalcitrante. A lo mejor, porque es muy joven y el público la pone nerviosa, será por eso.

Después de Cressot, Longuet y la Meunier, tendrían que jurar los testigos de descargo de la defensa, pero no los hay. O no se les llama.

Es el momento de Neulin, el suplente de Fouquier-Tinville. Antes de dirigirse a la De Gouges, pasa y repasa con sus iracundos ojillos el mar de cofias blancas que ondea en las tribunas.

—¿Cuándo redactasteis este escrito?

—Durante el mes de mayo.

—¿Y por qué motivo?

Ella recuerda los disturbios de Burdeos, de Lyón y de Marsella, la agitación que se estaba extendiendo por los departamentos, la animadversión contra Paris.

—Pensé que habría sido prudente y útil dejar a todos los ciudadanos la elección del tipo de gobierno que consideraran más adecuado para el país.

La cabeza de Naulin se echa bruscamente hacia atrás, en un movimiento de caballo nervioso.

—Ciudadana...— Y le cita la ley del 17 de septiembre, que modifica y aclara la del 29 de marzo.

Según dicha ley, se tienen que considerar sospechosos todos aquellos que demuestren —con su conducta, sus compañías, sus propósitos y sus escritos— ser partidarios del federalismo.

«¡Ah!», exclama mi vecina Agnès, «o sea que se trata de una federalista».

Pero la ley se aprobó en septiembre y el escrito es anterior. No lo entiendo. Y, además, si tuviera verdaderamente que decirlo... ¿Qué clase de ley es esa que considera «sospechoso» y, por consiguiente, digno de cárcel y de muerte, al «potencial» autor de un «probable» delito? Al final, resultará que eres sospechoso en cualquier caso, tanto si tienes opiniones como si no las tienes, porque entonces, serás sospechoso de indiferencia, y la indiferencia es también un delito.

Naulin se inclina sobre el expediente que tiene delante y lo hojea con un ardor desmesurado. Es uno de esos hombres que compensan su frágil constitución con una apariencia iracunda.

—¿Reconocéis —pregunta— ser la autora de un texto teatral, encontrado entre vuestros papeles, titulado *La Francia salvada o el tirano destronado*?

—Lo reconozco.

—¿Por qué, por tanto, habéis puesto en boca de un personaje, que en esta obra representa a la Capeto, unas afirmaciones injuriosas contra los más ardientes defensores de los derechos del pueblo?

Qué cosa más absurda, pienso. ¿Qué tiene eso que ver con la acusación? Y, además, el teatro es teatro. ¿O no?

—He atribuido a la Capeto el lenguaje que corresponde a su papel en el escenario— contesta la De Gouges mientras Naulin sigue hojeando papeles y más papeles.

—En otras obras también habéis injuriado y calumniado a algunos representantes del pueblo.

—A este respecto, no he cambiado de parecer. Mantengo acerca de ellos la misma opinión: los considero unos hombres sedientos de poder. Mosquitos sin alma y sin talento político.

¡Dios mío! Eso no son palabras, sino sablazos y heridas abiertas: esta mujer se quiere perder. La frente de Naulin ha adquirido un color rojo encendido. Mis vecinas han dejado las agujas y contemplan la escena boquiabiertas de asombro.

Y ella añade allí arriba, encima de la tarima, con su aire de oradora:

—La ley me otorga unos derechos... A partir del momento en que se me notifica la acusación, la ley me permite reunirme con mi defensor y conocer la lista de los jurados. La lista me fue entregada ayer a las doce de la noche y no he tenido tiempo ni ocasión de estudiarla. En cuanto a mi defensor, jamás lo he visto y ahora tampoco lo veo.

—Vuestro abogado no ha aceptado defenderos.

—La ley me concede el derecho de pedir otro.

—¿Vos queréis un defensor? ¿Vos, que os ofrecisteis a defender a Luis Capeto? Ciudadana, vos poseéis la suficiente entereza como para defenderos sola.

Olympe

«¿Vos? Vos poseéis la suficiente entereza como para defenderos sola», dice el ciudadano Naulin, burlándose de mí.

En efecto, no es eso lo que me da miedo, ciudadano: ¿qué otra cosa he hecho en toda mi vida? Me he tenido que defender como mujer. He tenido que defender mis opiniones. Y no sólo eso. Como mujer, he tenido que defender el propio hecho de tener una opinión. Por eso no me da miedo defenderme yo sola.

¿Dónde encontraré más bien la fuerza para afrontar sin abogado y sólo con los testigos de cargo un juicio que no prevé apelación ni recurso de casación?

Tengo la sensación de haber perdido mi arte, la lengua está muda: de repente, he olvidado cómo se habla en público. Percibo, tal como decía Rousseau, junto con todas mis virtudes, todas mis insuficiencias.

¿Dónde podré encontrar jamás una fuerza que no tengo? Los escaños de los jurados se encuentran situados en línea recta delante de mí. Procuro disimular el ansia mientras escruto a aquellos hombres, uno detrás de otro, y trato de asociar sus rostros con la lista de nombres que el guardia me entregó anoche.

Un mercader, un propietario de diligencias, un tipógrafo, un joyero... ¿Será él, aquel sujeto de la segunda fila con unas cejas semejantes a las alas de un murciélago? Y el médico,

¿será aquel viejo que se mantiene apartado, rumiando su solitaria impaciencia? Doce hombres para juzgar a una mujer. La ley me otorgaría el derecho de recusarlos. Pero una recusación no tiene sentido, puesto que me volverían a asignar doce hombres: sólo a ellos corresponde el privilegio de la libertad y, por consiguiente, de la ley.

Si me vuelvo hacia la izquierda, encuentro la insolente mirada de los testigos de la acusación, Cressot y Longuet. Se han tomado la molestia de venir para declarar que yo compraba mucho papel e imprimía muchos textos. No saben cómo hacerme pagar el hecho de haber sido su clienta, de haber pretendido que utilizaran sus habilidades al servicio de una mujer que le escribe a Francia en lugar de escribirle a su amante.

En medio de los dos, la hija de Meunier.

Han transcurrido pocos meses desde nuestro primer enfrentamiento, pero en este breve intervalo la muchachita ha crecido, ha perdido la aspereza. Las redondeadas líneas de la infancia han desaparecido de su joven y obstinado rostro, que ya no palpita, como si algo o alguien hubiera apagado sus impulsos, ahogándolos en una caldera de pez. Una pequeña amazona herida.

¿Pero dónde encontrar la fuerza?

Los jurados, los testigos de cargo... Y después, este banco. Más que un banco, un estrado. Sobreelevado, aunque no mucho: dos peldaños. Suficientes, sin embargo, para quitarme cualquier protección, lo bastante altos como para permitir que la acusación me señale con el dedo al jurado y que el público de las tribunas satisfaga su curiosidad. Un público integrado mayoritariamente por mujeres, muchas de ellas con cofia, muy pocas con sombrero. Pero ¿qué más da? Tanto las unas como las otras, me temo, me harán pagar muy cara la audacia de haberles dado consejos. Por otra parte, no saben ni pueden suponer que, al dárselos a ellas, yo me quedaba con mi parte.

Apoyo las manos heladas en la barandilla que me separa de las tribunas.

Mil ojos me devoran mientras me levanto.

Recuerda, me advierto a mí misma: tú lo has querido. Éste es tu juicio. Estás en tu escenario, autora de tu propia representación.

Françoise-Modeste

«Sí», he dicho, la reconozco. «Es ella, la mujer que el diecinueve de julio y nuevamente el veinte le propuso a mi padre fijar el texto titulado *Las Tres Urnas*». Recuerdo que llovía, uno de aquellos diluvios estivales que te inundan el alma, un tiempo horrible, y ella cojeaba a causa de una caída.

No he añadido nada más porque mi declaración se tenía que limitar al reconocimiento.

El ciudadano Naulin, que representa al ministerio público, me ha parecido decepcionado por la brevedad de mi declaración. Se ha rascado la garganta, se ha acercado un pañuelo a los labios, se ha ajustado el corbatín bajo la barbilla para terminar, un instante después, alisándose la manga izquierda sobre la hilera de botones. Se lo tomaba con calma y no se decidía a ordenar que me retirara.

Pero yo he dicho lo que sé. Lo que sé con toda certeza. La verdad y ni una palabra más. ¿Qué pretende de mí el ciudadano Naulin? Llevo más de tres meses esperando este juicio y, si es cierto que la ley es el hacha de la Revolución, quiero que el Tribunal juzgue según la ley y no según los deseos del ministerio público. Quiero que triunfe la justicia: soy una patriota, no una delatora.

Soy más patriota que ciertos diputados, que a estas alturas no hacen más que arrastrarse por sus bancos. O que ciertos héroes nacionales, que en una esposa prefieren la obediencia al sentimiento y que se conforman, pues sí, se conforman, al fin y a la postre, con un ideal reducido de mujer.

Es ella, he repetido, y he regresado a mi asiento.

Yo no he abandonado el orgullo de ser una jacobina y una patriota. Y, sin embargo, hubo un momento, a finales de verano, en que ya no comprendía lo que significaba ser patriota y quizá ni siquiera lo quería ser. Había estallado una tremenda confusión en mi cabeza y el corazón se me había entumecido.

No por culpa de Nicolas. Él siempre se ha comportado con la mayor corrección. Jamás se ha atrevido a insinuar un gesto que pudiera interpretarse erróneamente o tanto menos una proposición irrespetuosa. Pero era conmigo con quien entablaba discusiones y se animaba y me atrapaba con aquellos ojos suyos, tan oscuros que jamás se llegaba al fondo.

Esperaba que cualquier día hablara con mi padre.

Cuando se presentó con una camisa de batista fina bajo el uniforme, batista de Saint-Quentin, pues él sólo compra tejidos y objetos fabricados en Francia, intuí como en un relámpago que se había presentado para hacer la petición y se me hizo un nudo tan grande en la garganta que ni siquiera conseguí darle los buenos días.

Para hablar con tranquilidad, él y mi padre se retiraron al almacén, entre frascos de cola, rollos de cuerda y pilas de carteles. Papá debió de encender uno de aquellos puros que le regala el viejo socio de nuestro tío, pues por debajo del portillo me llegaba el dulzón aroma junto con la voz de Nicolas, que decía: «en el ayuntamiento o también en la iglesia, si vuestra esposa lo considera más seguro».

Cuando salieron, mi padre mostraba una expresión mitad desconcertada y mitad enfurecida, pero él pasó muy cerquita por mi lado y yo distinguí en sus labios un secreto gesto de ternura. Sí, me había pedido a mí.

Y quizá mi padre habría accedido, aunque el asunto no fuera de su agrado y él se hubiera vuelto muy duro conmigo, casi como si quisiera castigarme por alguna falta, y se quejaba mirándome con intención: «ay estas chicas que han bebido demasiado de la copa de la Revolución».

Pero quién sabe, tal vez se habría convencido si mi madre no hubiera empezado a atormentarlo y a decirle en voz baja: «jamás permitiré, jamás aceptaré que se case primero la más pequeña». No le importaba que yo la oyera y tanto menos le importaban mis sentimientos. Por la noche, cuando mi padre regresaba cansado después de su turno voluntario de guardia en la barrera o en la cárcel de Saint-Lazare, una tarea patriótica que no es menos patriótica, creo yo, ahora que se paga con una gratificación de un franco, ella aprovechaba aquel momento de cansancio para exponerle sus razonamientos: «Suzanne ya tiene veinticuatro años, Françoise puede esperar».

Puede esperar... Una sinfonía que duró todo el mes de septiembre. Y cuando Nicolas llamaba a la puerta de casa, puntual como de costumbre, ella me enviaba a otro sitio con cualquier pretexto: «¡ve a espumar la olla!»

Al final, ganó ella. Y Nicolas se conformó con Suzanne, que no tiene el menor sentido cívico y, desde que se prometió, viste una simple chambra, un blusón recto y holgado y luce una cinta roja en el cabello para complacer mejor a un patriota como Nicolas. Pero la escarapela sólo se la pone cuando no tiene más remedio y porque es obligatoria. La escarapela no significa nada para ella.

«Será una buena esposa», se alegra mamá, y qué importancia puede tener, añado yo, el hecho de que lo que seduce a Suzanne sea el matrimonio y no ya el marido. Y Nicolas no tiene la culpa, eso no, aunque yo creía que para un revolucionario el sentimiento era lo primero. Pero el sentimiento también se ha convertido en un *ci-devant*, por decirlo de alguna manera. Ha sido eso, más que otra cosa, lo que me ha entumecido el corazón.

Sufrí tal disgusto que me vino la fiebre. Tres días estuve en cama y, cuando me levanté, mi estado de ánimo era una tablilla en blanco y todos los pensamientos, las palabras y las fantasías resbalaban por ella sin dejar el menor rastro. Yo, que ando siempre corriendo de acá para allá, me pasaba el rato sentada mordiéndome las uñas y la tomaba con el primero que tuviera a mano, incluso con mi amiga Martine.

Un día bajó a verme y quería que le leyera unas hojas de la Mère Duchesne, pues yo la había acostumbrado a aquellas lecturas vespertinas.

La pobre Martine tiene permiso para salir no más de dos veces por semana: una para ir a ver a sus abuelos maternos y otra para visitar a los paternos. Y entonces, para distraerse, viene a mi casa para conocer las novedades de la calle y de los periódicos.

Por eso había venido con la última entrega de la Mère Duchesne. Yo empecé a leer, pero, después de unas cuantas líneas, me enfadé por lo que estaba leyendo y arrojé las hojas desencuadernadas a un rincón. «Bien por nuestra Mère Duchesne», me puse a despotricar con trémula voz, «ya puedes escribir que las cosas han cambiado, que las mujeres han crecido, ¡aleluya! Escribe, escribe que la libertad nos ha dado alas y que hoy volamos como águilas. ¡Aleluya!»

Martine me miraba atemorizada mientras las lágrimas asomaban a sus grandes ojos.

Para que me recuperara, a mamá se le ocurrió enviarme unas cuantas semanas a Meudon, a casa de la tía, por más que yo me hubiera apresurado a protestar: «a mí no me sirve de nada el aire del campo». Y ella: «tanto si te gusta como si no...»

Una disputa que habría durado una infinidad si en aquel momento no hubieran llamado a la puerta.

Creíamos que era la habitual notificación a mi padre, el billete con el cual le comunicaban la hora de su turno. En cambio, era el ujier del Tribunal, con una citación para mí.

—¿Para Françoise?— se sorprendió mamá que, en medio de todo aquel alboroto, ya no se acordaba de la De Gouges.

Pero yo sí me acordaba, vaya si me acordaba.

En cualquier caso, ya no se volvió a hablar del campo. En eso por lo menos gané yo, aunque no me alegra ni me disgusta, debido a que el corazón se me ha entumecido.

Mi madre no se acordaba, pero yo sí, yo vivía, a pesar de mis penas, esperando espasmódicamente la llegada de este juicio.

Esperé y esperé. Durante meses y meses. Y en verano y en otoño, cuando me atormentaba tratando de descifrar la oscura mirada de Nicolas, también entonces la espera estaba allí, clavada en un rincón de mi mente, dando lugar a mudas discusiones, a imaginarias disputas y a sueños, unos sueños grandiosos.

Soñaba que estaba en la sala, que me acercaba con paso firme a la mesa del presidente y que me dirigía a las tribunas y hablaba con la elocuencia de una antigua romana, puesto que la patria se defiende con la verdad mucho antes que con el respeto a las leyes.

Y ahora se ha abierto el juicio y cada cual intenta hacer valer su opinión, pues yo he descubierto que la justicia no es más que eso, una opinión que se impone sobre las demás sin que importe el cómo ni el porqué, yo me limito a decir: «es ella». No explico mis razones, pero espero con ansia las suyas para comprender cómo se reconoce la verdad y si el reconocimiento de la verdad significa también el término de cualquier incertidumbre y de cualquier sufrimiento.

Porque yo sufro.

Por la confusa maraña de mis dudas y por la inmensa e impertinente mirada de las tribunas, que se posa sin el menor reparo en la acusada del otro lado de la barandilla. Una mujer que tiene más o menos la edad de mi madre: treinta y ocho años, los que ha declarado al presidente Herman. Pero en sus bucles se distinguen unas grandes hebras grises mal disimuladas por el sombrero, a diferencia de mi madre, que luce un moño negro y brillante y, sin embargo, ejerce una minúscula autoridad que sólo utiliza comigo y con nadie más.

Sufro, sí, y me sorprende este sufrimiento contra el cual no consigo luchar y que aumenta y se intensifica en presencia de una multitud que ondea como una chusma borracha.

A duras penas oigo al canciller que lee la acusación y llama:

—Olympe de Gouges, mujer de letras.

Se ha levantado, no como una acusada, sino como alguien que estuviera recibiendo un homenaje en el aula magna de una universidad.

Será anarquista, pero es valiente.

«Calla», le grito a mi vecina, que echa mano de la aguja y chilla y sigue soltando palabras sin cesar, no se cansa nunca, parece una avispa enfurecida. ¿Cómo puedo seguir el debate si hay gente que me sigue arrojando a los oídos auténticos ríos de estupideces?

El ministerio público también pide silencio. Pero los murmullos no se calman, es más, ahora ya no son murmullos, sino una algarabía que obliga al ciudadano Naulin a gritar casi tanto como las arpías de las tribunas, si no más.

—*Las tres urnas* es una declaración indigna de una pluma republicana —se desgañita— y jamás se ha visto a una mujer que pretenda indicarles el camino a los hombres de gobierno.

La acusada no contesta directamente. Su atención —una atención que ella calcula y sopesa— está enteramente dirigida al público. Y, tras haber medido y calibrado la situación, responde:

—Soy una mujer, no cabe duda, pero he servido a la patria como si fuera un hombre. Es más, como si fuera un gran hombre.

Su voz se eleva por encima del alboroto mientras su largo tronco se gira y su mirada se cruza inesperadamente con la mía y se detiene. Y yo me avergüenzo de la cabeza a los pies.

«No», quisiera gritarle a ella y a los mil ojos que se encienden por doquier en la sala, desplazándose de su figura a la mía, «no, no soy una delatora, aunque no haya dicho propiamente toda la verdad».

La verdad es que tengo catorce años, no dieciocho. Catorce años y un corazón entumecido.

Agnès

¡Qué historia, Manette, pero qué historia! Ah, no, yo de aquí no me muevo. Tú vete tranquila si es que te tienes que ir, pero yo no me quiero perder la sentencia.

¿El almuerzo? Pero si es muy pronto, ¿no eres parisina?, no tendrás los mismos horarios que tenemos nosotros en el pueblo. ¡Lo que le ha costado a mi estómago acostumbrarse a vuestros horarios! Y no me vengas ahora con la excusa de tu marido, ¿quieres que se enfade si por una vez vuelve y no te encuentra?

Ah, ya.

En París a la mujer también la quieren tener a su disposición. Exactamente igual que en el pueblo. ¿Que yo estas cosas no me las sé? De memoria me las sé: *¿eres mi mujer?, pues entonces quiero verte de pie sirviéndome mientras yo como... ¿Eres mi mujer?, pues entonces cuando me acueste quiero que tú también te acuestes.* Tal para cual. Pero hay tiempo. Te puedes detener ante el puesto de un vendedor callejero y comprarle las sobras de una taberna, por aquí se encuentran a muy buen precio. ¿Qué te cuesta calentarlas después en las trébedes? Ayer compré unas muy ricas por treinta y cinco céntimos, tres o cuatro bocados de carne y un buen montón de legumbres, una exquisitez.

Anda, quédate un poquito más. No creo que haya que esperar mucho, el jurado ya se ha retirado hace un buen rato a la cámara del consejo y aquí ya han empezado las apuestas, cada cual dice lo que piensa y todos tienen razón hasta que vuelvan los miembros del jurado. En cierto sentido, el Tribunal funciona como el teatro. En el entreacto los actores recuperan el resuello y se concentran y el público puede conversar y hacer comentarios, nadie lo puede hacer callar. Sería una lástima, Manette, irnos precisamente ahora.

¿No te interesa saber cómo acabará todo esto? Ah, pues yo no me voy sin saberlo porque, te lo digo con toda sinceridad, cuanto más las escuchaba, tanto menos me gustaban las preguntas que le han hecho a esta De Gouges.

Por el amor de Dios, yo no quiero insinuar que la acusada no tenga sus culpas y que, si hay que castigarla, el jurado no tenga que hacerlo. Pero tan perversa como la ha pintado el ciudadano Naulin... Que, en comparación con ella...

A mí la lengua no me la ata nadie. Si algo hemos comprendido acerca de este juicio, y lo digo bien alto y sin temor, ha sido gracias a la acusada. Porque, si hubiera dependido del ministerio público...

Muy buen papel no ha hecho el ciudadano Naulin, que digamos. Violento e irascible, empezaba una frase y la olvidaba por el camino y, cuando tenía que llamar al pan pan, no es que se fuera directamente al panadero, sino que empezaba a espigar trigo y, espiga a la derecha, espiga a la izquierda, al final la hogaza no salía. Si hubiera estado aquí Fouquier-Tinville, el razonamiento habría sido más claro. En cambio, esta cabra de Naulin ha deshonrado su preciosa peluca cortada al estilo de la Revolución: exactamente tal como él tendría que cortar su manera de hablar. Hemos llegado al final del interrogatorio ... ¿Y tú has comprendido algo?, no, nadie ha comprendido si la De Gouges es una monárquica, una partidaria del federalismo o una republicana. ¡En fin!

Tendrá sus fases, como la luna. Por eso, por lo que yo he entendido, ahora se trata de establecer en qué fase se encuentra en este preciso momento. Es el jurado el que lo tiene que establecer y el veredicto dependerá únicamente de lo que opine al respecto.

¿Y ahora me tendría que ir? No, yo me quedo y tú también te tendrías que quedar.

Y, además, dime tú qué tiene que ver el hijo. ¿Te parece correcto sacar a relucir la cuestión del hijo después de haber explicado ella con pelos y señales cómo fueron las cosas? «Sí», ha reconocido, «le envié una copia de *Las tres urnas*, pero con el exclusivo propósito de que supiera la causa de mi detención, la causa material». ¿No es un impulso espontáneo? ¿No habrías hecho tú lo mismo? Si tu hijo supiera leer y escribir y tú fueras una mujer de letras, ah, ah...

No, sin ánimo de ofender... No quiero burlarme de ti. Ha sido más bien la De Gouges la que ha tomado por el pito del sereno a este inútil de Naulin. A cada bobada que le salía de la boca, ¿no has visto cómo extendía los brazos, elevaba los ojos al cielo como pidiendo paciencia y todo el mundo se reía y él ya no sabía ni por dónde pillarla?

Pero no te confundas, Manette, esta mujer no es una fanfarrona, no se ha avergonzado de decir: «temo la muerte y vuestro suplicio». Con un acento que no me ha engañado. No, señora. Esta mujer no es parisina. Estoy segura de que viene del sur, justamente como yo. El mismo acento, la misma alma de fuego.

«Quisiera poder mostrar mi corazón a los miembros del jurado...»

¡Cómo lo ha dicho! ¿Te has dado cuenta? Con unas manos que parecían abrir de verdad el telón de su pecho.

Lleva la elocuencia en el cuerpo, esta De Gouges.

En el pueblo se suele decir: el que es avaro de gestos es pobre de palabras y frío de corazón. Tú no lo puedes comprender, porque has nacido en París. Pero yo, algo sé yo de eso. Los gestos, Manette, son el alma de todas las conversaciones. Son la comunión de la carne con las palabras. Por eso, cuando hablaba de su hijo juntando las manos, yo me notaba en el pecho una angustia, una pena, y en el vientre, aquí en mi vientre sufría los dolores del parto y... Pero es que tú todavía no conoces la historia, cualquier día de éstos te la cuento.

En resumen, lo que quiero decir es que ella, la De Gouges, ha hablado como una madre. Como una mujer. Ha hablado bien. Y aquella cabra de Naulin no hacía más que interrumpirla y quitarle las palabras de la boca. No es justo. No lo es para ella, que bien tiene que defenderse, y ni siquiera para nosotras. ¿Qué venimos a hacer al Tribunal si sólo tenemos que escuchar las bobadas del ministerio público? Estamos aquí para escuchar también a los acusados, para comprender las cosas que les rondan por la cabeza y esta De Gouges vaya si tiene cosas en la cabeza. Si no la dejan hablar, ¿qué clase de juicio es éste?

Pero yo lo había comprendido.

Cómo no, bien me había dado cuenta de que querían hacerla callar a toda costa y de que la cosa acabaría así. Cuando ha dicho: «morir por el propio deber, ¡eso es lo que prolonga la maternidad más allá de la muerte!», y desde las tribunas ha estallado un aplauso ensordecedor... Tú también, Manette, tú también... Ha sido en aquel momento cuando he comprendido cómo terminaría la cosa. Y, en efecto, cuando la gente aún no había terminado de aplaudir, Herman, desde el escaño de la presidencia, ha cortado por lo sano:

—El jurado ya está suficientemente informado.

Y adiós muy buenas, con esta frase ha cerrado el debate y nos ha robado el placer del juicio.

El jurado se ha retirado a toda prisa para deliberar y los guardias se han acercado a la acusada, porque ella también se tiene que retirar a la que llaman la sala criminal. Y justo cuando la estaban alejando de la sala, con un guardia delante y otro detrás para abrirle camino, va y se arma todo aquel barullo.

Un revuelo, una confusión, qué será, qué no será...

En un primer momento, no me doy cuenta. Después miro mejor. «¡Es él!», grito. Es él, Manette, el joven que me quería dar un asignado a cambio de tu sitio. Es él el que ha armado todo este alboroto, arrojándose contra las barreras al paso de la escolta y dejando caer en las manos de la acusada, extendidas para alcanzar las suyas, algo de color blanco.

¿Que será? ¿Un arma, un papel, una prenda de amor?

Rápidamente, el guardia que camina detrás de la De Gouges se desplaza a un lado y le sujeta la muñeca, pero ella agarra con fuerza su botín, no lo suelta. ¡Le podría romper los dedos! Es tan delicada, tiene unos huesos tan largos y frágiles, y este animalote... Un cuello de mozo de cuerda, un tronco como el de una encina, con unas ásperas escamas. Pero ella no cede y entonces él afloja la presa, la suelta, se encoge de hombros y ordena: «¡adelante!» La acusada obedece y, mientras reanuda el camino a lo largo del estrecho pasillo que bordea las tribunas, abre el puño y muestra...

—Déjame ver —he dicho—, apártate, Manette.

Un ramillete. Un minúsculo ramillete de rositas blancas en racimo. ¿Sabes cuánto cuestan esta temporada?

Y ella lo contempla, se lo acerca a los labios, le da vueltas entre las manos y, antes de desaparecer detrás de la puerta de la sala criminal para esperar el regreso de los miembros del jurado, se lo prende al talle. Entre tanto, el joven sigue agarrado a la barandilla con su redingote, que le confiere el aspecto de una urraca muy negra, con un piquito muy pálido.

¡Mi querido muchacho! Demasiado joven para ser un amante, ¿no te parece? Pero estas grandes señoras ya se sabe. Por más que ella no sea una gran señora, sino una mujer extravagante, si es cierto que pretendía ganarse la vida escribiendo, tal como le ha echado en cara aquella cabra furibunda de Naulin.

¡Ah, qué historia, Manette! ¿Y tú te querrías ir?

Sophie

Tengo los brazos ocupados con las herramientas del oficio, hojas, álbumes, lapiceros, y ya no sé dónde ponerlos; el espacio en la sala criminal es muy reducido. A través de la tronera desciende un polvillo denso como la bruma que amalgama los colores, difumina los perfiles, envuelve la figura de la mujer, que ya posa sentada y me interroga con un ansia que le quiebra la voz que, hasta hace unos momentos, en la sala, sonaba fuerte y sin fisuras:

—¿Conseguiréis trabajar?

—Haré todo lo que pueda.

Estoy acostumbrada a los lugares incómodos. A las mesas de las cocinas. A las mesitas bajas del establecimiento de agua caliente. Incluso a veces al casco de las barcas volcadas en la orilla del Sena.

—Sí, haré todo lo que pueda— prometo, mirándola con un interés en el que se mezclan la turbación y la confianza.

La turbación que se siente en presencia de una desconocida y la confianza que experimento cada vez que mis manos consiguen adueñarse de las líneas de un cuerpo y de su secreto equilibrio, una familiaridad sin intimidad.

Esta mañana aún no conocía su nombre cuando ha pasado por mi lado, entre los guardias y el gentío que empujaba contra las barandillas de las tribunas, para subir a un estrado muy similar a una tarima. Pero ella, mi desconocida modelo, ha subido y ha ocupado su lugar con serena gravedad, como si estuviera ocupando un palco de la Ópera o se estuviera disponiendo a dirigir un festejo cívico. En su cabello he observado un espolvoreo gris que no había hace unas semanas, cuando esbocé su retrato en la sala del establecimiento de Port Royal.

Como si hubiera adivinado mi pensamiento, ella, en la tarima, se ha acercado una mano a la sien y ha ocultado un mechón, empujándolo al interior del sombrerito azul. Quizá no me había visto, quizá ni siquiera se acordaba de mí, pero he tenido la impresión de que el hilo de una conversación interrumpida se estaba retomando y de que podía, en cierto modo, seguir adelante.

Me he colocado la libreta sobre las rodillas, no había ninguna otra posibilidad, y me he dispuesto a sombrear un fondo: vestidos negros, mantos negros, penachos negros. Dondequiera que me volviera, un negro luctuoso. En mi primer día de trabajo en el Tribunal, ya aborrecía sus colores oscuros con la misma intensidad con la cual había aborrecido los tonos pastel de la monarquía.

«Aquí he venido», me dije, «pero no iré más allá». No soy y en ningún caso quisiera ser uno de aquellos artistas que acompañan a sus modelos hasta el patíbulo, que buscan la verdad de la muerte en la contracción de un músculo o en las mueca de un labio. Y no me importa que sean los propios condenados quienes lo pidan, que muchos prefieran un retrato, la prueba más segura de su paso por esta tierra, a la bendición de un cura que quizá sea incluso constitucional y, por consiguiente, esté envuelto en olor de azufre. No, ni siquiera la compasión me inducirá a acercarme a la Conciergerie o a los pies de la guillotina.

Y eso que aún no conocía su nombre.

Pero no me parecía esencial hasta que el presidente Herman la llamó: Marie Olympe de Gouges. Viuda de Aubry.

Ahora ya no era una desconocida: tenía un nombre, una historia, y no podía mirarla tal como la había mirado hasta aquel momento.

Interrumpí mi tarea para escuchar.

El interrogatorio, el debate... Se defendió sola. Con mucha energía. Dejó al público clavado en los bancos de las tribunas, la ciudadana De Gouges, viuda de Aubry, y amansó, conmovió y sedujo. No hubo el habitual ir y venir, el consabido gentío delante de la entrada. Todos querían escuchar y el juicio puede que haya durado más de lo que le convenía al ministerio público o a los propios jueces.

Al cabo de un rato reanudé el dibujo, pero mi lápiz dejó muy pronto de seguir las vueltas de las capas y los ringorrangos de las charreteras adornadas con flecos para concentrarse en aquella sola figura: el eje de la escena.

Trabajaba con placer y a la vez con renuencia, aunque el modelo fuera digno de David y mereciera figurar en un lienzo histórico. El único, dicen, que permite al artista cumplir con corrección su misión: expresar nobles sentimientos a través de formas ideales. Y yo no tenía delante a una condenada, sino la forma ideal de la Razón. Una Razón apasionada, si tal cosa fuera posible.

Y, sin embargo, seguía realizando el esbozo de mala gana.

No había sido fácil para mí pasar de los perfumados vapores del establecimiento de baños de Port Royal al áspero olor de las hierbas que arden en los cuatro lados de la sala de un tribunal. Un cambio que me duele y ofusca el placer del oficio, que altera mi ingenio e incluso la destreza necesaria para captar perspectivas y proporciones.

Así que avanzaba muy despacio, deteniéndome en algunos detalles de aquella figura que ocupaba con tanta autoridad el centro de la escena, en la mano que no apretaba la barandilla de separación, sino que se apoyaba en ella con una presión calculada: un puntal para controlar los movimientos involuntarios del cuerpo, para otorgar un cierto peso a la tensión interior.

Esta misma mano juguetea ahora con un ramillete de rositas en racimo, prendido al talle con el lazo de la cinta que lo ciñe. Alguien se lo arrojó mientras pasaba por delante de las tribunas, antes de entrar en esta sala, que es efectivamente demasiado incómoda y oscura para poder llevar a cabo una buena labor pictórica.

Pero fue ella quien me buscó. Le pidió a un guardia que regresara a la sala y me preguntara si quería reunirme con ella, y el guardia se apresuró a comunicarme el mensaje, pues el tiempo tal vez no fuera suficiente para una sesión entera de pose.

—¿Ya no pintáis en los baños?

—El trabajo es muy poco— explico, inclinando la cabeza para desatar la cinta de mi álbum.

Las clientas escasean y las ganancias no valen el tiempo que pierdo. De otro modo, no habría decidido buscar clientes en los tribunales y trabajar cerca del estrado de un condenado. No es un trabajo agradable, confieso en voz baja, aunque una sala de justicia no sea tan opresiva como la celda de una cárcel. Por desgracia, hoy en día es la cárcel la que da trabajo y es allí donde se tendría que ir a buscar a los clientes. Muchos lo hacen. Pero yo no, digo, levantando bruscamente la cabeza. Ni por dinero ni por amor a la pintura. No poseo el carácter ni la firmeza del trazo de David, que el dos de septiembre del noventa y uno, en la Force pretendía captar lo sublime en la expresión de los prisioneros a medida que los iban degollando. No es que yo quiera juzgar... Carezco de los méritos necesarios para juzgar a David, el pintor de la Revolución.

—Os equivocáis —me corrige mi modelo—. David no es pintor, sino el sepulturero de la Revolución. El que organiza las grandes pompas fúnebres, empezando por las de Marat.

—Las pompas fúnebres y los festejos.

—Es verdad. Olvidaba los festejos.

Desde la tronera ya ha dejado de caer polvo, la luz se ha extendido y purificado y mis ojos van y vienen del papel a su figura, de su figura al papel y de nuevo a las manos que juguetean con las rositas blancas del ramillete, al rostro sensible que se abre y, de forma totalmente inesperada, sonríe en todos sus pliegues.

—Yo también —cuenta—, hace un año, para la fiesta del tres de junio, organicé un cortejo de mujeres vestidas de blanco.

Un espectáculo tan insólito, tan curioso, que hasta el cielo se abrió de par en par a causa del asombro y arrojó cascadas de agua sobre el pequeño pelotón vestido de blanco.

—Éramos ochenta, puede que cien.

Mujeres que no querían cargar tan sólo con el peso de la familia, sino también con el de la República.

—¿Por qué —me sorprendo— queréis añadir otra carga sobre vuestros hombros?

—Vos amáis la pintura —contesta—, yo el arte del buen gobierno.

Y si yo no me conformo con pintar hojas y pétalos, ella tampoco se conforma con reinar sobre la debilidad de los hombres. El dominio nocturno de las mujeres: una manera de mandar sobre el crimen y la virtud que no sirve para cambiar las costumbres y las usanzas contrarias a la libertad.

—Si hasta los actores... Si hasta Arlequín se ha ganado sus derechos constitucionales después del ochenta y nueve, ¿por qué no deberíamos conseguirlos nosotras? Más tarde o más temprano tendrá que ocurrir.

—¿Cuándo?— pregunto.

—Cuando aprendamos a aplaudir la obra de otra mujer. A ser menos ingratas las unas con las otras —en su mirada, que me observa atentamente, asoman unas chispas de ironía—. Son palabras de uno de mis personajes. Cuando la señorita Chavignot las pronunció en la Comédie Italienne, ni una sola de las mujeres presentes en la sala aplaudió.

Su razonamiento me ha desorientado, no sé qué contestar. Entre sus dedos inquietos el ramillete se ha estropeado y algunos pétalos caen entre los pliegues de su falda.

Vuelvo a inclinar los ojos sobre mi boceto y reanudo el trabajo. Retoco, reavivo, matizo, corrijo. Éstas son las cosas que sé hacer, y no me confunden.

El suave roce del lápiz ocupa todo el espacio que nos rodea y arrastra el tiempo consigo, es el interminable crujido de una carcoma que seguirá adelante a lo largo de toda la eternidad.

El toque de la campanilla nos pilla desprevenidas. Procede de la sala contigua, agudo, descarado, anunciando el regreso del jurado.

Se me escapa de los labios una exclamación, ella parpadea. Un breve temblor le descompone la barbilla cuando los guardias aparecen en el umbral. Antes de levantarse, recoge uno a uno los pétalos caídos sobre la falda, los aprieta en el puño y se lo acerca a la nariz. Aspira profundamente. Cuando abre la palma unas escamitas blancas le resbalan de los dedos. Se detiene delante de mi dibujo para preguntar con la misma ansia con la cual me había acogido, un ansia desproporcionada pero habitual, como a estas alturas ya sé muy bien, entre aquellos que se ven reflejados en su último retrato:

—¿Podréis reproducirlo en tamaño más pequeño? Para mi hijo y su compañera.

Asiento con la cabeza.

Me saluda a la manera inglesa, estrechándome la mano.

Justine

¡Qué error, Babichette mía, qué error! Por qué decir una cosa semejante... Tú, una viuda. La madre de un general. Es como si hubieras bajado de la tarima para convertirte en mujer. Nadie te lo perdonará.

Y pensar que hasta este momento el juicio había ido como la seda y yo abrigaba la esperanza de que quizá...

Pero puede que tú tengas razón y yo esté equivocada.

Ya me he equivocado esta mañana cuando he llegado y la sala estaba llena a rebosar de gente y parecía que quisieran cerrar las puertas y dejarme fuera, pataleando en la calle. Pero, a fuerza de empujar por una parte y colarme por la otra, he conseguido entrar y he pensado, toma, por fuera el Tribunal parece un monumento a la imperturbabilidad, pero dentro es un mercado lleno de canallas que van a lo suyo sin el menor respeto por el lugar en que se encuentran. Los hombres se aprovechan de los apretujones entre la gente para entablar conversación y las mujeres cosen, remiendan y hacen calceta bajo las lamparas a expensas de la Comuna.

Por suerte, he encontrado sitio en un rinconcito y allí me he quedado. Más adelante, justo al lado de las barandillas que separan el público de los bancos de los jueces y los acusados, he entrevisto al joven Frazé. Después alguien se ha interpuesto, su sombrero ha desaparecido entre otros cien sombreros y lo he perdido.

Me había vuelto a quedar sola.

Pero no tenía miedo, porque podía verla y escuchar su voz cuando tenía que contestar o explicar algo. Mantenía las orejas bien abiertas, procurando no perderme ni una coma. La pequeña señora, me decía a mí misma, lo querrá saber todo y, si me pierdo en mis temores, ¿qué le voy a contar?

Pobre señora, la he encontrado en el suelo, delante de la puerta principal, vestida de punto en blanco, con su capa y su sombrilla: desmayada. He llamado a Mignonne, esta camarerita suya que no sirve para nada, la hemos desnudado y colocado bajo las mantas. Ardía y no lograba abrir los ojos, como si el sueño de toda una vida le hubiera caído encima de golpe. Pero aun con los ojos cerrados y la lengua trabada, me ha dicho:

—Vete. Vete, Justine.

¿Y cómo podría, le he contestado en mi fuero interno, no ir al juicio de mi Babichette? Ni que me lo prohibiera el mismísimo Dios Nuestro Señor en persona.

Así que llego y la veo allí arriba, luchando como una guerrera. Como Guillemette. Seguro que ella también lo habrá pensado. De niñas escuchábamos juntas la historia de Guillemette, que, cuando todo parecía perdido, había tomado las armas y salvado Montauban del ataque de los papistas.

No, no tenía miedo de verla combatir como una guerrera. Juntaba fuertemente las manos sobre el regazo: si el señor Pierre estuviera aquí, ¿cómo podría no sentirse orgulloso de su madre? Por mi parte, con la falda cubierta de salpicaduras y los pies que nadaban en el interior de los zapatos, me sentía la servidora de una reina. Y a lo largo de todo el debate no le quité ni un momento los ojos de encima: pensaba en lo que le contaría a la pequeña señora y en cómo se lo contaría.

«Ha hecho una de sus grandes escenas...» Eso es, así empezaré. «Ya la conocéis», diré, «empieza a hablar y, habla que te habla, hasta que, al final, hay que darle la razón a la fuerza, no hay manera, por más que quisieras decirle que se equivoca».

En el Tribunal, ha confundido al público con sus razonamientos y poco ha faltado para que confundiera también a los señores del jurado. Ciertas mejillas mofletudas, ciertas chaquetas impecablemente planchadas, si no se han dejado convencer, por lo menos han tenido que escucharla.

Había uno a la izquierda con el rubicundo rostro propio de alguien que no deja de tomar su buena copita patriótica ni a la hora del almuerzo ni a la de la cena y supongo que tampoco en los intervalos entre una y otra. Cuando hablaban el señor presidente del Tribunal o el ministerio público, el señor jurado bajaba la barbilla, su boca se aflojaba y sus ojos desaparecían en el interior de un pliegue de grasa. Pero después le tocaba a mi Babichette y, en cuanto su voz adquiría volumen, el buen hombre sacudía el pelo como un perrazo y los ojos le volvían a asomar aterrorizados mientras apretaba los labios para reabsorber un hilo de saliva. Todos se habían dado cuenta en la sala y las muchachas se lo señalaban las unas a las otras entre risas.

En resumen, bien o mal, por gusto o por necesidad, el jurado escuchaba a mi Babichette. Pero en las tribunas, ah, en las tribunas sus palabras sonaban a música.

Se ponía de pie y decía: «¿querer investigar la creación del espíritu humano no es acaso una arbitrariedad? ¿No es un abuso extraer algunas frases del contexto de mis comedias para poder acusarme, olvidando todo lo que de grande y útil he hecho por Francia?» Y la chusma venga a aplaudir.

«La libertad de opinión», añadía, «¿es tal vez una utopía, una expresión vacía de contenido? ¿O no es, por el contrario, el más preciado patrimonio del hombre, consagrado como un derecho en el artículo siete de la Constitución?» Y de acusada pasaba a convertirse en acusadora.

Lo hace bien, me entusiasmaba yo, lo hace bien. ¿Quién la puede hacer callar? ¿Aquel Naulin? Un pobre hombre que no le llega al ombligo. No podía tener miedo.

Después el jurado se retiró y ella bajó del estrado para desaparecer en la sala criminal.

Pasa media hora, pasa una hora y poco a poco el cuello se me agarrota y las orejas se me cierran para no oír los comentarios y los pronósticos de la sala. Sólo quiero hundirme en la pesadez de un cuerpo sordo y ciego, con aquella pena que lo corroe por dentro, muda y furiosa como una garrapata a flor de piel.

De pronto asoma un rayo de luz en medio de la blancura de las cofias. Un clamor más fuerte. Codos que se clavan en las caderas y pinchan las costillas: el jurado ha regresado a la sala y ella también regresa.

Callan las bocas: todas juntas y todas al mismo tiempo.

Del estruendo al silencio: algo así como introducir las manos en un barreño de agua helada.

El presidente consulta en voz baja con los miembros del jurado. Un breve intercambio de frases. Finalmente, se vuelve y pregunta:

—¿Tenéis algo más que añadir en vuestra defensa?

Es el procedimiento habitual. En este momento el presidente ya conoce la sentencia, pero la ley lo obliga a preguntarle por última vez al acusado si tiene algo que decir.

Y ella:

—Mis enemigos no tendrán la satisfacción de ver derramarse mi sangre.

—Espero un hijo— dice.

¡Ah, qué error, Babichette mía, qué error!

Tú, una señora, exponerte de esta manera, sin la menor vergüenza, como una cualquiera de estas *grisettes* que llenan las tribunas y que son peor que una pila de agua bendita donde todos meten la mano. Pero éstas no son mujeres, son pueblo. Populacho de París. En cambio, tú... ¡Precisamente tú, que nunca te has dejado engañar por los hombres! Lo sabe bien esta vieja criada, cuántos han pasado por tu antesala, hombres del antiguo y del nuevo régimen, dispuestos a ofrecer dedicación y billeteros. Cuando yo insinuaba: «habéis hecho muchas conquistas en la Asamblea», tú te encogías de hombros: «puede ser que haya hecho conquistas, pero, *pécaïr**, no veo a ninguno capaz de conquistarme a mí».

¡Y ahora un hijo!

Un hijo...

Nueve meses de esperanza, hay que ver.

Nueve meses ganados.

Comprendo: es un regalo para quien te quiere bien y para tu pobre Justine, que te conoce mejor que nadie y por eso, si tú lo has dicho, estoy segura de que es verdad, sin la menor duda, no mentirías para salvarte en el último minuto tras haber rechazado la salvación que tenías al alcance de la mano.

—¿Cómo podéis esperar un hijo si estáis en la cárcel desde el veinte de julio?— pregunta en cambio el presidente, con un sarcasmo que le borra la hostilidad de los labios.

—Ocurrió en la cárcel, en efecto.

Nadie rechista en las tribunas. Pero el miembro del jurado de las mejillas color borgoña se golpea el muslo y rompe a reír con una interminable carcajada que arrastra a todos los demás compañeros del jurado. Ahora se ríe también el minis-

* En provenzal, *pecador* con el irónico y conmiserativo significado de *pobrecito.*

terio público y se ríe el presidente, el inflexible Herman. Por debajo de la capa veo agitarse su negro cuerpo, retorcido como un furioso olivo azotado por el vendaval.

—Eso no es posible, no puede ocurrir en las cárceles de la República. Pero será comprobado— asegura, recomponiendo los rasgos de su rostro en una severa expresión.

Manda transcribir al canciller la declaración de embarazo y se levanta para leer el veredicto.

Martial Joseph Armand Herman

El Tribunal extraordinario constituido en París por decreto de la Convención el 10 de marzo de 1793, año II de la República, toma nota de la declaración del jurado que ha deliberado acerca de Marie Olympe de Gouges, presunta viuda de Aubry, en la fecha de hoy, 12 de brumario, año II de la República.

El jurado declara:

—Es notorio que existen, depositados en las actas, unos escritos favorables al restablecimiento de un poder que atenta contra la soberanía del pueblo.

—Es notorio que Marie Olympe de Gouges, presunta viuda de Aubry, es la autora de dichos escritos.

El Tribunal, tras haber leído esta declaración, votada por unanimidad por el jurado, admite las conclusiones del ministerio público, condena a la susodicha Marie Olympe de Gouges, presunta viuda de Aubry, a pena de muerte, que se deberá ejecutar dentro de un plazo de veinticuatro horas, en conformidad con el artículo primero de la ley del 29 de marzo pasado, y declara todos sus bienes confiscados por la República.

Louison

Se dice pronto: «ciudadana, id a visitar a la De Gouges y dictadle al canciller un informe para incluirlo en las actas». ¿Tanto cuesta decirlo? Y yo visito y dicto y allí mismo podría dar por terminado el asunto porque, total, mi opinión, la opinión de una comadrona, tengo bien claro desde el principio que vale poco o nada y quienes lo deciden al final de la feria son, como siempre, los dos ilustrísimos ciudadanos, los señores médicos nombrados por el Tribunal.

Pero yo ejerzo mi oficio desde hace cuarenta años y hasta el día de hoy jamás me había encontrado con un caso tan complicado, no sé si podré quedarme callada.

Cuarenta años. Mejor dicho, muchos más, si contamos todas las jofainas de agua calentadas para mi madre, que me enseñó el oficio en la época en que yo todavía me reía con los dientes de leche. Bendita ingenuidad, ignoraba todavía que Dios nos ha dotado de un flujo mensual y era muy capaz de lavar con él a un recién nacido.

Con eso quiero decir que no soy una novata y tengo experiencia en partos, parturientas y embarazos. Y la tengo también en otras cosas.

Resumiendo, yo también me puedo equivocar, «pero es difícil, creedme», le he dicho al ciudadano canciller. Y si digo «quizá», significa «quizá» y no otra cosa, como, por ejemplo, «improbable» o yo qué sé. Significa que quizá la condenada está embarazada, más bien sí que no, pero es demasiado pronto, no estamos siquiera a dos meses, si las cuentas que ella hace son exactas, cómo es posible jurar que sí o que no, se puede una inclinar, puede suponer, pero jurar... Sólo Dios lo puede saber con aquella certeza absoluta que vos le exigís a una partera.

Pero lo que de veras no soporto es el hecho de que, cuando yo ni siquiera había terminado de decir «quizá», los dos médicos ilustrísimos pegan un salto y expresan su opinión, que es sólo una opinión y no un diagnóstico, quede esto bien claro, en resumen, sueltan lo que les sale de las narices y desaparecen en un santiamén. Y yo me quedo en la cancillería y dicto mi declaración sin poder intercambiar con aquellos dos una palabra que es sólo una, aparte del inicial «quizá». O sea que yo digo «quizá» y ellos sentencian que «no» sobre la base de mi «quizá». Y eso no lo admito.

El doctor Naury y el doctor Théry, he trabajado otras veces con ellos, son médicos de fama, ya lo he dicho, y por eso comprendo que, en presencia de la autorizada opinión de dos médicos, la mía sea muy poca cosa. Pero por lo menos discutirlo. A fin de cuentas, he sido yo la que he tocado y palpado donde había que tocar y palpar.

Dios me libre, la competencia del doctor Naury, que ya tiene la barba blanca, o de su colega, está fuera de toda duda. ¿Quién soy yo para meter cuchara? Por otra parte, yo he sido la primera en decir que estamos demasiado al principio, que el diagnóstico es difícil y mejor olvidar la certeza. Por su parte, la condenada afirma que está segura, segurísima, de su estado: ha pasado dos veces por él y advierte y reconoce los síntomas de los dos embarazos anteriores. Puede ser y puede no ser. Vete tú a saber. Puede tratarse de la verdad o, por el contrario, puede ser un pretexto para retrasar la ceremonia de las ceremonias en el cadalso del verdugo, no sería una novedad, conozco por lo menos a cuatro o cinco que lo han intentado y a algunas la cosa les ha dado resultado y han salido bien libradas. De momento, son nueve meses y dentro de nueve meses ya se verá. Así razonan.

¿Pero pueden unos médicos, en un caso como éste, exigir una prueba inequívoca? Y, sobre todo, ¿por qué insistir en el «no» sin casi esperar a que termine la visita?

Por lo que a mí respecta, yo he tratado de ser lo más objetiva posible.

Siempre trato de serlo y de actuar de la mejor manera, tanto en los casos desesperados como en los normales de todos los días. Porque una buena partera sabe que el suyo es un oficio de conciencia, que hay que ejercer con la necesaria caridad. No están sólo las ganancias, aunque es natural que se tenga en cuenta el propio beneficio. Es un trabajo y tenemos que vivir de nuestro trabajo. Pero una comadrona tiene tantas tareas... Deberes, los llamaría yo. Más que un médico.

Deberes, para empezar, hacia los niños que nacen, y chillan, y reclaman una nodriza aunque sean bastardos. ¿Y quién llevaría al hospicio a los hijos naturales si no estuviéramos nosotras?

Deberes hacia las mujeres que alumbran, pero también hacia las que... Una comadroma, para entendernos, tiene la misión de ayudar a nacer, pero también la de impedir, en la medida de lo posible, que ciertas desventuradas se hagan daño utilizado medios peligrosos con los que se juegan el pellejo, no sé si me explico.

Es cierto que la mujer está hecha para soportar en su misma cama la injusticia del hombre, ¡pero por lo menos que no muera a causa de esta injusticia! Y eso no es imposible, doy mi palabra. Existen medios más dulces y más seguros que una decocción de sabina. Yo los aprendí de una partera que venía de Italia, donde en ciertas cuestiones son más expertos que nosotros.

Pero, cuando hablo de estas cosas, me dejo arrastrar. La pasión por mi oficio me induce a apartarme del tema. Pero no tengo que distraerme, ¡aquí ha habido una sentencia!, por consiguiente, volvamos a la De Gouges.

Yo, repito, he intentado ser objetiva. A diferencia de los jueces. He asistido al juicio y ahora que no me vengan a decir que han sido ecuánimes en su opinión, tal como deberían ser, sabiendo que su misión es terrible y tendrían que seguir los dictados de su conciencia con más escrupulosidad que una comadrona.

Pero éstos ya venían seguramente predispuestos y querían colocar a toda costa a la acusada bajo una luz desfavorable. De otro modo, al principio del juicio no la habrían presentado como «viuda» y, después de la condena, no la habrían convertido sin el menor motivo en «presunta» viuda. Yo misma he oído con mis propias orejas al presidente Herman cuando ha leído la sentencia: Marie Olympe de Gouges, «presunta» viuda de Aubry. Nos tendría que explicar este cambio, porque, lo que es yo, no lo he entendido.

¡Si yo hubiera imitado su ejemplo...!

En mi visita, que era el deber que me correspondía, yo he actuado, por el contrario, con imparcialidad. Y con todas las precauciones, naturalmente.

En primer lugar, he descartado todos los síntomas que pudieran atribuirse a la situación de detención: irregularidades de las funciones intestinales, nervio ciático irritado, cansancio y hasta el prurito vaginal, y el vómito, y los desmayos. En el diagnóstico definitivo no los he tenido en cuenta y me he basado tan sólo en mis observaciones durante la visita.

¡Claro que con estas visitas hechas en los bancos de una sala del Tribunal, con los guardias en la puerta! Un poco de discreción no estaría de más, qué demonios.

Pero tenían prisa, el doctor Naury y el doctor Théry. Los señores médicos siempre tienen prisa. ¿Y qué? ¿No debería tenerla yo también, con la casa que tengo, llena de parturientas alojadas como huéspedes? Éste, por si no lo supierais, es un período fecundo, pero de una manera excesiva, exagerada. Qué queréis que os diga, debe de ser mérito de la Revolución. Demasiado entusiasmo, demasiados fervores. Será por toda la efervescencia que se respira en la calle, pero no sé cuántas mujeres al día tengo que rechazar de entre todas las que se presentan delante de mi puerta con la tripa hinchada. Partos al por mayor. Y otras cosas también al por mayor. Que hay que ocultar y practicar con discreción. ¿Y cómo puede ser una discreta si hay que fijar a la puerta de la casa la lista de todos los inquilinos? Vivimos en la República de los papeles. El escribano me ha costado un poco caro, y más todavía cuando le he dicho: «no te esfuerces en conseguir que los nombres de mis inquilinas resulten legibles». Y él ha utilizado una tinta ligera, que se ha borrado con las primeras lluvias. Pero, volviendo a lo nuestro: los guardias me entregan a la condenada, yo le pido que se tumbe sobre una banqueta y le ordeno que separe las piernas.

Ella palidece. De vergüenza o quizá de rabia. Pero ha obedecido. Abre los muslos sin apenas separarlos y yo tengo que terminar de hacerlo. Procurando no ser brusca y no utilizar la violencia, porque sé que no todas consiguen colocarse en esta posición tan deprisa, y ella estaba petrificada, con los músculos en tensión, ha sido un auténtico cuerpo a cuerpo. Le he dicho que respirara hondo y que relajara el abdomen, y poco a poco se ha calmado. Y mis dedos, esos dos dedos que en cuarenta años de oficio han tocado centenares, qué digo, millares de matrices, estos dos dedos míos notaron una matriz engrosada. Sí, puede que estuviera embarazada.

Pero el doctor Naury y su colega tenían prisa y yo, desgraciada de mí, dije «quizá» y ellos, simplificando, dijeron «no». Por qué, me pregunto. ¿Por qué, en la duda, condenar, aparte de la madre, también al hijo? Y, examinando también la cuestión desde otra perspectiva, ¿la pérdida de un ciudadano no significa una pérdida para el Estado? Pero hay quien insinúa... ¿Acaso tengo que creerlos? ¿Tengo que creer que la guillotina se ha convertido en el primer ministro de la República?

Olympe

Era el dos de noviembre cuando los guardias me empujaron arriba, y después abajo, y otra vez arriba a través de una cascada de peldaños desgastados, cuando me arrojaron desde el temblor de las antorchas a la luz del día y de nuevo a las sombras arrojadas por las antorchas, cuando desde el silencio de mi celda pasé al ritmo obsesivo de las preguntas y las respuestas, a los insultos, a los aplausos, a las aclamaciones, a las palabras ofrecidas e intercambiadas y robadas a la distracción voluntaria o fortuita de los centinelas de la sala del Tribunal. Todo eso terminó y estamos todavía a dos de noviembre.

Y en este interminable dos de noviembre heme aquí sentada una vez más en un jergón, en el corazón antiguo de la Conciergerie, escuchando la lluvia que hincha el río, inunda los callejones bajos de la ciudad, cubre los puntos de arribada de las embarcaciones y también los abrevaderos, arrollando a caballos y aguadores.

Caen gotas desde una grieta de la ventana tapiada, se acumulan a mis pies y transforman el terroso polvo del suelo en un cieno que apesta a letrina.

Presto atención.

Tengo tiempo: toda esta noche y el amanecer de mañana, y al amanecer le seguirá toda la mañana, y después el mediodía y la tarde. Parte de la tarde.

¿Qué es, en comparación, el tiempo de mi vida pasada? Cuarenta y cinco años, consigo abarcarlos de una sola mirada y sujetarlos en el puño de una sola mano, los tengo aquí, encerrados en este cuerpo empequeñecido y perdido en un inmenso presente que lo envuelve, lo hunde en un abismo y lo hace emerger de nuevo a la superficie.

El cuerpo con sus contracciones nerviosas, las palpitaciones, los dolores del vientre. Que aflora de nuevo y se adelanta con perversidad para comsumir gota a gota estas veinticuatro horas más inmensas que un océano, que una estepa batida noche y día por los cascos del caballo del Gran Mogol.

Todo este tiempo. Y sólo éste.

Un trueno retumba a lo lejos, arrastrando consigo el recuerdo de una mullida cama, de una tisana caliente, de un soplo de aire fresco sobre el rostro al entreabrir una ventana.

Y sigue siendo el dos de noviembre.

Mojo la punta de la pluma en el tintero redondo, en equilibrio sobre el asiento de paja de la silla. No tengo cisco ni ceniza para secar la tinta, que se mantiene viva sobre el papel. Escribo despacio, deteniéndome a menudo, la hoja sobre las rodillas y la tabaquera plana que me sirve de escritorio, porque en la Conciergerie no tengo derecho a una mesa.

Le he dado al guardia unos cuantos céntimos para que me facilite otra manta y más velas. Me creía pobre y, en cambio, soy rica: no conseguiré gastar ni siquiera los pocos francos que constituyen mi patrimonio personal de condenada. Por eso soy rica y puedo permitirme el rojizo resplandor de una cálida luz que dure toda la noche y una manta que me abrace las piernas.

La vela me ilumina la mano, se refleja en el interior de los brillantes botones del vestido, revela las curvas cerradas y delicadas de las rositas que llevo todavía prendidas al talle.

Medianoche.

Termina un día y empieza otro.

Empieza con una sacudida imperceptible, con algo que se desliza por el interior de mi vientre y golpea antes de recuperar el sosiego.

¿Ya? Imposible. Y, sin embargo...

Tú también, bisbiseo, tienes prisa por hacerte oír, por llamar por lo menos una vez mi atención. Pero no te hace falta, yo sé que estás ahí. He sido madre. Reconozco esta tensión del cuerpo, la misma que hace muchos años me llenaba de orgullo. Esta sensación de náusea también es la misma de mi primer embarazo y del segundo, cuando esperaba a Julie en un París desconocido y aliviaba el malestar con las almendras compradas a un vendedor callejero que venía del sur. Rompía con las uñas la fina corteza cobriza y la cáscara se abría y dejaba al descubierto el blanco fruto, tan puro como una noche primaveral a orillas del Tarn.

No, no me equivoco: te percibo. Y no me equivocaría ni siquiera si fueras un sueño o una invención mía, tal como ha decretado el Tribunal. La invención de una «presunta» viuda. Basta un adjetivo para aniquilar la autoridad de una mujer.

Después la partera me ha abierto, ha buscado y explorado, se ha enjuagado en una jofaina y no ha querido decir ni que sí ni que no. Así que yo también he renunciado a cualquier certidumbre.

Pero, si de veras se tratara de una invención de mi cuerpo, sabría el momento exacto en que tal cosa ocurrió: cuando me prendí al talle este ramillete y lo defendí con la fuerza de la nostalgia, de la añoranza de unas manos que se rozan, de unos ojos que se buscan, de unas mejillas propensas al rubor.

El amanecer hunde su primer rayo en el cubo de los excrementos, al otro lado de la celda.

El olor de la tinta se superpone al ácido hedor que sube del suelo, y lo rechaza.

Ahora está tibio el palillero de la pluma, no se detiene en la página y, aunque el hielo me siga entumeciendo los dedos, yo escribo y escribo... No hago otra cosa desde hace diez años y, por otra parte, ¿por qué tendría que dejar de hacerlo precisamente ahora? Sí, escribo a pesar de los prejuicios, del destino y hasta de los amigos que ocultaban su desprecio en la galantería de un verso... *D'être savante abhorrez la manie — le ciel vous fit pour n'être que jolie...*

Sébastien fue el único que me animó, ésa es la verdad. Pero él supo narrar la caída de la Bastilla veinte años antes de que ocurriera: tiene la larga vista propia de un hijo de mercaderes. No es de los que se dejan sorprender, aunque alguna vez me regañaba: «Escribís demasiado rápido». ¿Y cómo se puede evitar cuando la historia te invade y la Revolución encadena cada palabra tuya al día, a la hora y al momento?

Pero hoy no escribo para la Revolución. Escribo para ti, Pierre, que no eres un sueño, sino carne, sangre y sentimientos. Escribo porque no sé qué dejarte: siempre tuve muy poco y a estas alturas aquel poco también se ha ido. Por otra parte, no es con el oro con lo que yo quería ganarme el respeto del mundo. Nunca ambicioné más propiedad que no fuera la del ingenio y de la mente. ¿Te parecerá suficiente este legado?

En la cárcel he conocido a personas angustiadas por el peso de la propiedad. Hombres que se han quitado la vida con tal de evitar el juicio, la condena y, a continuación, el embargo de los bienes.

Yo he querido mi juicio.

O sea que a ti no te quedan más que las llaves de los baúles que envié a Tours y el recibo del Monte de Piedad que Justine seguramente custodia con cautelosa prudencia en el bolsillo interior de la falda.

Trece de brumario. Tres de noviembre, *vieux style*.

Un domingo lluvioso.

Llueve al amanecer, llueve por la mañana, llueve hasta el mediodía.

La sirena de una gabarra se eleva cercana y se aleja perdiéndose en la distancia.

La muerte, decía Buffon, no es más que el último difuminado de la vida.

El ayudante del verdugo ha cortado el cuello de mi camisa y sus grandes manos de campesino se están abriendo paso entre mi cabello. Percibo en la nuca su torpe roce y el afilado frío de las tijeras. Unos mechones caen al suelo. Se amontonan suavemente a mis pies. Mis oscuros bucles se han convertido en unos pelillos grises, apagados, opacos. ¿Desde hace cuánto tiempo?, me pregunto. Y me asombra la decepción que me atenaza el pecho. Los pesados zapatones de un cura se abren camino entre los grises mechones que antaño fueran mi cabello.

Un anciano ministro de Dios, firmemente decidido a ayudarme. Pero ¿cómo, si yo sólo confío en mis sueños?

—Han sustituido el escarnio por la violencia, padre: lo prefiero.

Palpo a ciegas, paso y repaso los dedos entre los cortos y alborotados mechones que ya no volverán a crecer.

—Dadme un espejo.

Una criada se inclina para colocar en el suelo un orinal desconchado que despide un hedor de agua rancia, de vómito, de miedo:

—Esto te será más útil, ciudadana.

Pero después se retira y regresa con un espejito ovalado con mango de hueso. Lo levanto hasta encontrar mi rostro. Parece más ancho y marcado. Desnudo. El cabello corto no lo favorece.

—Siempre lo he dicho, no me sienta bien el peinado a la jacobina.

Escondo aquel estrago bajo una cofia que la mujer de un carcelero ha cosido a toda prisa especialmente para mí. Pero la cofia me está grande. Ni ella ni yo habíamos previsto que, debajo, le faltaría la mata del cabello para sujetarla.

Me vuelvo a mirar al espejo. Gracias a Dios, no estoy demasiado pálida. No, mi cuerpo no me traicionará.

Es el tres de noviembre y ya estamos a la tarde.

Me quito el reloj de la cintura y lo entrego.

Deposito en la banqueta los dos billeteros. El vigilante los abre y cuenta el dinero: cincuenta y tres francos con cincuenta céntimos.

Después mis papeles.

La carta para Pierre.

La miniatura con su retrato.

Los pendientes.

Dos anillos, doble regalo de Jacques.

Me despojo de todo lo que adornaba mi vida. A partir de este momento, cada objeto que pertenecía a mi tiempo cotidiano pertenece a la República.

También la tabaquera comprada en Montauban, con aquella pintura de Ingres sobre la plana tapa de madera, que en tantos años no ha perdido su fulgor azul.

También el dedal y todo lo necesario para coser.

Y el cinturón taraceado.

Y los guantes.

Finalmente, el ramillete de rositas blancas.

No me puedo llevar nada.

«No», dice el guardián, «el pañuelo no os servirá de nada».

Pero me ofrece un vaso de aguardiente.

Me lo bebo de un trago.

Mi corazón se ensancha, se expande, golpea en el interior de una corona de repentino calor que se arremolina a su alrededor como una llama.

Hyacinthe

...Y mirábamos y mirábamos, pero las verjas de la Conciergerie no se abrían y nosotras no sabíamos cómo protegernos del frío que, en lugar de disminuir, aumentaba con el paso de las horas. Toda una mañana caminando arriba y abajo, levantando en alto, cuando la lluvia arreciaba, un paragüitas verde inmediatamente empapado de agua. Justine me seguía con el cuerpo ladeado y encorvado por el hielo y la humedad, pero se mantenía firme. Arriba y abajo, pero las verjas no se abrían y no se veían ni guardias nacionales ni soldados a caballo para anunciar la salida de la carreta. En la esquina del Pont au Change, un hombre con un gorro frigio encasquetado en la canosa cabeza hacía girar en el cilindro de hierro las castañas asadas y, entre tanto, vigilaba nuestros pasos.

Hacia el mediodía cesó la lluvia.

Yo tenía los pies hinchados, estaba cansada y me notaba la fiebre en la aceleración del pulso. Me fui a sentar en el pretil del paseo a la orilla del río. El Sena en crecida rezumaba una espuma amarillenta. Por encima de mi cabeza, las hojas se secaban, goteando con desgana. Un poco más allá una vendedora de tisanas trataba de protegerse del cortante aire introduciendo los pies en un montón de paja mojada. Me acerqué a comprarle una medida de café. Al ofrecerme la taza, la mujer señaló con la barbilla en dirección a la Conciergerie:

—¿Cuál es hoy el menú de Sanson?

Me lo preguntó riéndose, con una especie de ingenua perversidad.

Justo en aquel momento, un ruido ensordecedor. Nos dimos la vuelta y vimos un carruaje al través que obstruía la calle, con las ruedas que giraban en vacío y resbalaban sobre el barro. En un abrir y cerrar de ojos apareció como llovida del cielo una nube de mozos. Hundiendo los pies en el fango, empezaron a empujar el carruaje. Hale op, Hale op, gritaba a su alrededor como apuntalándolos un numeroso grupo de hombres con los mismos pies anchos y planos y el mismo cráneo como encajado directamente en los hombros. De repente, la calle se llenó de jornaleros en busca de trabajo. Justine los contemplaba refunfuñando para sus adentros, tal como suele hacer ella.

—Demasiados brazos golpeando el viento.

Hale op, hale op...

Yo no percibía el sabor del café, que me bajaba por la garganta más espeso que el fango. París, pensaba. Jamás había visto mi ciudad tan fea, tan sucia y miserable.

Cuando regresamos, los guardias nacionales a caballo ya se habían situado delante de la Conciergerie.

Estoy lejos, pero la veo con toda claridad en la carreta detenida al otro lado de los barrotes de la verja.

Está ella sola. Permanece de pie. Casi irreconocible bajo aquella tosca cofia que le oculta la frente. Las manos sin guantes atadas a la espalda. Me noto como un remolino en las vísceras cuando un gendarme de la escolta, subiendo a la vara, se encarama a la carreta y con ambas manos la sujeta por los hombros. La agarra, la sacude como si no fuera una señora, sino una vagabunda que ha bebido demasiados vasos de tinto.

Quiere obligarla a sentarse. Ella se resiste.

La carreta se pone en marcha, se tambalea como desquiciada y allí dentro su figura se balancea, ondea a cada sacudida, las rodillas se le doblan, los brazos atados no encuentran ningún punto de apoyo. Se va a caer, le grito angustiada a Justine. Pero no se cae. Recupera una posición estable y permanece erguida en toda su estatura, en un ejercicio de imposible equilibrio.

La carreta avanza. Rue Barthélemy. Pont au Change. Rue de la Monnaie. Rue Saint-Honoré.

En el último escalón de la iglesia de Saint-Roche un violinista toca agarrado a su instrumento. La música se pierde en medio de una muchedumbre de ásperas chaquetas, capas cortas, capas largas, sombreros redondos, sombreros flexibles, una masa humana que se empuja sin compasión para ver pasar a «la famosa De Gouges».

Se abren las ventanas de las casas, los balcones se llenan de gente y de voces que chocan entre sí.

El zumbido de un enjambre cae sobre mi cabeza.

¿Es aquélla? ¿La teatrera que quería llevar a los negros al escenario de la Comédie? ¿La girondina que quería defender a Capeto? ¿La viuda que se lavaba dos veces al día en un bidé de plata? ¿Es aquélla? La loca que escribía: las mujeres también nacen libres...

Consigo acercarme a la carreta a pesar de que el barro ya se ha convertido en una espesa masa resbaladiza.

Me pego a la escolta.

Ya se distinguen las terrazas de los jardines de las Tullerías, llenas a rebosar de mirones a pesar del mal tiempo. Desde una carroza detenida delante de un portal, una mano enguantada de blanco se asoma para correr la cortina.

Se ha puesto a diluviar otra vez. Me protejo levantando la capucha de la capa. Ella no tiene capa. Su camisa empapada se pega a la cadena de las vértebras, al escuálido busto que se estremece con violencia. Cascadas de agua caen sobre su cofia y su cuello desnudo.

Bajo mi capucha yo tiemblo con ella. Es un invierno helado. El invierno de la Revolución.

¿Me ves? ¡Mírame! He caminado mucho para alcanzarte. He utilizado tu paso enérgico y me he abierto camino. ¡Mírame! No soy la compañera de tu hijo. Soy el pequeño búho insomne al que tú enseñaste a salir sin miedo por las calles de París. No soy la madre de tus nietos. Soy Marie Anne Hyacinthe Mabille y te agradezco que les hayas permitido a mis diecinueve años conversar con tus cuarenta como si tuviéramos la misma edad. ¿Cómo te lo puedo agradecer? ¡Mírame! Apóyate, te lo ruego, apóyate en mi mirada.

En el cielo bajo aparecen y se equilibran dos formas contrapuestas. A la izquierda, el peso opulento y femenino de la estatua de la Libertad. A la derecha, el impulso lineal de la guillotina.

Plaza de la Revolución.

Sanson, hijo, un gigante vestido de negro, gesticula en lo alto de la tarima como si estuviera maldiciendo el tiempo, el gentío y a sus ayudantes.

La carreta se ha detenido.

Ella baja.

El alto cuerpo, cohibido y encorvado bajo los azotes del agua, se tambalea, se endereza con un visible esfuerzo.

De repente, amaina la lluvia.

Pero, aun así, es difícil subir al cadalso con las manos atadas y la cofia que chorrea agua sobre los ojos. Un peldaño. Dos peldaños. Una infinidad de peldaños.

Olympe

O sea que serás tú. Será tu mano la que me guíe, Henri Sanson, gigante calvo.

Tú y yo en esta isla de madera oscura y, a nuestro alrededor, un mar embravecido.

Demasiados, demasiados se apretujan al pie de este cadalso: gente corriente, gente respetable, curas, médicos y pintores. Todos para ver el momento en que la muerte imperfecta, así la llaman los hombres de ciencia, cederá el lugar a la muerte absoluta.

Pero aquí arriba estamos solos. Tú y yo.

Tu mano me guía y yo agradezco su cálido contacto. Hay una extraña intimidad entre tu manera de guiarme y mi manera de dejarme guiar.

¿Te gusta esta intimidad, Henri Sanson? A lo mejor crees que tienes una ventaja sobre mí.

Pues sí, una ventaja sí la tienes, pero, en compensación, yo te conozco y te comprendo mejor de lo que tú puedas imaginar. Sé que hace tiempo te querías alistar, violentando un destino que no permite a quien nace en la casa de un verdugo pasar a otro oficio. Tú querías la única libertad verdadera: la libertad de elección. Pero, al final, tuviste que dejar el ejército y ayudar a tu padre. Nada de lo que haces depende de tu voluntad.

Tú eres el derrotado, Henri Sanson, no yo.

Dicen que tu padre tiene una lista actualizada de todos los hombres y todas las mujeres a quienes prestáis vuestro servicio. Tu padre es un honrado funcionario, aparte de ser un hombre elegante. Con chorrera de encaje, incluso cuando cultiva tulipanes en su famoso jardín. Puedes estar orgulloso de él, trabaja sin jamás olvidar el decoro. Y a conciencia. Con esmero. Nada se le tiene que pasar por alto de lo que ocurre en este cadalso: cada palabra, cada grito, cada suspiro es anotado en sus papeles. El último gesto. La última frase. Estoy segura de que esta noche, con la pluma en suspenso sobre la lista del día, te preguntará también por mí: «¿cómo se ha comportado la De Gouges...?»

¿Y tú qué le contestarás, Henri Sanson?

«La condenada sufría.»

Es cierto. Sufro. Me permito sufrir. El sufrimiento aleja el temor, ¿tú eso no lo sabes, verdugo?, y por eso yo ahora le doy permiso a mi cuerpo para que sufra, mis manos, las piernas, el cuello, los ojos, cualquier parte individual de mí tiene permiso para sufrir.

«La condenada temblaba.»

Y tu padre anotará: la condenada temblaba.

¿Es así? ¿Estoy temblando?

Difícil decirlo, Henri Sanson, porque, en realidad, yo ahora tengo dos cuerpos.

El primero es éste, el cuerpo aparente, cubierto únicamente por la camisa, agarrotado por el terrible frío de noviembre, los brazos insensibles a causa de la cuerda que tira de ellos hacia atrás y aprieta las muñecas y las corta.

El otro no se ve, pero es un cuerpo íntegro, lavado por la lluvia, que brota sutilmente de un diamante de hielo, es un soplo que me corre velozmente por dentro como las compactas nubes que atraviesan el negro cielo de París. Un cielo de luto sobre una ciudad exhausta.

El viejo sol ha desaparecido y, puesto que mis ojos ya no lo volverán a ver, significa que ha desaparecido para siempre.

«La condenada lloraba.»

Sí, son lágrimas eso que se abre camino en medio de unos fríos riachuelos de lluvia, mis mejillas las reconocen por su tibia suavidad, por la manera en que corren y resbalan consoladoras por el cuello, por el interior de la camisa, hasta el esternón. Lloro. ¿Por qué no debería hacerlo?

Yo soy una mujer, Henri Sanson. Una mujer que quiso ser alguien. Es por la dulzura de este sueño por lo que lloro. Y porque habría deseado morir un día soleado, con los brazos libres y mi sombrerito azul encasquetado delicadamente sobre la frente.

La feuille du Salut Public

Informe sobre la muerte de Olympe de Gouges, 14 de brumario, año II de la República:

Olympe de Gouges, nacida con una imaginación exaltada, confundió su delirio con una inspiración de la naturaleza: quiso ser Hombre de Estado.

Ayer la ley castigó a esta conspiradora por haber olvidado las virtudes que corresponden a su sexo.

Epílogo (o casi)

Tenía dieciocho años y estaba hambrienta de historias. Pero no de cualquier historia.

En aquella época, hacia finales de los años sesenta, nosotras las chicas vivíamos en una especie de vacío. Muy pocos eran entonces los libros que se preocupaban de dar testimonio, documentar o siquiera demostrar nuestra existencia en la Historia. Pero en un determinado momento (es difícil establecer exactamente «cuándo») empezamos a hartarnos de esta situación, es decir, de no tener un pasado. A pesar de que, a modo de compensación, precisamente la Historia —algunos preferían hablar de Naturaleza— nos había proporcionado un bonito pedestal sobre el cual poder reinar: la famosa «feminidad». Pero aquí se registraba una contradicción. Porque, tanto si se hablaba de Historia como si se hablaba de Naturaleza, el caso es que cada una de todas nosotras, a pesar de ser indiscutiblemente una entidad individual, resultaba que formaba parte de un conjunto, una especie de espléndido y ancestral organismo colectivo llamado precisamente «la Mujer». Poesías, canciones, películas, novelas... ¿Quién habría podido afirmar que aquella «Mujer» vivía en un vacío? ¡Cuántas, pero cuantísimas obras dedicadas a Ella, inspiradas por Ella, que hablaban de Ella, que la revelaban a sí misma! ¿Qué más se podía añadir a semejante profusión de bienes?

Me sentía un poco confusa. No sabía qué pensar. Pero seguro que algo no cuadraba: tenía la impresión de que el mito de la «Mujer» no correspondía en absoluto a la vida y la experiencia de las «mujeres». Piensa que te piensa, llegué a la conclusión de que aquel magnífico singular era, en realidad, un regalo envenenado, capaz de anular con su peso nuestras variadas y «plurales» existencias. Y entonces, puesto que ya no quería seguir viviendo inmersa en una «feminidad» sin tiempo, sin rostro y sin voz propia, empecé a buscar, en la Historia, las historias. Me convertí en una «pescadora de vidas perdidas». Así lo escribe Don De Lillo en aquella maravilla de novela que es *Submundo*: «las mujeres son pescadoras de vidas perdidas».

A decir verdad, De Lillo se refiere a la costumbre, muy femenina, de encargarse siempre de los problemas ajenos: enfermeras de la Cruz Roja en la familia, enfermeras de la Cruz Roja en el amor, enfermeras de la Cruz Roja en el trabajo. En una palabra: enfermeras de la Cruz Roja en el mundo. Una costumbre a menudo más deplorable que digna de alabanza, pero no es de eso de lo que yo quiero hablar. Quiero hablar, por el contrario, del hecho de que nosotras, las chicas de finales de los años sesenta, de repente o puede que no, de alguna manera y no sé cómo, nos convertimos en enfermeras de la Cruz Roja de nosotras mismas. Y, como consecuencia de ello, en pescadoras de vidas perdidas.

En resumen, pusimos toda la carne en el asador en un intento de recuperar a las mujeres que nos habían precedido en el tiempo y nos habían dejado un invisible legado de palabras, de sueños, de gestos significativos.

Precisamente en aquella época de afanosas y entusiastas investigaciones de autodidacta, leí un librito publicado por Editori Riuniti: *Storia dell'emancipazione femminile*, escrito por Luciana Capezzuoli y Grazia Cappabianca (dos nombres, por otra parte, para mí desconocidos). En el transcurso de la lectura, me tropecé con esta frase: «En 1791 Olimpia de Gouges, con la *Declaración de los derechos de la mujer y de la ciudadana*, encauzó las aspiraciones femeninas hacia una *verdadera* igualdad».

Me pregunté: ¿pero es que acaso existe una *falsa* igualdad? ¿Y quién era aquella mujer que había sabido discernir entre lo verdadero y lo falso?

Así tuvo lugar mi primer encuentro con la fundadora del pensamiento femenino moderno. La única mujer que, en la época de la Revolución, planteó el problema de la presencia femenina en el escenario político. La única que tuvo la audacia de imaginarse a sí misma como «Hombre de Estado» («Mujer de Estado» era en aquella época —y puede que, bien mirado, también en la nuestra— un sinsentido o, mejor, un oxímoron).

Ha transcurrido bastante tiempo desde aquel descubrimiento mío juvenil. Ya no tengo dieciocho años, pero Olympe de Gouges ya no es una «vida perdida». A veces ocurre que el tiempo no pasa en balde. Hoy, gracias al hambre de Historia y de historias de mi generación, Olympe de Gouges vuelve a ser leída, estudiada y discutida con la atención y el respeto que se merece.

De ella se puede decir sin duda que fue, de entre todas las mujeres de la Revolución Francesa, la más incómoda: la más innovadora. No por casualidad, a principios del siglo XX un médico militar cuyo nombre no merece ser recordado escribió un opúsculo («científico») dedicado a analizar precisamente el «caso» De Gouges. La Revolución, afirmaba, induce a las mujeres a creer que se pueden apropiar de cualidades típicas del hombre, y este error las lleva a graves patologías. Olympe tenía valor, reconoce nuestro médico, pero «estropeado por un afán excesivo de originalidad, unas extrañas ideas feministas y una demente vanidad» que la inducía a unas increíbles extravagancias como, por ejemplo, «bañarse todos los días o, por lo menos, hacer un pediluvio». Estaba enferma, no cabe duda. Y el nombre de su enfermedad era: «paranoia reformadora». Quería reformar el mundo. Una locura, está claro.

Pero, a pesar de este diagnóstico, Olympe de Gouges ha conseguido ocupar en la Historia el lugar que le corresponde. Y, de esta manera, conocemos, gracias a algunas biografías (la más completa, la de Olivier Blanc), las etapas de su accidentada existencia, podemos leer en ediciones modernas sus textos políticos (aunque más de tres mil páginas descansan todavía inéditas en los archivos franceses) o su novela autobiográfica y las obras teatrales, en las nuevas propuestas de Eléni Varikas y de Gisela Thiele-Knobloch. Si queremos, también podemos acercarnos a su pensamiento a través de los análisis y las interpretaciones de las historiadoras y de las filósofas feministas: Joan Scott, Christiane Veauvy, Alisa del Re, Maria Luisa Boccia, por citar sólo a unas cuantas.

Joan Scott, por ejemplo, partió del debate dieciochesco acerca de la imaginación para mostrar de qué manera Olympe de Gouges basó su acción política precisamente en este concepto, reelaborándolo en una clave original y personalísima (por algo sus enemigos han insistido a lo largo de los siglos en la *imaginación exaltada* o en la fatal *imaginación de los sueños* de Olympe). Maria Luisa Boccia, por su parte, ve en Olympe de Gouges una precursora del pensamiento anti-emancipacionista. En pocas palabras: mientras que Mary Wollstonecraft, la otra gran «madre» histórica del feminismo, hipotiza acerca de una sociedad «regulada y organizada en formas asexuadas», es decir, que no tengan en cuenta la pertenencia de un ciudadano a uno u otro sexo, Olympe de Gouges reivindica por el contrario una sociedad en la cual los hombres y las mujeres no se reconduzcan a un solo sujeto neutro e incorpóreo (incorpóreo precisamente por ser neutro). Las mujeres, dice esencialmente en su *Declaración de los derechos*, participan en la formación del Estado precisamente en cuanto a «sujeto diferente». Y en esto Olympe de Gouges se revela auténticamente moderna, mucho más cercana a nuestra sensibilidad que Wollstonecraft.

Pero más allá de todo, de las diatribas y de las interpretaciones históricas, de las calumnias interesadas, del odio o del amor que haya podido suscitar, quisiera decir que en una cosa por lo menos Olympe de Gouges tuvo seguramente razón: las palabras sobreviven a la sangre que mancha incluso las Revoluciones. No es la sangre, son las palabras las que rompen la cadena del destino y las que introducen la esperanza en la Historia.

1793 – Cronología

21 de enero: ejecución de Luis XVI

24 de enero: ruptura de las relaciones diplomáticas entre Francia e Inglaterra

1 de febrero: la Convención (nueva asamblea constituyente, elegida por sufragio universal masculino tras la suspensión del rey y la caída de la monarquía, en septiembre de 1792) declara la guerra a Inglaterra y Holanda; emisión de ochocientos millones de asignados (moneda de papel cuyo valor quedaba garantizado por los bienes confiscados durante la Revolución)

24 de febrero: un decreto proclama el alistamiento obligatorio de más de 300.000 hombres

25-26 de febrero: saqueos de tiendas y tumultos en París contra la subida de precios

3 de marzo: comienzo de la insurrección realista en Bretaña

7 de marzo: declaración de guerra a España

10 de marzo: se constituye el Tribunal Revolucionario con Fouquier-Tinville como ministerio fiscal; en París se destruyen y saquean las imprentas de los periódicos girondinos

11 de marzo: se inicia la insurrección de la Vandée con el rechazo del servicio militar obligatorio

25 de marzo: Rusia se alía con Inglaterra contra Francia

5 de abril: Marat es elegido para la presidencia de los jacobinos (el club más famoso de la Revolución, inicialmente abierto a todo el mundo); el nuevo presidente, en su discurso, incita a la rebelión contra los girondinos, así llamados porque, al principio, se habían organizado como grupo político en torno a algunos diputados del departamento de la Gironda (Vergniaud, entre otros) y en un primer tiempo se alían con Robespierre y forman parte del «club de los jacobinos», del cual se separan tras las matanzas de septiembre de 1792, preocupados por el poder que está adquiriendo la Comuna de París. Todos proceden de la provincia, son hostiles a la «dictadura parisina» y por este motivo serán acusados de «federalismo». Tras haber intentado en vano impedir la ejecución del rey, luchan (infructuosamente) contra la constitución del Tribunal Revolucionario.

6 de abril: creación del Comité de Salud Pública por parte de la Convención

8 de abril: veintidós diputados girondinos son denunciados como contrarrevolucionarios por la sección Bon Conseil

11 de abril: la Convención (con mayoría girondina) vota la detención de Marat

15 de abril: en nombre de 35 secciones parisinas sobre 48, el alcalde de París, Pache, pide a la Convención el arresto de los veintidós diputados girondinos

24 de abril: Marat, absuelto por el Tribunal Revolucionario, es trasladado en triunfo a la Convención

30 de abril: las mujeres son excluidas del ejército mediante el correspondiente decreto

10 de mayo: se funda el club de las «Ciudadanas Republicanas Revolucionarias»

24 de mayo: detención de Hébert, director del *Père Duchesne*, adversario de los girondinos

26 de mayo: Marat y Robespiere incitan a la sublevación

27 de mayo: los *sans-culottes* liberan a Hébert

29 de mayo: la Comuna de París constituye un comité secreto para preparar la revuelta contra la Convención (que se niega a ordenar la detención de los veintidós diputados girondinos); ya ha llegado a su cénit la lucha entre la Gironda y la Montaña (un grupo políticamente no homogéneo que se define poco a poco precisamente como oposición a la Gironda y domina el club de los jacobinos tras el abandono de la Gironda)

2 de junio: nueva jornada insurreccional; prisionera de los *sans-culottes* y de la Guardia Nacional, la Convención se ve obligada a votar en favor de la detención de 29 diputados girondinos y de los dos ministros Clavière y Lebrun: es la caída de la Gironda

3 de junio: Marsella, Nimes y Toulouse se rebelan al golpe de mano parisino del 2 de junio

7 de junio: revuelta de Burdeos contra los diputados de la Montaña

9 de junio: comienzo de la gran sublevación de la Vandée; también se subleva el departamento de Calvados

13 de junio: los representantes de 60 departamentos sublevados se reúnen en Caen

14 de junio: la Convención asume la Constitución de 1793 (que jamás será aplicada): se reconoce el derecho a la insurreción «cuando el Gobierno viola los derechos del pueblo»; a las mujeres no se les reconoce ningún derecho político

13 de julio: asesinato de Marat a manos de Charlotte Corday

16 de julio: funerales por Marat; Robespierre se opone a su inhumación en el Panteón

17 de julio: condena a muerte de Charlotte Corday

20 de julio: detención de Olympe de Gouges

22 de julio: el general Custine, comandante del ejército del Rin, es detenido

27 de julio: elección de Robespierre para el Comité de Salud
Pública; la Convención instaura la pena de muerte para los acaparadores

1 de agosto: un decreto ordena aplicar en la Vandée y en los departamentos sublevados la política de la «tierra quemada»

22 de agosto: Robespierre es elegido para la presidencia de la Convención

23 de agosto: se vota el «alistamiento masivo» de todos los hombres entre los 18 y los 25 años, solteros o viudos sin hijos

28 de agosto: el Tribunal Revolucionario condena a muerte al general Custine

30 de agosto: se solicita a la Convención la inclusión en el orden del día del «Terror»

4 de septiembre: manifestaciones por el pan

8 de septiembre: victoria francesa en Hondschoote sobre las tropas inglesas y holandesas

9 de septiembre: la Convención organiza el ejército revolucionario y encomienda el mando a Ronsin (hombre del bando hébertista que será guillotinado junto con Hébert el 24 de marzo de 1794)

17 de septiembre: se vota la «ley de los sospechosos»; la definición que se facilita de la «persona sospechosa» es tan vaga que algunos fechan en este decreto el comienzo del Terror

21 de septiembre: la Convención hace obligatorio el uso de la escarapela tricolor para las mujeres

29 de septiembre: la Convención instituye el «maximum» general (el precio máximo) para los artículos de primera necesidad, pero también para los salarios

5 de octubre: entra en vigor el calendario revolucionario, que sanciona la ruptura política y, junto con ella, religiosa con el pasado

10 de octubre: el Gobierno se declara «revolucionario hasta la paz»

16 de octubre: ejecución de María Antonieta

30 de octubre: El Tribunal Revolucionario condena a muerte a los diputados girondinos; después de la lectura del informe Amar (miembro del Comité de Seguridad General), la Convención prohíbe las asociaciones políticas femeninas («a la capacidad política de la mujer se oponen su debilidad física y moral y sus deberes naturales»); se disuelven todos los clubs femeninos

31 de octubre: ejecución de los girondinos

3 de noviembre: Olympe de Gouges es guillotinada

7 de noviembre: ejecución de Luis Felipe, duque de Orleans y primo de Luis XVI, llamado Felipe Igualdad; junto con él es guillotinada Madame de Kolly

8 de noviembre: ejecución de Madame Roland

20 de noviembre: Danton regresa a París y da comienzo a una campaña por la paz, la «indulgencia» y la reconciliación nacional

23 de noviembre: todos los lugares de culto de la capital son clausurados por orden de la Comuna

3 de diciembre: la política de Danton es atacada en el club de los jacobinos

19 de diciembre: el capitán Bonaparte alcanza su primera notoriedad durante la toma de Tolón

Agradecimientos

Este libro ha necesitado, para ser escrito, de una notable cantidad de documentos de todo tipo. La búsqueda, la lectura y el estudio de estos documentos me han llevado varios años. Deseo dar las gracias de todo corazón a todas aquellas y todos aquellos que me han ayudado y apoyado en el transcurso de esta larga tarea y, en particular, a mis amigos y amigas «franceses» (de nacionalidad o de residencia). En París, Silvia Contarini no sólo buscó y también fotocopió, con una paciencia que jamás dejaré de agradecerle, centenares de páginas inencontrables. Claude Dupré y Margherita Marras hicieron otro tanto en Marsella. Christiane Veauvy y Laura Pisano me facilitaron, justo al principio del trabajo, una bibliografía y unas indicaciones muy valiosas. Mimma de Leo me regaló una breve biografía (que ahora mismo sigue siendo la única biografía italiana de Olympe de Gouges) escrita por ella en 1990, mientras que Massimo Felisatti puso a mi disposición (con gesto de verdadera amistad) su biblioteca particular. La librería francesa de Roma *La Procure* me ayudó, localizándome, con la mayor amabilidad y diligencia, algunos textos importantes. De fundamental importancia fue para mí la bien surtida biblioteca de la Fondazione Basso y, sobre todo, Maurizio Locusta, que jamás perdió la paciencia ante mi ineptitud en las búsquedas a través del ordenador. Gracias también a Ela Mascia, que me permitió terminar este libro, acogiéndome generosamente en su espléndida casa del centro de Roma durante la mudanza más larga de mi vida. Y gracias a Donatella Barbieri, que está siempre a mi lado, a mi editora Carla Tanzi por su confianza en mis «historias» y a Ilde Buratti por su trabajo de amorosa y extremada precisión: en efecto, tal como dice Stephen King, «escribir es humano, editar es divino»